악몽

THE CORN MAIDEN: AND OTHER NIGHTMARES
by Joyce Carol Oates

Copyright ⓒ 2011 by ⓒ The Ontario Review, Inc.
The following stories were first published in the following publications:
"Nobody Knows My Name," Twists of the Tale, edited by Ellen Datlow, Dell, 1996
"Death-Cup," Ellery Queen's Mystery Magazine, August 1997
"The Corn Maiden," Transgressions, edited by Ed McBain, Forge, 2005
"Fossil-Figures," Stories, edited by Neil Gaiman and Al Sarrantonio, William Morrow, 2010
"A Hole in the Head," Kenyon Review, Fall 2010
"Beersheba," Ellery Queen's Mystery Magazine, October 2010
"Helping Hands," Boulevard, 2011
All rights reserved.

This Korean edition was published by Foret,
an imprint of Munhakdongne Publishing Corp.
in 2014 by arrangement with Grove/Atlantic, Inc.
through KCC(Korea Copyright Center Inc.), Seoul.

이 도서의 국립중앙도서관 출판시도서목록(CIP)은
e-CIP홈페이지(http://www.nl.go.kr/cip.php)에서 이용하실 수 있습니다.
(CIP제어번호: CIP2014024352)

the corn maiden and other
NIGHTMARES
by Joyce Carol Oates

조이스 캐럴 오츠 소설 | **박현주** 옮김

포레
forêt

the corn maiden and other
NIGHTMARES
차례

일러두기

· 주석은 모두 옮긴이의 것이다.
· 본문의 고딕체는 원서에서 이탤릭체 또는 대문자, 굵은 글자 등으로 강조
  한 부분이다.

베르셰바

Beersheba

인슐린 주사를 막 놓았을 때 전화가 울렸다. 전화를 건 누군가는 예의를 차리듯 혹은 차리는 척하듯 그가 주삿바늘을 뺄 때까지 기다린 것만 같았다. 그는 툴툴대며 전화를 받았다. "예? 누구죠?" 전화 올 데가 없었다, 이런 저녁 시간에는. 전화선을 타고 흘러온 목소리는 여자의 것이었다. 어른인지 애인지─귀에 익기는 하지만─소리 죽인, 숨찬 소리. "브래드 시프트크? 맞아요?"

"그런데요. 누구죠?"

잠깐의 망설임. 누군지 모르지만 이 질문을 심각하게 여기기라도 하는 양. 그러더니 목소리에 애교가 섞이며 장난스러워졌다. "맞혀봐요!"

"맞혀보라니. 무슨 수로."

"어머, 브래드, 해봐요. 해보는 척도 안 하고."

그의 심장이 살짝 뛰었다. 목소리는 약간 책망하며 조르는 듯한 어조로 아주 빠르게 바뀌었다. 이제 더 익숙하게 들렸다. 잘 아는 사람인가? 친한 사람?

누구든 그의 삶에서 최근에 알던 사람은 아니라고 브래드는 확신했다. 지난 오륙 년 사이에 알던 여자가 — 그와 아직 말을 하고 지내는 여자들이라면 — 이런 식으로 그를 부를 리 없었다.

젊은 시절에는, 이십대 중반부터 서른여덟아홉이 될 때까지는 브래드를 그런 말투로 부르는 여자들이 있었다. 그는 젊어서 결혼했고, 별거했다 이혼했고, 다시 결혼했다. 플로리다와 뉴욕 주 북부에서 가정생활을 하던 틈틈이 — 그는 길들일 수 없는 야생동물, 너구리나 침팬지처럼 가정생활에는 어울리지 않는 사람이었다 — 몰래 여자들을 만났다. 대체로 호시절이었다. 그는 여자들이 자신을 좋아하는 것을 당연하게 여겼고 그가 무슨 짓을 하든 좋아하리라고 생각했다. 어떤 관계에서든 그가 우위에 있다고 할 수 있던 때였다. 처음에 그는 펜서콜라 해군 기지에 배속됐다가 자신이 컴퓨터에 소질이 있다는 것을 발견했다. 제대 후에는 뉴욕 주 북부의 카시지로 이사했다. 고향에서 가깝지만 너무 가깝지는 않아서 가족을 자주 만날 필요는 없었다. 하지만 고등학교 때와 그후에 알았던 여자들은 넘쳐났다. 그리고 이 여자 — 여자애 — 는 아는 사람이 분명했다. 여자애의 조르는 듯한 말투는 한참이나 여자의 손길이 닿지 않았던 그의 머리카락과 목덜미를 유령의 손가락으로 쓰다듬는 것 같았다.

"어서 맞혀봐요, 브래드. 나랑 잘 알고 지내던 때가 있었잖아요."

"힌트 좀 줄 수 없나? 가령 얼마나 오래전이라든가."

"'얼마나 오래전'일지 말해봐요."

"아니면 이 근처에 살지는 않는다든가. 잠깐 다니러 온 건가? 그렇지?"

"브래드는요?"

"나? 여기서 내 얘기가 왜 나와? 당신 얘기 하던 중이잖아."

"아아니, 브래드, 어서요. 당신 얘기를 하던 중이에요. 그래서 전화한 거잖아요."

이게 다 무슨 수작인지, 브래드는 짐작할 수가 없었다. 아는 것이라고는 자기가 흥분하고 자극을 받았다는 것뿐이었다. 브래드는 이 여자—혹은 여자애—가 성숙한 여자일 거라 짐작했지만 그녀는 소녀처럼 헉헉, 킥킥댔다. 브래드가 적어도 자기 이름을 기억할 거라 기대하듯 부르고 있었다. 또 그렇다면, 그가 자기 이름을 기억한다면, 그에게 만나자고 할 것 같은 신호가 있었다. 오랫동안 그를 만나고 싶어한 듯한 느낌. 그를 보러 카시지까지 왔다거나—어쩌면 그저 그만 보러 온 건 아니겠지만—먼 길을 운전해와서 11번 국도변 모텔에 머물고 있다거나. 물론 브래드 시프트크가 여기까지 온 주된 목적이지만 막상 어떻게 해야 할지 모르겠다거나.

"내가 누군지 전혀 감을 못 잡는 것 같네요, 브래드."

"음, 목소리는 귀에 익은데. 아는 목소리야."

"하지만 이름은 모르는군요, 응?"

"음, 알 듯 말 듯해. 알 것도 같고……"

"당신 목소리는 내가 알죠. 당신 목소리는 내 꿈속의 목소리예요. 내가 쉽게 잊지 못할."

어색한 말투도 익숙했다. 그 목소리에 불안해졌고 뭔가 떠올랐다. 최근은 아니지만 그를 휘젓는 기억이었다. 그는 궁금해졌다. 이 여자가 지금 나를 놀리나? 그와 마음이 맞지 않았거나 오해가 있던 여자인데 잊어버렸나? 그는 경솔한 행동으로 여자들에게 비난받곤 했다. 어떤 의미나 악의가 있었던 건 아니었다. 그는 여자가 아무리 성질을 돋운다 해도 손을 대지는 않았다. 대신 생각이 없고 서두르는 태도―고압적으로 밀어붙이고 권위적으로 구는 태도―로 상처를 준 쪽에 더 가까웠다. 하지만 본성은 착했고 여자를 보호해주려고 했다. 그는 고등학교 때부터 음주 문제가 있었다. 그건 조절할 수 있었다. 사십대 들어 몸무게가 불기 전까지는 괜찮은 몸매였다. 조각한 것 같은 가슴, 이두박근, 팔뚝. 그리고 짧게 친 빛바랜 당근색 머리카락. 해군 출신이라 자세가 좋았다. 커뮤니티 칼리지에서 컴퓨터 기술 주임으로 일하던 시절에는 상사가 없어서 가끔 빼먹기도 했지만 시간을 들여 샤워하고 면도하고 말끔히 차려입으면 외모도 나쁜 편이 아니었다.

"어떻게 지내요, 브래드?" 여자가 묻자 브래드가 대답했다. "좋아, 잘 지내." 그러자 여자가 말했다. "난 정말 알고 싶어요, 브래드. 나도 들은 얘기가 있거든요." 그러자 브래드는 짧게 웃으며 말했다. "들은 얘기? 누구한테? 누가 날 스토킹이라도 하나?"

그는 기분이 상했다. 사람들이 그의 뒷말을 한다는 생각에. 그를 불쌍하게 여길지 모른다고 생각하면 더 나빴다.

브래드는 이제 일어섰다. 그의 육중한 몸에 맞게 형태가 변한 소파에서 몸을 일으켜 텔레비전의 음소거 버튼을 눌렀다. 그의 휴대전화에는 발신자 정보가 뉴욕 주 무선이라고 떠 있어서 별 소용이 없었다. 그는 초조하고 불안해졌다. 대체 이 여자는 그에 대해 무슨 얘기를 들은 걸까? 음주 문제는 아니겠지, 그건 오륙 년 전 일이니까. 음주운전이나 나중에 불기소 처분된 말도 안 되는 2급 폭행죄일 리도 없으니 분명 당뇨병일 것이다, 이 여자가 들었다는 얘기는. 그는 수치스럽고 화가 나서 불이 붙은 듯한 느낌이었다. 대체 이 여자가 무슨 권리로, 누가 됐든 낯선 타인인 주제에 그런 말을 흘리는 거지? 브래드는 빌어먹을 건강 상태를 아무하고도 의논하지 않았다. 가족과도 친구와도. 그런 일에는 눈곱만치도 관심 없었다.

작년 초에 브래드는 진단을 받았다. 여러 번 기절했었고 마지막에는 고속도로에서 SUV를 운전하던 중에 그랬다. 그는 그런 일격에 미처 대비하지 못했던지라 의사가 한 말은 도끼의 무딘 날로 머리를 찍는 것 같았다. 하지만 인슐린 주사 덕에 조절할 수 있었다. 의사의 처방은 인슐린 리스프로였다. 효과가 빨라서 식사할 때 많이 계산하지 않아도 되는 약이었다. 약쟁이처럼 스스로 주사하는 게 싫었지만, 주사를 준비하고 배에 찌르는 법을 배웠다. 허리띠에 꽉 눌린 비곗덩어리 물렁살. 13킬로그램 넘게 빠졌지만 여전히 과체중이었다. 십팔 개월이 지났는데도 아직 손놀림이 많이 서툴러서 망치기 일쑤였다. 바늘을 사타구니나 바닥에 떨어뜨릴 때면 망할! 이건 나답지 않아 하고 욕설을 퍼부었다. 너무 부끄럽고 창피해서 친한 친구에게도 어떤 여자에게도 당뇨에 대해서 말하지 않았지만, 엄마네 집에서는 거실에서 텔레비전을 볼 때나 저녁 식탁에서 사람들이 쳐다볼 때도 거침없이 티셔츠를 걷어올리고 주사를 놓았다. "브래드 삼촌, 그거 징그러워요." 그래도 그저 웃고 망할 것이라며 넘겨버렸다. 속에서는 어렴풋이 적개심이 부글부글 끓어올랐다. 이 병은 모계 유전이었다. 그는 자라는 동안 나이든 친척들, 삼촌들, 이모들이 당뇨병이라는 괴상한 병에 걸렸다는 얘기를 귀에 못이 박히도록 들었었다.

그때 놀라운 일이 생겼다. 여자가 전화를 끊으려는 게 아닌가 걱정이 되려던 찰나, 갑자기 목소리를 낮추더니 천천히 말했다. "저기요, 브래드, 자기. 내가 전화한 이유 말인데요, 오늘밤 만나지 않을래요? 오늘밤 약속 있어요?"

"물론이지. 내 말은, 없다고."

"거기 아무도 없어요?"

"그래, 여기 아무도 없어."

"결혼했다는 말 들었어요, 한 번 이상. 그러지 않았어요?"

"한참 전 얘기야."

"애는 없고요?"

"없어."

"확실해요?"

"젠장, 그렇다니까. 확실해."

"자기가 아는 애는 없다는 뜻이겠죠."

브래드는 말문이 턱 막혔다. 수화기를 귀에 바싹 갖다 댔다. 이게 무슨 농담이지? 딸이라고 주장하려는 여자애가 전화한 건가?

"저기요, 브래드…… 끊지 않았죠?"

"물론이지……"

"괜히 겁주려던 건 아닌데. 난 당신의 애도 아니고, 브래드 시프트크의 애가 있다고 해도 알지도 못해요. 그저 뭐랄까, 뭐 좀 물어보려고요, 당신이 아는 얘기를."

"내가 아는 얘기? 무엇에 관해서?"

"주제가 뭐든요, 브래드. 지금 하고 있는 이야기요."

"아까 만나고 싶다고 했던가?"
"그래요! 아까 그랬었죠."

스타 레이크 인에서 만나기로 했다. 브래드가 사는 카시지의 집에서 8킬로미터 떨어진 이곳은 브래드를 알 만한 사람들, 아니 브래드가 술을 많이 마시던 시절에 알고 지내던 사람들이 있는, 그가 주말마다 들르던 곳이었다. 바에서 그는 그녀—혼자 와 있는 여자—를 보지 못했다. 그는 그녀가 예쁠 거라 짐작했지만 그런 여자는 모두 남자나 다른 사람들과 함께 있었다. 혹은 안에서 술을 사서 베란다 자리에 나와 있었다. 한 여자가 그를 보고 웃었다. 포즈라도 취하듯 허리에 양손을 짚은 자세였다. 통통하고 단단한 허리에 손등을 짚고 머리를 한쪽으로 기울이고 있었다. 숱 많고 반짝이는 머리를 어깨 아래까지 땋아내렸다. "브래드 시프트크, 당신이죠? 안녕!" 브래드가 아무 반응도 보이지 못하고 놀란 미소만 짓자 여자는 다가와 손을 내밀어 악수를 청했다. 손가락은 단단하고 튼튼했고, 악수하는 손아귀의 힘은 남자만큼 셌다. 또 그 앞에 서 있는 모습도 남자를 연상시키는 면이 있었다. 어색해하면서도 꾸밈없는 얼굴, 벌리고 선 다리, 상대의 눈을 똑바로 들여다보는 시선. 브래드는 생각했다. 내가 아는 사람인가? 그렇지 않은데. 실망감을 내비치지 않으려 애쓰며 브래드는 여자가 그렇게 매력적이지는 않다고 생각했다. 이십대로 젊기는 했지만 목소리에서 은근히 풍기던 분위기와는 사뭇 달랐다. 뼈대가 굵어서 머리가 작아 보였고 머리카락은 뒤로 넘겨서 대충 땋았다. 인디언 소녀처럼 평범하고 가무잡잡하게 그을린 얼굴, 큼직한 입과 짙은 눈썹, 냉소적인 눈매. 머리카락 주위의 피부는 발진이나 여드름의 흔적인지 거칠었다. 두 사람이 악수를 나눌 때—그러면서 농담 섞인 인사를 주고받을 때—브래드는 이 여자애의 가슴이 남다르게 크다는 것을 깨달았다. 수박 가슴. 아이스 블루 새틴 티셔츠가 가슴에 딱 달라붙게 늘어나 있었다. 티셔츠에는 남자의 얼굴이 그려져 있었다. 히스패닉계에 콧수염이 있는 얼굴. 게릴라 모자 같은 걸 쓰고 제복을 입었다. 티셔츠나 문신에 많이 쓰는 얼굴로 엘비스처럼 익숙하긴 했는데 브래드는 어디서 봤는지 기억할 수 없었다. 여자가 입은 청바지는 놋쇠 징이 박힌 디자이너 진이었다. 엉덩이와 허벅지도 넓적했다. 바깥쪽으로 벌어진 큼직한 두 맨발에 등산도 할 수 있을 만큼 튼튼해 보이는 가죽 샌들을 신었지만, 발톱에는 반짝이는 녹색 매니큐어가 발려 있었다. 발랄해 보이려 한 것 같다고 브래드는 짐작했다. 귀에 잔뜩 피어스를 했고, 왼쪽 눈썹에 굽은 핀이 반짝였으며 윗입술에도 하나 있었다. 뉴에이지 히피 같은 부류, 브래드와 친구들이 텔레비전에서 보고 비웃던 부류였다. 애디론댁 산맥 이쪽에서는 볼 일이 거의 없는 부류.

"그래도 날 못 알아보겠어요, 브래드? 이제 슬슬 서운해지려고 하네."

브래드는 여자를 빤히 쳐다보았다. 저 눈. 알던 눈인가? 숱
많은 속눈썹 아래 개암빛 눈. 여자애는 웃고 있었다. 얼굴은
열기로 얼룩덜룩했다. 정말 그런 것처럼 보였다. 브래드가 못
알아보자 정말 서운해하는 것 같았다. 괜히 그런 척하는 게
아니라면. 브래드가 다정하게 말했다. "내가 술을 사지. 괜찮
지? 맥주 할까? 미성년자는 아니겠지 설마?"

"미성년자요? 무슨 소리예요. 나도 이제 다 자란 여자라고
요, 아빠."

아빠라는 말에 브래드는 가다 말고 우뚝 멈춰 섰다. 여자애
를 다시 찬찬히 살펴보다 깨달았다. 맙소사, 얘가 스테이시
린이야? 브래드의 두번째 아내였던 린다 것샬크의 딸? 이제
아렴풋이 알 듯했다. 이 이상한 여자애는 린다를 닮았다, 어
느 정도는. 이제야 기억이 돌아오기 시작했다. 린다는 교통사
고로 죽었지만 그즈음 그는 이미 린다의 인생에서 빠지고 없
었다. 그때 스테이시 린은 어린 소녀였다. 린다의 부모님이
스테이시 린을 데려갔고 양육권을 가졌다. 그들의 혈육이지
브래드의 자식은 아니었으니까. 브래드는 그저 의붓아버지일
뿐이었다. 그는 린다와 결혼해 사는 사오 년 동안 헌신적인
의붓아버지도 아니었다. 그 역할은 남편의 역할만큼이나 그
에게는 쉽게 와 닿지 않았다.

여자애는 숨도 안 쉬고 웃고 있었다. 뺨에 흘러내린 눈물을

두 손으로 닦았다. 여자애의 몸은 뚱뚱하다기보다 단단한 고무처럼 꽉 찬 느낌이었다. 분명 헬스클럽에서 운동을 하겠지. 브래드는 이런 여자애들을 본 적이 있었다. 반쯤은 혐오를 느꼈지만 그런 몸으로 살아간다는 데 매혹되기도 하며. 한 남자가 아침에 그런 몸 안에서 깨어난다면 맙소사 하며 제 머리를 소총으로 날려버리고 싶은 마음이 들 그런 몸에.

"안녕하세요, 브래드? '스테이시 린'이 기억나지 않나봐요, 그렇죠?"

"당연히 기억나지. 기억한다고. 난 그저 갑작스러워서……"

브래드는 여자애를 안으며 당황한 기색을 덮었다. 여자애의 몸은 생각대로 단단한 고무 같았지만 거대한 가슴이 부드러워서 우유를 가득 채운 자루를 안는 기분이었다. 여자애에게 가까이 가자 마음이 불편했다. 어색했다. 여자애를 기억하지 못했던 건, 정확히 기억하지는 못했던 건 사실이었다. 하지만 전화로 여자애의 목소리를 들었을 때 그 엄마를 떠올리기는 했다. 그래서 흥분이 되면서도 불안했던 거였다. 성적으로 흥분되는 한편 경계심, 불안이. 린다 것샬크! 린다는 그가 별로 떠올리고 싶지 않은 여자들 중 하나였다. 특히 오늘 밤처럼 기분이 가라앉았을 때는. 최근에는 많은 밤에 그랬다. 그가 해야 할 일이라고는―가장 중요한 일이라고는―잊지 않고 제때 인슐린 주사를 맞는 것뿐이었다. 요새 브래드 시프트크의 삶이 어떤지를 잘 보여주는 증표였고, 그는 별로 생각하고 싶지 않았다. 린다 컷샬크를 처음 만났을 때 그는 이제까지 본 사람들 중에 가장 예쁜 여자란 사실을 인정하지 않을 수 없었다. 그가 해군을 제대하고 북부로 이사한 직후의 어느 주말, 두 사람은 취해서 나이아가라 폭포에서 결혼했다. 현실을 제대로 실감하지 못했었다. 린다가 전에 결혼한 적이 있고 어린 딸이 있다는 것. 그건 책임을 뜻했다. 더욱이 린다가 같이 살기 까다로운 여자라는 사실도 제대로 이해하지 못했었다. 좀더 부드럽게 말하자면, 린다는 '과하게 친밀한' 방식으로 손대는 것을 좋아하지 않았고 그건 결혼생활의 문제였다. 두 사람이 살았던 셔토쿼 폭포, 이동식 주택의 좁은 공간에서는 더욱 그랬다.

브래드는 스테이시 린보다 고작 5에서 7센티미터 정도 컸다. 여자애는 엄마보다 키가 훌쩍 크고 덩치도 더 컸다. 여자 중에서도 다른 종족 같았다. 하지만 브래드가 옅은 갈색이라고 생각하던 그 애 엄마의 머리카락과 닮은 황갈색 머리카락이 그의 손 위에서 물결치고 있었다. 정신을 차리고 보니 린다의 수줍던 꼬마 딸은 이제 성숙한 여자가 되어 있었다. 엄마의 섬세한 얼굴 특징과 여성스럽고 부드러운 태도는 전혀 안 닮았지만, 그게 차라리 나을 수도 있었다.

그런 세월의 무게가 그에게 물결처럼 밀려들었다. 물결이 연이어 밀려들어 숨도 쉴 수 없었다. 어둡고 거무스름한 물. 그는 멍하고 아파 보였는지도 모르겠다. 애교 있게 가르랑거리는 목소리로 여자애가 말했다. "우리 브래드 아저씨, 한잔 하셔야겠는데요. 그리고 므아 오시(나도)."

여자애가 무슨 얘기를 하는지 도무지 알 수 없었다. 그의 팔뚝에 올려진 여자애의 손—커다랗고 뭉뚝한 손가락, 반짝이는 녹색의 깨진 손톱—에서 전류가 흘러 몸을 통과하는 것 같았다.

두 사람은 안쪽 바에서 함께 맥주를 샀다. 브래드는 자기가 사겠다고 말할 수밖에 없었다. 베란다에 나가봤지만 빈자리가 없었다. 그런 상황에서 브래드는 남의 눈을 의식하고 쉽게 화가 치밀곤 했다. 망할 것들이 쳐다보긴 왜 쳐다봐. 아는 사람들이 그와 함께 있는 뼈대가 굵고 인디언처럼 생긴 여자애를 쳐다봤다. 심지어 얼굴에 피어스까지 한 여자. 그는 배를 걷어차였으나 티내지 않으려는 사람처럼 미소지었다. 스타 레이크로 오는 내내, 뜬금없이 전화를 걸어 만나자고 하는 여자가 누군지 궁금했다. 뭔가 낭만적인 이유일 줄 알았는데 웬걸, 거의 십오 년이나 만나지도 못하고 생각지도 않던 의붓딸이었다. 맥주 첫 잔에 바로 머리까지 취기가 올랐다. 당뇨병 판정 이후에는 예전처럼 술을 마시지 않았다. 스테이시 린은 연신 그에게 몸을 바짝 붙이며 말했다. "아, 브래드, 브래드 아빠, 정말 놀랍지 않아요? 브래드 아빠를 다시 볼 거라곤 생각도 못했는데. 엄마랑 아빠가 헤어질 때 얼마나 속상했다고요. 저기요, 나 차 가지고 왔어요. 우리 스타 레이크로 드라이브 가요. 할 얘기도 많고. 여긴 사람이 너무 많잖아요."

텔레비전에 나오는 대담한 여자처럼 스테이시 린은 그의
어깨를 잡더니 입을 노리고 키스했다. 단단한 고무 같은 입술
은 축축했고, 예상과는 달리 차가웠다. 그녀는 튼실한 두 팔
로 그의 목을 감싸더니 갑자기 힘이 빠지기라도 한 것처럼 어
깨를 축 늘어뜨리며 고분고분한 태도, 여성스럽게 자제하는
태도로 그의 가슴에 머리를 기댔다. 다음 순간 그녀가 그에게
서 한발 떨어져 미소짓자 이제 좀 예뻐 보였다. 더 어리고, 더
연약하게.

브래드는 직접 운전하고 싶었지만 스테이시 린이 자기가
하겠다고 우겼다. 어찌나 고집을 부리던지 브래드는 두 손 들
수밖에 없었다. 여자가 운전하는 차 조수석에 타니 불편했다.
그는 마치 자신이 거동이 불편한 장애인이고, 눈이 반짝이고
인디언 식으로 머리를 말갈기처럼 등 중간까지 땋아내린 튼
튼한 젊은 여자가 그를 돌보고 있는 느낌이 들었다.

스타 레이크는 애디론댁 산맥 남쪽에서는 큰 호수로 꼽혔
다. 북에서 남까지 길이는 43킬로미터, 너비는 10킬로미터
에 달했다. 하지만 개발된 지역은 아주 적었다. 소나무, 전나
무, 노간주나무가 빽빽이 들어찬 숲에는 유령같이 하얀 자작
나무 무리가 조각구름처럼 여기저기서 번득였다. 어렸을 때
나 이십대였을 때 브래드는 일 년에 몇 번씩 이곳에 와서 낚
시나 등산을 했고, 사슴 사냥철에는 친구들과 함께 오기도 했

지만 이제는 오지 않았다. 심지어 그 친구들이 지금은 다 어디로 갔는지도 알지 못했다. 이제 지형지물은 기억에 잘 떠오르지 않는 꿈의 파편처럼 그에게 돌아왔다. 높이 솟은 수증기 같은 구름 사이로 사분의 삼쯤 찬 달이 인광처럼 기괴하게 빛났다. 스테이시 린은 운전하면서도 계속 술을 마셨고 쉬지 않고 지껄였다. 브래드는 몇 마디 듣기는 했으나 대부분은 흘려들었다. 생각은 이리저리 흩어졌고 맥주가 출렁이는 소리는 벌들이 윙윙대는 소리같이 들렸다. "내 차 맘에 들어요? 괜찮죠?" 고급 도요타 승용차가 과연 스테이시 린의 차인지 브래드는 의심스러웠다. 그의 차는 차 주인이 세 번쯤 바뀌었을 중고 그랜드 체로키였고, 브래드는 자기 차를 가져오겠다고 우길걸 그랬다고 생각했다.

스테이시 린은 호숫가 도로에서 자갈길로 들어섰다. 집도 오두막도 없었다. 하지만 브래드는 호수 이쪽에 몇 년 전에 낚시하러 와본 것 같았다. 달이 얼마나 기괴하게 밝던지, 하늘과 숲은 얼마나 먹처럼 기괴하게 검던지. "자! 호수까지 걸어가요." 스테이시 린은 손전등을 들고 덤불 아래 희미한 길을 비췄다. 브래드는 캔맥주를 두 개—아니면 세 개—째 비운 상태였다. 게다가 브래드는 뭔지는 잘 모르겠지만 일종의 흥분, 갈망이 일어 마음이 어지러웠다. 정확히 성적이라고 할 수는 없었지만 섹스에 대한 기대감이 있었다. 혹은 깜짝 놀랄 만한 사건에 대한 기대감. 사람을 자극했다가, 바람 맞은 연처럼 곤두박질치는 감정. 여자애는 크게 콧노래를 부르고 잇새로 휘파람을 불면서 마찬가지로 캔맥주를 들이켜고 있었고, 손에 든 전등을 마술봉처럼 흔들었다. "비트-비트(얼른요 얼른), 브래드. 몽 아미(내 친구)." 외국어, 아니 외국어를 흉내내는 말을 내뱉으며 서투른 아이를 정답게 놀리는 듯했다. 브래드는 덤불에서 넘어지면서 덩굴에 옷이 찢기고 손을 긁히자 욕설을 내뱉었다. 호숫가에 이르자―백사장도 아니고 폭풍우에 쓸려온 쓰레기가 어지러이 흩어져 있고 죽은 생선의 악취가 희미하게 풍기는 자갈밭에서―스테이시 린이 무릎 사이에 손전등을 끼운 채 툴툴대면서 새틴 티셔츠를 휙 벗었고, 브래드는 깜짝 놀랐다. 안에 물방울무늬가 다를 뿐 티셔츠와 똑같이 번들거리는 새틴 재질의 스포츠 브라 같은 것을 입고 있었다. 물에 들어가려는 건가? 스타 레이크 물이 얼마나 차가우려나? 디자이너 진의 꼭 맞는 허리밴드 위로 뱃살이 살짝 삐져나와 있었다. 꽉 쥐어보고 주물러보고 싶은 부드럽고 여자다운 살이었다. 그의 입이 바짝 말랐다. 목덜미의 털이 곤두섰다. 그녀의 키스가 닿았던 입술은 여전히 축축했고 살에 흉터나 딱지가 앉은 것 같았다. "보여요? 오직 우리만을 위한 '크레르 드 린', 달빛이에요, 브래드."

스테이시 린의 목소리가 떨렸다. 그녀는 농담을 하고 있었다. 아니 하려고 했지만 목소리가 떨렸고, 어색한 그 순간 브래드는 그녀가 울음을 터뜨릴지도 모른다고 생각했다.

아서라! 여자가 눈물을 보이면 브래드는 안절부절못했고 적개심까지 들었다. 그 눈물이 무슨 뜻이었어?

스타 레이크는—위에서 보면 삐뚤빼뚤한 별 모양이라서 그런 이름이 붙여졌다—아주 캄캄하면서도 부서진 달빛으로 일렁거렸다. 공기는 서늘해졌지만 바람이 없어 수면은 고요했고, 이름 모를 신비 생물체가 물밑에서 휘젓기라도 하는지 몇 군데만 살며시 흔들리고 있었다. 스테이시 린은 뜬금없이 장난치듯 손전등을 휙 돌려 브래드의 얼굴을 비췄다. 순간이긴 하지만 브래드는 화들짝 놀라고 눈이 부셔서 앞이 보이지 않자 성질이 났다. 손전등은 다시 다른 방향으로 돌아갔다. "브래드! 이쪽이에요." 다시 한번 소녀 같고 자극하는 태도였다. 물에 들어갈 것 같지는 않으니 그나마 다행이었다. 브래드는 따라가고 싶은 기분이 아니었으니까. 이 외출, 이게 뭐든 간에 끝내고 싶은 마음뿐이었다. 하지만 앞에서 콧노래를 부르고 휘파람을 불며 그를 이끄는—어디로?—뼈대 굵은 여자애 뒤를 터벅터벅 따라가는 것 말고는 달리 어쩔 수가 없었다. 길은 돌투성이면서 질척거렸다. 두 사람은 비탈을 오르며 호수에서 멀어지고 있었다. "잠깐, 스테이시 린! 빌어먹을!" 브래드는 지친 척, 화난 척했다. 사실 그는 몹시 숨이 찼다. 뭔가 썩은 냄새, 동물 사체 냄새 같은 것이 풍겼다. 호수에서 400미터쯤 멀어졌지만 두 사람은 여전히 비탈을 오르고 있었다. 스테이시 린이 앞장서고, 브래드는 얼굴이 달아오른

채 뒤에서 헐떡거렸다. 갑자기 공동묘지처럼 보이는 곳에 들어섰다. 버려진 교회 뒤에 있는 황폐한 분위기의 오래된 공동묘지였다. 베르셰바라는 이상한 이름이 붙은 이곳에 사람들이 정착했던 시절도 있었을 것이다. 베르셰바 루터교 교회가 있는 이곳에. 성경에서 따온 지명일 거라 브래드는 생각했다. 비석은 거의 쓰러지고 부서졌다. 이끼가 끼고 덩굴과 잡초가 뒤엉켰으며 그 위로 드러난 비문은 닳고 희미해져서 달빛으로는 읽을 수 없었다. 브래드는 1790년까지 거슬러올라가는 비석도 보았다. 무척 오래전이라 비첨 카운티의 이런 외딴 곳에 사람이 살았었다는 것을 믿기 어려웠다. 여자애는 영화에 나오는 소녀처럼 숨찬 목소리로 말했다. "브래드 아빠, 그러니까 새아빠. 여긴 내가 예전에 오던 비밀 장소예요. 엄마가 스타 레이크에 있는 친척 집에 놀러오면 난 자전거 타고 여기까지 왔어요. 여기 안 온 지가…… 세상에, 얼마나 오래됐더라? 십 년은 된 것 같네. 엄마가 여기 묻힌 건 아니지만, 난 혼자서도 여기 오곤 했어요. 이곳엔 좋은 추억이 많으니까."

"엄마가 여기 묻히지 않았다니, 왜 그런 말을 하는 거지? 백 년 동안 여기 묻힌 사람은 없는데."

"그거야 당신 생각이고요, 브래드."

사람을 자극하고 흥분시키고 어쩌면 놀리고 약 올리려는 듯한 쓸데없는 헛소리였다. 브래드는 그냥 여자애가 술기운에 흥이 돋아 농담하는 거라고 생각하고 싶었다. 여자애는 쓰러진 비석 위에 앉았다. 아니 앉으려고 애썼지만 커다란 엉덩이 때문에 자꾸 미끄러졌다. 여자애는 킥킥거리며 좀더 안정적인 자세로 걸터앉았지만 그 바람에 손전등이 손가락에서 미끄러져 풀밭으로 떨어져버렸다. "이봐요, 브래드, 이리 와서 내 옆에 앉아요. 봐요, 여기 낭만적이잖아요." 브래드는 휘청휘청 여자애 옆으로 갔다. 스테이시 린과 이렇게 가까이 앉고 싶은지는 확실하지 않았지만, 그런 생각을 하자 자극되고 흥분됐다. 브래드가 가까워졌을 때 여자애가 몸을 숙여 손전등을 줍나 싶더니 브래드의 바지 자락, 왼쪽 바지 자락을 거칠게 위로 잡아챘다. 이 기이한 행동이 어찌나 순식간에 일어났던지 브래드는 너무 놀라 여자애를 밀치거나 자기를 보호하기는커녕 아무런 반응도 할 수 없었다. 바로 그 순간 면도날처럼 날카로운 무엇이 왼쪽 발목 위로 드러난 피부를 긋고, 베고 지나갔다. 이루 말할 수 없는 아픔이 짜르르 흘렀다. 브래드는 비명을 질렀고, 다친 다리에서 힘이 쑥 빠지며 돌멩이가 흩어진 풀밭 위로 쿵 쓰러지고 말았다.

여자애는 괴로워하는 남자에게서 풀쩍 떨어졌다. 그러더니 흥분하고 아이처럼 들떠서 킬킬댔다. 여자가 무슨 짓을 한걸까? 여자가 그에게 무슨 짓을? 여자는 왼손에 손전등을 쳐들었고 오른손에는 달빛에 희미하게 빛나는 뭔가를 들고 있었다. 접이식 칼? 여자의 눈이 번득였다. 일어선 여자는 어린 수소처럼 의외로 민첩했다. "알아, 브래드? 네 아킬레스건이 방금 절단됐다는 거?"

브래드는 무력하게 땅에 쓰러져 있었다. 그 고통은 참을 수 없는 것이었다. 그는 비명을 지르고 낚시에 걸린 물고기처럼 버둥버둥 꿈틀거렸다. 여자애는 희열과 생기에 차서 그의 주위를 빙빙 돌며 발을 구르고 약을 올렸다. "네가 우리 엄마를 죽였어, 이 비열한 자식. 나쁜 놈. 너 같은 악마는 이제 대가를 치러야 해. 어때 마음에 들어? 지금 잘린 게 바로 네 '아킬레스건'이다, 이 개자식아. 벌레처럼 기어보시지. 집까지 벌레처럼 기어가보라고."

"살려줘." 브래드는 빌었다. 고통으로 정신이 혼미하면서도 몸을 끌고 가보려 했다. 어디로 가려는지는 알 수 없었다. 상처에서 피가 솟구쳐 고통으로 욱신거리는 다리를 끌면서. 스테이시 린은 그의 주위를 빙빙 돌며 흡족해하다가 성질을 부렸다. "네가 우리 엄마를 죽였어! 엄마를 똥같이 여겼잖아! 엄마가 너 때문에 얼마나 아팠는데. 너무 비참하고 우울해서 아무 생각 없이 반쯤 취한 상태로 운전했던 거야. 늦은 밤에 주간州間 고속도로를 달렸던 거라고. 나도 같이 갈 뻔했지만 마지막 순간에 마음을 바꾼 엄마가 난 텔레비전 보라며 집에 놔뒀어. '엄마가 늦으면 할머니에게 전화해라' 하면서. 네가 총으로 쏜 것처럼 엄마를 죽게 했어. 심장을 찌른 거라고! 그래놓고 엄마 장례식에도 안 나타났지! 이제 어쩔래, 개자식아? 덩치 큰 개자식 아빠야! 직접 아파보니까 기분이 어때? 벌레처럼 기어갈 신세가 되어보니까 어떠냐고!" 스테이시 린은 말을 멈추고 숨을 거칠게 몰아쉬었다. 젊고 딱딱하게 굳은 얼굴은 기름진 땀이 막처럼 끼어 번들거렸고 이제 그 엄마와 전혀 닮아 보이지 않는 눈은 반짝였다. "이거 아냐, 개자식아. 난 널 여기 두고 갈 거야. 넌 이런 성스러운 곳에서 죽을 자격도 없지만."

브래드는 손가락으로 피를 막아보려고 다리를 붙들었다. 무슨 일이 일어났는지 제대로 파악하기가 힘들었다. 그에게 무슨 일이 생긴 건지. 이 여자애를 설득해보려 했다. 여기 두고 가지 말고 살려달라고 애원하면서. 두뇌 한쪽은 생각하고 계산하고 있었다. 그를 공격한 자가 벌써 얼마나 깊이 상처 입혔는지 이해한다면, 그가 느끼는 끔찍한 고통, 그가 완전히 망가져 아무런 위협이 되지 못한다는 사실을 이해한다면, 자비를 베풀어 어쩌면 그를 여기 놔두고 가지 않을지도 몰랐다. 오래된 루터교 공동묘지는 스타 레이크에서 몇 킬로미터밖에 떨어져 있지 않지만 너무 외딴곳이라 그가 살려달라고 외친다 해도 아무도 듣지 못할 것이었다. 몇 주, 어쩌면 몇 달 동안. 무너진 교회로 이어진 자갈길은 이제 카운티에서도 유지보수하지 않는 유기된 도로였다.

여자는 비웃음으로 맞섰다. "쳇, 아직 움직이는 걸 보니 별로 아프지 않나보네. 날 구슬리려고? 자, 이 멍청한 자식아, 이러면 피 흘리다 죽진 않겠지."

경멸하는 손짓으로 여자는 그에게 뭔가 던졌다. 지저분한 누더기였다. 브래드는 피 흘리는 다리에 누더기를 대고 필사적으로 눌렀다.

상처—깊은 상처—는 브래드의 다리 뒤쪽, 발목 바로 위에 있었다. 브래드가 아는 한 스테이시 린이 긋고 벤 것은 그의 아킬레스건이었다. 그것이 '절단됐다'. 실수 없이 정확하고 놀랄 만큼 대담하게 스테이시 린은 그의 카키색 바지 자락을 휙 잡아채 사냥칼 같은 것으로 살을 긋고 베었다. 20센티미터가 채 안 되고 푸르스름하게 번득이는 강한 스테인리스 스틸 칼은 면도날처럼 날카로웠다. 스테이시 린이 얼마나 빠르고 능숙하게 움직였던지 칼날은 몇 초 만에 브래드의 면양말과 피부—그의 살—를 뚫어버렸다. 스테이시 린은 그의 고통을 조롱하면서 코웃음 쳤다. "어디 한번 직접 지혈해보시지, 멍청한 놈! 잘난 해군 장교 아니었나? 제 몸 하나 돌보는 법은 알겠지. 똥줄 빠지게 애쓰면 피 흘리다 죽진 않을 거야."

브래드는 상처 입은 다리에 누더기를 대고 눌렀다. 그는 애원했다. "내가 네 엄마를 죽인 게 아냐, 스테이시. 난 네 엄마를 사랑했어. 내 말 좀 믿어줘. 네 엄마를 사랑했다고……"

"엄마를 사랑했기는 개뿔! 웃기시네! 누굴 사랑해본 적도 없는 개자식 주제에."

브래드는 사랑했다고 항변했다, 사랑했었다고. "네 엄마와 결혼한 건 그 사람의 남편이 되고 너한테는, 아, 아빠가 돼주고 싶어서였어. 그게 내 희망이었다. 좋은 남편과 아빠가 되는 게……"

"개소리하고 있네! 넌 엄마를 똥같이 여겨서 결국은 죽게 만들었어. 엄마가 죽길 바랐잖아. 없애버리고 싶어했잖아! 그래야 위자료도 안 주고 눈곱만큼도 신경 안 써도 되니까. 그래서 그렇게 된 거잖아."

"아냐, 그런 게 아니었어."

"아니었다고? 그런 게 아니었다? 그럼 어떻게 된 건데?"

"난 네 엄마를 사랑했어. 너를 사랑했고……"

격분한 여자애는 웃으면서 그를 발로 찼다. 브래드는 두 팔로 얼굴을 감쌌다.

"그깟 목숨 구해보겠다고 필사적으로 아무 소리나 지껄이는군. 넌 지금 거짓말하는 것도 아냐. 애초에 진실이 뭔지도 모르는 거지."

"스테이시, 아냐. 난 네 엄마를 사랑했어. 너를 사랑했다고……"

"잘도 그랬겠다. 그럼 왜 날 만나러 한 번도 안 왔지?"

"네 외할아버지 외할머니가 허락하지 않았을 거야……"

"개소리하고 있네!"

브래드는 고통과 출혈보다도 여자애가 자기를 여기 놔두고 갈까봐 두려웠다. 그는 추위와 죽는다는 공포 때문에 발작적으로 몸을 떨고 있었다. 땅이 얼음처럼 차가우니, 그는 저체

온증으로 죽을 것이다. 철 이르게 온화했던 4월의 날은 해가 지자 싸늘해졌다. 애디론댁 산맥 남쪽, 스타 레이크와 아주 가까운 이곳은 급속히 어두워졌고 땅은 급속히 식어버렸다. 지상을 떠나는 영혼처럼 땅에서 냉기가 일었다. 오래된 공동 묘지는 인간 해골의 일부 같기도 한 부서진 돌덩이의 공간이었다. 금이 간 화강암 비석, 해골처럼 깨진 도기 조각, 구렁이처럼 얽힌 굵은 덩굴. 베르셰바 루터교 교회는 적어도 십 년은 폐쇄되어 있었다. 지붕널은 속속들이 썩었고 물막이 판자의 페인트는 대부분 벗겨졌다. 어린 묘목과 들장미가 무성히 자라 그나마 남은 교회 건물 앞을 가리고 있었다. 차를 타고 여기를 지나가는 사람이 있다 한들 길에서는 낮에도 공동묘지 안이 보이지 않았다. 브래드는 약 올리는, 그러면서도 그와 거리를 두려고 조심하는 여자애 쪽으로 미친듯이 기어갔다. 그녀는 마지막 캔맥주를 비우고 그에게 던졌다. 깔깔 웃으며 입을 닦았다. 술에 취했는지 약에 취했는지 아니면 아드레날린에 도취했는지 알 수 없었다. 눈물이 반짝이던 통통한 뺨에 이제는 맥주 방울이 번득였다. 여자애는 극도의 혐오감을 담은 목소리로 말했다. "나한테 한 짓은 또 어떻고, 이 개자식아. 내가 치즈 크래커나 피자 사달라고 애원하면 흥분했지? 엄마가 잠들어 있을 때 내가 배고프다고 하면 애원하게 했잖아. 그것도 기억 안 나냐? 술에 취해서 나한테 네 역겨운 바지 지퍼를 내리게 했잖아. 나보고 널 '긁어'달라고 하면서, 웩!"

브래드는 항변했다. 그런 적 없다고. 그는 그런 짓을 한 적이 없었다. 다리가 아프고 죽을까봐 무서운 와중에도 정말 충격을 받았다. 그는 스테이시 린에게 그런 짓을 한 적이 없었다. 절대로……

"했잖아! 했어! 한 번도 아니고 여러 번! 내가 꼬마였을 때, 아홉 살인가 여덟 살일 때부터 그랬잖아. 엄마도 알았어. 엄마가 안다는 걸 난 알았어. 그래서 엄마가 미웠어. 알면서도 모르는 척했으니까."

"스테이시, 그건 정말 아니야. 맹세할 수 있어. 주님 앞에서 맹세할 수……"

"주님을 증인으로 삼아, 맹세를 하려면 이렇게 해야지."

"주님을 증인으로 삼아, 난 너를 괴롭힌 적이 없어. 네 엄마를 괴롭힌 적도 없고. 네 엄마가 그런 식으로 주장했다면……"

"엄마는 어떤 주장도 하지 않았어! 엄마는 정신적으로 아픈 여자였는데 네가 끝까지 몰아붙였어. 죽고 싶어할 여자가 아니었는데 네가 그런 짓을 해서 그렇게 된 거야. 그래서 그랬다고. 그런데도 넌 그냥 떠나버렸어. 우리를 버렸다고."

"린다는 정신적으로 아픈 여자가 아니었어. 단지 민감하고, 스트레스를 받았던 거야……"

하지만 브래드에게도 스테이시의 말은 사실처럼 들렸다. 그의 젊은 아내는 정신적으로 아팠다. 것샬크 가족 누구도 인정하지 않으려 했고 심지어 눈치도 주지 않았다. 브래드는 미처 깨닫지 못했었다. 너무 어리고 순진하고 어리석었다. 너무도 아름다운 여자여서 그는 린다가 아플 수도 있다는 사실조차 깨닫지 못했던 것 같았다.

"미안하다고 해! 자백하라고, 이 살인자야!"

"하지만 난, 난 린다에게 상처 입히지 않았어……"

"미안하다고 하란 말이야, 개자식아. 아니면 돼지처럼 목을 따버릴 테니까."

손에 칼을 든 여자애는 브래드에게 덤벼들더니 고소해하고 조롱하듯 탄성을 지르며 베는 시늉을 했다. 여자애는 술에 취해 장난스러우면서도 무시무시하게 심각했다. 눈은 분노와 잔인함이 어린 눈물로 빛났다. 날카로운 칼끝이 어깨를 찔렀다. 그는 올빼미에게 잡힌 토끼처럼 비명을 질렀다. 여자애는 웃음을 터뜨렸다. "큰 아기! 멍청한 큰 아기! 엉금엉금 기어가봐. 악마처럼 사악한 새끼. 기어보라고, 이쪽으로."

브래드는 맹목적으로 복종했다. 몇 발자국 떨어진 곳에서 스테이시 린은 그를 향해 탄성을 지르고 발로 차며 어디로 갈지 모르는 동물을 몰듯이 칼을 일부러 휘둘러 그를 앞으로 몰았다. 생물이 썩는 냄새와 곰팡내가 났고 돌은 지독하게 많았다. 여기 이것들은 분명 인간의 뼈였다. 우상의 신 앞에 있는 사람처럼 브래드는 모든 것을 체념하고 부스러진 뼛조각들 위를 기어갔다. 공동묘지 끄트머리에는 갑작스레 푹 꺼진 자리, 협곡이 있었다. 스테이시 린은 브래드 뒤에 서서 발로 차고 찌르고 밀며 끄트머리로 몰고 갔다. 그는 떨어져서 낑낑댔다. 협곡의 깊이는 3미터가 조금 넘었다. 바윗덩이, 뾰족한 돌, 돌 부스러기, 덤불이 있고 그 사이로 얕은 개울이 흘렀다. 반짝이는 개울에 흐르는 얼음물. 브래드는 우당탕탕 떨어져서 바위에 머리를 부딪혔다. 넋이 나간 브래드는 협곡 바닥에 누워 있었다. 추위로 입술이 얼얼했고 의기양양한 여자애가 그 위에 쭈그려앉을 때도 몸통만 남은 것처럼 꼼짝도 할 수 없었다. "넌 주님한테 천벌을 받을 거야. 그래서 여기까지 불려온 거지. 숨을 곳이 없는 여기로."

브래드는 당뇨가 있다고 호소했다. 병자라고, 곧 인슐린 주사를 맞지 않으면 당뇨 혼수상태에 빠져 죽을 거라고. 여자애는 잔인하게 웃었다. 멸시하듯 웃었다. "네가! '당뇨'가 있다고! 웃기시네! 너 같은 천한 돼지 새끼가 병에 걸릴 리가 있나. 너 때문에 다른 죄 없는 사람들이 아프지." 스테이시 린은 말을 멈췄다. 승리감에 도취된 그녀가 숨을 헐떡이며 그를 내려다보았다. "난 아팠어. 엄마가 죽은 후로 무진장 아팠다고. 사고 난 후에 사람들이 엄마를 못 보게 했어. 장례식에도 못 가게 했지. 난 재활 병원에 있었어. 재활 병원에 간 게 한 번이 아니야. 이런저런 주에서. 난 여기를 떠났어. 타협하는 법을 배웠지. 엄마를 실망시켰어. 엄마가 죽었을 땐 열한 살이었는데. 그렇게 어린애도 아니잖아, 열한 살이면. 그런데 나는 지금도 열한 살 때와 똑같은 사람이야. 속은 변하지 않았다고, 영혼은. 엄마는 너 때문에 '아파서 죽었는데', 네가 작별인사도 없이 그렇게 가버려서. 엄마는 죽고 싶었던 거야. 얼마나 힘들었는지 일어나서 옷 입을 기운도 없는 사람처럼 종일 침대에 누워 있었어. 난 엄마한테 너무 싫다고 소리를 질렀지. 그렇게 말했어. 엄마는 나보다 널 더 사랑한다고. 그 역겨운 돼지가 그렇게 좋으면 가서 같이 살라고. 사랑하면 그 사람과 살라고. 여기……"

스테이시 린은 청바지 주머니를 뒤적거리더니 브래드에게 수첩을 던졌다. 그리고 펜을 던졌다. 수첩은—처음에 브래드는 담뱃갑이라 생각했다—안에 줄이 쳐진 작은 용수철 노트였다. 브래드는 달빛에 간신히 이것만 알아볼 수 있었다. 돌 부스러기 속에서 그는 더듬더듬 펜을 집었다. 이제는 이해할 수 있었다. 이 여자애는 미쳤다. 이 여자애에게 협조하는 것 말고는 다른 도리가 없다. 안 그러면 죽는다.

"받아 적어! 얼른, 이 자식아! '나 브래드포드 시프트크, 어디어디 주민은.' 거긴 나중에 알아서 채워. 날짜도. '1985년 6월에 린다 것샬크를 죽게 만들었습니다. 나는 린다의 딸 스테이시 린이 5세부터 11세 사이 어린 소녀일 때 추행했습니다. 난 그 불쌍한 어린 소녀 안에 손가락을 쑤셔넣어 추행했고 내 추하고 역겨운 물건을 만지고 잡고 주무르게 했습니다. 고름 같은 하얀 물질이 나올 때까지. 난 그 아이에게 음식을 구걸하도록 했습니다. 그 아이의 엄마가 사랑을 구걸해야 했던 것처럼."

위에서 쭈그려앉은 여자애가 새되고 긴박한 목소리로 받아 적을 것을 부르는 동안, 브래드는 무성영화의 배우처럼 고통과 절망 때문에 일그러진 얼굴로, 하지만 보는 사람에게는 웃음을 유발하는 괴상한 표정으로 적어보려고 노력했다. 손가락이 뻣뻣해져서 플라스틱 볼펜을 제대로 쥘 수도 없었다. 그는 자기가 뭘 쓰고 있는지 뭘 쓰려 하는지 알지 못했지만 자기 목숨이 거기 달려 있기라도 한 듯 참고 계속했다. 머리 위 높은 곳, 부스러기 모양의 구름이 달을 잠시 가렸다. 그다음 마치 억누른 비명처럼 달빛 조각이 스며나왔다. 브래드는 얼마나 오래 이 작은 수첩에 글을 썼던가. 얼마나 오래 다리가 비틀어진 채 글을 쓰려 했던가. 말할 수 없었다. 그는 인내심을 갖고 계속했고, 그를 고문하던 자가 갑자기 농담이라도 하듯 말을 던졌다. "어이, 멍청이, 그만둬! 자백은 나중에 물리면 그만이잖아. 내가 모를 것 같아? 아무짝에도 소용없어. 다 똥이야. 네가 손대는 건 다 똥이라고. 날 믿었나보군. 한심한 늙은이 같으니라고. 이제 늙어서 하잘것없는 목숨 부지하려고 똥 같은 말이든 뭐든 다 믿겠구나."

"스테이시, 난 물리지 않을 거야. 약속할게."

"난 스테이시 린이지 스테이시가 아니야! 넌 내 이름이든 엄마 이름이든 입에 올릴 자격조차 없는 쓰레기야. 네 영혼은 쓰레기라고. 예수님도 네겐 침 뱉을 거다. 넌 손대는 사람 모두에게 독을 주잖아."

"아니야, 제발. 난 누구도 해치지 않았어. 고의로는 안 그랬어. 맹세해⋯⋯"

"헛소리하지 마! 네가 배신해서 죽게 한 다른 여자한테나 그렇다고 지껄여. 난 이제 갈 거야. 널 너한테 딱 어울리는 데다 두고 갈 거라고. 벌레처럼 기어서 스타 레이크까지 도로 가든가 벌레처럼 여기서 죽어. 네가 죽어도 아무도 아쉬워하지 않을 테니까. 난 스타 레이크로는 돌아가지 않을 거야. 카시지로도 안 갈 거고. 모텔에도 가명을 댔지. 지난 금요일이 생일이었고 난 스물다섯 살이 됐어. 몇 달 전에 몸이 안 좋아서 카운티 보건소에서 조직 검사를 받았더니 음성이랬어. 이걸 하려고 수천 킬로미터나 운전하고 왔어. 이 순간을 위해 수천 킬로미터나 운전했고, 수천 년을 살았다고. 재활 병원에서 보낸 구십 일을 포함해서. 내가 어디 있는지 아는 사람은 없어. 네가 어디 있는지 아는 사람도 없고. 브래드 아빠, 넌 지금 벌받고 있는 거야. 넌 똥이야, 알겠어? 넌 영혼도 없어. 내 영혼은 바위 아래나 틈에서 자라는 식물처럼 제대로 크지도 못하고 시들었어. 하지만 햇볕을 받으면 활짝 필 수 있을 거야. 영양분과 햇볕이 있다면. 하지만 넌 아니야. 넌 아니라고. 너 같은 인간은." 스테이시 린은 말을 멈췄다. 브래드는 그녀의 거칠고 헐떡거리는 숨소리를 들을 수 있었다. 그녀는 웃으며 어린애처럼 신나서 손바닥을 맞부딪쳤다. "그런데 이거 알아? 난 널 살려둘 거야. 가장 나쁜 적을 용서하라고 주님이 말씀하시니까. 예수님이 용서하라고 하시니까 살려두긴 하겠어, 브래드."

그는 혼자였다. 여자애는 가버렸다. 몸을 일으키더니 떠나버렸다. 넋이 반쯤 나간 브래드는 여자애가 덤불을 헤치고 나가는 소리를 들었다. 그는 여자애 뒤에서 살려달라고, 이 끔찍한 곳에 혼자 놔두지 말고 살려달라고 미친듯이 소리쳤다. 하지만 그는 혼자였다. 고문하던 자는 그를 베르셰바 공동묘지의 폐허에 혼자 남겨두고 떠났다. 협곡으로 떨어지면서 그는 머리와 이마를 부딪혔다. 눈 위 찢긴 자리에서 피가 흘렀다. 그는 생각했다. 눈이 먼 건 아니야. 눈은 무사해. 다친 다리는 다른 사람의 것처럼 감각이 없었다. 이제는 끔찍한 고통이 아득하게 느껴지면서, 몸이 느슨하게 떨리면서 붕 뜬 기분이 들었다. 몹시 피곤했지만 바위들이 그를 들어올리고 있었다. 얼음처럼 반짝이는 개울물이 어떤 길을 통해 들어와 그의 피에 섞이고 동맥과 정맥을 타고 흘렀다. 심장은 주먹으로 잠긴 문을 두드리듯 쿵쿵 뛰었고, 호흡은 잔인한 주인 때문에 달려야 하는 늙은 개처럼 약하게 가빠졌다. 하지만 여자는 그를 살려두었다. 그에게 자비를 베풀어 삶을 돌려주었고 그는 그 삶을 선물로 받아들인 셈이었다. 기력이 돌아오면 그는 기어서

이 협곡을 빠져나갈 것이다. 묘지에 이르면 도와달라고 소리칠 것이다. 길까지 몸을 끌고 가서 도움을 청할 것이다. 결국 누군가는 그 소리를 듣겠지. 그는 포기하지 않을 것이다. 그는 쉽게 포기하는 짓밟힌 벌레가 아니었다. 다리의 출혈이 멈췄던가? 그는 어쩌면 출혈이 멈췄을지도 모른다고 생각했다. 출혈이 멈추는 건 좋은 징조라고 생각했다.

화석 형상

Fossil-Figures

1

거대한 배 속, 거대한 심장이 **쿵 쿵 쿵** 뛰며 맹목적으로 생명을 길어올렸던 곳. 심장이 하나 있어야 할 자리에 둘 있었다. 악마 형제는 더 크고 게걸스러웠고 다른 하나는 그보다 작았다. 흐물흐물한 어둠 속, 둘 사이에서 뛰는 맥박, 흔들리고 떨리는 박동은 강해졌다 잦아들었다 다시 강해졌다. 악마 형제는 계속 자라 자궁 안에서 박동하면서 영양분을 취했다. 온기, 피, 미네랄의 힘을 얻어서 생명력이 넘쳤고 발로 차고 몸을 부르르 떨었다. 그러면 얼굴조차 알려지지 않은 엄마, 그 존재를 오로지 추정으로밖에 알 수 없는 엄마는 고통에 움찔했다. 웃어넘기려 했지만, 곧 숨이 넘어갈 사람처럼 창백해졌다. 난간을 잡으면서 미소를 지으려고 했다. 아! 아기. 분명 아들일 거야. 엄마는 배 속에 하나가 아니라 둘이 있다는 사실을 몰랐다. 내 살의 살, 내 피의 피지만 하나가 아니라 둘이었다. 그러나 둘은 동등하지 않았다. 악마 형제는 둘 중 더 컸고, 오로지 다른 작은 형제의 생명을, 흐물흐물하고 어두운 자궁 속 영양분을 자기 존재 속으로 쭉 쭉 쭉 빨아들이고자 하는 욕망뿐이었다. 자기 안으로 작은 형제를 빨아들였다. 포옹하듯 배를 형제의 구부러진 등뼈에 대고 몸을 웅크려 그 몸을 감쌌다. 악마 형제는 이마를 작은 형제 뒤통수의 부드러운 뼈에 꼭 붙였다. 악마 형제는 말은 할 수 없었지만 순수한 식욕은 있었다. 대체 왜 다른 존재가 여기 있는 거지, 이게! 이게 왜, 내가 있는데! 내가, 내가, 나만 있어야 하는데. 악마 형제는 아직 입으로 양분을 받아들이지 못했다. 아직 자르고 씹고 먹어치울 날카로운 이가 없었다. 그래서 더 작은 형제를 꿀꺽 씹어 삼킬 수 없었다. 그래서 작은 형제는 부푼 배 속에서 살아남았다. 거대한 심장이 쿵 쿵 쿵 뛰며 태어나는 바로 그 순간까지 맹목적으로 무지하게 생명을 길어올렸던 곳에서. 악마 형제는 머리부터 자궁 밖으로 밀고나왔다. 다이빙 선수, 잠수부처럼 산소를 열망하며 밀고나와 꽥꽥 울고 자기 존재를 선언하려 발버둥쳤다. 경탄으로 몸을 부르르 떨면서 큰 소리로 탐욕스레 울기 시작했다. 발길질하는 작은 다리, 휘두르는 작은 팔, 자줏빛으로 달아오른 성난 듯한 얼굴, 반쯤 뜬 번득이는 눈, 붉은 아기 두피에 난 놀랍도록 검고 거친 머리털. 아들이에요! 4킬로그램의 아들! 예쁘고 완벽한 아들이에요! 아이는 엄마의 기름진 피에 뒤덮여 억눌린 불길처럼 번득였고, 배꼽에 붙은 탯줄을 재빨리 자르자 날카로운 비명을 터뜨리며 정신없이 발길질했다. 그렇지만 다음 순간 찾아온 충격. 그런 일이 가능한가? 엄마 안에 또다른 아기가 있었다. 하지만 이 아기는 완벽하지 않았다. 자라다 만 아이, 기름진 피에 뒤덮인, 쭈글쭈글한 얼굴의 자그마한 노인이 십사 분의 진통 끝에, 자궁 수축이 잦아들던 마지막 순간에야 엄마로부터 튀어나왔다. 하나 더 있어요! 아들이 하나 더 있어요! 그러나 너무나 작고 영양이 부족해서 고작 2.5킬로그램밖에 나가지 않았다. 그나마 이 무게의 대부분을 머리가 차지하고 있었다. 푸른 핏줄이 불거진 볼록한 머리, 자줏빛으로 달아오른 피부, 왼쪽 관자놀이 부분이 겸자에 집혀 움푹해진 두개골, 피고름 때문에 감긴 눈꺼풀, 힘없이 휘두르는 자그마한 주먹, 힘없이 발길질하는 자그마한 다리, 자그마한 흉곽 속에서 힘없이 숨을 빨아들이는 자그마한 폐. 오, 하지만 이 불쌍한 건 살지 못할 거야. 그러지 않을까? 함몰한 작은 가슴, 어딘가 비틀린 작은 등뼈, 멀리서 나는 듯 희미하게 겨우 들리는, 억눌려 쌕쌕거리는 울음소리. 악마 형제는 멸시의 뜻으로 웃었다. 엄마 가슴 위에 자리를 잡고, 풍족한 모유를 쭉 쭉 쭉 빨아들이며 악마 형제는 분노와 멸시에 차서 웃었다. 대체 왜 다른 존재가 여기 있는 거지. 이게 왜! 대체 왜 '형제'이고, '쌍둥이'라는 게 있는 거지. 내가 있는데. 나만 있어야 하는데.

하지만 하나가 아니었다. 둘이었다.

모든 면에서 첫째인 악마 형제에게는 어린 시절이 열광적이고 빠르게 지나갔다. 모든 면에서 뒤처지는 작은 형제에게는 어린 시절이 냉랭하고 느리게 지나갔다. 악마 형제는 보고 있으면 즐거운 아이였다. 순수하게 아이다운 불꽃, 사방으로 윙윙 퍼져가는 에너지, 생명력으로 진동하는 존재의 모든 입자, 식욕. 나야 나 나라고. 작은 형제는 자주 아팠다. 액체로 가득찬 허파, 파닥이는 심장판막, 뒤틀린 척추의 연한 뼈, 안짱다리의 연한 뼈, 빈혈, 식욕 부진, 태어날 때 겸자 때문에 살짝 일그러진 두개골. 울음은 숨찼고 쌕쌕거렸으며 거의 들리지 않았다. 나? 나야? 악마 형제는 모든 면에서 첫째였다. 쌍둥이 요람에서 먼저 몸을 뒤집어 엎드렸다. 먼저 다시 반듯이 돌아누웠다. 먼저 기었다. 먼저 부들부들 떨리는 아기 다리로 일어섰다. 먼저 꼿꼿이 설 수 있다는 데 의기양양해서 눈을 크게 뜨고 걸음마를 뗐다. 먼저 말을 시작했다. 엄마. 먼저 물을 마시고, 삼키고, 접하는 모든 것에서 영양분을 빨아들였다. 경의와 탐욕에 눈을 크게 뜨고, 처음으로 한 엄마라는 말은 호소나 애원이 아니라 명령이었다. 엄마! 뒤늦게야 작은 형제는 악마 형제를 뒤따랐다. 어설프게 조합된 팔다리의 동작에는 자신이 없고, 질문을 던지듯 머리는 갸우뚱했다. 연약한 어깨 위의 머리는 흔들렸고 물기 어린 눈은 빠르게 깜박였다. 이목구비가 악마 형제보다 뚜렷하지 않아 더 약해 보였다. 악마 형제 쪽은 자랑스럽게 얘는 정말 사내아이야!라고 주장하는 듯한 생김새였던 반면 작은 형제 쪽은 불쌍한 것! 하지만 자라는 중이니까라는 수군거림을 들었다. 혹은 불쌍한 것! 하지만 웃으면 참 다정하고 슬프기도 하지라는 수군거림도 있었다. 어린 시절에 작은 형제는 자주 아팠고 몇 번인가 입원도 했다 (빈혈, 천식, 폐울혈, 심장판막증, 염좌). 이런 사이사이에 악마 형제는 작은 형제를 별로 그리워하는 것 같지도 않았고, 부모의 오롯한 관심을 누리며 더 크고 강하게 자라났다. 이제는 거의 이 형제가 쌍둥이라고, 심지어 '이란성 쌍둥이'라고 주장할 수도 없게 됐다. 보는 이들이 당황한 웃음으로 대응하곤 했기 때문이다. 쌍둥이라고? 어떻게 그럴 수 있어? 네 살쯤 되자 악마 형제는 작은 형제보다 몇 센티미터는 더 컸다. 작은 형제는 척추가 휘고 가슴이 함몰됐다. 깜박이는 눈은 물기가 어리고 초점이 흐릿했다. 형제는 쌍둥이가 아니라 그냥 형제처럼 보이기에 이르렀다. 한쪽이 다른 쪽보다 두세 살은 많고 훨씬 더 건강한 형처럼. 우리는 아들들을 똑같이 사랑해요, 당연히. 잘 시간이 되면 악마 형제는 바위가 검은 물에 가라앉듯 까무룩 잠에 빠져들었고 물아래 부드럽고 검은 진흙 속에서 편히 쉬었다. 잘 시간이 되면 작은 형제는 눈을 뜨고 누워서 줄기처럼 가는 팔다리를 움찔움찔 떨었다. 무한에 빠져들기를 두려워하는 사람처럼 잠이 두려웠기 때문이다. 나는 어린아이일 때도 무한은 뇌 속에 있는 광대하고 깊이를 헤아릴 수 없는 틈바구니라는 것을 알았어. 우리는 그 안으로 떨어지고 떨어지며 삶을 통과하고, 떨어지고 떨어지며 이름도 얼굴도 없는 미지의 곳으로 왔어. 이윽고 우리 부모님의 사랑도 사라질 곳으로. 심지어 우리 엄마의 사랑도 사라질 곳으로. 모든 기억까지도. 괴로워하던 얕은 잠에서 깨자 거품이 이는 물이 얼굴로 쏟아지는 것 같았다. 작은 형제는 숨쉬려고 발버둥치고, 컥컥거리고 콜록거렸다. 악마 형제가 방안의 산소를 거의 다 빨아들였기 때문이다. 악마 형제가 어찌할 수 있겠는가. 폐는 그렇게도 강하고 숨은 그렇게도 깊으며 신진대사는 그렇게도 격렬하니 자연스레 두 형제의 방안에 있는 산소를 다 빨아들이게 되는 것을. 매일 밤 잘 시간이면 부모는 아들들을 그 방안, 트윈베드에 눕히고 하나씩 입맞춤해주며 두 아들에 대한 사랑을 표현했다. 밤이면 작은 형제는 질식할지도 모른다는 악몽에서 깼다. 약한 폐로 숨을 쉴 수가 없고, 겁에 질려서 도와달라고 훌쩍이며 침대에서 간신히 기어나와 복도로 가다가 형제 방과 부모 방 사이에서 쓰러졌다. 이른 아침이면 부모가 그를 발견할 것이었다.

그렇게나 빈약한 삶, 그런데도 그렇게나 자기를 구하려고 안간힘을 쓰는 삶이라니! 악마 형제는 그렇게 회상할 것이었다, 경멸에 차서.

물론 우리는 에드거와 에드워드를 똑같이 사랑해요. 둘 다 우리의 아들이니까요.

　악마 형제는 이 선언이 거짓임을 알았다. 그래도 그 생각만 하면 화가 났다. 부모들이 거짓말을 할 때, 종종 사람들이 그러듯이, 그 말을 듣고 믿을지도 모른다고 생각하면. 그리고 작은 형제는, 함몰된 가슴과 휜 척추, 씩씩거리는 천식 숨소리, 갈망이 어린 촉촉한 눈, 다정한 미소의 아픈 형제는 그 말을 믿고 싶었다. 악마 형제는 그런 동생을 혼내주려고 둘만 있을 때를 틈타 괴롭혔다. (확실한) 이유 없이 밀치기, 떠밀기, 바닥에 메다꽂기. 작은 형제가 가쁘게 숨을 쉬며 저항이라도 할라치면 몸 위에 올라앉아 무릎으로 누르고 쉽게 부서질 것 같은 갈빗대를 집게처럼 꽉 쥐고 병신자식의 작은 머리를 바닥에 쿵 쿵 쿵 짓찧었다. 땀으로 촉촉해진 단단한 손바닥으로 병신자식의 작은 입을 막아 도와달라고 소리지르지 못하게 했다. 죽어가는 염소가 매 매 울듯 약하게 엄마 엄마 엄마 부르지 못하도록, 그래서 아래층에서 아무것도 모르고 행복에 젖어 있는 엄마에게 들리지 않도록. 엄마는 작은 형제가 아이들 방안 양탄자 깐 바닥에 쿵 쿵 쿵 머리를 부딪히는 소리를 듣지 못했다. 마침내 작은 형제가 힘없이 축 늘어져 발버둥치지 못하고 숨쉬려고 애쓰던 것도 멈추면, 찡그린 작은 얼굴이 파랗게 변하면, 그제야 악마 형제는 기세를 누그러뜨리고 씩씩거리며 의기양양하게 동생을 놔줬다.

　죽일 수도 있었어, 병신자식아. 말하면 정말 죽인다.

왜 둘이 있어야 했지, 하나가 아니고? 자궁에서처럼 악마 형제는 부당함, 불합리함을 느꼈다.

학교생활! 무척 긴 세월이었다. 여기서 에디라고 불리던 악마 형제는 모든 과목에서 일등이었다. 에드워드라 불리던 작은 형제는 뒤처졌다. 초등학교에 들어간 직후, 두 형제는 쌍둥이가 아니라 그냥 형제, 혹은 성만 같은 친척으로 인식됐다.

에드거 월드먼. 에드워드 월드먼. 하지만 둘이 같이 있는 모습은 볼 수가 없지.

학교에서 에디는 인기 있는 소년이었다. 여자애들은 좋아했고 남자애들은 그를 흉내내고 존경했다. 에디는 큰 소년이었다. 건장한 소년. 타고난 리더, 운동선수였다. 사람을 만나면 손을 흔들고 선생들도 그의 이름을 자주 불렀다. 성적은 B 이하로 내려간 적이 없었다. 웃을 때면 보조개가 파이고, 교활하면서도 진실해 보였다. 그는 사람들의 눈을 똑바로 보는 버릇이 있었다. 열 살이 되자 에디는 어른들과 악수를 나누며 자기 소개하는 요령을 익혔다. 안녕하세요! 전 에디예요. 그러면서 어른들에게 찬탄의 미소를 끌어내곤 했다. 참 영리하고 조숙한 애로구나! 또 악마 형제의 부모에게는 아드님이 참 자랑스러우시겠어요라는 말이 쏟아졌다, 사실은 아들이 둘이 아니라 하나뿐인 것처럼. 6학년이 되자 에디는 반장 선거에 출마했고 큰 표차로 당선됐다.

난 네 형제야, 날 기억해!

넌 나한테 아무것도 아냐. 꺼져버려!

하지만 난 네 안에 있어. 내가 달리 어디 있겠어?

이미 초등학교 때 작은 형제인 에드워드는 쌍둥이 형제에게 한참 뒤처지고 말았다. 문제는 학업이 아니었다. 에드워드는 영리하고 지적이고 호기심 많은 소년이었으므로. 공부를 다 해낼 수 있을 때는 성적도 자주 A를 받곤 했다. 하지만 문제는 건강이었다. 5학년이 되자 결석이 너무 잦아져서 학년을 한 번 더 다녀야 했다. 폐가 약했고, 걸핏하면 호흡기 질환에 걸렸다. 심장도 약해서 8학년 때는 몇 주씩 입원하다가 문제가 있던 심장판막 수술을 받아야 했다. 10학년 때는 '병신사고'를 당해서 고생했다. 오직 형인 에디만 목격한 사고로, 집 계단에서 굴러 오른쪽 팔과 다리, 무릎뼈, 갈비뼈 몇 대가 부러지고 척추를 다쳤다. 그후로 에드워드는 목발을 짚고 고통으로 움찔대면서 숫기 없이 절뚝거릴 수밖에 없었다. 학교 선생들은 그의 존재를 월드먼 형제 중 '동생'으로 인식했다. 그를 동정하고 가여워했다. 고등학교에 가자 성적은 더 들쑥날쑥해졌다. 이따금 A도 받았지만 주로 C, D, 학점 미수였다. 작은 형제는 수업에 집중하기가 어려웠고, 통증으로 몸을 비틀어대거나 진통제 때문에 몽롱해서 눈만 멍하니 뜨고 주변에서 무슨 일이 일어나는지도 모르고 앉아 있었다. 정신이 말짱할 때는 습관적으로 공책 위로 웅크렸다. 보통의 공책과 달리 용수철로 묶이고 안에도 스케치북처럼 줄이 그어져 있지 않은 것이었다. 이런 공책에 그는 끊임없이 그림을 그리거나 글을 쓰는 듯 보였다. 몰두해서 얼굴을 찡그리고 아랫입술을 깨물면서 선생이나 교실에 있는 다른 아이들은 잊어버렸다. 무한에 빠져들어. 시간 속 주름과 펜놀림 한 번과 자유가 있어! 펜은 심이 가는 검은 펠트펜이어야 했다. 공책은 흑백 표지에 대리석 무늬가 있는 것만 썼다. 선생들은 소년의 주의를 확실히 끌기 위해서는 '에드워드'라고 여러 번 불러야 했고, 그러면 소년의 눈은 불붙은 성냥처럼 확 타올랐다가 적개심, 분노 같은 무엇이 사라지고 대신 수줍음이 떠올랐다. 날 좀 가만두면 안 되나요. 난 당신들과 같은 부류가 아니잖아요.

형제들이 열여덟 살이 됐을 때, 에디는 대학 진학반, 반장, 풋볼 팀 주장이 됐고 학교 연감에 '성공할 것 같은 동기 1위'로 실렸다. 에드워드는 성적이 나빠 일 년 뒤처졌다. 디스크가 생겨 통증이 격심해졌고 엄마의 도움을 받아 휠체어를 타고 학교에 다니기 시작했다. 이 휠체어 때문에 맨 앞줄, 교실 오른편 구석, 선생 책상 가까이에 자리를 잡게 됐다. 망가지고 기이한 형체, 작고 찡그린 소년의 얼굴, 밀랍같이 창백한 피부와 처진 입술, 진통제 때문이거나 용수철 공책에 집중해서 졸린 표정. 필기하는 것처럼 보였지만 실은 기괴한 형상을 그리고 있었다. 기하학적이거나 휴머노이드 같은 것들이 검은 펠트펜 끝에서 튀어나오는 듯했다.

고교 2학년 봄, 기관지염에 걸린 에드워드는 학업을 마치지 못하고 다시는 학교로 돌아가지 못했다. 공식 교육은 끝이 났다. 그해에 에디 월드먼은 여남은 대학에서 체육 특기생 장학금을 제안받았고, 그는 영민하게도 그중 학업 면에서 가장 명문인 대학을 골랐다. 대학 졸업 후의 목표가 로스쿨 진학이었기 때문이다.

그림자로서 서로 닮았다고 해도 그 대상을 닮았다고 할 수 있으리라. 에드워드는 그림자였다.

이때쯤 되자 두 형제는 더이상 방을 같이 쓰지 않았다. 더이상 무엇도 공유하지 않았다. 심지어 작은 형제를 해치길 바랐던 악마 형제의 잔인하고 유치한 옛 습관조차도! 대기 중의 산소를 모두 빨아들이고, 작은 형제를 완전히 삼켜버리고 싶었던 악마 형제의 소망조차도. 대체 왜 다른 존재가 여기 있는 거지, 이게! 이게 왜, 내가 있는데!

여기에 이상한 점이 있었다. 둘 사이를 잇던 관계가 사라져버리자 그를 그리워한 쪽은 작은 형제였다. 형만큼 영혼에 깊이 각인된 존재가 없었기에. 그렇게도 강렬하고 친밀한 관계가 없었다. 난 네 안에 있어. 난 네 형제야. 넌 날 사랑해야 해.

하지만 에디는 웃으며 물러섰다. 병약한 형제와 악수를 나누었다. 그는 동생에게 오직 어렴풋한 혐오, 어렴풋한 죄책감을 느낄 뿐이었다. 그런 후에는 부모에게 작별 인사를 했고, 포옹하고 입을 맞추는 대로 가만히 있다가 떠났다. 새로운 인생에 대한 기대로 미소지으며, 그는 다시는 고향으로, 소년 시절의 집으로 돌아오겠다는 생각 없이 떠나버렸다. 물론 가끔은 형편상 잠시 돌아와 머물기도 했지만 몇 시간만 지나면 안절부절못하고 지루해하며 다른 곳에 있는 '진짜' 인생으로 빨리 탈출하고 싶어했을 뿐이다.

2

이십대에 접어들자 이제 두 형제는 거의 만나지 않게 됐다. 통화 한번 하지 않았다.

에디 월드먼은 로스쿨을 졸업했다. 에드워드 월드먼은 계속 집에 있었다.

에디는 우수했고, 뉴욕 시에 있는 유명 로펌에 취직했다. 에드워드는 연이은 '건강 위기'로 고생했다.

아빠는 엄마와 이혼했다. 급작스럽고 기이하게도 아빠에게 '진짜' 인생이 다른 데 있는 것처럼 보였다.

에디는 정치에 입문해서 저명한 보수 정치인 문하에 들어갔다. 디스크 통증으로 고생하던 에드워드는 주로 휠체어에 앉아 지냈다. 머릿속으로 수를 계산하고, 숫자와 상징과 유기체적인 개념들이 결합된 등식을 상상했으며, 작곡을 하고, 기괴하지만 꼼꼼하게 묘사한 기하학적이고 휴머노이드적인 형상들로 커다란 판지를 빠르게 채웠다. 배경은 초현실주의 화가인 데 키리코나 선지적 예술가인 M. C. 에서의 그림들과 비슷했다. 우리의 삶은 뫼비우스의 띠, 고난인 동시에 경이驚異다. 우리의 운명은 무한하며, 무한히 반복된다.

위대한 미국 도시의 풍요로운 교외 주택가에 있는 거대하고 값비싼 저택이었던 월드먼 하우스는 8000제곱미터의 부지에 있는 식민지풍 목조 주택으로 시나브로 무너지고 쇠락해갔다. 앞마당 잔디는 다듬지 않아 삐쭉빼쭉하게 자랐고, 썩어가는 지붕널에는 이끼가 꼈으며, 앞 보도에는 신문과 전단이 쌓였다. 사교적이었던 엄마는 점차 원망을 품고 이웃을 의심하기 시작했다. 엄마는 몸이 아프다고, 기이한 '주술'에 걸렸다고 투덜거리기 시작했다. 엄마는 남편이 결별하자고 한 것이 기형인 몸에 등이 굽고 그렁그렁한 눈으로 간절히 쳐다보는 아들과 결별하기 위해서였음을 이해했다. 절대 자라지 않고, 절대 결혼하지도 않고, 남은 인생 동안 괴상하고 무가치한 '예술'을 열정적으로 수행하며 살아갈 아이였다.

종종 엄마는 다른 아들, 무척이나 자랑스럽고 사랑해마지 않는 아들에게 전화를 걸었다. 하지만 에디는 언제나 여행중인 것 같았고 엄마가 메시지를 남겨도 답하는 일은 거의 없었다.

이윽고 십 년도 지나지 않아 엄마가 죽었다. 이제 폐가가 된 집에서 (걱정하는 몇몇 친척만 띄엄띄엄 찾아올 뿐이었다.) 에드워드는 아래층 방 두세 개만 쓰며 은둔자로 살아갔다. 방 하나는 임시 스튜디오였다. 원망을 품고 살았던 엄마는 그가 혼자 살면서 작업에 몰두해도 될 만큼 충분한 돈을 남겨주었다. 그는 이따금 집을 청소하거나 적어도 청소하는 시도라도 해줄 도우미를 구했다. 가끔 장도 봐주고 식사도 차려줄 사람으로. 자유! 고난과 경이! 에드워드는 거대한 캔버스에 은하수처럼 상형문자 형상들을 그리고 그 속에 기괴한 꿈 이미지를 전사했다. 화석 형상이라는 제목의 연작이었다. 디스크 통증이 발작할 때마다 떠오르던 에드워드의 믿음이란, 고난과 경이는 상호 교환할 수 있으며 하나가 더 우세하지 않다는 것이었다. 이런 식으로 병에 고통받는 형제의 신열 속에서 시간은 흘러갔다. 하지만 그는 고통이 아니라 축복을 받았다. 시간은 되돌아오는 뫼비우스의 띠였다. 몇 주, 몇 달, 몇 년이 흘렀지만 예술가는 자기 예술 속에서 나이들지 않았다. (어쩌면 육체 속에서도 나이들지 않았다고 할 수 있었다. 그러나 에드워드는 거울을 모두 벽 쪽으로 돌려놓았고, 이젠 자기가 '어떻게 생겼는지' 전혀 궁금하지 않았다.)

아빠도 죽었다. 어쩌면 사라졌다. 어느 쪽이든 마찬가지였다.

친척들도 더이상 오지 않았다. 그들도 죽었을지 몰랐다.

무한에 빠져드는 것, 이는 망각이다. 하지만 우리는 그 무한에서 솟아났다. 왜?

하룻밤 사이에 인터넷 시대가 시작됐다. 이제 어떤 사람도 은둔자일 필요가 없었다. 아무리 외롭고 세상에서 버려졌다 하더라도.

인터넷을 통해 E.W.는 가상공간에 흩어져 있는 친구들, 소울 메이트들과 소통했다. 언제나 친구는 몇 명뿐이었지만 E.W.가 원하는 건 정말 적었고, 예술에 대한 야심 또한 별로 없어서 몇 명으로도 충분했다. 그가 웹에 게시하는 화석 형상에 매료됐거나 작품을 사겠다고 협상해오는 몇 명. (이따금 경매 경쟁이 붙어서 예상치 못한 높은 가격이 붙기도 했다.) 또 자칭 E.W.라는 예술가의 작품을 전시하겠다는 화랑도 있었다. 소규모 출판사에서도 관심을 보였다. 20세기가 서서히 지는 몇 년 동안 E.W.는 이런 식으로 언더그라운드에서 컬트 인사가 됐고 아주 가난하거나 아주 부유하다는 소문이 돌았다. 썩어가는 고택에서, 혹은 썩어가는 육체에서 혼자 사는 절름발이 은둔자는 어쩌다보니 예술가로서 조심스러운 사생활을 지키는 저명한 공인이 됐다.

혼자지만 절대 외롭지 않아. 쌍둥이가 외로울 리 있어?

다른 쌍둥이 자아가 계속 존재하는 한.

두 형제는 아직까지 전혀 접촉이 없었다. 그렇지만 작은 형제는 텔레비전에서, 종종 그렇듯이 서늘한 은하 사이의 공간을 날아다니는 사람처럼 채널을 이리저리 돌리다가 우연히 잃어버린 형제의 모습과 이따금 마주쳤다. 열광하는 관중에게 열정적으로 연설하는 모습('생명의 거룩함' '낙태 반대' '가족의 가치' '애국적인 미국인'), 신에게 점지받은 자의 불타는 자신감으로 카메라를 똑바로 쳐다보며 인터뷰하는 모습. 이웃 주 선거구에서 국회의원으로 당선된 악마 형제가 나왔지만, 작은 형제는 그가 거기 사는지도 몰랐다. 악마 형제는 매력적인 젊은 여자 옆에 앉아 그녀의 손을 잡고 있었다. 아내, 에드거 월드먼 부인. 작은 형제는 그가 결혼한 사실도 몰랐다. 악마 형제는 부유하고 영향력 있는 어른들 눈에 들었다. 정당에서 그런 노인들은 자신의 정치적 유산, '전통'을 이어갈 만한 젊은이를 찾는다. 이런 정당에서 '전통'은 경제적 실리와 일치했다. 경제적 실리 외에는 아무런 가치도, 도덕도, 목표도 없었다. 이것이 그 시대에 승리를 거둔 정치였다. 이것이 자아의 시대였다. 나야, 나, 나라고! 여기 나, 내가, 내가 있어. 오직 나만. 카메라가 무아지경에 빠진 관중, 열띤 박수갈채를 보내는 관중을 훑었다. 내 안에는 우리를 인지하고자 하는 맹목적인 소망이 있다. 가장 원시적이고, 분노에 넘치며, 영혼이 없는 신에서 인류가 우리를 인지하게 되듯이. 아득한 은하 속 무한히 뻗은 공호, 고대의 갈망인 우리.

　그래서 에드워드, 뒤에 남겨진 형제는 휠체어에 웅크리고 앉아 텔레비전에 비친 악마 형제를 악감정 없이, 혹은 다른 종족의 존재에게 느낄 법한 낯선 감각 없이 바라보았다. 다만 오랫동안 간직했던 비뚤어진 갈망이 일 뿐이었다. 난 네 형제야, 난 네 안에 있어. 거기가 아니라면 내가 달리 어디 있겠어?

58

여기 빠져나갈 수 없는 사실이 있었다. 두 형제는 생일이 같다는 것. 심지어 그들이 죽는다 해도 그 사실만은 결코 변하지 않을 것이었다.

1월 26일. 한겨울. 매해 그날이 되면 두 형제는 무척 선명하게 서로를 생각했다. 각자 다른 한쪽이 바로 옆에 있는 양, 혹은 뒤에 있는 양 상상했을지도 모른다. 뺨에 닿는 숨결, 보이지 않는 포옹. 그는 살아 있어. 난 느낄 수 있어. 에드워드는 기대감으로 몸을 떨며 생각했다. 그는 살아 있어. 난 느낄 수 있어. 에드거는 혐오감으로 몸을 떨며 생각했다.

3

두 형제의 마흔번째 생일인 1월 26일이 됐다. 그리고 며칠 후 E. W.의 화석 형상 새 전시회가 뉴욕 시, 웨스트 스트리트와 커낼 스트리트가 만나는 허드슨 강 근처 창고 지구에 있는 가두형街頭形 화랑에서 열렸다. 그날 오후 미드타운에서 정치 연설을 했던 에드거 월드먼 국회의원이 홀로 나타났다. 미국 연방 번호판을 탄 리무진은 도로변에서 기다리고 있었다. 그는 전시장에 사람이 거의 없다는 것이 만족스러울 뿐이었다. 비싼 신발 바닥에 오래되고 금 간 리놀륨이 달라붙는 것이 불쾌할 뿐이었다. 훤칠한 국회의원은 아주 짙은 선글라스를 끼고 이런 지저분한 곳에서 누가 알아보기라도 할까 두려워 아무도 쳐다보지 않았다. 특히 그는 절름발이 동생을 볼까 두려웠다. 'E. W.' 거의 이십 년이나 보지 못했지만 즉시 알아볼 것 같은 형제. 하지만 이쯤 됐으면 쌍둥이도—'이란성' 쌍둥이지만—닮은 구석이 전혀 없을 것이었다. 에드거는 자라다 말고 꺾인 형체가 휠체어에 앉아 있을 거라 예상했다. 그렁그렁해서 간절히 쳐다보는 눈과 서글픈 미소. 사람 미치게 해서 주먹으로 한 대 치고 싶게 만드는 얼굴. 용서를 바라지도 않았는데 용서를 해주는 표정. 난 네 형제야. 난 네 안에 있어. 날 사랑해야지! 하지만 아무도 없었다.

오로지 E. W.의 작품뿐이었다. 화랑 측에서 거창하게 '콜라주 회화'라고 부르는 작품들. 이 화석 형상에는 아름다움이 빠져 있었고, 형체가 그려진 캔버스조차 더럽고 찌그러진 것처럼 보였다. 작품이 (들쑥날쑥) 걸린 벽은 판금 지붕에서 녹이 떨어진 양 군데군데 줄이 가 있었다. 꿈/악몽 같은 이미지의 기하학적이고 휴머노이드적인 형체들이 이 예술 작품들을 뒤덮고 있었다. 반투명한 창자처럼 다른 형체로 바뀌고 다른 형체에서 변신하는 이 이미지들은 국회의원에게 극심한 불쾌감을 주었다. 그는 이런 불분명한 예술에서 '핑계' '도착' '전복'을 보았고, 불분명한 것은 '영혼이 없는 것'이 확실했다. 심지어 '반역적인' 듯 보였다. 가장 기분 나쁜 것은 화석 형상이 관객을, 적어도 이 관객을, 수수께끼처럼 비웃는 듯 보인다는 것이었다. 하지만 그는 그 망할 수수께끼 따위를 풀 시간이 없었다. 출세를 위해 결혼한 재벌 딸이 그를 세인트 레지스 호텔에서 기다리고 있었다. 웨스트 스트리트와 커낼 스트리트를 찾은 건 월드먼 국회의원이 그날의 일정을 (눈에 띄지 않게) 잠깐 멈춘 것이었다. 그는 밤하늘과 먼 은하, 별자리를 묘사한 작품을 더 똑똑히 보려고 눈을 비볐다. 여기에는 아름다움이라고 할 만한 요소가 있었다. 달걀노른자같이 터지는 태양들이 더 작은 태양들을 집어삼키고, 기괴한 형체의―남자 정자인가? 불붙은 정자?―혜성은 푸르스름하게 물기가 어린 빛나는 행성들과 충돌했다. 그런데 캔버스의 거친 표면에 전혀 예상하지 못한 것, 너무 추악한 것이 튀어나와 있는 걸 보고 국회의원은 화들짝 놀라 뒷걸음쳤다. 혹 같은 게 자라서 둥지를 튼 형상인가? 종양? 공작용 점토 같은 살과 짙고 구불거리는 머리카락, 그리고 이건 아기 치아인가? 미소짓는 모양으로 배열된 건가? 흩어진 아기 뼈?

화석이었다, 그것의 정체는. 인간의 몸에서 떼어낸 것. 추악한 뭔가가 살아남은 쌍둥이의 몸속에서 발견됐다. 다른 한쪽의 화석 영혼, 생명의 숨을 한 번도 내뱉지 못한 존재.

아연실색한 국회의원은 혐오감에 몸을 떨며 돌아나왔다.

비난과 부정으로 몽롱한 상태에서 계속 걸었다. 어떤 캔버스의 그림은 아름답다는 사실을 보았기에. 그런데 정말 그랬었나? 아니면 해독하는 법을 알고 보면 모두 다 추악하고 음란한 것이었나? 그는 자신이 위험에 처했다고 생각할 수밖에 없었다. 자신에게 무슨 일인가 일어날 거라는 생각이 들었다. 최근 선거에서 지난 어떤 선거 때보다 적은 표차로 국회의원에 재선됐다는 것은 노골적인 통계상의 사실이었다. 그런 승리에는 패배의 예감이 있었다. 미로 같은 방을 지나 전시장 초입으로 돌아가자 유리판을 덮은 카운터 뒤에 지루해 보이는 여자가 앉아 있었다. 죽은 사람처럼 피부가 희고 얼굴은 피어스로 반짝거리는 여자는 화랑에서 일하는 사람 같았다. 그가 분노에 떠는 목소리로 이런 우스꽝스러운 '화석 형상'도 '예술'로 간주되느냐고 따지자, 여자는 예의바르게, 네 그렇습니다, 화랑에 전시된 모든 것이 예술이죠, 라고 대답했다. 그는 이 전시회에 공적 기금이 지원됐느냐고 물었고, 그렇지 않다는 것을 알고 약간이지만 누그러진 듯했다. 그는 '소위 예술가'라고 하는 E. W.가 누구냐고 물었고, 여자는 E. W.를 개인적으로 아는 사람은 없고 오직 화랑 주인만 한 번 본 적이 있다고 모호하게 답했다. 그는 교외에 살고 있어서 결코 도시로 오는 일이 없고 전시회를 둘러본 일조차 없으며 자기 작품이 팔리는지, 얼마에 팔리는지도 신경쓰지 않는 듯하다고 했다.

"근육위축증인가 파킨슨병인가 하는 무슨 '쇠약해지는' 병에 걸렸대요. 하지만 저희가 최근에 알아낸 바에 따르면 E.

W.는 살아 있어요. 그는 살아 있습니다."

　그러니까 나는 떠나지 않을 거야. 네가 대신 내게로 와.

　매년. 1월 26일. 어느 해, 어느 불면의 밤. 에드워드는 텔레비전 채널을 계속해서 이리저리 돌리다가 갑작스러운 클로즈업 화면을 보고 놀라고 만다. 저게 에드거야? 악마 형제 에드거? 이날 방영됐던 뉴스가 새벽에 재방송되고 있었다. 갑작스레 한 남자의 머리, 두꺼운 턱, 짙은 안경으로 가린 나이든 얼굴, 기름진 땀으로 번들거리는 피부, 밀려드는 기자들과 사진기자, 방송국 카메라맨 무리로부터 치욕적인 국회의원을 가리기 위해 든 한 팔이 클로즈업됐다. 사복 경찰들에 둘러싸여 건물로 재빨리 들어가는 국회의원 에드거 월드먼이 나왔다. 뇌물 수수와 연방 선거법 위반, 연방 대배심에서의 위증 등 여러 가지 혐의로 기소됐습니다. 벌써 재벌 딸은 이혼을 신청했다. 이를 드러내며 빠르게 스치고 지나는 미소. 형제의 어린 시절 집, 에드워드가 아래층 몇 개의 방만 쓰고 있는 그 집에서 에드워드는 잃어버린 형제가 스러져간 텔레비전 화면을 쳐다본다. 머릿속에서 쿵쿵거리는 감각이 심한 충격인지, 그 형제의 몸속에도 뛰고 있을 고통인지, 아니면 자기 자신의 흥분, 열정인지 확실히 알 수 없었다. 그는 이제 내게 올 거야. 나를 부인하지 않을 거야, 이제는.

에필로그

그랬다. 악마 형제는 집으로, 그를 기다리는 쌍둥이 형제에게로 돌아올 것이었다.

이제는 그가 자신이 하나가 아니라 둘임을 깨달았기 때문이다. 더 큰 세상에서 그는 인생을 걸고 도박을 했고 인생을 잃었고 이제 다른 형제에게로 후퇴했다. 후퇴하며 남자는 자긍심을 제쳐놓는다. 명예를 잃고, 이혼을 했고, 파산했으며 녹초가 된 푸른 눈에는 광기가 번득였다. 두꺼운 턱에는 수염이 희끗희끗 돋았고 연방 법원에서 선서했던 오른손에는 경련이 일었다. 에드거 월드먼은 사실 그대로 말하며 사실이 아닌 것은 말하지 않겠습니다. 네. 선서합니다. 그 순간 그의 모든 것이 끝나버렸고, 목구멍으로 넘어오는 신물처럼 쓴맛이 돌았다.

여전한 놀라움. 불신. 물줄기나 바람에 깎여나간 점토처럼 침식된 폐허로 남은 얼굴. 눈에 번득이는 광기. 나야?

어린 시절의 집으로 후퇴하면서 그는 몇 년 동안 사람들 눈을 피해 살았다. 남겨졌던 등뼈 꺾인 작은 형제는 오래전 엄마가 죽은 후 혼자 살고 있었다. 청년이었을 때는 시간을 그를 높이 띄우고 미래로 밀어내는 급류로밖에 생각하지 않았다. 이제 그는 시간이란 솟아오르는 물결, 무자비하고 헤아릴 수도 멈출 수도 없는 파도라는 것을 깨달았다. 발목에, 무릎에 닿았다가 허벅지, 사타구니까지 잠기고, 윗몸, 턱까지 계속 차오르는 물. 신비하기 그지없는 검은 물이 우리를 미래가 아니라 망각이라는 무한으로 밀어낸다.

몇 십 년이나 피했던 고향 마을, 집으로 돌아온 그는 확연히 변한 이곳을 보고 찌르는 듯한 상실감을 느꼈다. 거대한 저택들은 대부분 아파트나 상업 지구로 바뀌었다. 길가에 늘어섰던 플라타너스는 짧게 가지치기하거나 뽑아버렸다. 한때는 엄마의 자랑, 한때는 그렇게 휘황하게 하얗던 오래된 월드먼 저택도 마찬가지였다. 비바람에 회색으로 바래고 덧문은 처지고 지붕은 썩었다. 정글처럼 무성한 앞마당에는 쓰레기가 넘쳐났으며 오랫동안 아무도 살지 않은 듯 보였다. 에드거는 에드워드에게 전화할 수 없었다. 전화번호부에 에드워드 월드먼이라는 이름이 없었기 때문이다. 이제 심장이 안에서 쿵쿵 뛰었고 그는 파도처럼 밀려오는 두려움을 느꼈다. 그 애는 죽었어, 너무 늦었어. 망설이며 현관문을 두드렸고, 안의 반응에 귀를 기울이다 주먹이 아프도록 다시 더 세게 문을 두드렸다. 마침내 안에서 희미하게 콜록대는 소리가 들려왔다. 그 목소리가 누구냐고 묻자 그는 큰 소리로 대답했다. 나야.

문을 여는 데도 노력이 필요한 듯 천천히 문이 열렸다. 그러자 에드거가 상상한 대로 휠체어에 탄, 하지만 상상한 만큼 초췌하지는 않은 그의 형제 에드워드가 있었다. 이십 년 넘도록 보지 못한 형제였다. 딱히 몇 살인지 짐작할 수도 없는 쭈그러든 인간. 좁고 창백하고 수척하지만 아직 주름 하나 없는 얼굴, 소년의 얼굴. 에드거처럼 희끗희끗해진 머리카락, 한쪽이 더 높은 앙상한 어깨. 그는 손끝으로 물기 가득한 연푸른색 눈을 훔치고는 한동안 말하지 않았는지 갈라지는 목소리로 말했다. 에디. 들어와.

……언제 그랬는지는 정확히 결론을 내릴 수가 없었습니다. 두 구의 시체는 얼어서 부패되지 않은 상태로 가죽 소파 위에서 함께 발견됐으니까요. 침대로 썼던 이 가죽 소파는 오래된 식민지풍 목조 저택의 아래층 방안, 재가 잔뜩 쌓인 벽난로에서 30센티미터도 떨어지지 않은 곳에 있었습니다. 집안은 가구와 수십 년 모인 것 같은 쓰레기로 가득차 있었죠. 하지만 그건 어쩌면 E. W.라고 알려진 괴짜 예술가의 작품 재료이거나 예술 작품 그 자체였을지도 모릅니다. 월드먼 노인 형제는 두꺼운 옷을 겹겹이 껴입고 있었는데 다른 곳은 난방이 되지 않는 집이라 벽난로 앞에서 잠이 들었던 것 같습니다. 밤새 불이 다 타 꺼지는 바람에 형제는 오랫동안 지속된 1월의 혹한 속에서 자다가 죽었습니다. 여든일곱 살의 에드거 월드먼으로 밝혀진 형은 역시 여든일곱 살인 동생 에드워드를 뒤에서 껴안고 있었습니다. 보호하듯 자신의 몸을 동생의 불구의 몸에 맞췄고 이마를 다정하게 동생의 뒤통수에 대고 있더군요. 두 형체는 한데 얽혀 돌로 굳어진 혹투성이 유기체처럼 서로를 감고 있었습니다.

알광대버섯

Death-Cup

아마니타 팔로이데스Amanita Phalloides, 그는 분간할 수 없는 목소리로 처음 들었다.

웅얼거리는, 간신히 알아들을 수 있는, 아마니타 팔로이데스.

좀더 선명하게 들렸던 것은 그날 아침이었다. 서늘한 비가 내리던 6월의 토요일 아침, 삼촌의 장례식장. 어른이 되고 나서 근엄하고 오래된 조합 교회에 들어가본 것은 결혼식이나 장례식 같은 행사 때뿐이었다. 비좁고 딱딱한 목재 신도석에서 몸을 앞으로 내밀고, 몹시도 싫어하는 형제 얼래스터 옆에 앉아 있을 때였다. 곁눈으로 그의 옆모습을 보지 않으려고 손가락으로 얼굴을 감쌌다. 자기 형제인 남자에게 육체적 혐오감에 가까운 감정을 느끼면서. 그는 백발의 목사가 하는 엄숙한 말에 집중하려 했지만 아마니타 팔로이데스에 불안하게 신경이 쏠렸다. 그리스도의 인내와 영적 고양이라는 익숙한 말 아래서 또다른 목소리, 낯설고 주문을 외우는 듯한 반대의 목소리가 모습을 드러내려 애쓰고 있었다. 오르간 간주 사이에도. 아마추어 음악가이자 박애주의자이던 삼촌이 생전에 장례식에서 연주해달라고 청했던 바흐의 토카타와 푸가 D단조. 라일은 자기도 음악을 사랑한다고 말하지만, 음악을 들으면서 종종 정신을 딴 데 쏠고는 했다. 정신은 산란했고 생각은 표류하는 화물이나 물거품 같았다. 이제 오로지 그의 귀에만 울리는 속삭임을 듣고 있었다. 아마니타 팔로이데스, 아마니타 팔로이데스. 그는 이 신비로운 단어를 지난밤, 꿈속에서 처음 들었다는 것을 깨달았다. 어떤 열에 들뜬 꿈. 얼래스터의 갑작스럽고 예기치 못한 귀향이 불러온 꿈.

그는 얼래스터를 싫어하지 않았다. 여기, 이 성스러운 곳에서는.

아마니타 팔로이데스. 아마니타 팔로이데스……

바흐의 오르간 음악은 얼마나 아름다운가! 검박하고 눈부시게 하얀 교회의 실내를 순수하고 빛나는 음이 폭포처럼 격렬하게 떨어져내리며 채웠다. 이런 음악은 인간 영혼이 가진 본질적 위엄의 근거가 됐다. 육체적 아픔과 고통과 상실의 초월. 모두 하찮고 비천했다. 세상은 볼 수 있는 눈과 들을 수 있는 귀만 있다면 아름다운 곳이야. 라일의 삼촌은 종종 이렇게 말했고 긴 삶 동안 줄곧 믿어온 듯했다. 젊은 시절의 이른 이상주의를 절대로 단념하지 않은 것 같았다. 하지만 라일은 어떻게 그런 이상주의가 가능한지 의아하지 않을 수 없었다. 라일은 다른 사람들을 좋게 보고 싶지만 바보가 되고 싶지는 않았다. 재앙과도 같은 세계대전이라는 증거가 있고 홀로코스트라는 이루 말할 수 없는 악, 그에 버금가는 스탈린 치하의 러시아나 마오쩌둥 치하의 중국에서 일어난 광적이고 야만적인 대학살을 알면서도 그런 이상주의가 가능하단 말인가? 어쨌든 가드너 킹 삼촌은 그런 역사적 사실에도 불구하고 활력과 선한 본성을 유지한 너그러운 사람으로 끝까지 살았다. 일흔을 훌쩍 넘겼을 때도 삼촌에게는 아이 같은 순진함이 있었다. 조카인 라일은 수십 살 아래였지만 한 번도 갖지 못한 기질이었다. 라일은 아버지의 형인 삼촌을 사랑했다. 열한 살에 아버지를 잃은 라일은 삼촌이 후두암으로 점점 쇠약해지고 결국 죽음으로 떨어지자 슬펐다. 삼촌이 유언장에 어느 정도 자신을 잊지 않고 적었으리라고 생각하고 싶지 않았다. 수백만 달러에 달하는 유산 대부분은 과부가 된 삼촌의 부인인 앨리다 킹이 명목상의 주인이 된 킹 재단으로 귀속됐다. 나머지는 수많은 친척들이 나눠 가졌다. 라일은 아무리·약소한 것이라도 뭐든 상속받을 거라고 기대한다는 것 자체가 불편했다. 그 생각만으로도 걱정, 일종의 두려움이 차올랐다. 난 어떤 식으로든 가드너 삼촌의 죽음으로 이득을 보고 싶지 않아, 참을 수 없어.

얼래스터가 이 생각을 안다면 번드르르한 말솜씨로 농담하듯 받아칠 것이었다. 둘이 소년이었을 때, 라일이 양심의 문제에 대해 지나치게 깐깐하게 굴면 비웃었던 것처럼. 그런 태도가 무슨 소용이 있어? 삼촌은 죽었고 돌아오지 않잖아?

유감스럽게도 얼래스터는 육 년이나 고향을 떠나 있다가 삼촌이 죽기 바로 전날 밤에 콘트라케르로 돌아왔다. 그래도 이건 그저 우연의 일치일 수 있었다. 얼래스터는 그렇게 주장했다. 그는 친척과 일절 연락을 끊고 살았다. 쌍둥이 형제인 라일과도 그랬다.

라일의 귀에 약 올리듯 맴도는 소리, 아마니타 팔로이데스.

애무하는 연인의 속삭임처럼 친밀하고 신비로운, 아마니타 팔로이데스.

라일은 이 말의 의미에 당황했다. 왜, 이런 때, 슬픔으로 생각이 흐트러진 이때 그를 덮치는가.

딱딱한 목재 신도석에서 왼쪽에 얼래스터 오른쪽에 나이 지긋한 숙모를 두고 원치 않는데 불쾌하게 끼여 있던 라일은 자신의 야위고 앙상한 몸이 긴장으로 떨리는 것을 느꼈다. 목은 앞으로 쭉 빼고 있느라 저리기 시작했다. 어깨는 너무 꽉 끼지만 다른 데는 너무 헐렁해서 볼품없는 검정 무광 개버딘 양복 차림에, 옷깃 아래까지 내려오는 헝클어진 회갈색 머리카락, 어디 아프기라도 한 것처럼 주름진 얼굴, 길게 뻗은 손가락을 얼굴에 갖다 대는 묘한 버릇 때문에 킹 가족석에 앉은 상주들 사이에서도 눈에 띈다는 사실을 자각하자 라일은 기분이 언짢아졌다. 성체배령석 앞 중앙 통로에 눈에 띄게 놓인 빛나는 흑단 관은 무척 불길해 보였고, 아주 거대했다. 가드너 삼촌은 말년에 점점 왜소해졌기 때문에 결국 지상에 남은 유해에 비해 관은 필요 이상으로 컸다. 하지만 죽음은 당연히 삶보다 큰 거잖아. 죽음은 삶을 감싸니까. 짧은 인생의 시간이 오기 전에 존재하는 공허, 그 뒤에 나타나는 공허.

전율이 흘렀다. 뺨을 타고 흐르는 눈물은 산성용액처럼 따끔했다. 얼마나 불안하고 얼마나 감정적이 됐는지!

누가 옆구리를 쿡 찔렀다. 얼래스터가 손에 손수건을 쥐여줬다. 하얀 면, 갓 빤 손수건을 라일은 멍하니 받아들었다.

그래도 간신히 얼래스터 쪽을 쳐다보지 않을 수 있었다. 짐짓 경건한 척, 짐짓 애도하는 척하는 얼래스터의 얼굴을 보고 기분 잡치고 싶지 않았다. 라일을 흉내내는 그의 눈물 고인 눈도.

오르간 간주가 끝났다. 장례식이 끝나가고 있었다. 이렇게나 빨리! 라일은 삼촌이 교회의 성역, 공동체 바깥으로 허둥지둥 내몰려 비인간적인 최후의 흙속으로 들어가야 한다는 사실에 아이처럼 맥이 풀려버렸다. 그래도 백발의 목사는 좌중을 이끌고 익숙한 기도문을 읊기 시작했다. "하늘에 계신 우리 아버지……" 라일은 속눈썹에 맺힌 눈물을 닦고 기도를 들으며 눈을 꼭 감았다. 그는 청소년 시절 이후로 기독교를 믿지 않았고 의문 없는 신앙과 미신에 대해서 인내심이 없는 편이었으나 공동체 전체가 공유하는 듯한 의식에는 위안이 있었다. 옆에서 애그니스 숙모가 마치 신이 이 교회 안에 있기라도 한 것처럼, 딱 맞는 어구를 딱 맞는 어조로 호소해야 한다는 듯이 소심하면서도 급박하게 기도를 올리고 있었다. 다른 쪽 옆에 앉은 얼래스터는 과시라고 할 것까지는 없어도 몇 자리 건너까지 똑똑히 들리도록 기도문을 읊고 있었다. 얼래스터의 목소리는 깊고 풍부한 저음으로 숙련된 성악가나 배우로 착각할 만한 목소리였다. 라일의 귀에 폭포처럼 포효하는 소리. 아마니타 팔로이데스! 아마니타 팔로이데스! 갑자기 라일은 아마니타 팔로이데스가 뭔지 기억해냈다. 알광대버섯이었다. 과학 잡지에서 식용, 비식용 버섯에 대한 화보 기사를 읽었고 알광대버섯, 더 정확히는 '독버섯'이 기억에 선명히 각인됐다.

입이 말랐고 심장이 갈빗대를 망치처럼 내려쳤다. 회중을 따라 그는 속삭였다. "아멘." 자발적 의지가 모두 빠져나간 것만 같았다. 그는 침착하게 생각했다. 결국에는 얼래스터를 죽여야겠구나. 이 오랜 세월 후에 드디어.

물론 그렇게 될 리 없었다. 얼래스터 킹은 죽어도 싼 밉살스러운 인물이었지만, 쌍둥이 형제인 라일은 폭력을 쓸 만한 사람이 아니었다. 심지어 폭력 행위를 상상조차 못하는 사람이었다. 난 못 해! 난 못 한다고! 절대.

　콘트라케르 제일 조합 교회 뒤편 묘지에서 우울한 장례식의 나머지 의식이 치러졌다. 거기, 망자의 조카인 라일 킹이 서 있었다. 햇빛이 오팔색으로 빛나는 하늘 아래 젖은 잔디밭에 몽롱하게 서 있던 그는 누가 손가락으로 팔꿈치를 꽉 쥐는 바람에 깨어났다. "네 차를 타고 앨리다 숙모 댁으로 가도 될까, 라일?" 얼래스터가 물었다. 똑같은 질문을 두 번 했는지 낮은 목소리에 짜증스럽게 날이 서 있었다. 라일의 쌍둥이 형제는 생후 십팔 개월 이후로 똑같은 말을 두 번 하는 것을 싫어하는 사람이었다. 그는 생각을 읽으려는 듯 라일 쪽으로 몸을 기울였다. 강철처럼 푸른 눈은 가늘어졌다. 숨결에서는 달콤한 화학제품, 구강청정제 향이 났다. 아마도 술냄새를 가리려고 했겠지. 라일은 얼래스터가 안주머니에 휴대용 술병을 넣어가지고 다니는 것을 알고 있었다. 잘생기고 혈색 좋은 얼굴에는 신경조직이 노출된 듯 거의 눈에 띄지 않을 정도로 갈라진 모세혈관이 보였다. 라일은 웅얼웅얼 대답했다. "물론이지. 나랑 같이 가." 생각은 재빨리 앞으로 달려나갔다. 가는 길에는 위험하게 가파른 세머테리 언덕도 있고 하이 스트리트 다리도 있다. 사고를 위장할 기회? 어쨌든 라일의 차가 젖은 도로에서 미끄러져 제멋대로 이탈할 수도 있는 일이었다. 얼래스터는 안전벨트를 무시하는 사람이라 앞유리에 부

딪힐 수도 있다. 다치거나 죽을 수도 있으리라. 그러나 안전
하게 버클을 채운 라일은 경상만 입고 빠져나올 수 있을지도
모른다. 비난받지도 않겠지. 그게 가능할까? 신이 내려다보
고 있지 않을까?

　가능하지 않았다. 라일은 차에 다른 친척도 태워야 했다.
그들의 생명까지 위태롭게 할 순 없었다. 신도 방심할 때가
있었으니까.

　간단하고 자명하지만, 잘 속아넘어가는 세상 사람들에게
는 비밀인 사실. 얼래스터 킹은 매력적이고 지적이고 치명적
일 정도로 '멋진' 게 분명하지만 이제까지 역사상 어떤 인간보
다도 순수하게 밉살맞고 사악하며 쓸모가 없었다. 라일은 고
대 순교자가 자신에게 밀려오는 고통과 파괴의 동력을 곰곰
이 생각할 때 느끼는 공포심에 싸여 형제를 생각했다. 그렇게
사악한 인간이 살 가치가 있나? 라일은 얼래스터에 대한 혐오감
으로 욕지기를 느끼며 생각했다. (두 형제가 스무 살이 되기 몇 년
전의 일이었다. 얼래스터는 남몰래 열일곱 살의 사촌 수전을 꾀었지만
한두 주 지나자 흥미를 싹 잃어버렸다. 결국 수전은 자살을 기도했고
끝내 회복할 수 없는 후유증으로 고생하게 됐다.) 울화통 터지게도
얼래스터는 멀쩡히 살고, 살아갔다. 통상적인 인생의 사건에
서는 무엇으로도 그를 막을 수 없었다.

　라일 말고는. 그의 쌍둥이 형제. 이 세상 수십억 인구 중에

서 유일하게 얼래스터의 심장을 이해하는 자.

그래서 라일은 무척이나 충격을 받았고, 무척이나 역겨운 기분을 느꼈다. 가드너 삼촌이 죽어간다는 소식을 듣고 서둘러 병원에 가보니 악몽이 현실로 이루어진 것처럼 얼래스터가 벌써 와 있지 뭔가! 평소처럼 눈에 띄는 차림으로 관심, 근심, 위로의 표정을 지으며 앨리다 숙모의 연약한 손을 꼭 잡고 부드러운 목소리로 숙모와 중환자실 밖 면회실에 모여 있는 다른 친척들, 주로 여자들을 안심시켰다. 얼래스터는 육 년 동안 콘트라케르에서 수수께끼처럼 사라졌던 적이 없었다는 듯이, 심지어 엄마 장례식에도 오지 않았던 일이 없었다는 듯이 행동했다. 수상한 벤처 사업에 끼어들었다가 가드너 삼촌을 비롯한 다른 친척들의 돈까지 날리고 도망쳤던 적이 없었다는 듯이. (액수는 밝혀지지 않았다. 라일은 액수가 상당할 거라 믿어 의심치 않았다.) 라일의 돈(3500달러)도 가져갔다.

라일은 믿기지가 않아서 그저 빤히 바라보며 문간에 서 있었다. 오랫동안 쌍둥이 형제를 보지 못해서, 이제 얼래스터는 더이상 이 세상에 없으니까 그에게 상처 줄 수 없을 거라 상상하던 차였다.

얼래스터는 외쳤다. "라일, 내 형제, 안녕! 다시 보니 반갑구나! 이렇게 비통한 일이 생겨 안타깝지만."

얼래스터는 재빨리 라일에게 다가와 팔을 잡더니 무장 해제라도 하려는 듯이 손을 꼭 잡고 힘차게 흔들었다. 그는 과거의 말썽쟁이 기운을 그대로 풍기며 환하게 웃었고 어디 빠져나갈 테면 빠져나가보라는 듯 라일의 얼굴을 빤히 쳐다봤다. 라일은 얼굴이 달아오르는 것을 느끼며 인사말을 웅얼거렸다. 그는 먹이를 노리는 맹금처럼 돌아왔어, 가드너 삼촌이 죽어가는 지금. 얼래스터는 라일의 갈빗대를 쿡 찌르며 책망하는 목소리로 우연히 콘트라케르에 돌아왔다가 삼촌에 관한 안 좋은 소식을 들었다고 말했다. "라일, 네 유일한 형제에게는 계속 연락해주는 편이 좋지 않았겠냐. 엄마가 그렇게 갑자기 돌아가셨을 때도 몇 달이나 알지 못했다고."

라일은 항변했다. "하지만 너는 여행중이었잖아, 유럽에서. 게다가 사람들하고도 모두 연락이 끊겼고. 너는……"

하지만 얼래스터는 앨리다 숙모나 다른 사람들에게 보이려고 연기하는 중이었으므로 엄청난 우애를 가장하며 큰 소리로 라일의 말을 끊었다. "넌 참 하나도 안 변했구나, 라일! 다시 만나니 이렇게 좋은데." 얼래스터는 라일의 손가락이 부러질 만큼 꽉 잡은 것도 모자라 이제 형제를 포옹해야 했다. 라일의 갈빗대가 으스러질 만큼 곰처럼 꼭 껴안으며 바라보는 사람들에게 넌지시 암시를 줄 계산을 했던 것이다. 내가 얼마나 자연스러운지 봤죠, 얼마나 적극적이고 사랑이 넘치는지. 하지만 내 형제가 얼마나 딱딱하고 부자연스러운지도 알았겠죠. 우리는 쌍둥이인데도 얘는 항상 이랬어요. 예전에는 그의 연기를 다 참아줬지만, 이제 라일은 그럴 만큼 비위가 좋지 않아 얼래스터를 밀치고 화난 어조로 말했다. "너! 여기서 뭐 하는 거야! 이렇게 돌아오다니 부끄러운 줄 알아야지!" 얼래스터는 조금도 주저하지 않고 웃음을 터뜨리더니 윙크했다. 멍청하고 바보 같은 관객 앞에서 공연하는 배우가 다른 배우에게 신호를 보내듯이. "하지만 뭐 하러 그래, 라일? 네가 두 사람 몫으로 부끄러워하는데?" 그러면서 얼래스터는 라일의 팔을 일부러 세게 움켜쥐었고, 라일은 움찔했다. 어릴 적 라일이 부모님에게 뭔가 고자질하려 할 때 그가 자주 하던 행동이었다. 어디 똑같은 힘으로 맞설 테면 맞서봐. 그러면서 무거운 팔을 라일의 어깨에 두르고는 여자들 쪽으로 도로 걸어갔다. 라일이야말로 마지못해서 온 손님이고, 얼래스터는 주인의 역할을 자청한 듯했다. 라일은 얼래스터가 벌써 앨리다 숙모의 불신을 걷어냈고 다른 사람들에게도 무척 좋은 인상을 주었다는 것을 금세 깨닫고 혐오감을 느꼈다. 그동안은 방탕한 자식으로 오해를 받았지만 이제는 삼촌의 임종 자리에서 부드러운 배려와 슬픔을 표현하고 부유한 숙모를 열심히 —무척이나 열심히!—위로해주는 역할을 눈부시도록 잘 연기하고 있었다.

라일은 앨리다 숙모를 데리고 나와 경고해주려고 무던히 애썼다. 숙모는 똑똑한 여자니까. 조심하세요! 얼래스터는 삼촌 재산을 탐내는 거예요! 하지만 당연히 그럴 엄두를 내지 못했다. 라일 킹은 천성상 남을 꾈 수 없었다.

이런 식으로 얼래스터 킹은 콘트라케르에 돌아왔다.

그리고 라일에게는 견딜 수 없는 일이었지만, 그는 며칠 만에 대부분의 친척들과 옛 친구들, 지인들과의 관계를 회복했다. 이전 여자친구들과도 그랬으리라는 데는 의심할 여지가 없었다. 앨리다 숙모의 불신을 걷어냈고 이것이 다른 사람들에게 기준을 세워줬다. 한 친척이 자기 집에서 지내라고 초대했지만 그는 정중하게 사양하고 블랙 리버 인에 숙박했다. 라일은 그가 사생활을 지키고 싶어한다는 것을 알았다. 아무도 자기를 염탐하지 못하도록. 하지만 사람들은 이런 제스처를 남을 방해하고 싶지 않거나 친척들의 너그러운 처사에 폐를 끼치지 않으려는 태도로 받아들였다. 얼래스터가 생각이 얼마나 깊어졌는지 몰라. 참 친절하고, 참 성숙하고 말이야. 라일은 이런 말을 여기저기서 들었다. 울화통 터지게도 사람들은 이런 말을 라일에게 반복했다. "라일, 넌 참 좋겠다. 얼래스터가 돌아왔으니. 그동안 얼마나 보고 싶었겠니."

그러면 라일은 맥없이 웃으며 예의바르게 대답했다. "네, 죽도록 보고 싶었죠."

최악은, 얼래스터가 앨리다 숙모에게 가하는 위협을 제외하면, 몇 년 동안 얼래스터에 대한 생각을 잘 밀어두고 살았는데 이젠 생각하지 않을 수 없다는 것이었다. 강박적으로 얼래스터를 생각했다. 그에게 받은 수많은 상처, 모욕, 분노를 떠올릴 수밖에 없었다. 또 얼래스터가 표면적으로는 아무런 처벌도 받지 않으며 수없이 저질렀던 잔인한 행동과 심지어 범죄행위까지도. 물론 라일은 항상 얼래스터 옆에 붙어다녔다. 언제나 가식적인 행복한 외침. "라일! 내 형제!" 언제나 기운찬, 갈빗대가 으스러질 것 같은 포옹. 거짓된 우애. 언젠가 라일은 얼래스터를 데리러 호텔에 갔을 때, 얼굴을 찡그리며 그를 팔꿈치로 밀어냈다. "젠장, 얼래스터, 그만해. 지금은 무대에 있는 게 아니잖아. 보는 사람도 없어." 얼래스터는 웃으면서 경멸하는 눈길로 주위를 쓱 둘러보았다. "무슨 뜻이야, 라일? 누군가는 항상 보고 있다고."

그 말은 사실이었다. 블랙 리버 인의 로비 같은 중립 지대에서도 사람들은 얼래스터 킹을 흘끔거리며 지나갔다. 특히 여자들은 그의 활력 넘치고 소년 같은 외모와 태도에 끌렸다.

그 남자 자체를 보는 게 아니라 환한 빛을 발하며 사람을 유혹하는 욕망의 이미지를 보기라도 하는 듯. 사람을 속이고 싶어하는 그의 욕망을.

반면 라일을 볼 때는 그 자체만 보았다, 라일만.

특히 라일이 혐오스러웠던 것은 얼래스터의 위선이 너무도 훤히 들여다보였기 때문이다. 하지만 무척이나 그럴싸했다. 비교해보면 라일, 감정을 잘 드러내지 않는 형제 쪽은 머뭇거리고, 수줍고, 무기력했다. 어쨌든 남자다운 면이 부족했다. 얼래스터는 참으로 눈부셨다. 라일과 똑같이 빛바랜 회갈색이어야 할 머리카락은 구릿빛 도는 적갈색을 띠었고 구불구불하게 웨이브를 넣어 뒤로 넘겼지만, 라일의 가는 직모는 힘없이 축 늘어졌다. 얼래스터의 날카로운 푸른 눈은 영민하고 빈틈없고 유혹하는 듯했지만, 라일의 탁하고 푸른 눈은 약간 근시여서 늘 지문이 얼룩진 안경알 뒤로 흐릿하게 보였다. 얼래스터는 과식과 과음으로 피부가 따뜻한 홍조를 띠었지만 활기 넘치는 남성적인 건강미를 발산했다. 자세히 들여다보지만 않는다면 얼래스터의 얼굴은 젊고 생기 있어 보이지만, 라일의 얼굴에는 세월에 잠식당하고 소소한 걱정으로 인해 생긴 자국과 잔주름이 있었고 특히 눈가에 주름이 잡혔다. 얼래스터는 라일보다 적어도 9킬로그램은 더 나가고 근육 운동을 한 듯 상체가 발달했지만, 야위고 팔다리가 긴 라일은 자기도 모르게 자세가 구부정해지는 습관이 있어서 병약하고 둔해 보였다. (사실 라일은 수영을 무척 잘했고 테니스도 열심히 쳤다.) 청소년기 초반부터 얼래스터는 활기 넘쳐 보이게 옷을 입었다. 병원에도 벌꿀색 스웨이드 정장을 입고 나타났다. 우아하게 재단된 재킷에 검정 실크 셔츠를 받쳐 입고 넥타이는 매지 않은 채. 삼촌이 죽은 후에는 연극조의 상복, 차분한 회색의 세련된 옷으로 갈아입었다. 어깨에 패드를 넣어 부풀린 마직 코트와 주름을 칼같이 잡은 바지, 너무 연한 파란색이라 슬픔에 젖은 듯 얼굴을 창백해 보이게 하는 셔츠, 광택이 있는 멋진 재질의 암청색 타이. 또 고급스러운 검정 가죽 신발에는 몇 센티미터는 더 커 보이게 할 깔창을 넣었다. 그래서

원래 얼래스터와 키가 같은 라일은 짜증스럽지만 그를 올려다
볼 수밖에 없었다. 허영심이라곤 없는, 어떤 사람들은 자존심
이 없다고까지 말하는 라일은 몇 년 동안 특별한 행사 날이면
늘 똑같이 유행 지난 검정 무광 개버딘 양복을 입었다. 면도
할 때 거울에 비치는 자기 모습을 보지 않는 날도 가끔 있었
다. 그의 마음은 내면으로 향했다. 머리도 빗지 않고 집을 나
설 때도 있었다. 천성이 다정하고 정신이 흐릿한 애늙은이로
영원히 혼자 살 것 같은 외모였다. 그를 잘 아는 사람들과는
어렴풋하게 정답다고 할 만한 관계를 유지했지만, 다른 사람
들에게는 대부분 무시당했다. 윌리엄스 대학을 수석으로 졸
업한 후—반면 얼래스터는 수상한 이유로 애머스트 대학을
중퇴했다—라일은 콘트라케르로 돌아와 조용하고 교양 있
는 삶을 살았다. 부모님 소유지에 있던 차고를 멋지게 개조한
집에 살면서 음악 개인교습도 하고, 한정 부수만 발행해 그
업계에서는 유명하지만 다른 데서는 별로 알려지지 않은 소
규모 뉴잉글랜드 출판사의 책을 디자인하기도 했다. 몇몇을
사귀었지만 정착할 만한 관계는 없었고, 그래도 결혼에 대한
희망은 어렴풋이 품고 있었다. 친구들은 항상 괜찮은 아가씨
들을 소개해주려고 했다. 아무도 기권하려 하지 않는 집요한
실내 게임 같았다. (사실 라일은 얼래스터가 유혹했던 사촌 수전을
남몰래 짝사랑했었다. 그 안타까운 사건이 있고, 수전이 곧이어 결혼
해 보스턴으로 이사하자 라일은 그 게임에 흥미를 잃은 기분이었다.)

라일은 사람들이 얼래스터를 '세계 여행자'—'탐험가'—로 여기는 걸 보고 가소롭다고 생각했다. 분명히 그가 그동안 미국의 감옥에 있었다고 확신했으니까. 얼래스터는 이십대 후반에 부유한 연상의 여자와 유럽에 가긴 했고 그 여자가 알맞게 죽어준 덕에 돈을 좀 물려받았다.

얼래스터에게 직접적인 질문을 하는 건 불가능하기에 라일은 오래전에 포기해버렸다. 사실 얼래스터와 소통을 하겠다는 노력 자체를 포기해버렸다. 얼래스터는 거짓말만 늘어놓았고 짜증나게 습관적으로 웃거나 윙크하고 가끔은 라일의 갈빗대를 쿡 찔러댔다. 네가 날 경멸하는 걸 알지. 그래서 뭘 어쩌라고? 그래봤자 아무 짓도 못 하는 겁쟁이 주제에.

장례식 오찬 자리에서 라일은 얼래스터가 앨리다 숙모 옆에 앉는 것을 뚱하게 바라보았다. 그 불쌍한 여인은 남편의 죽음으로 긴장한 탓에 마음이 확연히 약해져서 얼래스터를 마치 남편을 보는 듯한 눈길로 보고 있었다. 무한한 신뢰를 담아. 앨리다 숙모는 라일에게 특별한 관심을 보이며 종종 신붓감을 짝지어주려고 했던 사람 중 하나였다. 하지만 이제 라일은 완전히 잊어버린 것 같았다. 얼래스터 외에 다른 사람에게는 거의 관심이 없었다. 사람들이 모여 웅성웅성 떠들었고—라일은 얼래스터에 대한 얘기가 무척 자주, 그것도 아주 찬양하는 투로 나오는 것을 듣고 움찔했다—대화의 파편만 알아들을 수 있었다. 주로 얼래스터가 의젓한 척하며 알랑거리는 목소리가 들렸다. "가드너 삼촌은 말년에 편안하셨나요? 인생을 기쁘게 돌아보셨어요? 그게 중요하죠." 분개해서 쏘아보는 형제의 눈빛을 본 얼래스터는 미묘하게 비웃듯 잔을 들고 건배하며 미소지었고 간신히 알아볼 만큼만 살짝 눈을 찡긋했다. 그래서 친척들은 아무도 그가 쌍둥이 형제에게 보내는 메시지를 보지 못했다. 두 형제가 소년이었을 때, 얼래스터가 부모님 곁에서 종종 하던 짓이었다. 봤냐? 내가 얼마나 똑똑한지? 다른 사람들이 얼마나 쉽게 속는 바보들인지 봤어? 모두 내 말을 진지하게 받아들이지?

라일은 화가 나서 얼굴을 붉혔고 정신이 산란해지는 바람에 물잔을 엎을 뻔했다.

후에 여행이 어땠냐는 질문을 받자 얼래스터는 궁금증을 유발하며 대충 얼버무렸다. 그런데도 그의 이야기는 모두 자기중심으로 돌아갔다. 항상 얼래스터 킹이 영웅이었다. 지중해에서는 그리스 증기선이 다른 배와 충돌하자 물에 빠져 죽을 뻔한 어린 소녀를 구해줬다. 카이로에서는 걸인을 위한 의료 신탁 기금을 설립했다. 암스테르담에서는 헤로인에 중독된 젊은 흑인 부랑자를 구해줬…… 친척들의 질문 공세에 답하는 얼래스터의 이야기를 듣고 있자 라일은 혐오감이 쌓여갔다. 사람들은 얼래스터의 이야기가 아무리 터무니없어도 다 믿었다. 그가 사람들 돈을 떼먹고 콘트라케르에서 사라져버렸던 과거는 잊어버렸거나 잊고 싶어하는 것 같았다. 얼래스터는 이제 '유럽 문화의 걸작'을 수입하는 사업에 관여한다는 이야기를 늘어놓았다. 이야기 중간을 살짝 잘라먹으며 그는 사업이 번창할 것 같고 투자자들에게 상당한 수익을 배분할 수 있을 거란 말을 흘렸다. 다만 자금을 조금만 더 투입한다면. 그는 '쇠락한 귀족 가문' 출신의 저명한 이탈리아 예술가와 파트너 관계를 맺고 있다고 했다…… 얼래스터가 와인을 홀짝거릴 때마다 라일은 마치 영화 속 인물이 클로즈업되듯이 그의 모습이 점점 선명해지는 느낌을 받았다. 기술적으로 염색한 구릿빛 적갈색 머리가 구불구불 험악한 여우상의 얼굴을 감싸서 그는 마치 살아 있는 인형처럼 보였다. 라일은 그 저명한 예술가가 누구며 사업체 이름이 뭔지 따져 물을 수도 있었지만 얼래스터라면 장광설을 늘어놓으며 그럴싸하게 대답하리란 것을 알았다. 라일을 제외하고 식탁에 둘러앉은 이들 모두가 흥미와 감탄의 눈길로 얼래스터를 쳐다보고 있었고, 아주머니들 사이에서는 갈망도 보였다. 동년배의 죽음에 충격을 받은 나이든 여자들이 얼래스터가 무슨 요정 왕자님이라도 되어 젊음, 잃어버린 순수를 다시 돌려주리라 믿는 듯이 쳐다보는 광경을 쉽게 상상할 수 있을 것이다. 그들은 얼래스터를 철석같이 믿고 그의 최근 사업에 '투자'라도 할 기세였다. "인생은 산을 오르는 부단한 순례 여행이죠." 얼래스터가 말하고 있었다. "움직이는 동안에는 잘 보이지 않습니다. 오직 정상에 올라 돌아보았을 때만 평화에 이를 수 있죠."

얼래스터가 성스러운 말이라도 전한 듯 좌중은 잠시 숨을 죽였다. 앨리다 숙모가 조용히 흐느끼기 시작했다. 그 흐느낌에는 일종의 묘한 고양감이 있었다. 라일은 술을 거의 마시지 않고, 낮에는 절대 삼가지만 화이트 와인을 벌써 두 잔이나 비우고 말았다. 아마니타 팔로이데스. 아마니타…… 라일은 두 형제가 어렸을 때 얼래스터가 너무 괴롭히자 참다못해 갑자기 소리를 지르며 주먹을 날렸던 일을 떠올렸다. 뒤로 나가떨어진 얼래스터는 깜짝 놀랐고, 엄마가 재빨리 끼어들었다. 하지만 라일은 똑똑히 기억했다. 나는 겁쟁이가 아니었어, 한번도.

라일은 아무 말 없이 얼래스터를 블랙 리버 인에 데려다줬다. 얼래스터는 연기를 하느라 진이 빠진 듯 가라앉아 있었다. 그는 속생각을 소리내어 말했다. "앨리다 숙모가 그렇게 나이드시다니 정말 충격이다. 다들 나이드셨어. 어째서 내게 계속 연락하지 않았는지 모르겠다, 라일. 하려고만 했다면 미국 특급우편으로 보낼 수 있었잖아, 로마에도 파리에도 암스테르담에도…… 이제 킹 재단은 누가 관리하지? 앨리다 숙모는 도움이 필요하실 텐데. 그 거대한 영국 튜더식 저택도 그래. 그 부지는 또 어떡하나. 12만 제곱미터나 되잖아. 가드너 삼촌은 개발업자에게 팔라는 제안도 거절했다던데, 그렇게 오래 버텨봤자 헛일이야. 콘트라케르의 북쪽 지구는 전부 개발중이잖아. 앨리다 숙모가 팔지 않는다면, 몇 년 안에 소규모 주택단지에 둘러싸일걸. 그게 분명 미래의 방식이지." 얼래스터는 말을 멈추고 만족감에 젖은 한숨을 내쉬었다. 미래가 따뜻하고 자애로운 산들바람이 되어 그에게 유리한 방향으로 불어오는 게 분명해 보였다. 얼래스터는 특색 없는 자동차의 운전대 앞에 웅크리고 앉은 라일을 교활하게 곁눈질했다. "게다가 그 훌륭한 롤스로이스는 어쩌고. 라일, 너도 그런 건 볼 줄 알겠지?" 얼래스터는 라일과 롤스로이스를 결부시키는 게 세상에서 가장 웃긴 일인 것처럼 웃어댔다. 그는 와인을 여러 잔 마셔서 열이 오르고 붉어진 얼굴을 탁탁 두드렸다.

라일은 조용히 말했다. "집안사람들 좀 건드리지 마, 얼래스터. 넌 살면서 이미 순진한 사람들에게 충분히 누를 끼쳤잖아."

"하지만 무슨 기준으로 '충분'하다는 거냐?" 얼래스터는 사뭇 진지하게 물었다. "네 기준이냐 아니면 내 기준이냐?"

"딱 한 가지 기준이 있지. 상식적인 예의의 기준."

"아, 그래. 네가 '상식적인' 예의라는 차원으로 빠지겠다 이거지." 얼래스터는 부드럽게 말했다. "너하고는 말해봤자 아무 희망이 없다."

블랙 리버 인에 이르자 얼래스터는 '가족 문제'를 좀더 상세히 논의하자며 라일을 방으로 초대했다. 라일은 분노에 몸을 떨며 단칼에 거절했다. 할 일이 있다고 했다. 그는 손으로 직접 장정하고 활판 인쇄를 하는 한정판 책을 디자인하고 있었다. 에드거 앨런 포의 단편 「윌리엄 윌슨」이었다. 얼래스터는 그게 뭐 대수냐는 듯 어깨를 으쓱했다. 그는 형제의 인생에 더이상 관심이 없듯이 형제가 멋지게 디자인한 책에도 관심이 없었다. "여자도 만나고 다녀야지." 얼래스터가 말했다. "한 명 소개해줄 수도 있는데."

라일은 화들짝 놀랐다. "콘트라케르에 온 지 얼마 되지도 않았잖아."

얼래스터는 웃음을 터뜨리며 두꺼운 손을 라일의 팔에 올리더니 애정을 담은 듯이 꼭 쥐었다. "이런, 라일! 진심이야? 여자는 어디에나 있어. 언제나 있고."

라일은 경멸에 차서 말했다. "어떤 여자는 그렇단 뜻이겠지."

얼래스터도 똑같이 경멸을 담아 대꾸했다. "아니, 세상에 여자는 오직 한 종류뿐이야."

블랙 리버 인의 차로로 진입할 때 라일의 심장은 형제에 대한 혐오감으로 쿵쿵 뛰었다. 라일은 얼래스터가 단지 상대를 도발하기 위해 무턱대고 말한다는 걸 알고 있었다. 그를 논리적으로 설득하는 건 고사하고 진지하게 말을 나눈다는 것 자체가 의미 없었다. 그는 큰일만큼이나 사소한 일에서도 양심이라고는 없었다. 우리 사촌 수전은 어쩌고? 걔에 대해 생각은 해봤어? 걔한테 저지른 일에 대해 양심의 가책을 느끼긴 했느냐고. 라일은 물어볼 엄두가 나지 않았다. 그래봤자 성의없고 경박한 대답만 돌아와 기분만 더 상할 것이었다.

블랙 리버 인은 준수한 '역사적' 호텔로 최근에 상당한 비용을 들여 개축한 덕에 작은 호텔이라기보다 리조트 모텔 같았다. 아름다운 풍광, 호화로운 수영장, 테니스 코트. 얼래스터에게는 적절한 선택 같았다. 분명 빚을 많이 졌겠지만 얼래스터는 일급 숙소에 익숙했다. 라일은 차에 앉아서 형제가 뒤로 눈길 한번 주지 않고 단호하게 성큼성큼 걸어가는 모습을 바라봤다. 벌써 그는 자기 운전기사를 잊어버렸다.

얼래스터가 입구로 다가갔을 때, 매력적인 젊은 여자 둘이 거기서 나왔다. 그를 본 여자들의 표정—정신이 번쩍 들고 활기가 도는, 무슨 비밀암호처럼 휙 바뀌는 미소—은 라일의 허를 찔렀다. 그자가 악마라는 걸 알까? 외모만 보고 어떻게 그리 쉽게 속을 수 있지? 라일은 차문을 열고 뛰어내렸다. 그는 앞에서 걸어오는 젊은 여자들을 숨도 안 쉬고 계속 주시했다. 여자들은 함께 웃었고, 그중 하나가 어깨 너머로 얼래스터의 뒷모습을 훑어보았다. (얼래스터 또한 호텔 회전문으로 들어가면서 어깨 너머로 여자를 훑어보았다.) 하지만 여자들은 라일을 보고는 웃음을 거둬들였다. 그는 더듬더듬 말하고 싶었다. 무슨 말을? 경고? 아니면 사과의 말? 자신의 이상한 행동에 대한 사과? 하지만 여자들은 걸음을 늦추지 않고 지나쳐갔다. 여자들의 시선이 라일을 죽 훑었다. 그를 파악하고 평가하고 훑었으나 라일이 자신들의 눈을 사로잡았던 얼래스터와 쌍둥이라는 사실은 전혀 인지하지 못하는 것 같았다. 그들은 라일을 본 것 같지도 않았다.

한동안 잊고 있던 몇 년 전 일이 떠올랐다. 얼래스터가 칵테일 바의 웨이트리스와 시시덕대는 광경을 목격할 기회가 있었다. 화장을 짙게 한 삼십대 후반의 여자, 여전히 글래머지만 이제 그리 젊지는 않은 여자. 얼래스터가 여자를 살살 꾀어 이름을 묻고 구슬린 후 염치도 없이 여자에게 아첨하는 말을 늘어놓자 여자는 좋아서 얼굴을 붉혔다. 하지만 웨이트리스가 이름을 묻자 그는 불쾌하게 놀란 기색을 비치며 물러섰다. "뭐라고? 그건 당신이 상관할 바가 아닌 것 같은데." 여자의 얼굴에 떠오른 상처 입고 당황한 표정이라니! 라일은 아주 짧은 순간 여자가 힘겹게 입으로만 계속 미소짓는 것을 보았다. 이게 얼래스터의 세련된 농담이라고 믿고 싶어서. 얼래스터는 사람 기죽이는 말투로 말했다. "자기 직업을 진지하게 여기지 않나본데. 지배인과 얘기 좀 해야겠군." 얼래스터는 불같이 화를 내며 일어섰다. 웨이트리스는 즉시 사과했다. "아니에요, 손님. 정말 죄송합니다. 제가 오해해서……" 수없이 반복해서 자기 역을 확실히 해내는 배우처럼 얼래스터는 뒤도 돌아보지 않고 나갔다. 라일만 혼자 남아 (후에 라일은 그가 고의로 자기에게 처리를 떠맡긴 거라는 사실을 알았다.) 그의 술값을 내고, 멍해져서 얼래스터가 나간 쪽만 계속 바라보는 웨이트리스에게 사과했다. "그가 농담한 거예요. 유머 감각이 정말 고약하거든요. 언짢아하지 마요!" 하지만 여자는 라일의 말을 듣고 있는 것 같지 않았고, 눈은 눈물 속에서 헤엄쳤다. 그 여자는 라일을 흘긋 보았을 뿐 신경도 쓰지 않았고, 칼에라도 찔린 양 가슴 위로 두 손을 부여잡고 얼래스터가 나간 쪽만 하염없이 쳐다보며 서 있었다. 그가 돌아오기를 기다리며.

마침내 얼래스터가 시간을 내서 점심을 먹으러 온다고 했을 때 라일이 차려낸 것은 아마니타 팔로이데스 크림수프였다.

요리가 서툰 라일은 아침 내내 정성껏 음식을 준비했다. 부드럽지만 다소 끈적거리고 이상하게 차가운 연회색 펄프 같은 버섯을 잘게 썰어 양파와 함께 블렌더에 넣고 살짝 갈았다. 닭 육수를 담은 이중 냄비에 이 재료를 넣고 천천히 끓인 후 소금과 후추, 간 육두구로 양념했다. 얼래스터가 도착하기 직전에 진한 크림과 약간 휘저은 달걀노른자 두 개를 두른 후 스토브를 껐다. 수프에서 얼마나 맛있는 냄새가 나던지! 라일의 입에서도 침이 돌았다. 이마의 핏줄이 위험하게 쿵쿵 뛸 정도였다.

얼래스터는 택시를 타고 삼십 분 늦게 도착했다. 노크도 없이 당당하게 집안으로 들어오더니 깜짝 놀란 듯 숨을 깊이 들이마셨다. 그는 풍부한 향을 음미하며 기대감에 차서 두 손을 비볐다. "라일, 대단한데! 네가 이렇게 요리를 진지하게 하는 줄 몰랐다. 배고파 죽을 지경이야."

라일은 초조하게 말했다. "하지만 먼저 한잔해야지, 얼래스터? 그리고…… 좀 쉬고 있을래?"

물론 얼래스터는 한잔하기로 했다. 아니 두 잔. 벌써 그는 라일의 냉장고에서 차가워진 고급 이탈리안 샤르도네 두 병을 찾아냈다. 이날을 위해 라일이 미리 사다놓은 것이었다. "내가 알아서 따라 마셔도 되지? 넌 바쁘니까."

라일은 시내 헌책방에서 발견한 낡아빠진 패니 파머 요리책에서 버섯 크림수프 요리법을 찾았다. 이곳에서 도판이 함께 실려 있는 아마추어를 위한 식용/비식용 버섯 안내서도 찾아냈다. 노루궁뎅이버섯, 살구버섯, 간장버섯. 이것들은 유명한 식용 버섯이었다. 그런데 비식용 버섯들, 불길하게도 다 비슷비슷해 보이는 독버섯 중에 아마니타 팔로이데스가 있었다. 알광대버섯. 하얀 포자가 있는 버섯으로 대주머니를 갓에서 떼어낼 수 있다고 도판 아래 설명이 붙어 있었다. 강한 독성. 꿈속에 깊이 빠져들어 있다가 갑자기 빛에 노출됐을 때 보이는 환영처럼 괴이하게 아름다웠다.

버섯의 '남근적' 특징은 고통스러울 정도로 뚜렷했다. 얼마나 역설적인가 하고 라일은 생각했다. 또 얼마나 적절한가 하고도. 성적으로 여자를 이용하는 얼래스터 같은 남자에게.

라일은 집 뒤 숲속에서 며칠을 미친듯이 찾아 헤맨 끝에 아마니타 팔로이데스로 보이는 버섯을 발견했다. 그는 그 광경에 숨을 들이쉬었다. 뱀처럼 꼬인 거대한 너도밤나무의 드러난 뿌리 한가운데, 안개 속에서 환히 빛나 사악하게 보이는 독버섯 무리. 라일이 장갑 낀 손으로 재빨리 따서 가방 속에 던져넣자, 버섯은 감각이 있는 생명체 같은 분위기를 풍겼다. 라일은 서둘러 버섯을 딸 때 희미한 비명을 들은 듯한 상상에 빠졌다. 누군가에게 들킬지도 모른다는 터무니없는 공포에 사로잡혔다. 그건 식용 버섯이 아니라 알광대버섯인데. 왜 그걸 따는 거지?

얼래스터는 라일의 검박한 식당 안, 소박한 나무 식탁 앞에 앉았다. 라일은 부엌에서 대접에 담아온 김이 모락모락 오르는 수프를 형제 앞에 내려놓았다. 얼래스터는 바로 숟가락을 들더니 쩝쩝대며 먹기 시작했다. 그게 그날의 첫 끼니라고 했다. 아주 힘든 밤을 보냈다고. "아침까지 줄곧." 그는 비밀스럽게 웃었다. 그러더니 한숨지었다. "라일, 이거 맛있는데. 뭔지 알겠다. 살구버섯이지? 내가 가장 좋아하는 거지."

라일은 바삭한 바게트와 버터, 염소치즈 한 덩이를 냈고, 두번째 샤르도네 병을 얼래스터 옆에 가까이 뒀다. 그는 얼래스터가 수프를 한 숟갈씩 홀짝홀짝 떠먹고 만족스러운 소리를 내며 게걸스럽게 삼키는 모습을 최면에 걸린 듯 바라보았다. 평생 쌍둥이 형제에게 그런 칭찬을 들은 기억이 없는 라일은 무척 우쭐한 기분이 들었다. 자기 자리에 어정쩡하게 앉아 있던 라일은 얼음 같은 손가락으로 더듬더듬 숟가락을 들었다. 그는 얼래스터의 수프와 비슷하게 보이는 수프를 자기 몫으로 따로 만들었는데, 사실은 캠벨 통조림 버섯 수프를 살짝 바꾼 것에 불과했다. 전혀 좋아하지 않는 음식이라서 라일은 형제에게서 눈을 떼지 않고 천천히 먹었다. 그는 얼래스터의 숟가락 움직임에 박자를 맞추고 싶었지만, 얼래스터는 항상 너무 빨랐다. 보이지 않을 정도로 미세한 뺨의 혈관은 백열선처럼 반짝거렸다. 강철처럼 푸른 눈은 기쁨으로 빛났다. 남자가 즐기며 살겠다는데. 그래서 나쁠 거 있어?

몇 분 안에 얼래스터는 김이 모락모락 오르는 뜨거운 크림 수프 큰 대접을 다 비우고 입술을 핥았다. 라일은 즉시 한 대접 더 담아주었다. "넌 자신도 모르는 재능이 있나보다, 라일." 얼래스터는 눈을 찡긋했다. "같이 식당을 차려도 되겠는데. 내가 장부를 맡지. 넌 주방을 맡아." 라일은 손이 너무 떨려서 수프를 입으로 가져가다 흘릴 뻔했다. 그는 아마니타 팔로이데스의 효력이 나타나길 기다렸다. 그는 독이 청산가리처럼 즉효가 있는 줄 알았다. 하지만 아닌가보았다. 아니면—그 가능성을 생각하자 공포가 차올랐다—독버섯을 너무 갈아서 끓여서 독성이 희석됐나? 라일은 냅킨으로 연신

턱을 닦으며 대충대충 먹고 있었다. 다행히 얼래스터는 눈치 채지 못했다. 얼래스터는 수프를 홀짝거리면서 이야기를 늘어놓느라 여념이 없었다. 빵과 버터, 치즈, 시큼한 화이트 와인을 한입 가득 쑤셔넣고 블랙 리버 인에서 힘든 밤을 함께 보낸 여자, 여자들에 대한 야한 이야기를 줄줄이 늘어놓았다. 같이 놀자고 라일을 부르려고 했었다는 말도 했다. "지난번처럼 말이야, 응? 우리 스물한번째 생일 파티 기억나?" 라일은 그 말의 의미는커녕 언어조차 잘 못 알아듣는 듯 눈을 깜박거렸다. 얼래스터는 여자들 일반에 대한 이야기를 계속했다. "여자들은 가만 놔두면 널 산 채로 집어삼킬걸. 뱀파이어들이라고." 라일은 더듬더듬 대꾸했다. "그래, 얼래스터. 그런 것 같다. 네가 그렇게 말하니까." "우리 불쌍한 아빠의 단물을 쪽쪽 빨아먹은 엄마처럼 말이야. 우리를 낳으려고. 상상해봐!" 얼래스터는 웃으며 고개를 흔들었다. 라일은 진지하고도 무감각하게 고개를 끄덕였다. 그랬다, 그는 상상해보려고 했다. 얼래스터는 여전히 왕성한 식욕으로 먹고 마시고는 있었지만 신랄하다 싶은 어조로 말했다. "그래, 라일, 남자라면 정신 바짝 차려야지. 선제공격을 날려야 해." 그는 아쉬웠던 일화를 회상하는 듯 생각에 잠겼다. 라일은 갑작스럽고 예상치 못하게도 얼래스터에게 진정한 감정, 진정한 회한의 과거가 있음을 알아챘다. 트럼프 카드의 인물이 생명을 얻고 살아나는 모습을 보는 것처럼 살짝 놀라웠다.

라일이 말했다. "하지만 그…… 수전은 어쩌고?"

"수전? 누구?" 붉은 기가 살짝 어린 강철처럼 푸른 눈이 순진하게 라일에게 고정됐다.

"우리 사촌 수전."

"걔? 하지만 내 생각에……" 얼래스터는 말을 끊었다. 그걸로 끝이었다. 그는 빵 껍질 조각으로 수프 대접 안쪽까지 싹싹 닦아 먹느라 바빴다. 언뜻 어디가 찌릿한지 아래턱을 떨었고 손바닥을 배에 갖다 댔다. 속이 더부룩한 모양이었다.

라일은 비꼬듯이 말했다. "수전이 죽은 줄 알았어? 그렇게 기억하고 있는 거야?"

"사실은 기억이 전혀 안 나." 얼래스터는 태평하고 무심하게 말했다. 목에서 얼룩덜룩한 홍조가 올라 뺨까지 퍼졌다. "걔는 네 친구였잖아, 라일. 내 친구가 아니라."

"아니, 수전은 한번도 내 친구였던 적이 없어." 라일은 씁쓸하게 말했다. "나한테 말을 건 적도 없고 내 전화나 편지에 답을 한 적도 없어. 그 일이…… 있고 나서는."

얼래스터는 비웃듯이 콧방귀를 뀌었다. "전형적이군!"

"'전형적'이라니?"

"여자의 변덕이지. 타고난 거잖아."

"우리 사촌 수전은 변덕스러운 여자가 아냐. 그 정도는 알아야지, 빌어먹을!"

"왜 나한테 욕을 하지? 나랑 무슨 상관이 있다고? 난 그때 애였어, 거의 애나 다름없었다고. 그리고 너는…… 너도 마찬가지였지." 얼래스터는 평소처럼 청산유수였다. 자기 말은 뭐든 이치에 맞는다는 듯, 미소를 띠며 손짓을 했다. 그는 무비판적인 찬미자들에 둘러싸여 있는 데 익숙했다. 하지만 호흡은 들릴 정도로 거칠어졌다. 기름이 번들거리는 매끈한 이마에 땀이 솟았다. 기술적으로 염색해서 구불구불 만 머리카락은 다른 배경에서는 무척 멋졌지만 여기, 라일의 눈에는 마네킹 머리에 씌워놓은 가발 같았다. 얼래스터의 말에는 짜증스러운, 심지어 화난 기색이 어렸다. "이봐, 걔는 결혼해서 떠난 거 아니었어? 애도 갖지 않았나? 내 말은 그렇지 않았느냐는 거지."

라일은 음울하게 한참 동안 얼래스터를 쳐다보았다.

"내가 아는 한 그러지 않았어. 아기는 갖지 않았어."

"자, 그런데 뭐!" 얼래스터는 대수롭지 않다는 듯 그만하자는 손짓을 하더니 냅킨으로 이마를 닦았다.

얼래스터의 수프 대접이 다시 빈 것을 본 라일은 조용히 일어나 대접을 들고 부엌으로 가서 대접이 찰랑찰랑 차도록 세번째 수프를 떠담았다. 아마니타 팔로이데스 크림수프는 바닥났다. 이제 몇 분만 있으면 분명 맹독이 효능을 발휘하겠지! 라일이 대접을 들고 식당으로 돌아와 보니 얼래스터가 시큼한 화이트 와인을 두 잔인가 세 잔째 비우고는 초대한 사람이 따라주기를 기다리지도 않고 다시 잔을 채우고 있었다. 표정은 비열하고 음울하게 변해 있었다. 하지만 라일이 다시 나타나자 고개를 들고 금세 웃더니 윙크했다. "고마워, 라일!" 남의 시중을 받는 데 익숙한 사람처럼 얼래스터에게는 완전히 만족스러운 분위기가 감돌았다.

벌써 먹은 양을 감안하면 놀랍게도, 얼래스터는 다시 숟가락을 들고 열심히 먹었다.

그렇게 라일이 집요하게 준비한 점심은 흐릿하고 혼란스러운 꿈처럼 흘러갔다. 라일은 잘생긴 쌍둥이 형제의 불그스름한 얼굴을 빤히 바라보았다. 형제는 앨리다 숙모에 대한 애정을 짐짓 생색내고 있었다. "정신이 흐릿한 노부인이니 누가 옆에서 제대로 이끌어줘야 하지 않겠냐." 킹 재단에 대해서는 이렇게 말했다. "꼭대기부터 바닥까지 전체 개편이 필요한 시대착오적 산물이야." 그리고 12만 제곱미터의 최상급 부동산에 대해서도. "개발업자들을 서로 경쟁하게 만드는 전략이 필요하다고 내가 그렇게 설명하려 했는데." 부침이 심한 국제 미술 시장에 대해서는 이렇게 말했다. "천 퍼센트 이득을 올리려면 불황에도 버틸 수 있는 탄탄한 자본만 뒷받침되면 돼." 라일에게는 귓가에 윙윙대는 소리가 하나도 들어오지 않았다. 대체 뭐가 잘못됐지? 평범하고 무해한 식용 버섯을 알광대버섯 유의 아마니타 팔로이데스와 착각한 걸까? 숲에 나갔을 때 너무 흥분하고 불안해서 제대로 분간을 했는지 확신할 수 없었다.

무감각하고 몽롱한 상태로 라일은 얼래스터를 도로 블랙리버 인에 데려다줬다. 화창한 여름날이었다. 텅 빈 푸른 하늘, 물비늘이 반짝거리는 검은 강. 얼래스터는 라일에게 조만간 호텔로 놀러오라고, 수영장에서 같이 수영하자고 했다. "가끔은 그런 곳에서 아주 재미있는 사람들을 만날 수 있거든." 라일은 얼래스터에게 얼마나 오래 거기 머물 작정이냐고 물었고, 얼래스터는 이상야릇한 미소를 지었다. "필요한 만큼 있을 거다, 라일. 너 나 알잖아!"

호텔에 도착하자 얼래스터는 라일의 손을 잡고 활기차게 흔들었고 충동적으로, 혹은 충동을 가장해서 몸을 앞으로 내밀고 뺨에 입을 맞추기까지 했다! 라일은 따귀라도 얻어맞은 것처럼 화들짝 놀랐다.

차를 몰고 돌아오면서 라일은 굴욕스럽기도 했지만, 한편으로는 안심하기도 했다. 아직은 아니야. 난 형제 살해범이 아니야, 아직은.

가드너 킹의 유언장이 낭독됐다. 개인 및 조직을 포함, 수혜자가 백여 명에 달하는 엄청난 서류였다. 유언장 공개 자리에 참석하고 싶지 않았던 라일은 자신의 상속분에 대해서 얼래스터에게 들었다. 얼래스터는 앨리다 숙모를 에스코트해서 변호사 사무실에 갔던 모양이었다. 라일은 수천 달러와 삼촌이 수집했던 희귀 초판본 몇 권을 받게 됐다. 얼래스터는 억지로 명랑한 척 말했다. "축하한다, 라일! 패를 제대로 뽑은 모양이네, 처음으로." 라일은 눈물을 훔쳤다. 그는 순수하게 가드너 삼촌을 사랑했고, 삼촌이 유언장을 쓰면서 자신을 기억해주었다는 사실에 감동받았다. 물론 삼촌이 기억해줄 거라는 기대는 했었다, 그 정도는. 그래, 얼래스터가 아무것도 받지 못했다면 이 소식이 한층 더 기쁠 텐데. 전화선 너머에서 얼래스터는 수화기에 숨만 내뿜으며 기다렸다. 뭘 기다리지? 너는 얼마나 받았느냐고 물어보기를? 라일이 자기 상속분을 나누자고 하기를? 얼래스터는 무덤덤하게 말했다. "가드너 삼촌이 나한테는 법적 서류 한 장 달랑 남기셨더라. 내 빚을 다 '탕감해준다'는." 얼래스터는 계속 불평을 늘어놓으며 삼촌에게 빚을 진 것도 몰랐다고 했다. 너도 생각해봐, 그렇지 않겠어? 가드너 킹은 재정 자문단까지 거느리고 있었으니 미리 알려줄 수도 있지 않았겠느냐고. 그걸 알려주는 건 삼촌의 책임이었다고. 얼래스터는 자기는 한 번도 연락받지 못했다고 단언했다. 육 년 동안 단 한 번도. 라일은 얼래스터의 강철처럼 푸른 눈, 달아오른 거친 얼굴, 독선에 빠져 굳게 다문 턱이 눈에 선했다. 얼래스터는 상처를 받은 듯이 말했다. "'탕감해준' 데 대해 고마워해야 하는 거겠지? 그렇지, 라일? 그거 참 대단하게 기독교적이다." 라일은 차갑게 대꾸했다. "그래, 그건 기독교적이지. 내가 네 입장이라면 고마워하겠어."

"내 입장이라니? 네가 뭘 어떻게 안다는 거지? 넌 '라일'이지 '얼래스터'가 아니잖아. 잘난 척하지 마."

얼래스터는 무례하게 전화를 끊어버렸다. 라일은 움찔했다. 두 사람이 함께 자랄 때, 이 형제가 종종 사나운 말로 느낌표를 찍듯 가슴을 찔렀을 때처럼.

바로 그후에야 라일은 찌르는 듯한 적개심에 아픔을 느끼며 깨달았다. 1만 달러가 넘을 얼래스터의 빚을 탕감해줌으로써 삼촌은 사실상 얼래스터에게 돈을 준 거나 다름없다는 사실을. 라일에게 남긴 것들의 총액과 얼추 비슷하다는 사실을. 마치 삼촌의 마음속에서는 얼래스터와 그가 결국 동등한 가치를 지녔었다는 듯이.

그가 호출하자 여자가 왔다. 자정도 넘은 으슥한 시간, 고요 속에서 몰래 문을 두드렸다. 들어와! 하고 속삭이는 소리가 들렸고, 그가 안쪽 그늘에 서서 바라보고 있었다. 여자는 어찌나 떨렸는지, 어찌나 들뜨고 우쭐한 기분이 들었는지. 소녀 같은 얼굴, 다소 큰 손과 발, 한 줄로 땋아 감아올린 금빛 도는 붉은 머리카락. 젊고 늘씬한 몸매에 무척 잘 어울리는 제복. 몸을 어루만지는 듯한 달빛 한 조각. 그는 소리도 없이 여자 뒤로 가서 문을 닫아 잠그고 걸쇠까지 채웠다. 그는 여자의 손과 팔꿈치 안쪽 부드러운 살에 키스해서 여자를 떨리게 했다. 여자는 움찔하며 웃음을 터뜨렸다. 그는 유럽인이었다. 여자가 그렇게 믿도록 그가 유도했다. 유럽 신사. 첫 잔을 그에게서 받아들고 서로의 행복을 위해 건배. 두번째 잔을 받아 마시자 여자는 머리가 어질어질했다. 예쁜 아가씨! 사랑스러운 아가씨! 그의 칭찬에 어찌나 우쭐했는지. 그러고는. 옷을 벗어. 더듬거리는 손길로 보라색 레이온 제복의 작은 단추를 풀었다. 넓은 레이스 옷깃, 레이스 소맷동. 그는 여자의 목, 목의 혈관에 키스했다. 가슴 사이 따뜻한 골에 키스했다. 리 앤이라고 했나? 리넷? 킹사이즈 침대에서 애무하면서 그는 여자의 손목을 가볍게 비틀었다. 여자가 놀라서 웃음을 터뜨릴 만큼만. 불편하다는 티를 낼 만큼만. 그에게 나쁜 뜻이 있다는 것을 여자가 깨달을 만큼 세지는 않았다. 자, 리넷. 진짜 키스를 해줘. 여자가 대담하게 통통한 입술로 그의 입을 누르고 무거운 가슴을 그의 가슴에 갖다 대자 그는 여자의 입술을 세게 물었다. 여자는 그에게서 떨어졌지만, 그의 이는 아직도 여자의 입술을 꽉 물고 있었고, 이제 입술은 고통으로 검푸르게 변했다. 마침내 그가 놓아주자, 여자는 흐느꼈고 입술에서는 피가 흘렀다. 그는, 유럽 신사는, 진심으로 후회하며 외쳤다. 오, 내가 무슨 짓을! 용서해줘! 열정에 휩쓸려서 그랬나봐. 자기. 여자는 그 앞에서 두 손과 무릎, 흔들리던 가슴을 감싸듯 움츠렸다. 여자의 거대한 눈. 짐승의 눈처럼 빛났다. 여전히 믿고 싶어했다. 얼마나 필사적으로 믿고 싶었던지 몇 분 만에 그건 사고였다고, 열정 때문에 일어난 사고였다고 납득하고 만다. 너무 사랑스럽고, 너무 갖고 싶은 여자라서 그가 미치는 바람에 일어난 사고라고. 그는 용서해달라고 애원하며 키스하고, 마침내 용서를 받자 부드럽게 여자의 팔과 다리를 벌리고 머리를 침대 끝에 놓았다. 길고 구불구불하고 약간 거친, 금적색 땋은 머리를 풀자 카펫 위로 떨어졌다. 여자가 소리를 지를 수도 있었지만, 남자는 입에 쑤셔넣을 헝겊을 미리 준비해놓았다. 사실은 전에 블랙 리버 인 스위트룸 181호를 찾아왔던 손님에게도 썼던 것이었다.

"어떻게 그렇게 잔인할 수 있어, 얼래스터!"
얼래스터는 웃으며 이 야한 이야기를 형제에게 털어놓았다. 6월 말의 어느 저녁, 온화한 석양을 받으며 호텔 수영장 가장자리에 앉아 있었다. 라일은 이야기를 들으며 실망과 혐오감을 쌓아가다 마침내 소리를 지르고 말았다. 얼래스터는 태연하게 대꾸했다. "'잔인해'? 내가 뭐가 '잔인하다'는 거야? 여자들은 그런 걸 좋아한다고, 라일. 내 말 믿어."
라일은 역겨웠다. 얼래스터를 믿어야 할지 말아야 할지 알 수 없었다. 괜히 놀래주려고 통째로 꾸며낸 이야기일 수도 있었다. 하지만 왠지 모르게 얼래스터의 어조에 사실적인 기운이 있었다. 그는 얼래스터가 오랬다고 블랙 리버 인에 온 것을 후회했다. 그는 얼래스터의 난잡한 이야기에 자신이 성적으로 동요했다는 사실을 인정하고 싶지도 않았다.
나는 조각조각 부서지고 있어. 금이 가서 깨지기 쉬운 물건처럼.

점심을 함께한 다음날, 라일은 집 뒤 숲으로 돌아가서 그 신비로운 버섯을 다시 찾아보았다. 하지만 갔던 길을 다시 찾을 수 없었고 심지어 뱀 같은 뿌리가 드러났던 거대한 너도밤나무도 찾을 수 없었다. 그는 발끈해서 아마추어를 위한 식용/비식용 버섯 안내서를 던져버렸다. 패니 파머 요리책도 버렸다.

아마니타 팔로이데스 수프가 실패한 후로 라일은 자신이 집요하게 얼래스터를 생각하고 있다는 것을 깨달았다. 아침에 깨자마자 생각하기 시작해서 긴 하루 내내 얼래스터를 생각했다. 밤에는 꿈이 조롱하고 비웃고 감정으로 출렁여서 그는 힘이 빠지고 의기소침해졌다. 이제는 그의 상상력을 요하는 포의 「윌리엄 윌슨」 디자인 같은 프로젝트에 전념할 수가 없었다. 고향과 이곳에서의 삶을 사랑했지만, 콘트라케르에서 이사 가면 어떨까 하고 절망적인 기분으로 생각했다. 콘트라케르는 얼래스터라는 존재로 인해 독에 감염되지 않았을까? 라일은 여기, 얼래스터가 있는 데서 차로 십 분도 안 걸리는 곳에 살면서는 사악한 형제를 생각하는 일에서 벗어나 자유로워질 수가 없었다. 마을에 도는 소문에 따르면 앨리다 킹은 아직 남편의 바람대로 부지를 온전히 유지하고 싶어하지만 얼래스터가 지역 부동산 개발업자들을 만나고 다닌다고 했다. 킹 재단의 현 이사장은 그 자리에 수년간 있었고 널리 존경받는 유능한 사람이지만, 얼래스터가 차기 이사장이 될 거라는 말도 돌았다. 앨리다 킹은 여행을 신경질적으로 싫어하고 심지어 공포심까지 있는데다 남편이 죽은 뒤로 몸도 부쩍 약해졌지만, 가을에 예술 작품을 구매하러 얼래스터와 함께 유럽에 갈 거라고도 했다. 한 사촌이 라일에게 전하길, 불쌍한 앨리다 숙모는 두 손을 비벼대며 이렇게 말했다고 했다. "올가을에 유럽에 가지 않게 되면 좋겠구나. 콘트라케르를 떠나면 살 수 없을 것 같거든!" 그 사촌이 그럼 원하지도 않는데 왜 유럽에 가려고 하느냐고 묻자 앨리다 숙모는 울음을 터뜨리며 말했다. "하지만 가고 싶어질지도 몰라. 그게 무서운 거란다. 살아서 다시 돌아올 리 없다는 걸 아니까."

수영장의 칵테일 서비스는 오후 아홉시면 끝났다. 수영장은 공식적으로 닫혔지만, 인공적인 파란색 물은 여전히 아래에서부터 빛을 발했다. 거만한 얼래스터와 그의 우울한 형제 라일만 수영장 의자에 남아 있었다. 어딘가 깎여나간 듯하지만 환하게 빛나는 달이 밤하늘에 떴다. 수영복 바지에 타월 소재의 셔츠를 입은 얼래스터는 술을 더 가져오겠다며 맨발로 갔고, 라일은 그 뒷모습을 바라보며 형제가 칵테일 라운지에 간 사이에 도망치고 싶은 어린애 같은 충동을 느꼈다. 그는 방금 들은 이야기에 구역질이 났다. 전날 밤 직접 얼래스터의 방에 있었던 듯 자신이 더럽혀진 기분이었다. 그런 음란한 이야기를 들은 것만으로도 공범자가 된 것 같았다. 어쩌면 실은 그도 거기 있었는지 모른다. 발버둥치는 여자를 붙드는 일에 협조하고 여자의 입에 재갈을 물리는 데 협조하고.

얼래스터는 새로 만든 술을 가지고 돌아왔다. 그는 아이였을 때 가끔 그랬듯이 어정쩡한 표정으로 형제를 쳐다보았다. 라일에게 얼마나 충격을 주었는지, 당황하게 했는지 가늠하는 것이었다. 두 사람이 여덟 살일 때도 그런 일이 있었다. 아버지가 죽자 라일은 몇 날 며칠을 울었다. 얼래스터는 형제의 슬픔을 조롱하며, 신을 믿는다면 (두 아이 다 신을 믿어야 하지 않나?) 모든 일이 신의 뜻대로 미리 정해져 있다는 걸 믿어야 하지 않느냐고 말했다. 네가 훌륭한 기독교인이라면 아버지가 천국에서 안전하고 행복하다고 믿어야 하지 않느냐고. "그런데 왜 아기처럼 빽빽 울어?"

정말 왜?

얼래스터는 라일의 생각보다 더 취해 있었다. 그는 불분명한 목소리로 명령하듯 말했다. "심야 수영이다. 라일, 얼른 와!"

라일은 떨떠름하게 웃기만 했다. 그는 옷을 다 갖춰 입고 있었고, 수영복을 가져오지도 않았다. 아무리 어른이 됐다 해도 얼래스터와 다정하게 수영하는 일은 상상할 수 없었다. 어렸을 때 얼래스터가 물속에서 잡아당기고 때리면서 고문을 했었으니까. 머리를 물속에 집어넣고 숨이 막히고 공포에 질려 캑캑거릴 때까지 놔주지 않았다. 라일, 네 형이 그냥 장난친 거야. 울지 마. 얼래스터, 착하게 굴어야지!

술 때문에 흥이 나는지 얼래스터는 셔츠를 벗더니 수영할 거니까 아무도 말리지 말라고 큰소리쳤다. 라일이 말했다.

"수영장 끝났어, 얼래스터." 그런다고 뭐가 달라질까 하면서도. 얼래스터는 웃더니 물에 뛰어들기 위해 수영장 가장자리로 거들먹거리며 걸어갔다. 라일은 그 모습을 못마땅하게 바라보았지만 얼래스터의 몸이 자기 몸과는 사뭇 다르게 탄탄하고 근육이 잡혀 있는 걸 보고 질투심을 느꼈다. 얼래스터는 옆구리에 약간 군살이 붙고 배가 나오기 시작했지만 어깨와 허벅지 근육은 탱탱했다. 가늘고 윤기 나는 털이 몸 전체를 덮었고 가슴털은 곱슬곱슬했다. 진한 자줏빛 유두는 작은 눈이 쳐다보는 것처럼 눈에 띄었다. 물에 뛰어들 자세를 취하며 무릎을 굽히는 순간 괜한 호기를 부리듯 높이 쳐든 얼굴은 부인할 수 없이 잘생겼다. 얼래스터는 다른 시대의 영화배우, 여자들의 무비판적인 찬양과 남자들의 시기에 익숙한 남자 같았다. 이런 생각이 칼날처럼 라일을 휙 스쳐갔다. 저 남자를 파괴하는 것이 내 도덕적 의무야. 그는 사악하니까. 나 말고는 그를 파괴할 사람이 없으니까.

얼래스터는 열두 살 소년처럼 여봐란듯이 패기 넘치게 수영장 가장 깊은 곳으로 뛰어들었다. 별로 완벽하지 못한 자세였고, 라일에게 보이기는 약간 부끄러웠을 것이다. 물이 가슴과 배를 철썩 때리자 라일은 복수의 손길이 닿은 듯 움찔했다. 얼래스터는 정신 나간 물개처럼 시끄럽게 수면으로 떠올라 코로 물을 뿜어내며 쿵쿵거렸다. 그는 라일이 기대했던 깔끔한 자세가 아니라 짧게 물을 첨벙이며 화난 사람처럼 헤엄치기 시작했다. 라일은 자신의 팔다리 근육이 자신도 모르는 사이에 동요하며 긴장하는 것을 느꼈다. 얼마나 오롯한가, 라일과 쌍둥이 형제 얼래스터만 있었다! 머리 위에서는 일그러진 달이 진료실의 조명처럼 번쩍거렸다.

라일은 생각했다. 저 머리를 쳐버릴 수도 있겠어. 뭘로? 수영장 의자와 작은 철제 탁자가 눈에 들어왔다. 이런 생각이 라일을 스친 순간, 물속에서 얼래스터가 버둥거리기 시작했다. 기침을 하고 컥컥거렸다. 물을 먹은 모양이었다. 그는 자기 생각보다 더 술에 취해서 물위로 머리를 내놓고 수영할 상태가 아니었다. 라일은 수영장 가장자리에 서서 얼래스터가 가라앉는 모습을 보았다. 게다가 근처에는 아무도 없었다! 라일 말고는 목격자도 없었다! 저 멀리 30미터는 떨어졌을 호텔에서 웅얼웅얼 떠드는 사람들 목소리, 웃음소리, 음악 소리가 들렸다. 탁 트인 마당과 수영장 쪽을 향한 객실 창문들에는 모두 커튼이나 블라인드가 드리워져 있었다. 대부분 창문을 꼭 닫고 에어컨을 켜놓았을 것이다. 얼래스터가 살려달라고 소리친들 아무도 듣지 못할 것이었다. 라일은 흥분해서 주먹을 꼭 쥐고 수영장 건너편으로 뛰어가 그를 더 자세히 살펴봤다. 무력하게 버둥거리던 몸은 무거운 자루처럼 물아래로 가라앉고 있었다. 뒤틀린 입에서 물거품이 보글보글 떠올랐다. 염색한 머리카락도 해초처럼 떠올랐다. 얼래스터의 필사적이었던 몸부림이 얼마나 고요해졌는지. 밑에서 연극 무대 같은 조명을 받아 환하던 수영장 물이 얼마나 천박해 보였는지. 라일은 개처럼 헐떡이며 수영장 가장자리에 웅크리고 앉아 중얼거렸다. "죽어! 빠져 죽어! 망할 영혼은 지옥에나 가라고! 넌 살아 있을 가치도 없어!"

다음 순간 라일은 신발을 발에서 차내고 셔츠를 머리 위로 벗어던진 후 얼래스터를 구하려고 물에 뛰어들었다. 생각할 겨를도 없이, 그는 발버둥치는 남자를 잡고, 제압하고, 물 위로 끌어올렸다. 그는 간신히 얼래스터의 머리를 감아 안고 얕은 곳으로 헤엄쳐나왔다. 시체처럼 무겁고 물이 뚝뚝 떨어지는 둔한 몸뚱이를 타일 바닥 위로 간신히 들어올렸다. 얼래스터는 해변에 올라온 물개처럼 버둥대며 숨을 몰아쉬었다. 토하고 기침하고 컥컥거리며 물과 토사물을 뱉어냈다. 그러더니 몸을 돌려 바로 누웠고, 라일은 헐떡거리며 그 위로 몸을 숙였다. 머리카락은 괴상하게 꼬여 얼굴에 흩어졌고 퉁퉁 부은 얼굴은 더이상 잘생겨 보이지 않았다. 진짜 익사한 사람 같았다. 호흡이 불규칙하고 가빴다. 눈알이 뒤집혔다. 하지만 그는 라일을 알아본 듯했다. "아 세상에, 라일. 무, 무슨 일이 있었던 거야?" 그는 간신히 말을 내뱉었다.

"취해서 물에 빠져 죽을 뻔했어. 내가 끌어냈고."

라일은 씁쓸하게 말했다. 그 역시 흠뻑 젖어 물을 뚝뚝 흘리고 있었다. 바보 멍청이가 된 기분이었다. 절대로, 절대로 자기가 한 짓을 이해할 수 없었다. 얼래스터는 사색이 되고 기운이 빠지고 여전히 죽음의 공포에 사로잡힌 터라 라일의 어조를 알아채지 못했고 라일의 얼굴에 서린 무기력한 분노의 표정도 보지 못했다. 그는 어린아이처럼 애원하듯 손을 뻗어 라일의 손을 붙들었다.

"라일, 고맙다!"

세상은 볼 수 있는 눈과 들을 수 있는 귀만 있다면 아름다운 곳이야.

그런 걸까? 그렇게 될 수 있을까? 라일은 그런 듯 살아가야 할 것이었다. 얼래스터를 죽일 수 없었으니까. 분명히. 아니, 어떤 경우에라도, 라일이 그를 죽이는 사람이 될 순 없었다.

물에 빠져 죽을 뻔한 얼래스터를 구하고 일주일 후인 눈부시게 화창한 7월 아침, 라일은 암담한 심경으로 작업대 앞에 앉아 있었다. 그 앞에는 「윌리엄 윌슨」을 위해 그렸으나 거절당한 도안 여남은 점이 구겨진 채 흩어져 있었다. 그때 전화벨이 울렸다. 결국 앨리다 숙모의 집으로 들어가기로 했다는 소식을 알리려고 얼래스터가 건 것이었다. "숙모가 우기셔서. 불쌍한 분이지. '유령'이 무섭다고 하시지 뭐냐. 집이 크니 남자가 있긴 해야지. 라일, 이사하는 거 도와줄래? 짐은 별로 없어." 얼래스터의 목소리는 경쾌하고 느긋했다. 자기 자신과 완벽히 평화를 이룬 남자의 목소리. 라일은 얼래스터가 빠져 죽을 뻔했던 일을 잊어버렸다는 사실을 이해할 것 같았다. 자존심 때문에 스스로 그 일을 기억할 수도 없고 라일이 그 화제를 꺼낼 수도 없게 할 것이었다. 라일은 '싫어! 이사는 네가 알아서 해, 제길'이라고 쏘아붙이려고 숨을 골랐다. 하지만 이런 말이 나왔다. "아, 그러지. 언제?" 얼래스터가 대답했다. "가능하면 한 시간 안에. 그건 그렇고 네게 깜짝 소식이 있어. 사실 우리 두 사람을 위한 거지. 사랑하는 가드너 삼촌의 기념품이 나왔지 뭐냐." 라일은 너무 기가 꺾여 그 기념품이 뭐냐고 물을 수도 없었다.

블랙 리버 인에 도착하자 얼래스터가 정문에서 사람들의 찬탄 어린 관심을 끌면서 의기양양하게 기다리고 있었다. 환한 미소, 그을린 피부의 잘생긴 젊은 남자. 연분홍색 줄무늬 시어서커 정장, 옷깃 없는 흰 셔츠, 밀짚모자 차림. 보도에는 여행가방과 손가방 몇 개. 차양 아래 차로에는 번쩍이고 크롬이 빛나는 검은색 롤스로이스. 얼래스터는 라일의 얼굴을 보더니 진심으로 껄껄 웃었다. "대단한 기념품이지? 앨리다 숙모는 참 다정하기도 하시지, 이러시는 거야. '삼촌은 너희 둘이 이걸 갖길 바라셨을 거야. 너희를 무척이나 사랑하셨으니까. 가장 예뻐했던 조카들이었지.'"

라일은 롤스로이스를 빤히 쳐다보았다. 우아한 그 차는 1971년형 빈티지로 자동차인 동시에 예술 작품, 문화였다. 라일은 삼촌과 함께 수없이 그 차를 타보았지만 직접 운전해본 적은 없었다. 운전해보고 싶다는 꿈조차 꾼 적 없었다. "어떻게…… 이게 여기 있어? 어떻게 이럴 수 있어?" 라일은 더듬거렸다. 얼래스터는 숙모의 운전기사가 그날 아침 차를 가지고 왔다고 설명하더니 라일의 차를 (무척 평범하고 재미없고 서민적인 차. 얼래스터는 미국식 소형 모델을 경멸하는 표정으로 힐끔 쳐다보았다.) 당분간 주차장에 세워두라고 했다. "유감스럽게도 난 현재 미국에서 유효한 운전면허증이 없어." 얼래스터가 말했다. "아니면 내가 직접 운전했을 텐데. 하지만 너도 알잖아. 내가 얼마나 꼼꼼하게 법을 지키는지. 따지자면 말이야." 그는 웃으며 두 손을 쓱쓱 문질렀다. 라일은 여전히 롤스로이스를 쳐다보고 있었다. 장례식장에서 교회까지 삼촌의 시체를 싣고 갔던 영구차와 참으로 비슷했다. 장엄한 검은색, 흠집 하나 없는 크롬, 완벽에 가까울 만큼 닦아서 번쩍이는 창문. 얼래스터는 멍한 라일을 깨우려고 갈빗대를 쿡 찌르더니 한쪽 눈을 찡긋하며 은제 휴대용 술통을 건넸다. 평일 아침 열한시에 아무것도 섞지 않은 스카치위스키를? 라일은 술통을 옆으로 밀쳐버리려고 손을 들었다가 얼래스터의 손에서 술통을 낚아채 마셔버렸다.

그리고 다시 한 모금 마셨다. 불꽃이 입과 목구멍을 휙 넘어갔고 눈물이 눈을 찔렀다.

"아! 세상에!"

"좋지? 네 바보 같은 빈혈 치료약이다, 라일." 얼래스터는 놀려댔다.

얼래스터는 숙모의 신용카드로 블랙 리버 인의 숙박비를
계산했고, 라일과 웃는 얼굴로 연신 감탄하는 도어맨은 롤스
로이스의 트렁크와 뒷좌석에 얼래스터의 짐을 실었다. 태양
은 현기증이 나도록 따뜻했고 스카치위스키는 머리까지 퍼져
서 라일은 옷 속에서 땀을 흘리고, 혼잣말하며 웃음을 터뜨렸
다. 세상은 아름다운 곳이야. 아름다운 곳이야. 아름다운 곳. 얼래스
터의 짐 중에는 옷을 가득 쑤셔넣은 듯한 근사한 새 옷가방이
몇 개 있었다. 뭔지 모르겠지만―뭐지? 조각품?― 가득 쑤
셔넣어 별나게 무거운 여행가방도 있었다. 캔버스 천으로 급
히 싸서 접착테이프를 붙인 작은 캔버스 (유화?) 몇 점도 있었
다. 망가진 자물쇠가 달린 무거운 운동가방도 있었는데, 라일
은 그 안에 여자 실크 속옷 같은 것과 각종 장신구가 대충 싸
여 있는 것을 보았다. 황금 사슬, 엉킨 진주 목걸이, 반짝이는
붉은 루비가 박힌 은제 펜던트, 팔찌와 귀걸이, 놋쇠 촛대. 심
지어 자개 장식이 달리고 하얀 새틴이 얼룩진 (핏자국?) 굽 높
은 여자 슬리퍼도 있었다. 라일은 숨죽인 채 쳐다보았다. 이
렇게 대단한 수집품이라니! 예전 같으면 얼래스터를 병적으로
의심했을지도 모른다. 절도범이라고, 혹은 더 나쁘게. 그러나
이제는 그저 웃고 어깨를 으쓱할 뿐이었다.

라일과 도어맨이 롤스로이스에 짐을 다 실었을 무렵, 얼래스
터가 호텔에서 나오면서 선글라스를 썼다. 우연히―우연일 테

지―만난 매력적인 금발 여자가 그와 함께 걸으며 웃고 떠들고 있었다. 얼래스터에게 깊은 인상을 받은 게 분명했다. 스라소니 같은 얼굴, 선명한 빨간색 입술, 다이아몬드 귀걸이를 한 사십대쯤으로 보이는 미인. 여자는 잠시 걸음을 멈추고 명함에 뭔가 끼적이더니 (전화번호? 주소?) 얼래스터의 시어서커 재킷 주머니에 쓱 넣었다.

얼래스터가 의기양양하게 외쳤다. "라일, 가자! 강 건너 앨리다 숙모 댁으로. 우리의 운명을 향해."

라일은 꿈꾸는 사람처럼 롤스로이스 운전대 앞에 앉았다. 얼래스터는 옆에 올라탔다. 라일의 심장은 성적 흥분에 가까울 정도로 고통스럽게 뛰었다. 형제 둘 다 안전벨트는 안중에도 없었다. 안전벨트를 매지 않고 운전하는 일이 평생 처음일 라일은 이 훌륭한 차에 탄 것만으로도 과거의 지루한 규칙 따위는 더이상 적용되지 않는 차원에 들어선 듯했다. 이제 그런 건 개의치 않는 것 같았다. 얼래스터가 은제 술통을 건네자 라일은 고마웠다. 힘과 용기를 끌어낼 필요가 있었기 때문이다. 그는 컥컥대면서도 목마른 사람처럼 술을 삼켰다. 위스키가 내려가면서 타오르듯 훈훈해지는 느낌이란! 라일은 시동을 걸었고, 엔진이 곧바로 거의 소리도 없이 켜지자 깜짝 놀랐다. 그랬다, 그건 마술이었다. 그는 가드너 킹 삼촌의 차를 자기 차처럼 몰고 있었다. 호텔 차로에서 돌아나갈 때 반대편 차선의 운전자가 노골적인 시기를 드러내며 차와 그를 바라보는 것을 알 수 있었다.

이제 도로에 들어섰다. 햇살이 눈부셨고, 차는 얼마 없었다. 롤스로이스는 작고 완벽한 요트 같았다. 딱히 노력하지 않아도 부드럽고 민첩하게 흐르는 물을 따라 달리는 요트. 이 놀라운 차를 맡다니 정말 짜릿했다. 롤스로이스의 모습, 감촉, 냄새에는 관능적인 기쁨이 있었다! 어째서 라일 킹, 그는 평생 청교도적으로 살았을까? 화려한 물건들의 세상에 살면서도 전혀 흥미를 가지지 않았다니 얼마나 눈뜬 장님에 잘난 척하는 바보였던가! 금욕주의에, 순전한 무지에 무슨 미덕이라도 있는 양. 롤스로이스는 고속도로를 따라 하이 스트리트 다리 쪽으로 가고 있었다. 블랙 강을 가로질러 북쪽으로 가면 숙모가 사는 부유한 콘트라케르에 이른다. 라일은 특별한 운명을 위해 선택된 사람처럼 도취된 기분을 느꼈다. 그는 차창 밖으로 외치고 싶었다. 봐! 나를 보라고! 내 새로운 인생의 첫날, 첫 아침이야.

얼래스터가 그날 아침 전화한 후로 라일은 한 번도 그것을 생각하지 않았다. 뭘? 뭐였지? 알광대버섯, 라틴어 학명이 뭐였더라? 마침내, 마음놓을 수 있게, 라일은 그 이름을 잊어버렸다.

얼래스터는 술을 홀짝거리면서 어린 시절을 보냈던 지난날 콘트라케르의 세계를 따뜻하게 회상했다. 그렇게 안정적이고 그렇게 영원할 것 같았던 그 세계는 이제 빠르게 흘러 새로운 미국 속으로 사라져버렸다. 머지 않아 킹 집안의 구세대는 모두 세상을 뜰 것이다. "우리가 아이였을 때 기억나냐, 라일? 우리가 얼마나 행복한 시간을 보냈는지 기억해? 내가 가끔은 약간 개자식이었다는 건 인정해. 사과할게. 진심이야. 그냥 네가 좀 싫었나봐, 알잖아, 쌍둥이 형제." 그의 목소리는 살살 어루만지는 듯했지만 가볍게 비꼬는 기색도 있었다.

"내가 싫었다고? 왜?" 라일은 웃어버렸다. 얼토당토않은 말 같았다.

"그건 물론 네가 내 생일에 태어났기 때문이지. 내가 선물을 뺏긴 건 사실이잖아."

자신이 기억했던 것보다 차체가 훨씬 높게 설계되어 있는 벅차고 낯선 차를 운전하면서 라일은 뻣뻣하게 몸을 숙인 채 우아한 마호가니 운전대를 꼭 잡고 있었다. 그는 앞이 잘 보이지 않는 사람처럼 실눈을 뜨고 앞유리 너머를 내다보았다. 차의 강력한 엔진은 그의 뜨거워진 피의 흐름처럼 알아차릴 수 없게 진동했다. 라일은 조금 불안했지만 웃으며 말했다. "하지만 얼래스터, 내가 태어나지 않기를 바랐던 건 아니겠지? 고작 선물 좀 챙기자고?"

어색한 침묵이 뒤따랐다. 얼래스터가 뭐라고 대답할지 고민하고 있을 때 그 사고가 일어났다.

하이 스트리트 다리의 가파른 진입로로 들어서려 하는 순간, 라일은 시야의 초점을 놓치고 브레이크를 세게 밟았다.

하지만 그가 밟은 건 브레이크가 아니라 액셀이었다. 연기를 뿜으며 다리를 건너오던 디젤 트럭 한 대가 터널에서 나오듯 난데없이 나타났다. 라일은 롤스로이스가 무시무시한 속도로 경사로를 타고 위태롭게 올라가 트럭의 그릴을 들이받을 때까지 그 트럭을 보지도 못했다. 브레이크 소리, 고함, 비명 소리가 났고 트럭과 차가 충돌하자 금속이 거슬리는 소리를 내며 우그러지고 유리가 산산조각났다. 두 차는 경사로에서 낮은 가드레일을 넘어 강둑 위로 굴렀다. 폭발이 일어나고 불꽃이 치솟았다. 라일이 마지막으로 깨달은 사실은, 그와 비명을 질러대고 있는 그의 형제가 불타는 검은 망각 속으로 떨어지고 있다는 것이었다.

디젤 트럭의 운전사는 중상을 입긴 했지만 불붙은 잔해 속에서 간신히 기어나왔다. 롤스로이스에 탄 사람은 부서진 차 안에 갇혔고, 즉사했을 것 같았다. 불이 꺼진 후 응급 구조대원이 차의 잔해에서 새까맣게 탄 백인 남성의 시체 두 구를 발견했다. 키와 나이가 엇비슷했다. 너무 심하게 훼손되고 으스러지고 불타서 신원을 정확히 파악할 수 없었다. 두 시체는 상당한 높이에서, 혹은 상당한 속도로 함께 던져진 듯 기괴하게 합쳐져서 마치 한몸으로 보였다. 유해는 킹 형제의 것으로 판명됐다. 얼래스터와 라일, 다가오는 일요일에 서른여덟 살이 되는 이란성 쌍둥이 형제. 하지만 어느 시체가 어느 쪽인지, 불에 그슬린 내장, 뼈, 피가 어느 형제의 것인지는 어떤 법의학 전문가도 확실히 밝혀낼 수 없었다.

머리 구멍

A Hole in the Head

이상하다! 브레드 박사는 환자를 치료할 때 라텍스 장갑을 꼈고 피부에 직접 접촉하는 법이 없었는데 얇은 고무장갑을 벗어 진료실에 있는 위생 폐기물 통에 던져넣고 보니 손에 녹처럼 붉은 것이 희미하게 묻어 있었다. 피?

그는 손을 들어 손가락을 펴고 살폈다. 손은 그만한 키와 몸무게의 남자에게는 평균 크기였지만 손가락은 평균보다 살짝 길었고 손끝으로 갈수록 눈에 띄게 가늘어졌다. 손톱은 짧게 깎고 꼼꼼하고 청결하게 관리해왔는데 ― 어떻게 이런 일이 가능하지? ― 라텍스 장갑을 꼈던 손가락 주름 사이에 피로 보이는 검붉은 물질이 말라붙어 있었다. 그는 생각했다. 장갑에 이상이 있는 게 틀림없어. 찢어진 거야.

이런 일이 처음이 아니었다, 이런 괴상한 일이. 최근 몇 달

동안, 당황스러울 만큼 자주 일어나는 듯했다. 루커스 브레드는 사용한 장갑을 폐기물 통에서 꺼내 살펴볼까, 고무에 작은 틈이라도 있는지 찾아볼까 생각했지만 막상 한다고 생각하니 역겨웠다.

진료실에 붙은 화장실에서 브레드 박사는 손을 싹싹 씻었다. 검붉은 물이 소용돌이치며 하수구로 흘러내려갔다. 이것 참 수수께끼일세! 진료실에서 '피를 흘린' 환자는 거의 없었다. 브레드 박사는 미용 성형의고, 그가 진료실에서 하는 치료에는—콜라겐과 보톡스 주사, 미세 연마술, 경화 요법, 레이저(주름 제거), 화학 박피, 열 치료를 포함해서—실제로 피를 흘릴 일이 없었다. 더 복잡한 외과 수술—주름 제거, 코성형, 혈관 제거, 지방 흡입—은 마취과의와 적어도 조수가 한 명은 있는 지역 병원에서 이루어졌다.

수술대 위에서는 브레드 박사의 환자들도 상당히 피를 흘렸지만—특히 주름 제거 수술은 얼굴과 두피를 깊게 절개해야 하므로 출혈이 많았다—브레드 박사가 평소에 하는 의학 처리로 지혈할 수 없을 정도는 아니었다. 하지만 이건! 라텍스 장갑 안의 이 기이한 핏자국은! 이해할 수가 없었다. 고무 장갑에 결함이 있는 게 분명했다.

브레드 박사는 간호사 겸 접수원인 클로이에게 의료품 공급 회사에 항의하라고 지시해야겠다고 생각했다. 결함이 있는 장갑을 상자째 바꿔달라고 요청하라고. 최근 몇 년 사이

의료품 공급 회사에서 결함이 있는 상품을 그에게 속여서 팔려고 한 게 이번이 처음이 아니었다. 미국 경기가 악화되자 상품의 질과 사업 윤리의 저하가 두드러졌다. 그는 소문을 믿고 싶진 않았지만 최근에 동료 미용 성형의들이 울며 겨자 먹기로 의료과실 합의를 해야 했다는 이야기를 종종 듣곤 했으니 아마 어느 부분에서는 의료 윤리조차도 손상됐다는 뜻이리라.

절박한 시대에는 절박한 조치. 누가 이 말을 했든, 히포크라테스는 아니었다.

세면대 위 거울에서 익숙한 얼굴이 그를 맞았다. 머뭇거리는 미소를 짓자 왼뺨에 볼우물이 파이고, 그렇게 가까이에서 루커스 브레드를 봐도 그는 자기가 보는 모습을 믿지 못하겠다는 듯 눈을 가늘게 떴다.

이게 나야? 아니면 내가 되어버린 인간이야?

그는 의학박사 루커스 브레드였다. 마흔여섯 살이었다. '성형'외과의였고 전문 분야는 코 성형이었다. 그는 자기 일에—자기 일의 어떤 면에—자긍심이 있었고, 자기 분야에서는 드물게도 아직 의료과실로 고소당한 적이 없었다. 지난 팔 년 동안 위어랜즈의 후관 일층에 있는 사무실을 빌려 진료했다. 위어랜즈는 쭉 뻗은 유리, 화강암, 회벽으로 지어진 의료센터로 뉴욕의 더치스 카운티, 헤이즐턴 온 허드슨 외곽에 있는 우아한 풍경의 언덕 지역 위편 사유 도로에서 쑥 들어간 곳에 있었다. 어두운 비가 퍼붓던 지난겨울―악화되는 경제 위기, 전국적인 재산 압류, '내수 몰락'―미국 국경에서 수천 킬로미터 떨어진 곳에서 '자유 수호'라는 거짓 명분으로 벌어진 전쟁은 아직 끝나지 않고 육 년째로 접어들고 있었다. 루커스 브레드와 위어랜즈에 입주한 다른 외과의들이 받은 영향은 미미했다. 그들의 환자들은 대부분 부유했고, 국가라는 배가 가라앉아도 자유롭게 떠다닐 수 있는 계급이었다.

더욱이 브레드 박사의 환자들은 거의가 여성이고, 일신의 안녕에 지극히 열정적으로 헌신하는 사람들이라 할 만했다. 얼굴, 몸, '라이프스타일'. 그들은 부자의 아내이거나 전처, 미망인이었다. 몇몇은 부자의 딸이었다. 대부분 고수익 전문직 여성들이었다. 가차없이 경쟁적인 시장에서 자신의 젊음과 자신감을 유지하기로 결심한 여자들이었다. 이따금 브레드 박사는 헤이즐턴 지역 신문이나 뉴욕 타임스 사회면에서 자기 환자의 얼굴―화려한 의상, 눈부신 미소, 다들 나이보다 훨씬 젊어 보이는 외모―을 보고 일종의 자긍심을 느꼈다. 저 얼굴이 내 거라고.

그는 환자들을 좋아했다, 대개는. 그들도 그를 좋아했다. 그를 믿고 따랐다. 모두 매력적이거나 과거에 그랬던 여자들이니까. 그들의 안녕은 영속적으로 유지되는 그런 매력에 달려 있었다.

벌써 사십대 초반에 접어든 금발에 흰 피부의 여자들은 한창때의 미모가 사그라지자 실내에서도 선글라스를 쓰고 밤마다 비싼 보습 로션과 진한 크림을 발랐다. 어떤 미용 시술을 해도 그들의 걱정, 제 나이로 보일까봐 전전긍긍하는 불안을 누그러뜨릴 순 없었다. 브레드 박사는 이 여자들의 남편들이—어떤 남자든—밤에 아내를 안는 모습을 상상할 수 없었다. 이 여자들은 소녀일 때 혼자 잤듯, 혼자 자야 한다고 주장할 것 같았다. (이제 그와 아내는 각방을 썼다. 하지만 아내는 미모를 유지하고 싶어서 그러는 건 아니었다.) 브레드 박사의 환자들은 열심히 웃어대는 신경질적인 여자들이었다. 아니면 얼굴에 웃음 주름이 생길까봐 거의 웃지 않는 날선 여자들이었다. 그들의 눈에는 물기가 고였다. 다들 라식 수술을 해서 눈물길이 망가졌기 때문이다. 보톡스를 넣고 주름 제거 수술로 얼굴을 팽팽하고 매끄럽게 만들어 더러는 가면처럼 흠 하나 없었다. 하지만 목은! 목의 '주름 제거'는 훨씬 어려웠다. 그리고 손, 팔뚝의 축 처진 살. 나이보다 젊어 보이려는, 젊었을 때만큼 아름다워지고 싶거나 그보다 훨씬 더 아름다워지려는 바람—아름답지 않으면서—속에서 그들은 어린아이 같고 절박했다. 브레드 박사가 젤라틴 액체를 피부에 주입할수록—콜라겐, 보톡스, 레스틸렌, 포뮬러 X—그들은 더 급진적인 치료를 갈망했다. 화학 박피, 미세 연마술, 미용 시술. 그들은 머리카락처럼 가는 주름 하나만 생겨도 흑색종黑色腫

을 두려워하는 사람처럼 겁을 냈다. 세계의 다른 곳에서 나병을 겁내듯, 눈 밑이 말랑하게 주름질까봐 겁냈고, 턱살이 처져 턱선이 무너질까봐 겁냈다.

환자들은 고통에 민감하기 때문에 브레드 박사는 환자의 얼굴에 길고 투명한 주삿바늘을 넣을 때는 불안감을 달래며 쥐고 있으라고 작고 단단한 고무공을 주었다. 진료실에 오기 전에 미리 피부에 바르는 약한 마취 크림도 주었다. 진정제를 주기도 했지만, 가끔은 위약僞藥으로 넘겼다. 그는 환자들이 그렇게 제각각으로 고통에 반응한다는 사실이 우스웠지만, 때로 언짢기도 했다. 가끔은 바늘이 얼굴에 들어가기도 전에 아프다고 하는 환자도 있었다. 가장 섬세한 처치는 이마에 보톡스, 레스틸렌, 포뮬라 X를 주입하는 것인데 지나치다 싶을 정도로 주의하지 않으면 바늘이 뼈를 찌를 수 있었고, 그럼 진짜 고통이 뭔지 똑똑히 느끼게 해줄 수 있었다. (브레드 박사는 이런 물질을 자기에게 직접 주입한 적이 없었기 때문에 느낌이 어떤지 몰랐고, 실험해볼 마음도 없었다.) 환자들은 그를 믿고 따랐지만, 동요하기 쉽고 감정적이며 어린아이 같았다. 누가 어린아이에게 화를 낼 수 있겠는가?

그는 환자들에게 확신을 주고 싶었다. 제 손길은 마술입니다! 제가 자비를 베풀어드리지요.

그는 자기 일—위어랜즈에서 하는 진료—을 좋아했다. 사랑했다. 하지만 지금 하는 일을 평생 한다고 생각하면 역겨운 공포가 가득찰 때도 있었다.

그럼 떠나. 그만둬. 다른 분야로 바꾸면 되잖아. 못 해?

아내는 이해하지 못했다. 자기만 옳은 척하는 아내의 태도에는 의도적인 불분명함이 있었다. 그는 아내에게 어느 정도까지는 설명하려 했다. 하지만 아내는 이해하지 못했다. 재정적으로 모두가 힘들었던 어느 해의 여파로 그는 더 많은 환자를 받아야 했다. 환자들을 설득해 진료의 수위를 높여야 했다. 그는 더이상 돈을 잃지 않고 재정 상태—투자—를 현상유지 하고 싶었다. 투자에 대해서는 아내를 속여야 했고, 아내는 실제로 아무것도 몰랐다. 오드리의 서명은 얻기 쉬웠다. 아내는 남편의 말을 믿고 자세히, 혹은 전혀 읽어보지도 않고 법적, 재정적 서류에 서명했다. 어찌나 쉽게 믿었는지 브레드 박사는 가끔 아내를 연루시키는 귀찮은 일을 피해 직접 아내의 서명을, 크고 여학생 같은 필체를 흉내내서 하기도 했다. 그는 재정 문제에 관해서는 아무에게도 털어놓지 않았다. 털어놓을 만한 사람이 없었으니까. 또 신나고 희망찬 소식도 나눌 수 없었다. 가령 화학적으로 보톡스와 유사하지만 훨씬 싼 원조 젤라틴 물질을 시험하고 있다든가 하는. 알레르기 반응과 화학적 '화끈거리는 느낌'이 일어날 사소한 위험이 있다는 사실을 알고 무척 조심했다. 포뮬라 X라 이름 붙인 이 마술 같은 물질은 진료실에 있는 그의 실험실에서 준비할 수 있었기에 보톡스 업체에서 요구하는 터무니없이 비싼 비용을 아낄 수 있었다.

언젠가 루커스 브레드는 포뮬라 X를 완벽히 제조해 특허를 내고 제약회사와 수익이 높은 거래를 할 수 있을지도 몰랐다. 하지만 돈을 버는 것 자체가 그의 의도는 아니었다.

"내가 해보지."

신경외과의가 너무 사무적으로 말해서 거들먹거린다는 생각은 들지 않았다.

루커스 브레드는 신경외과의가 되려고 의대에 들어갔다. 공부가 너무 고되고 학비가 비싸지만 않았더라면. 동기들ㅡ90퍼센트가 대도시 뉴욕 지역 출신의 유대인인ㅡ이 지나치게 야심만만하고 지나치게 무모하고 지나치게 똑똑하지만 않았더라면. 교수들이 루커스 브레드에게 나머지와 전혀 구분되지 않는 수백 명의 의대생 중 하나에 지나지 않는다는 듯이 충격적일 정도로 무관심하지만 않았더라면. 다윈의 진화론적인 악몽 같은 생존 경쟁 속에서 루커스 브레드는 제대로 살아남을 수 없었고, 사나운 경쟁자들에게 잡아먹혔다. 그는 한배에서 나온 돼지들 중 가장 약한 새끼가 되고 말았다.

그가 의대생을 거쳐 인턴이 되고, 마침내 뉴욕 주 리버데일에 있는 허드슨 신경외과 연구소에 레지던트로 들어갔을 때는 얼마나 열정이 넘쳤던지. 가장 존경받는 신경외과의들이 사람의 두개골을 자신 있게 척척 열어 뇌, 살아 있는 뇌에 손을 대는 모습을 관찰하며 얼마나 시기했던지. 그는 그들과 똑같이 해내고 싶은 마음, 이러한 엘리트 장로 무리에 받아들여지고 싶은 마음이 간절했다. 하지만 좀더 현실적인 순간에 그는 자신이 그 일을 견딜 수 없다는 것을 알았고, 그 생각만으로도 기절할 것처럼 어지러웠다. 두개골을 절개하고, 두개골에 구멍을 뚫어 살아 있는 뇌를 꺼내는 일.

그는 연구소 레지던트 이년차일 때 일어난 사건을 생생히 기억했다. 아무하고도 나누지 않았던 기억이다. 하물며 그와 결혼한 여자에게도 말할 수 없었다. 아내가 높이 평가하는 루커스 브레드의 위엄을 훼손시킬 위험을 무릅쓸 수는 없었다.

열 시간 열두 시간씩 일하던 나날. 밤낮이 구별되지 않던 나날. 그는 수술 보조로 일했었다. 하루에 한 건에서 세 건, 일주일에 엿새. 환자를 면담하고 환자를 준비시켰다. 시티촬영 사진을 검사했다. 일단 시티촬영 사진을 받아 스펀지 같아 보이지만 실제로는 뇌인 물질 한가운데에 있는, 꽉 묶여 꼬여버린 벌레 같은 동맥들과 정맥들을 들여다보고 또 들여다보고 있다보면 뇌에 대해 배운 것들은 모두 수증기처럼 사라져버리는 것 같았다. 여기에 불길한 생명체, 가늠할 수 없는 낯선 무엇이 있었다. 그는 입에 도는 신물처럼 공포를 맛보았다. 이십사 시간 내내 잠도 자지 않고 버티던 때였다. 카페인과 각성제가 가미된 피로 상태에서 그는 과하게 흥분했고 무기력했다. 그의 생각은 핀볼처럼 곤두박질치거나 의식 너머로 둥둥 떠돌았다. 어쩌다 그는 눈앞에서 빛나는 뇌 사진을 자신의 뇌 사진과 혼동하기도 했다…… 그가 보지 못했던 건 뇌간 신경교종, 환자의 뇌간 둘레를 뱀처럼 휘감은 유해한 악성 종양이었는데, 비전문가의 눈에는 전혀 보이지 않는 것이었다. "보통 이런 종양은 수술할 수 없어." 신경외과의가 말했다. "하지만 내가 해보지." 루커스 브레드는 전율했다. 그는 그런 말을 할 용기가 있던 적이 없었다. 자신에 대해 그런 신념도 없었다. 해보지.

그렇다고 그가 환자를 되돌릴 수 없을 만큼 훼손하거나 죽일 가능성을 두려워했다는 건 아니다. 그만큼 그런 실패의 공적 속성, 다른 사람들의 끔찍한 판단이 두려웠다.

그가 레지던트로서 실패한 건 아니었다, 명시적으로는. 어떤 면에서는 업무를 꽤 훌륭히 수행했다. 하지만 그는 알았다. 주위의 모든 이가 알았다. 그는 결코 신경외과의가 될 수 없다는 것을. 그가 처음으로 천두술, 혹은 두개골 절제술을 보조했을 때 부끄러운 일이 일어났다. 그가 두개골을 드릴로 뚫는 일을 맡았다. 살아 있는 사람, 수술받기 위해 준비중인 중년 남자의 두개골이었다. 그는 무거운 전동 드릴을 건네받고 무뚝뚝한 명령을 들었다. "해봐." 레지던트로서 수없이 많은 두개골 절제술을 참관하던 때였다. 그동안 수없이 많은 뇌수술을 참관했었다. 그는 인간의 두개골이 모든 자연물질 중에서 가장 내구성이 높고 광물처럼 딱딱하다는 것을 알았다.

그걸 뚫자면 제대로 된 드릴, 톱, 억센 힘이 필요했다. 의대 해부실에서 그는 그런 드릴로 실습을 해봤지만, 지금 이 머리는 살아 있는 머리이고, 두개골 속에 든 뇌는 살아 있는 뇌라고 생각하자 공포가 차올랐다. 이 사실만큼이나 두려운 사실은 그가 환자를 안다는 것이었다. 그가 이 환자를 면담했고, 걱정하는 남자를 잘 달랬다. 이제, 잔학한 만화책의 고문 장면처럼 이 남자는 앉은 자세로 자리를 잡았고, 죔쇠로 고정됐다. 그의 머리에 드릴로 구멍을 뚫어야 하는 레지던트에게는 자비롭게도, 환자는 수술 기구 탁자 밑으로 들어가 있었고 살균 커버와 수건으로 덮여 보이지도 않았다. 루커스 브레드가 맞서야 할 대상은 오직 남자의 뒤통수뿐이었다. 신경외과의는 그 위에 주황색 형광펜으로 그가 뚫어야 할 자리를 표시해놓았다. "해봐." 선임자가 반복했다. 환자의 두피를 가르자, 피가 제멋대로 흘러서 닦아냈다. 이어서 두피를 뚜껑처럼 젖히자 두개골—뼈—이 드러났다. 루커스는 자신이 차분하다고, 차분한 기운을 풍기고 있다고 확신했다. 전동 드릴을 뼈에 댔지만 차마 방아쇠를 당기지 못하고 머뭇대자 선임자가 짜증스레 재촉했다. "계속해." 그는 맹목적으로 방아쇠를 쥐었다. 잡아당겼다. 높게 찡 울리는 소음이 났다. 천천히 드릴 끝을 돌려 끔찍하게 두개골을 갈랐다. 루커스 브레드의 눈에 눈물이 가득 고여 앞이 똑똑히 보이지 않았다. 무턱대고 드릴을 그 자리에 대고만 있었다. 그의 얼음같이 차가운 손에 들린 기구는 무겁고 다루기 어려웠고, 스스로 내적 생명을 가지고 요동치는 것 같았다. 인간의 두개골이란 얼마나 단단하고 견고한지. 하지만 스테인리스스틸 드릴이 더 강력했다. 뼛가루와 피가 섞인 혼합물이 두개골에서 흘러나왔다. 피 섞인 가루가 눈보라처럼 날렸다. 두개골을 뚫자 드릴이 뚝 멈췄다. 바로 그 너머에 있는 뇌경질막, 혈관과 신경이 얽혀 있는 진분홍의 고무 같은 막을 뚫지 않기 위해서. 그는 뼈와 살이 타는 냄새를 맡았다. 뼈 먼지를 들이마셨다. 캑캑거리기 시작했고, 구역질이 나서 머리가 어찔했다. 하지만 정신 차리자고 머뭇댈 시간이 없었다. 두개골에 사다리꼴 형태로 구멍을 세 개 더 뚫어야 했고, 처음 구멍은 큰 드릴, 그다음은 더 작고 더 정교한 드릴을 써야 했다. 뼈와 살이 타는 냄새가 견딜 수 없이 끔찍했다. 그는 들이마시고 싶지 않아서 숨을 참았다. 이제 집게 같은 기구로 두개골을, 숨을 헐떡이며 필사적으로 잡아당기고 살펴봐야 했다. 구멍들을 하나의 개구부로 만들었다. 그는 생각했다. 이건 진짜가 아니야. 어떤 것도 진짜가 아니야. 하지만 얼마나 정교한지, '두개골'에서 피가 새어 나왔다. 두개골에 난 한 개의 흉측한 구멍에 피를 빨아들이는 수술용 스펀지를 즉시 채워넣었다. 그런 후 그는 누군가에게 말하고 있었다. 차분하게 사무적으로 말하고 있었다. 처치는 완료됐고 이제 다음 단계를 시작해야 한다고. 그는 그랬다고 확신했다. 자신에게 주어진 일을 실수 하나 없이 완수했다고.

그런데 그때 타일 바닥이 갸우뚱하더니 그를 마중하듯 솟아올랐다. 모두가 쳐다보는 가운데, 젊은 레지던트의 무릎이 꺾였다. 그를 들어올려주고 바닥에서 무기력한 살덩이로 녹아버리지 않도록 지탱해주던 신경 줄기가 무너지고 쭈그러들고 사라졌다.

피로 탓이었어. 카페인. 스피드(진통제의 일종―옮긴이). 업무 압박. 다른 사람의 눈. 어지러웠고, 처음에는 자신이 어디 있는지 알 수 없었다. 수술실 밖 복도에 있었다. 무슨 일이 일어났는지 묻고 싶지 않았다. 그저 환자가 무사한지, 두개골 절제술을 만족스럽게 완수했는지만 물었고, 그렇다는 확답을 받았다.

십구 년 동안 그는 뉴욕 주 헤이즐턴 온 허드슨에서 미용성형의로 일했다. 진료실을 타운 외곽에 있는 유명한 위어랜즈 의료센터로 옮긴 지도 팔 년이 됐다. 도시 변두리의 의사로서 브레드 박사는 병리학을 포함하는 수술은 죄다 피했고 가장 익숙하고 반복적이고 수익이 높은 수술이 아닌 모든 수술을 기피했다. 주름 제거는 가장 이윤이 많이 남고 가장 믿을 만한 수술이었다. 절차는 사디스트의 환상만큼이나 무시무시해서, 얼굴 피부 마스크를 '들어서' '당기고' 두피에 '고정'했을 때는 끔찍하게 피가 많이 났지만 주름 제거 수술을 받다가 죽는 사람은, 적어도 브레드 박사의 환자 중에는 한 명도 없었다. 이런 수술은 다 엇비슷했다. 보통 사람의 얼굴은 매력적이건 아니건 피부 마스크 아래서는 다 엇비슷했기 때문이다.

물론 그는 알고 있었다. 그래서 분개하기도 했다. 내과의들과 외과의들을 기리는 명예의 전당에서 루커스 브레드 평생의 업적은 하찮고 만만하게 여겨질 거라는 사실을. 그 자신도 하찮고 만만한 인물로 여겨질 거라는 사실을. 그는 알고 있었다. 그래서 알지 않으려 했다. 비통해하지 않으려 했다. 이렇게 생각했다. 난 이런 식으로 자신을 생각하게 됐을 거야, 나 자신에 대해서. 설령 내 인생이 다른 방향으로 흘러갔었더라도.

어두운 비가 퍼붓는 이 계절. 금속판 같은 하늘에서 끈적끈적한 점액 덩어리처럼 빙글빙글 떨어지는 눈. 네시 십오분 환자인 드루이드 부인의 칙칙하고 처진 얼굴에 그가 포뮬라 X를 천천히 조심스럽게 주입했다. 그가 항균 거즈로 피를 닦아내자 부인은 안절부절못하며 겁을 내기 시작했다. 그의 얼굴에는 간질거리는 얇은 막같이 땀이 맺혔다. 지난 크리스마스 직전 브레드 박사를 찾아왔을 때 드루이드 부인은 화학 박피를 받았다. 이번에는 얼굴의 크고 작은 주름들을 없애기 위한 후속 주입이었다. 대부분 일상적으로 반복하는 과정이었지만, 브레드 박사는 레스틸렌을 자신이 개발한 포뮬라 X로 대체했다. 그는 이 대체 물질 사용이 전적으로 윤리적이라고 믿었다. 상표를 단 값비싼 약물을 일반적 약물로 대체하는 것이 윤리적이듯이. 하지만 그가 부인에게 준 가벼운 진정제는 효과가 없는 것 같았고, 주입할수록 부인은 더 아픔을 느끼는 것 같았다. "공을 꽉 쥐세요. 양손 다." 브레드 박사는 충고했다. 그의 태도는 침착하고 친절했다. 속으로 심히 동요했더라도, 그의 사근사근한 미소로 봐서는 짐작할 수 없었다.

"아! 그건 아파요."

드루이드 부인은 결코 브레드 박사에게 보채면서 말한 적이 없었다. 뜻밖이었다. 브레드 박사는 여자의 얼굴 포뮬러 X를 주입한 자리에 진한 멍이 드는 걸 보며 퍼뜩 놀랐다. 콜라겐과 레스틸렌을 놓아도 멍은 들지만, 이렇지는 않았다. 게다가 여자의 입가 한쪽에는 쉽게 사라지지 않을 부어오른 자국이 생겼다.

사흘에서 닷새, 주입 후 든 멍이 없어지기까지 보통 이 정도가 걸렸다. 이번에는 일주일 이상 갈 것 같았다.

드루이드 부인은 얼굴에 주입한 것이 새로운 물질이냐고 물었다. "느낌이 달랐어요. 따끔하고 화끈거려요."

브레드 박사는 순간 머뭇거리다 부인을 안심시켰다. 이전에 진료실에서 수도 없이 받았던 시술과 동일하다고.

"이렇게 따끔하고 화끈거렸던 기억은 없는데…… 지금 내 모습이 어떤지 보기가 무섭네요……"

이 여자는 쉰일곱 살이었다. 뭘 기대하지? 기적? 멍이 심하게 들긴 했지만, 브레드 박사가 한 지난 몇 년간의 시술 덕에 드루이드 부인은 서른다섯 살 같은 외모를 유지할 수 있었다, 아마도. 작고 촉촉하고 광적인 눈을 자세히 들여다보지 않는다면.

여기 있는 여자는 부자의 아내 혹은 전처였다. 브레드 박사는 드루이드 부인을 헤이즐턴 신문에서 본 적이 있어서 확신했다. 헤이즐턴 공공도서관 후원회장. 헤이즐턴 의료인 연합 연례 봄 축제의 집행위원장. 인상적인 검은 머리와 흠 하나 없는 얼굴로 드루이드 부인은 딸 세대의 여자들과 어깨를 나란히 할 수 있었다. 그녀가 브레드 박사에게 받는 시술은 대체로 관습적이고 의식과도 같은 분위기를 풍겼고 보통은 좀 더 순조롭게 진행됐다.

브레드 박사는 드루이드 부인의 얼굴에 손거울을 갖다 대줄 수밖에 없었다. 의식의 일부였다. 피할 도리가 없었다. 처음에 부인은 한 대 얻어맞은 사람처럼 숨을 헉 들이마셨고, 다음에는 상처받은 부드러운 피부를 만져보더니 예상치 못하게 웃었다. "뭐! 이것보다 훨씬 느낌이 좋지 않았는데. 이 정도는 감수해야죠." 부인은 말을 멈추더니, 가련해 보이는 애교를 부렸다. "이 끔찍한 멍이 얼마나 오래갈까요, 선생님?"

지금도 이 여자는 브레드 박사를 절실히 믿고 싶어했다. 여자는 남자를 믿고 싶어하는 법이니까. 모든 여자는 모든 남자를. 그리고 브레드 박사도 믿고 싶었다, 분명히 그렇다고, 자기는 여자의 신뢰를 받을 자격이 있는 남자라고.

"보통은 사흘에서 닷새 정도죠. 걱정하거나 스트레스를 받지 않는 한. 스트레스를 받으면 멍이 악화될 겁니다, 아시겠지만."

"네, 네! '스트레스'란 말이죠." 드루이드 부인은 뉘우치듯 말했다. 클로이는 드루이드 부인에게 얼음 팩을 챙겨주고 최소 비용만 받았다. 브레드 박사의 진료실에서는 이것이 일반적인 절차였고, 환자들은 몹시 고마워했다.

그는 이 처량한 여자가 어서 가주기를 간절히 바랐다. 그는 안달하며 라텍스 장갑을 잡아당겼다. "얼음 팩을 되도록 늘 얼굴에 대고 있으세요. 그렇게 하면 아시다시피 좀더 빨리 낫습니다." 라텍스 장갑이 손가락에 딱 달라붙은 듯한 느낌에 질식할 것 같아서 서둘러 벗었다. 드루이드 부인이 붉게 부어오른 뺨에 얼음 팩을 누르며 어지럽거나 술에 취한 듯한 여자의 걸음걸이로 진료실에서 나가자, 정신이 번쩍 드는 생각이 브레드 박사에게 밀려왔다. 다시는 저 여자를 못 보겠군. 다시는 오지 않을 거야.

오후 다섯시 십오분 환자, 마지막 환자는 드레이크 부인이었다. 역시 오랫동안 그에게 시술을 받아온 환자로 누구보다 까다로웠다. 드레이크 부인은 진찰대에 올라와서 뻣뻣하게 누워 클로이가 자세를 맞춰주도록 맡길 때부터 신경이 곤두서서 깐깐하게 굴었다. 브레드 박사는 얼굴에 주입할 부분을 매직펜으로 표시해놓고 힘을 풀라고 말했지만 부인은 그러지 못했다. 브레드 박사가 주입하기 시작하자, 부인은 고통에서 주의를 딴 데로 돌리라고 준 고무공을 꽉 쥐는 대신 벌떡 일어나 앉으며 얼굴을 만졌다. "아파요! 화끈거린다고요! 지난번하고는 느낌이 달라요."

브레드 박사는 분명히 지난번과 같은 치료—동일한 치료, 보톡스—이고 전에도 놓았던 약물이라고 침착하게 설명하며 안심시켰다. "오늘은 좀더 긴장하셨나봅니다. 긴장하면 살짝 불편하기만 해도 감도가 높아지죠." 5센티미터의 바늘이 달린 주사기를 쥔 손이 살짝 떨렸다. 하지만 드레이크 부인은 정신을 딴 데 팔고 있어서 알아채지 못했다.

"선생님, 지금 내 탓이라고 하는 거예요?"

여자가 너무 공격적으로 말해서 그는 뜨끔했다. 그는 여자 환자들의 고분고분한 태도에 익숙해져 있었다. 그녀들은 아파서 움찔해놓고는 미안하다고 웅얼거리는 편이었다. 하지만 이레나 드레이크는 더치스 카운티 대법관의 아내로, 거슬리는 목소리와 비난하는 눈빛을 가진 여자였다. 밤갈색 머리카락은 밝게 염색했고 한때 빛나던 크림색 피부는 아직 사십대 후반인데도 바짝 말라가는 듯 보였다. 브레드 박사는 몇년 전 드레이크 부인의 얼굴을 '당겨'줬고, 석 달 간격으로 관리했다. 환자와 의사 사이에는 시시덕거리기도 하는 관계가 형성됐지만, 성적이라기보다는 사회적이었다. 적어도 브레드

140

박사는 그렇게 생각했다. 이제 드레이크 부인은 그가 거의 손을 대지 않았는데도 아프다며 움찔거렸다.

그가 사용한 물질은 포뮬라 X였지만, 드루이드 부인에게 써본 후에는 살짝 희석해서 쓰기로 했었다. 브레드 박사는 이 액체가 '화끈거리는' 감각을 일으킬 리 없다고 확신했다. 이 민감한 여자가 상상한 것일 뿐이었다. 하지만 이마에 주입하기 시작했을 때—육 개월 전 드레이크 부인에게 마지막으로 주입한 후 미세한 흰색 주름이 눈에 띄게 생긴 자리—그는 바늘이 미끄러져서 눈 바로 위에 있는 딱딱한 뼈를 치는 것을 느꼈다. 드레이크 부인은 비명을 지르며 그를 밀쳤다. "브레드 선생님! 일부러 그런 거죠!"

"그, 그럴 리가요."

"그랬잖아요! 날 아프게 하려고, 혼내려고요!"

"드레이크 부인! 제가 왜 부인을 아프게 하겠습니까? 혼내다니요? 부디 진정하세요. 숨을 깊이 들이마셨다가 천천히 내뱉으세요……"

"선생님, 술 마셨나요?"

"술이요? 그럴 리가요."

그는 고작 이십 분 간격을 두고 환자를 받았다. 오후 두시에 책상에서 늦은 점심을 먹을 때, 뉴욕 주 세금 관련 서류를 준비하는 회계사와 통화하면서 진료실 캐비닛에 둔 조니 워커를 더블 샷으로 한 잔 마셨을 뿐이었다. 그런 후에는 리스터린(구강청정제의 상표명—옮긴이)으로 입을 헹궜다. 분명 술에 취하진 않았다. 취한 상태 근처에도 가지 않았다. 이 신경질적인 여자가 그의 입에서 술냄새를 맡았을 리 없었다.

"그럼 약에라도 취한 거겠죠. 뭔가 하는 건 맞죠? 선생님 같은 의사들이 나온 텔레비전 다큐멘터리를 봤어요. 선생님이 날 아프게 했어요, 여길 보라고요."

드레이크 부인의 주름 잡힌 이마에 모반처럼 선명한 얼룩이 졌다. 그가 아주 조심해서 주름을 팽팽하게 펴고, 신경을 '마비'해 그런 흉한 주름이 생기지 않도록 포튤라 X를 극소량만 주입한 그 자리에. 이 모든 과정은 일반적인 처치거나 그것에 가까운 것이었다. 그런데도 문제가 생겨서 환자의 얼굴은 주사 몇 번에 뜨거워졌고 손을 대자 부어올랐다.

"브레드 선생님! 카운티 의학위원회에 신고하겠어요. 남편에게 말할 거라고요. 남편이라면 어떻게 해야 할지 알겠죠. 이제 갈래요. 이런 치료에는 돈을 내지 않겠어요."

"하지만 이레나, 아직 주입도 마치지 않았는데요. 치료를 반도 하지 않았어요. 클로이가 얼음 팩을 얼굴에 대드릴 테니까 몇 분 쉬었다가 다시……"

"아뇨, 끝났어요. 가겠어요."

"이렇게 그냥 가시고 싶진 않으실 텐데요, 아직……"

"아뇨, 갈 거예요. 지금 가고 싶어요."

짜증내는 아이처럼 드레이크 부인은 턱까지 씌웠던 하얀

종이 커버를 떼어 바닥에 던졌다. 종이 위에는 겹쳐진 거미줄처럼 핏자국이 미세한 레이스 문양을 그리고 있었다. 브레드 박사가 이전에는 눈치채지 못했던 형태였다.

"양해 각서에 서명하지 않으셨습니까, 드레이크 부인? 시술 전에 양해 각서에 서명하셨잖아요."

"'양해 각서에 서명했다니요'! 그래요, '양해 각서에 서명했어요'. 선생님 같은 의사는 안 그러면 치료해주지 않으니까. 하지만 내가 만약 과실을 입증하면 그런 각서가 법원에서 효력이 있을까요? 의료과실이라면? 내 손상된 얼굴을 사진으로 찍어두면요? 그래도 그럴지 모르겠네요."

"부인의 얼굴은 '손상된' 게 아닙니다. 부기와 멍은 아주 정상적인 거예요. 아시잖아요······"

브레드 박사는 여자의 전례 없는 적대감에 아연실색했다. 의사 생활 십구 년 동안 이런 식으로 말한 환자는 한 명도 없었다. 하룻밤 사이에 뭔가 일어났다. 그는 그게 전적으로 자기와 관련 있다고 생각할 수 없었고 이 시대 자체와 관련 있다고 믿었다. 곤두박질치는 경제, 계속되는 전쟁, 늘어지는 겨울로 인한 불쾌감. 그는 생각했다. 이 미친 여자를 말려야 해. 누가 이 미친 여자를 말려야 해. 하지만 드레이크 부인을 진정시키려고 손을 댄다는 생각만으로도 혐오스러웠다. 못 가게 막거나 이성적으로 대화해보려 하면 여자는 비명을 지르며 반응할 거고 그러면 클로이의 귀에까지 들리고 말 것이다.

"안녕히 계세요! 다시는 오지 않을 거예요! 돈도 내지 않겠어요."

분개한 드레이크 부인은 바닥에 던진 종이를 발로 차고 진료실을 떠났다. 심술궂은 노파 같은 얼굴에는 변덕스럽고 솜씨가 들쑥날쑥한 문신가가 새긴 것같이 선명하게 멍이 들어 있었다.

"브레드 선생님?" 걱정스러운 눈으로 그를 바라보는 사람은 클로이였다.

"괜찮아, 클로이. 드레이크 부인이 갑자기 가봐야 한다고 했거든."

"하지만……"

"괜찮다고 했잖아."

"하지만…… 부인에게 계산서를 보내드려도 될까요? 아니면……"

"아니, 계산서는 보내지 마. 부인은 삭제해버려."

간호사 겸 접수원인 이 여자가 이따금 그와 사랑에 빠진 사람처럼 행동할 때면 루커스 브레드는 으쓱하기도 하고 불편하기도 했다. 그는 이 여자를 이용하기에는 너무 신사적이었다. 하지만 아내와 멀어진 후로 그를 향한 클로이의 부드러운 위안은 더욱 두드러졌다. 그는 짜증스레 등을 돌려버리려 했지만 클로이는 누나처럼 그를 멈춰 세웠다. "브레드 선생님, 잠시만요." 그녀는 몸을 숙여 그의 바짓단에 묻은 것을 휴지로 닦아냈다. 진하고 축축한 얼룩? 피? 클로이는 허리를 펴다가 비슷하고 더 작은 얼룩이 브레드 박사의 흰 셔츠 소매 끝에도 묻어 있는 것을 보고 이것도 서둘러 휴지로 닦아냈다.

"뭐가 묻었네요." 클로이는 자신의 고용주와 눈을 마주치지 않으려고 하면서 당황한 듯 얼굴을 찡그린 채 웅얼거렸다. "축축한 게."

그는 아내에게 애원했었다. 날 믿어줘!

"'개공술'이 뭔지 아시죠, 선생님?"

"그럼요, 물론이죠."

"그건 논란이 있는 의료 절차인 것 같더라고요?"

"논란될 건 없습니다. '의료' 절차도 아니고요."

스틴은 브레드 박사에게 진찰을 받겠다며 '긴급 예약'을 잡고 온 낯선 환자였다. 그는 이 여자가 주름진 얼굴, 나이보다 훨씬 일찍 시들어버린 얼굴에 젊음을 되찾기 위해 어떤 미용 시술을 할 수 있을지 의논하러 왔을 거라고 추측했었다. 여자는 마른 편, 어쩌면 눈에 띄게 저체중인 편이었고, 운동복 바지와 더 나은 세계를 위한 조화의 땅이라고 형광 녹색 글자가 새겨진 운동복 셔츠를 입고 있었다. 브레드 박사의 환자 기록 서류에 여자는 쉰여섯 살이라고 적었다. 성과 결혼 여부를 적는 작은 네모 칸에는 가위표를 싹싹 그어버렸다. 사생활에 대한 질문은 사양한다는 태도였다.

사전 정보가 없는 의사를 바로잡아준다는 분위기를 풍기며 스틴은 책망하듯 말했다. "의료 절차가 아니죠, 선생님. 영적 절차예요."

이 말은 전혀 예상치 못했을 뿐만 아니라 언짢기까지 했다. 브레드 박사가 오래 봐온 환자 하나도 얼마 전 개공술에 대해서 물어봤었고, 클로이가 비슷한 질문을 하는 전화들이 진료실로 걸려온다고 보고한 적도 있었다. 분명히 최근 텔레비전에서 개공술에 대한 무슨 프로그램을 방영했던 것이리라. 주부 시청자를 겨냥한 아침이나 오후 인터뷰 프로그램에서. 브레드 박사는 정중하게 대답했다. "스틴 씨, 개공술은 의료 절차가 아닌 만큼 '영적' 절차도 아닙니다. 뇌압을 줄인다거나 혹은 '질병'이나 악령을 빠져나가게 한다면서 두개골에 구멍을 뚫는 중세 의사擬似과학일 뿐이에요. 그건 아주 위험하고 전혀 믿을 수 없는 겁니다, 퇴마술처럼요."

스틴은 고집스럽게 우겼다. "'중세'의 것이었다고만 할 수는 없죠, 선생님. 호모사피엔스의 역사 이전부터 있었다고 할 수 있으니까요. 네안데르탈인이 개공술을 시행했다는 증거가 있어요. 개공술은 고대에 세계적으로, 동양에서도 이집트에서도 시행됐어요. 1999년 세계 몇몇 지역에서 동시에 부활했고요. 하지만 우리나라 이 지역에는 시행하는 사람이 없어요. 그래서 혹시나……"

"스틴 씨, 제대로 된 의사라면 환자에게 '개공'을 하진 않습니다. 가능하지 않은 일이에요. 의학적으로 그럴 필요도 없고, 말했다시피 아주 위험한 방식입니다. 그 정도는 짐작하실 텐데요. 어째서 저한테 오셨는지 확실히는 모르겠지만……"

스틴은 매력이 없는 여자는 아니었지만 사포를 맞대고 문지르는 듯한 목소리는 루커스 브레드의 신경을 날카롭게 건드렸다. 그는 인정하고 싶지 않았지만 그녀는 예약을 잡고 그를 만나러 온 데 무슨 이유라도 있는 듯 예사롭지 않은 갈망이 담긴 눈으로 그를 쳐다보고 있었다. "혹시 선생님이 제게 이 치료를 해주실 수 있나 여쭤보러 온 거예요. 아주 간단해요. 먼저 구멍 하나로 시작하면 되죠. 크기는 두개골 이 부위에 직경 2센티미터 정도가 적당해요." 기이할 만큼 사무적인 태도로 여자는 오른쪽 눈에서 몇 센티미터 떨어진 곳을 짚었다.

브레드 박사는 무뚝뚝하게 말했다. "죄송합니다. 안 됩니다."

"그냥 '안 된다'는 건가요? 하지만 왜 안 되죠? '주름 제거'나 '지방 흡입' 치료는 하잖아요. 그저 허영을 위한 치료들은요. 그런데 왜 영혼을 위한 치료는 하지 않는다는 거죠?"

영혼은 실체가 없으니까. 당신은 미친 여자니까.

"전 그렇게 생각하지 않습니다, 스틴 씨. 게다가 이 말도 안 되는 '치료'를 받기 위해 다른 '외과의사'를 찾아보라고 하고 싶지도 않군요."

이 말로 진료는 급작스레 끝났다. 브레드 박사는 억지로 정중한 미소를 지으며 스틴에게 문 쪽을 가리켰다. 마스크를 너무 꽉 조인 것처럼 얼굴이 아팠다. 그는 자신의 직업윤리를 모욕한 스틴에게 몹시 분개했지만, 그래도 가까스로 예의를 갖춰 행동했다. 여자는 의사의 단호한 말에도 그가 마음을 바꿔 자기를 다시 불러줄까싶은지 머뭇거리며 진료실을 나섰다.

클로이는 스틴이 진료비도 내지 않고 그냥 무례하게 나갔다고 불평했다. 브레드 박사는 진료가 오래 걸리지 않았으니 괜찮다고 확인해줬다. "스틴 씨를 우리 기록에서 그냥 삭제해버려요. 아예 오지 않았던 사람처럼."

어두운 비가 퍼붓는 이 계절! 아주 눈부시게 강렬한 햇빛이 군데군데 비칠 때를 빼면 비는 그치지 않는 듯했다. 브레드 박사는 밖에 나갈 때는 선글라스를 쓰고, 은색 재규어 SL을 몰 때는 사고가 나지 않게 특히 주의했다. 그는 헤이즐턴 온 허드슨의 부촌에도 매물 표지가 종종 나붙는 것을 보고 심란해졌다. 심지어 입주 희망자들이 대기 명단까지 만들어 줄을 섰던 위어랜즈에도 빈 사무실이 나오기 시작했다. 옆 건물에서 큰 사무실을 차지하고 있었던 헤이즐턴 목척추 병원이 무례할 정도로 갑자기 떠나버린 건 충격적이었다.

그보다 더 곤란한 것은 브레드 박사의 환자들이 예약을 취소하고, 새로운 예약을 잡지도 않고, 심지어 치료비를 지불하지 않는 경우까지 종종 있다는 것이었다. 환자 하나는 애리조나로 이사 갔다. "전송할 주소도 남겨놓지 않았다고요!" 클로이는 한탄했다. 또다른 환자는 자살 시도 후 입원했다는 이야기가 들렸다. 이 여자들에게 밀린 치료비를 받을 가능성은 없었다. 지난 육 개월간 환자들이 지불하지 않은 청구서 금액이 1만 9000달러가 넘었다. 그런 불량 계좌를 수금 대행 업체에 넘기는 건 너무 절박한 조치 같아 브레드 박사는 차마 하지 못했다. 설사 그 업체에서 돈을 받아온다고 해도, 그는 정작 자기가 받을 돈의 일부만 받을 수 있을 것이었다.

문명은 얼굴, '외모'입니다. 이것이 무너지면 문명도 무너지죠.

그날 마지막 환자. 사실 금요일 늦은 오후였으므로 브레드 박사의 그 주 마지막 환자였다.

"'개공술'이라고 들어보셨나요, 브레드 선생님?"

여자는 흥분한 채 낮은 목소리로 말했다. 반짝이는 광적인 눈이 브레드 박사의 얼굴에 고정됐다.

"선생님, 저도 그게 논란이 있는 치료라는 건 알아요. 비정통적이라고요."

브레드 박사는 황당해서 여자를 쳐다보았다. 이 무슨 지독한 농담인가? 썩은 고기를 먹는 새들이, 하늘에서 떨어졌으나 아직 완전히 죽지 않은 동물 주위를 빙글빙글 도는 광경이 떠올랐다.

어마 시그프리드, 헤이즐턴의 부유한 사업가의 전처인 이 여자는 루커스 브레드의 오래된 환자였다. 지난 십 년간 어마는 성실하게 그에게 치료를 받았다. 콜라겐 주입, 보톡스와 레스틸렌으로 얼굴 주름 제거, '처진 눈꺼풀 올리기', 지방 흡입. 그런데 이제 뜻밖에도, 유감스럽게도 완전히 다른 종류의 치료─개공술─를 상담하러 온 것이었다.

브레드 박사는 어마 시그프리드가 충실한 환자라는 것을 알았다. 그래도 이따금 의심하는 이유가 있었다. 특히 어마가 팜비치나 카리브 해 지역에서 겨울을 보냈을 때는. 그녀는 다른 성형외과의를 찾아가 진료를 받곤 했다. 그녀의 희고 얇고 건조한 피부─이제는 바랬지만 자연 금발인 미인의 피부─는 아무리 부지런히 예방 조치를 하더라도 일찍 노화하는 피부였다. 그래서 어마의 순진한 소녀 같은 태도, 아이 같은 매력은 몇 년 전만 해도 잘 먹혔겠지만 이제는 날이 갈수록 외모와 어긋나서 어울리지 않았다. 상처 입고 다치고 비난하는 듯한 눈빛이 루커스 브레드의 마음속을 깊이 건드렸다. 도와줘요, 선생님! 오직 선생님에게만 힘이 있어요.

어마 시그프리드는 개공술을 해달라고 처음부터 이성적인 어조로 애원했다. 어마는 시비 거는 스틴처럼 의사의 정직성은 말할 것도 없고 전문적 지식에 대놓고 맞서는 환자가 아니었다. 어마는 이제 인생에서 '영적으로 막다른 길'에 다다랐다고 말했다. 끝나지 않을 것 같은 이 겨울, 부시 대통령 집권 마지막 몇 달 동안 기독교의 신이 존재하는지 '진지한 의심'을 품게 됐다고. "부시 대통령은 제가 뽑은 사람이에요, 선생님. 우리 가족은 항상 공화당을 지지했어요. 그렇지만 지금은." 떨리는 목소리로 어마는 다음과 같은 결론에 이르렀다고 말했다. 오직 '급진적'이고 '혁명적'으로 영혼의 의식을 변화해야만 구원받을 수 있다고. 그건 바로 개공술이라고.

브레드 박사는 대체 개공술에 대해 뭘 알고 있느냐고 물었다. 그는 자기가 느낀 경악과 반감을 감추려 최선을 다했다.

어마는 책과 인터넷으로 조사했다고 말했다. '신세계 개공술 기사단'. 그녀는 바로 지난주에야 그 치료를 받는 게 얼마나 필수적인지 깨달았다고 했다. "물론 모든 사람에게 다 맞는 건 아니죠. 하지만 제겐 맞을 거예요. 전 신경에 쌓인 끔찍한 스트레스와 '유독한 기억들'을 내보내야만 해요. 개공술로 효과 본 사람이 그렇게 많대요."

"정말입니까? 어떤 사람들이요?"

"인터넷에 그들의 후기가 있어요. 그 사람들 중 몇몇과 편지를 주고받았죠. 저 같은 여자들, '순례자들'과요. 전 '기부재단'을 설립하겠다는 서약서에 서명도 했어요, 신세계 기사단에. 스위스 제네바에 본부가 있어요. 이사장은 '의학적 훈련'을 받은 사람이죠. 그의 가르침에 따르면 우리는 타락한 '납의 시대'에 살고 있기 때문에 구원받기 위해서는 급진적인 조치가 필요하대요. 그리고 개공술은 무척 간단해요. 두개골에 구멍만 뚫으면 되니까요."

브레드 박사는 경멸과 불신을 품고 들었다. 여자가 어찌나 태연하게 그런 말을 내뱉던지. 두개골에 구멍.

"선생님, 저도 그게 '위험'하다는 건 알아요. 물론이죠! 우리 삶에서 용기가 필요한 건 모두 '위험'한 거예요. 심지어 '무모'하기까지 하죠. 제가 선생님에게 온 건, 선생님을 잘 알고 신뢰하기 때문이에요. 선생님이 절 위해 해주신 모든 일도 정말 대단하지만, 제가 지금 부탁드리는 일에는 비할 수도 없을 거예요. 선생님이 진심으로 저를 도와주시고 싶다면요. 선생님이 못 하시겠다면 돌팔이 의사라도 찾아갈 수밖에 없어요. 비행기 타고 제네바까지 가지 않는다면요. 인터넷에 광고하는 개공술사들이 있어요. 과정도 아프지 않다고 하더군요. 아니, 거의 아프지 않다고요. 하지만 아마추어가 하면 감염의 위험이 있잖아요. 뇌경질막을 잘못 뚫으면 출혈이 생길 수도 있으니 심각하죠. 하지만 최근에 꾼 꿈에서는……"

하지만 더욱 괴상한 것은, 자기가 지금 무슨 얘기를 하는지 조금은 안다는 듯이 뇌경질막을 넌지시 언급하며 부주의하게 거기 상처를 냈다간 치명적이지는 않더라도 마비가 올 수 있다고 사무적으로 설명하는 이 여자의 태도였다.

브레드 박사가 이 진료 상담을 뚝 끊어버리지 않고 정중하게 끝까지 들어준 것도 괴상했다. 어마 시그프리드에게 모욕을 주었다간 연락이 끊길 위험을 무릅써야 했다. 그의 직업윤리란! 그의 상식이란! 하지만 머리에 구멍 하나를 뚫는 것으로 '유독한' 생각과 감정, 어린 시절부터 쌓인 기억을 다 내보낼 수 있을 거라고 순진한 희망을 품고 말하는 어마의 말을 끊기는 힘들었다. "천천히 독이 퍼지는 우물처럼 말이죠."

어마 시그프리드가 브레드 박사를 만나려고 우아한 의상을 차려입었다는 사실에는 감동적인 면도 있었다. 크림색 캐시미어, 진주 목걸이, 반짝이면서도 고급스러운 반지들. 하지만 어마가 제멋대로 구는 어린아이처럼 좀더 강한 어조로 브레드 박사 같은 의사들이 '신체적' 치료에만 집중할 뿐 '영적' 치료는 무시한다며 비난하자 그는 당황했다. 얼굴에 받은 처치들은 '임시변통'일 뿐 '영적 갈망'을 만족시키는 힘은 없었다.

그럼 어마는 어떻게 이 일을 알게 됐을까? 어마는 새해 들어 '신비한 꿈'을 꾸었다.

"선생님, 전 행복하지 않아요, 더이상은요, 그저 '외모'만으로는요. 주름 제거와 주사로 '가짜 얼굴'을 만들어왔지만 우리에게 필수적인 건 '타락한' 자아를 초월해서 '원래의 얼굴'로 돌아가는 거예요. '본래의 영혼', 세상의 때가 묻지 않은 어린아이의 영혼으로요. 개공술은 여러 문화권에서 행해진 성스러운 의식이었어요. 아시잖아요. 기원전 고대 이집트만큼 역사가 오래됐고, 선사시대에는 네안데르탈인이 했었어요. '개공이 있는' 두개골이 이를 증명하잖아요. 전 인터넷에서 증거를 봤어요. 이건 시인들이 말하는 '길게 뻗은 영광의 한 줄기'(미국 시인 마야 앤젤루의 시구―옮긴이), '기억', 순수한 어린아이의 자아로 돌아가는 귀환일 거예요. 제 '어린아이 자아'가 기억나요, 선생님. 그때는 정말 행복했어요! 하지만 이렇게 오랜 세월이 지나니, 그 아이가 나였던 것 같지도 않네요."

"그건 사실일지도 모릅니다, 어마. 어느 정도는요." 대체 그는 무슨 말을 하는 건가? 이 헛소리를 믿는 건가? "그렇지만 개공술이 해답은 아닙니다. 제대로 된 의사 중에 이 '성스러운 의식'을 시행해줄 사람은 없어요. 확실합니다."

그는 정신이 산란한 이 여자에게 마음이 쓰였으나 자신 때문에도 심란했다. 그랬다, 그렇게 오랜 세월이라니! 메인 주 캠던에서 보냈던 어린 시절은 이제 더이상 기억도 나지 않는 소년의 것으로 심연 저편에 있었다.

"선생님, 만약 선생님같이 훌륭한 수술 능력을 지닌 분이 제 부탁을 거절하시면 전 낯선 사람, 인터넷으로 찾아낸 사람에게 의존할 수밖에 없어요. 아니면 혼자 제네바로 가야겠죠, 비밀리에. 가족들이 반대할 테니까요. 제발, 저를 도와주겠다고 말씀해주세요, 브레드 선생님!"

"전 '도와드릴 수' 없습니다! 이 치료는 위험하고 무용해요. '도움'이 될 리 없습니다. 사실입니다. 뇌엽 절제술이나 전기 충격 치료처럼 급진적이었고 한때 신뢰를 잃었던 치료법들이 최근 재검토되기는 했죠. 하지만 아주 드문 경우이고 다른 방법들이 모두 실패했을 때 그랬습니다. '개공술'에는 의학적 정당성도 없습니다. 건강한 인간의 뇌에 구멍을 뚫는다니요."

브레드 박사가 말을 하면, 어마 시그프리드는 귀를 기울였다. 아니, 그런 인상을 주었다. 하지만 다른 사람의 논리에 젖어들지 않는 광신적 순례자 같은 태도였다. "브레드 선생님, 물론 비용은 지불하겠어요. 얼굴 피부를 들어올려 주름을 제거하는 치료비 두 배로요. 이거야말로 영혼을 들어올리는 거죠. 제 인생을 구원할 거예요."

"어마, 이 얘기는 더이상 하지 않는 게 좋겠습니다……"

하지만 브레드 박사의 목소리에는 우유부단한 기색이 어렸다. 아주 희미하게, 거의 눈치챌 수 없는 정도로. 하지만 아무리 감추고 있어도 인간의 목소리에 서린 공포를 감지하는 개처럼, 어마 시그프리드는 몸을 앞으로 내밀더니 작고 도자기처럼 하얀 이를 드러내면서 소름끼치게 매혹적인 미소를 지었다. "선생님, 아무에게도 말하지 않을게요. 당연히요! 이건 전적으로 우리만의 비밀로 해야죠! 치료비는 선불로 낼게요. 청구서도 필요 없어요. 보세요, 제가 여기 그림을 가지고 왔어요. '성스러운 삼각형'……"

어마는 종이를 펼쳤다. 어린아이가 자로 대고 그린 것 같은 삼각형 그림이었다. "머리선 바로 위에 작은 구멍 세 개예요,

여기." 어마는 구멍 낼 자리를 보여주려고 머리카락을 쓸어넘겼다. 전두엽 부분이었다. 하지만 어마는 이런 명칭도, 전두엽이 통제하는 주요 기능이 뭔지도 모를 것이었다. 브레드 박사가 내키지는 않아도 흥미를 보이는 것 같자 어마는 그 끈을 놓치지 않으려고 결심한 듯 자기가 어떻게 '성스러운 삼각형' 꿈을 꾸었는지 설명하기 시작했다. 그것은 사실 이집트 역사보다 더 오래된 고대의 상징이었다. '집단 무의식'이라는 거대한 저수지에서 나온 상징. 어마는 자기에게 운명지어진 이 상징의 꿈을 꾼 것이었다.

브레드 박사는 음울하게 들었다. 억지로 상냥한 미소를 짓고 있느라 얼굴 아랫부분이 조여들었다.

이건 광기야. 이 여자가 미쳤다는 걸 알잖아.

그래, 하지만 이 여자에겐 돈이 있어. 돈을 줄 거야.

내가 돈이 필요한가? 얼마나 절실히?

여자의 눈에 어린 갈망이라니! 브레드 박사는 그런 갈망의 눈빛을 다른 이들의 눈에서 수없이 봤고, 그런 눈빛을 보면 혐오를 느끼는 동시에 환희, 자신감 비슷한 감정이 가득 차올랐다. 성스러운 의식, 고해성사, 사면, 축복을 거행하는 사제가 느낄 만한 감정.

혹은 처형, 희생의식도.

루커스 브레드는 생각하고 있었다. 그게 중요할까? 구멍을 뚫으면, 아니 뚫는 척하면 어떨까? 두개골의 딱딱한 **뼈**를 관통하지 않고 이 여자의 두피에 아주 작은 구멍 몇 개만 뚫으면? 머리선 위라면 일종의 미용 시술이 될 수도 있다. 뇌경질막만 뚫지 않게 조심하면. 미소가 한층 더 아래턱을 조여왔다.

"브레드 선생님? 해주실 거죠?"

루커스 브레드는 망설였다. 심장이 메트로놈처럼 똑딱거렸다. 하지만 그는 자기 입에서 나오는 소리를 듣고 무한한 안도감을 느꼈다. "어머, 안 돼요. 내 생각엔…… 안 될 것 같아요. 미안합니다."

여자의 눈에 눈물이 고였다. 갑자기 진료 상담이 끝났다.

루커스 브레드는 바로 옆의 화장실로 비틀비틀 걸어갔다. 찬물을 틀어 화끈거리는 얼굴에 끼얹었다. 끔찍한 위험에 얼마나 가까이 갔던가! 하지만 제때 물러섰다.

아니, 우린 할 수 없어. 되돌릴 수 없는 비극적인 실수가 될 거야.

뇌 손상을 입은 아이 사진을 봤잖아. 일종의 분만 손상. 눈의 초점이 안 맞았어. 크레틴병(선천적인 갑상선 기능 저하로 신체나 지능이 제대로 발달되지 않는 병―옮긴이) 환자의 표정이 있었어……

우린 위험을 무릅쓸 수 없어. 우린 휘말릴 수 없어. 우린 미리 경고를 받았잖아. 그 러시아 '고아들'……

안 돼, 안 돼, 안 돼. 절대로 안 된다고.

어떻게 그게 그의 잘못일 수 있을까? 몇 년 동안 아내는 임신 촉진제를 복용했다. 전문가들이 어마어마한 비용을 받아가며 아내를 부추겼다. 루커스 브레드는 낙관적이지 않았지만, 그도 아내만큼 아이를 간절히 원했다, 당연히. 이내 그는 이 강력한 호르몬 보조제가 아내에게 악영향을 끼친다는 것을 알게 됐다. 아이에 대한 집착, 정서 불안, 들쑥날쑥한 기분. 남자로서의 남편을 향한 적개심. 그리고 마침내, 거의 믿을 수 없게 아내가 서른아홉의 나이에 임신을 했지만 초음파 검사 결과 아이의 심장과 뇌에서 심각한 결함이 발견됐다.

오드리 제발 이해해. 선택의 여지가 없어.

이건 유아 살해가 아냐! 고통을 막으려는 조치야. 아기가 태어나기 전에 고통에서 꺼내주는 거라고.

그후에는 필사적이었다. 남편 몰래 오드리는 인터넷 입양 기관들에 신용카드 번호를 알려줬다. 마음이 약해진 순간에 그는 아내에게 약속해버렸다. 그래, 입양할 수도 있어. 입양하려고 노력해볼 수 있지. 하지만 그는 나중에야 자신의 실수를 깨달았다. 그녀는 그의 실수를 절대 용서하지 않았다.

I. S. 그는 개인적인 스케줄 달력에 머리글자만 가볍게 연필로 적어놓았다. 클로이가 알지 못하게.

수술은 간단하고, 보조도 필요 없을 것이다.

그녀는 그의 진료실에서 외래 환자로서 수술을 받기로 했다. 그는 수술을 직접 준비했다.

계획은 이러했다. 환자는 브레드 박사의 진료실에 오후 일곱시 이후에 도착할 것이다. 클로이가 일을 마치고 퇴근할 것이 확실한 시간이었다. 환자는 오후 여섯시에 미리 신경안정제를 복용할 것이다. 환자가 도착하면 더 강력한 진정제를 준다. 필요하면 클로로포름을 소량 사용할 수도 있다.

개공술. 무척 원시적인 절차니까 미리 연습해볼 필요는 없을 것이다.

아주 조심스럽게 브레드 박사는 여자의 머리에 구멍을 뚫을 것이다. 아주 얕게, 두개골 속으로. 그는 자기가 이 일을 할 수 있다고 믿었다. 도표에 따르면 미세한 구멍 세 개를 세변이 6밀리미터인 정삼각형을 이루도록 뚫어야 했다. 어마는 선물로 내겠다고 강경하게 우겼고, 1만 2600달러를 수표로 써줬다.

선생님, 감사해요. 정말 감사해요. 선생님에게 제 삶을 빚졌어요. 제 새로운 삶을.

어마는 가볍게 이를 떨었고, 무척 흥분해 있었다. 그녀가 브레드 박사의 진찰대에 등을 대고 누웠다. 추위를 느끼는지 꼭 감은 눈꺼풀은 푸르스름했고 가느다란 손은 꽉 맞잡아 작고 부드러운 가슴 위에 얹고 있었다. 강한 형광등 불빛 아래서 보니 피부는 칙칙하고 눈가에는 가늘고 흰 주름이 잡혀 있었지만, 어마는 여전히 매력적이었고 막 머리를 감고 크림을 바르고 얼굴에 분까지 바르고 온 모습이 감동적이었다. 입술에는 산호색 립스틱을 짙게 발랐다. 목에 건 굵은 금 목걸이에 매달린 작은 금 십자가는 등을 대고 눕자 목 뒤로 미끄러졌다.

선생님, 감사해요. 영원히 존경할 거예요.

곧이어 환자는 잠이 들었다. 어린아이처럼 입술이 스르르 벌어졌다. 주의하자고 다짐했고, 브레드 박사는 환자가 갑자기 깨어나길 원치 않았다. 천에 클로로포름을 적셔 콧구멍 아래에 대고 셋까지 셌다.

브레드 박사는 라텍스 장갑을 꼈다. 그는 빨리 시작하고 싶었다. 고양된 감각, 일종의 어지럼증이 그를 사로잡았다. 새로운 삶! 선생님에게 제 삶을 빚졌어요, 제 새로운 삶! 그는 여자의 가늘고 부드러운 갈색 머리카락을 갈라 한쪽으로 집어놓았다. 두피에 베타딘을 조금 발랐다. 따끔했는지 환자는 살짝 칭얼거렸다. 그는 작은 수술칼로 피부를 절개했다. 피부를 젖혔지만 생각만큼 부드럽게 하지는 못했다, 손이 떨렸으니까. 축축하게 드러난 뼈를 깨끗하게 긁어내려 했지만 구토 같은 것이 밀려왔다. 그는 진정하기 위해 멈춰야 했다. 벌써 작은 상처에서는 피가 흐르고 있었다. 이것 때문에 정신이 산란했다. 그리고 이제 드릴!

이런 비정통적인 치료 행위에 앞서 좀더 철저히 준비할 시간이 있었다면 그는 치과 의료기기 상점에서 치과용 소형 드릴을 구입했을 것이다. 하지만 밤사이에 급하게 결정을 내린지라 노스 힐스 몰에 있는 공구점에서 20센티미터짜리 스테인리스스틸 파워룩스 드릴을 살 수밖에 없었다. 수리공의 도구였고, 그 사실을 숨길 수 없었다. 윙윙 도는 날카로운 모터 소리, 드릴의 섬뜩한 회전, 스테인리스스틸의 번득이는 빛. 그의 얼음장 같은 손가락이 떨렸다.

"어마? 잠이…… 들었습니까?" 여자의 푸르스름한 눈꺼풀이 파르르 떨렸지만 의식을 잃은 건 분명했다. 호흡은 느리고 깊었다. 숨결에선 뭔가 달콤한—구강청정제, 민트—향기가 났고 그 아래에서는 동물의 불안과 두려움이 자아내는 톡 쏘면서 약간 시큼하기까지 한 냄새가 풍겼다. 이 여자는 알고 있어! 자면서도 자아는 알고 있어. 위험이 있다는 걸 알아.

그는 여자의 두피에 드릴을 가볍게 댔다. 선명한 피가 순간 솟구쳐 빠르게 흘렀다, 그가 예상한 것보다 많이. 그런 상처는 보통 그렇게 피가 거침없이 흐르지 않으니까. 그는 스펀지로 닦아낼 각오를 했었다. 하지만 피가 너무 빨리 흐르고 의식 없는 여자가 꿈틀대며 낑낑거려, 즉시 드릴을 두피에서 뗐다. 그의 심장은 빠르게 뛰었고, 공포에 질린 냉기가 목구멍으로 솟았다. 그는 여자가 잠잠해지고 다시 깊은 숨을 내쉴 때까지 기다렸다. 그는 또 한번 드릴을 두피에 댔다. 다시 선명한 피에 소스라쳤다. 뼈가 타는 냄새. 불쾌하고 혐오스러웠다. 이번에는 환자가 거의 깰 것 같았다. 눈꺼풀이 파들거렸다. 입술이 떨렸다. 흰자위가 보였다. 초점 없는 눈을 언뜻 보고 그는 좀비의 눈, 혼수상태에 빠진 사람의 눈을 떠올렸다.

접착테이프로 눈을 막아버려. 입도. 이 여자를 안정시켜. 히스테리 부리지 못하게.

이런 충고가 외부에서 들려오는 것 같았다. 그는 그 목소리를 확인하려 했다. 허드슨 연구소 시절의 지도교수일까? 그럴 리가 없었다.

이렇게 신중한 단계를 밟았다. 이런 예방 조치를. 응급 상황은 아니었지만 알 수 없었다. 수술실에서는 일순간 응급 상황이 터질 수 있었다. 이런 상황은, 개공술은, 통제할 수 있는 한도에 있는 것 같았다. 라텍스 장갑도 접착테이프도 피로 미끄러웠지만 그는 아무 문제 없이 여자의 눈과 입에 접착테이프를 붙였고, 아무 문제 없이 환자를 진찰대에 묶을 수 있었다. 종이 커버는 벌써 심하게 찢어지고 피에 얼룩져버렸다, 너무도 빨리. 그리고 타일 바닥의 피. 의사의 신발 고무 밑창이 눈에 띄는 자국을 남겼다.

그는 드릴을 들었다. 이제! 그는 심호흡을 했다. 피로 미끌미끌한 고무장갑 때문에 드릴이 살짝 미끄러졌다. 무겁고 조잡한 이 기구는 수리공의 작업실에 어울릴 물건이지 외과의의 손에 들릴 물건이 아니었다.

개공술은 아주 순조롭게 진행될 수도 있었지만 의사는 너무 떨고 있었다. 그는 간호사 겸 접수원이 퇴근한 저녁에 위스키를 작은 유리잔에 따라, 겁 많은 환자들을 금세 진정시킬 목적으로 진료실에 보관해둔 진정제 30밀리그램 두 알과 함께 삼켰었다. 금방 기분이 좋아졌다. 다시 순간적으로 스트레스가 치밀어 그는 세번째 진정제를 삼켜볼까 생각했다. 하지만 안 돼. 맑은 정신이 필요해. 맑은 정신. 용기.

가파른 비탈에서 몸을 숙인 사람처럼 그는 진찰대 위에 힘없이 늘어진, 의식을 잃었거나 혼수상태에 빠진 여자의 몸 위로 몸을 숙였다. 갈라진 두피에서는 피가 과다하게 솟았고 빛바랜 듯했던 여자의 얼굴은 이제 죽은 듯 창백했으며 그가 머리에 꽉 둘러놓은 접착테이프 때문에 일그러졌다. 그는 여자의 눈과 입을 가렸으나 호흡을 위해 콧구멍 부분을 터놓는 것은 잊지 않았다. 여자는 빠르고 얕은 숨을 불규칙적으로 내쉬고 있었다. 루커스는 드릴을 떼고, 피 흘리는 두피에 면도날처럼 날카로운 나선 천공기의 위치를 맞췄다. 그는 피에 엉긴 머리카락과 피부가 천공기에 달라붙은 것을 보았지만 드릴을 작동시키자 떨어져버렸다, 아니 날아가버렸다. 계시가 멀리서 온 것처럼 떠올랐다. 이 사람은 의학박사 루커스 브레드가 아니야. 개공술을 하는 다른 사람이야.

몇 번의 헛손질 끝에 그는 간신히 첫번째 작은 구멍을 뚫을 수 있었다. 개공술은 그리 쉽지 않았고, 의료 관계자들이 생각하듯 그리 원시적이지도 않았다. 뇌경질막을 뚫지 않으려면 여기에도 기술이 필요했다. 드릴은 이제 손에서 좀더 안정적으로 움직여서 ─ 그래도 여전히 어설프고 조잡한 기구였지만 ─ 그는 처음 것에서 6밀리미터 떨어진 자리에 두번째 구멍을 뚫기 시작했다. 드릴의 윙윙거리는 소리가 비명을 확대한 것처럼 진료실을 채웠다. 피는 여전히 거슬렸다. 그에게 친숙한 이 진료실에서는 그런 과도한 피가 익숙지 않았다. 환자의 얼굴에서 피가 나면, 브레드 박사나 클로이가 스펀지로 쓱쓱 닦아버리면 됐다. 그러나 지금은 환자의 머리 상처에서 피가 너무 많이 흘러 제때 민첩하게 닦을 수가 없었다. 드릴의 날카로운 끝이 두피의 어느 곳을 뚫는지도 보기 힘들었다. 피가 미세하게 뿜어나와 안경알을 덮었다. 치료중에 어떻게 안경을 닦는단 말인가? 벗어버리는 수밖에 없었다. 그는 환자의 두피에 주황색 펜으로 미리 표시해놓지 않은 것을 후회했다. 어쨌든 개공술은 신경외과 수술이 아니니까 특별히 신경쓸 필요는 없을 거라 생각했었다. 뇌수술을 위해 두개골을 '여는' 게 아니라 그저 구멍만 내는 거라고, 바람만 통하게 하는 거라고.

천천히 독이 퍼지는 우물처럼.

새로운 삶.

이 직종의 종사자 중에서도 회의적인 자들은, 악명 높고 보수적인 '의료인 공동체'는, 루커스 브레드가 개공술이 대체의학 시술법으로서 그렇게 괴상하지 않을지도 모른다고 말하면 별로 동감하지 않을 게 뻔했다. 어린 시절 이후 죽 그랬던 것처럼 그는 자기 '영혼'이 서서히 빠져나가는 기분이 들었다. 그의 인격은 딱딱한 두개골의 갑옷에 갇혀 변형되어버렸다.

물론 그 또한 회의적이었고 처음에는 비웃었다. 하지만 어마 시그프리드가 돌아간 뒤에 충분히 열린 마음이 됐고 그녀의 부탁을 재고해보고는 다시 부르게 됐다.

잠 못 이루는 밤. 최근에 그는 심각한 혼수상태에 빠진 듯 진정제에 취해 잠드느니 차라리 불면을 안식으로 더 환영하게 됐다. 그런 밤에 인터넷에서 개공술을 검색했다. 놀랍게도 그는 이 고대 관습이 숙련된 시술사가 행하면 이롭거나 해롭지 않을 수 있다는 데 동의하게 됐다. 수세기 동안 수많은 사람이 머리에 구멍을 뚫었고, 이 구멍이 치유 효과가 있었다는 증거가 있었다. 어떤 원시인들 사이에서는 개공술이 충치를 뽑는 것처럼 일상적인 절차였다는 것을 보여주는 구멍 뚫린 두개골도 몇 개 보았다.

여기에는 윤리적인 논점이 있다고 브레드 박사는 생각했다. 면허 있는 외과의가 낙태 수술을 하기에 가장 적합하듯 개공술을 하기에 가장 적합한 사람도 면허 있는 외과의였다. 절박한 사람들을 순전히 개인적인 이유를 내세우며 돕지 않으려 한다면, 그것이 다른 세계에서 불합리한 것으로 여겨지듯 이 세계에서도 마찬가지일 것이었다.

숙련된 개공술보다 문신이 훨씬 더 위험하다고 주장할 수도 있었다. 바늘은 감염되기 쉽고 '문신사'가 면허 있는 외과의

일 리 없기 때문이다.

어쩌면 인터넷에 있는 증언들이 암시하듯 서양의학과 균형을 이루는 평행 세계가 있을지도 몰랐다. 서양의학을 다른 모든 것보다 더 높게 평가하는 태도는 그저 편견일 수도 있었다.

드릴이 윙윙거리는 소리가 귀에 강렬하게 울렸다. 드릴이 점점 무겁게 느껴져서 어색한 각도로 세워 들 수밖에 없었다. 머리가 핑하고 어지럽기 시작했다. 그슬린 머리카락과 살 냄새, 너무 많은 피 때문에 욕지기가 났다.

그는 거즈 조각을 피 흘리는 상처에 쑤셔넣었지만, 금방 피가 스며들어 아무 소용이 없었다. 높은 집중력을 유지해야 하는데 그를 보조하고, 얼굴을 닦아주고, 안경을 닦아줄 사람이 없으니 얼마나 피곤하던지. 외과의는 혼자 치료하는 데 익숙지 않았다. 그는 잠시 멈춰야 할지 모른다고 생각했다. 아니 멈춰야 했다. 환자의 맥박―심장 박동 수―을 확인해봐야 했다. 환자는 활짝 벌어진 콧구멍으로 더이상 숨을 쉬는 것 같지 않았다. 하지만 무모한 감각이 그를 덮쳐왔다. 도전의 감각. 돌아갈 수 없고, 이젠 너무 멀리 오고 말았다는.

몇 분 지나지도 않아 그는 전동 드릴을 껐지만, 이 몇 분은 빨리 돌린 필름처럼 재빨리 날아가버렸다.

그는 상처 부위를 조심스레 닦아내고 붕대를 감을 것이었다. 여자에게는 누구에게 보여주지도 말고 개공술에 대해 말하지도 말라고 주의를 줄 것이었다. 이건 성스러운 의식이니까 내밀하게 다뤄야 했다. 여자가 깨어나면 약간의 불편함, 약간의 고통을 느끼리라고 그는 짐작했다. 뇌는 고통을 인식하지 못하겠지만 두피, 두개골, 뇌경질막은 고통을 인식하리라. 그는 여자에게 퍼코댄(진통제의 일종—옮긴이)을 처방할 것이었다. 여자는 주로 공허감, 낯선 감각을 느끼게 되리라. 붕 뜬 감각. 그는 여자가 부러울 지경이었다. 그토록 순진하고 남을 잘 믿을 수 있다니 부러워할 만했다. 다시 한번 아이가 될 수 있다니 부러워할 만했다. 그는, 루커스 브레드는, 한번도 전적으로 아이답게 살아본 적이 없었고 언제나 어른들의 기대에 얽매인 채 갇혀 살았다. 원망하는 마음으로 위태위태한 각도로 다시 드릴을 들었을 때, 루커스는 드릴이 미끄러지는 것 같은 기분을 느꼈다. 라텍스 장갑을 낀 손가락은 피로 미끌거렸다. 아니면 아마도 순간적으로 정신을 잃은 쪽에 더 가까웠을 것이다. 일이 너무도 순식간에 벌어졌기 때문에 그는 뭐가 어떻게 돼가는지 명확히 이해하지 못했다. 그의 손이 미끄러져서 빙빙 도는 드릴이 두개골을 너무 깊이, 아래까지 뚫고 뇌경질막 안으로 들어가버린 게 분명했다. 이 일이 일어난 순간, 여자의 몸이 꿈틀하더니 경련을 일으켰다. 무릎이 구부러지고 끈으로 묶어둔 다리를 발버둥쳤다. 그는 여자의 눈에 접착테이프를 붙여둔 것을 다행으로 여겼다. 고통스러워하는 여자와 눈이 마주치는 위험은 면할 수 있었으니까. 그는 접착테이프를 두른 재갈 밑에서 터진 소리 죽인 비명을 들었다.

하지만 아니다, 그럴 리가 없었다. 여자는 의식을 찾지 못했다. 그럴 리가 없었다. 비명은 그가 열에 들떠 상상해낸 게 분명했다.

경련을 일으키던 몸은 곧이어 축 늘어졌다. 몸부림이 그쳤고, 소리 죽인 비명도 그쳤다. 브레드 박사는 기진맥진해서 비틀거렸다. 참관자들 앞에서 여덟 시간 수술을 했다 해도 이보다 더 기가 빠지진 않을 것 같았다. 어디에 떨어뜨렸는지 기억할 수 없었지만, 그는 안경을 더듬어 찾았다. 여전히 안경알은 피가 서려 뿌옜다. 위안 같은 생각이 찾아왔다. 이 사람을 거기서 꺼내 안락하게 해준 거야. 즉 고통에서.

브레드 박사는 환자의 주검, 사지를 늘어뜨린 더러워진 여자 시체를 처리해야 했다.

조수가 없었으니까. 그는 혼자였다. 언제나 그랬다, 루커스 브레드의 영혼은.

상황에 가장 알맞은 전략은 일단 위어랜즈의 불이 꺼지기를 기다리며 진료실을 청소하는 것이었다. 전등 몇 개가 오후 여덟시 이십팔 분까지 띄엄띄엄 켜져 있었다.

사십 분 동안 그는 온힘을 다해 환자를 되살리려 했다.

사십 분 동안 그는 환자의 무너진 폐에 공기를 불어보내려 애썼다. 환자의 가슴을 쿵쿵 치고, 소리치며 애원하고 화를 내기도 했다. 이제 죽어버린, 죽은 몸뚱이만 남은 상황에서는 그가 받은 훌륭한 의학 교육도 아무짝에 쓸모없었다.

브레드 박사는 서툴게, 그리고 조바심치며―이런 일에 익숙하지 않았으니까― 검은 쓰레기봉투를 갈라 시체를 최대한 꼼꼼히 쌌다. 옷을 대충 입힌 환자에게서 점점 죽음의 냉기가 퍼졌고, 노출된 부위에 찢어지고 피에 얼룩진 종이가 붙어 있었다. 그는 시체의 손가락에서 반짝이는 값비싼 반지들을 빼내는 자신을 목격했다. 그자들이 이걸 훔쳐간 거야. 누가 이런 짓을 했든 간에.

콧구멍이 조여들었다. 그슬린 살, 그슬린 머리카락에서 풍기는 역한 냄새, 썩은 내가 나는 동물의 공포와 두려움. 마지막 몸부림을 하며 이 여자는 자기 자신을 더럽혔다.

클로이라면 어떻게 해야 할지 알 텐데. 클로이라면 이렇게 소리쳤을 것이다. 오, 선생님, 무슨 일이에요? 제가 도와드릴게요.

클로이가 현장에 없다는 안도감이 그를 쓸고 갔다. 클로이가 그가 뭘 하고 있는지 확인하려고 진료실로 돌아오지 않았다는 것이. 오, 선생님, 불이 아직도 켜져 있어서요. 제 생각에는……선생님 차가 보여서……

그의 심장은 메트로놈처럼 뛰었다. 그 여자도 죽여야 했다면. 그와 사랑에 빠진 불쌍한 클로이.

그는 생각했다. 그런 일은 면할 수 있었어. 감사합니다, 하느님!

그는 좋은 남자, 너그러운 남자였다. 클로이는 그를 위해 증언해줄 것이다. 그가 고용했던 모든 여직원이 그래줄 것이다.

이는 알아두면 좋은 사실이었다. 명심해야 할 중요한 사실이었다. 하지만 그는 이 더러워진 방을 종이 타월, 뜨거운 물, 살균제로 깨끗이 훔칠 일이 한없이 남아 있는 것을 보고 초조해졌다.

이제 시간이 없다. 그는 현실적으로 행동해야 했다. 그런 하찮은 일은 나중에 처리해도 됐다.

급한 일은 시체 처리였다. 그는 외딴 숲이나 강―밤에 세차게 흐르는 깊은 허드슨 강, 비구름이 걷히면 달빛이 비치는 곳―을 상상했다. 그런 다음 진료실로 돌아오면 된다. 그리고 치워야 할 걸 치우면 된다.

흔적 하나 남지 않을 것이다. 필요하다면 라텍스 장갑을 여러 켤레 쓰면 된다. 바닥에 살균제와 표백제를 듬뿍 뿌리면 된다.

의문이 들었다. 환자는 정확히 어떻게 죽은 걸까?

세상일이란 항상 보이는 것만큼 분명하지는 않다.

이마 위 두개골에 뚫은 작은 구멍으로는 사인을 설명할 수 없을 것이다. 너무 사소한 상처였으니까. 전두엽에 그런 상처를 입고도 많은 사람이 생명을 유지하며 살아갔다.

머리를 내려친 격렬한 일격, 뇌에 박힌 총알이나 유탄산이 두개골 골절을 일으키고 뇌를 미친 풍선처럼 부풀어오르게 할 수 있다. 그러나 검시관은 이 상처들은 기묘하지만 사인을 설명하기에는 불충분하다라고 적을 것이다.

루커스 브레드는 더치스 카운티의 검시관을 알았다. 잘 아는 사이는 아니지만, 서로 알고 존중했다.

오직 부검만이 결정할 수 있을 것이다. 이건 상식이었다.

심장마비로 추정됨. 갑자기 떨어진 혈압, 충격의 결과.

오직 루커스 브레드의 행위만으로 환자가 죽었다고 생각하는 건 불합리하니까. 뇌경질막이 거의 뚫리지 않았을 때는.

그는 주의를 기울였다. 강박적일 만큼 그랬다. 요구 사항 많던 이 여자는 두개골에 '구멍'을 뚫어달라고 했지만, 그는 물론 '구멍'을 뚫지 않았고 작은 상처만 냈을 뿐이었다.

드릴 때문에 실패했다.

드릴에 결함이 있었다. 그렇지 않은가? 외과용 드릴은 두개골을 뚫으면 자동적으로 꺼진다. 하지만 쇼핑몰 공구점에서 산 이 드릴은 꺼지지 않았다.

그는 현금으로 결제했다. 점원에게 신용카드를 내놓지 않았다.

이 끔찍한 시간에도 차분했다. 직업적인 행동, 태도, 심지어 '위엄'이 테이프에 녹화되어 남기라도 할 것처럼. 그는 복도 수납장에서 검은 비닐 쓰레기봉투를 꺼내 웅크린 채 시체를 쌌다.

"어마? 부인……"

쓰레기봉투를 여러 개 자르고 잇대서 커다랗게 만든 후 미라처럼 둘둘 감았고, 그 속에서 시체가 꿈틀했다. 사지를 늘어뜨린 시체는 예상보다 무거웠다. 너저분하게 늘어진 여자에게서 반항과 조롱의 기운이 풍겼다. 훼손된 머리에 여전히 붙어 있는 더러운 접착테이프가 눈과 입을 가리고 있었다. 브레드 박사는 알았다. 거기 그를 비난하는 눈, 마찬가지로 비난하는 입이 있다는 것을.

"어마. 맙소사, 정말 미안해요."

정말 그런가? 확실하지 않았다. 그의 입술은 억울함을 품고 어눌하게 움직였지만 브레드 박사는 천성적으로 예의가 바른 사람이었다.

여자 환자들은 그를 흠모했다. 간호사 겸 접수원도 그를 흠모했다. 아내는 이제 그를 흠모하지 않았다. 오드리를 생각하자 격렬한 분노가 치밀었고, 그는 다시금 몸을 떨기 시작했다.

지저분한 쓰레기봉투를 풀면 시체는 얼마나 기괴해 보일까! 회색으로 변해가는 엉겨붙고 피 묻은 머리 둘레에 더러워진 접착테이프를 조심스레 (그의 기억으로는) 감아놓았지만, 하고 보니 정신없는 사람이 대충 해놓은 것 같았다. 고인이 미친 여자여서 미친 생각, 변덕, 기대를 품고 자기 머리에 직접 감은 것처럼 보일지도 모른다. 누가 알겠나?

또 생각났다. 찢어진 것이 분명한 라텍스 장갑. 피가 튄 의

172

사 가운, 신발, 심지어 양말도 같이 처리해야 했다. 그는 생각했다. 모두 한 봉투에 넣자. 그러고서 쓰레기 수거함에 버리자. 하나가 발견되면 다른 것도 발견되는 편이 나을 거야.

전혀 이해할 수 없는 논리였다. 그러는 것이 현실적이고 지각 있는 행동 같다고 본능적으로 느꼈다.

그는 여자의 손가방도 찾았다. 어두운 색 가죽 재질의 부드러운 고급 손가방. 지갑에서 지폐와 신용카드, 열쇠를 꺼내야 했다. 이 여자에게 이토록 잔인한 짓을 저지른 사람이 이것들을 가져간 것처럼 보이도록.

차로 멀리 가자. 위어랜즈에서 멀리. 오늘밤 안에 더치스 카운티 시골 깊숙한 데까지 가는 거야.

쓰레기 수거함이 없다면, 교외의 쓰레기장이라도. 쓰레기 매립지라도. 다른 봉투들을 끌어다 이걸 가릴 것이다. 김이 솟아오르는 넓고 뻥 뚫린 구덩이 영상이 눈앞에 떠올랐다. 지옥으로 빠지는 구덩이. 하지만 구덩이 가장자리로 잘 물러서 있으면 그는 무사할 것이다.

더치스 카운티 어딘가에 이런 장소가 있을 거라 생각하자 안심이 됐다. 생각만으로도 순간 이 힘겨운 일이 다 해결된 느낌이었다.

다행스럽게도 그는 진료실에 여벌 옷을 두고 있었다. 카키색 바지와 플란넬 셔츠, 운동화. 속옷과 양말.

나중에는 허드슨 강이 내려다보이는 아파트로 돌아갈 것이다. 그때쯤이면 배도 고플 테니 뭔가 챙겨먹을 것이다. 냉장고에 전날 저녁에 사다놓은 비상 식품들이 있었다. 헤이즐턴의 본 아페티에서 사온 훌륭한 브리 치즈와 바삭바삭한 덴마크 크래커.

아니, 이건 잘못됐다. 옳지 않다. 나중에는 위어랜즈로 돌아와야 한다. 몇 시간은 해야 끝날 청소가 기다리고 있다. 중요한 계획의 한순간도 삐끗해서는 안 된다.

밤 아홉시 십구분이었다. 위어랜즈의 불 켜진 창문들을 초조히 지켜보고 있었으나 여전히 불이 켜져 있었기에 생각했다. 저기 아무도 없어. 그저 불이 켜져 있을 뿐이야. 안심이 됐다. 이건 자유를 뜻했다. 그는 몸을 숙이고 복도를 따라 뒷문까지 시체를 질질 끌었다. 배달 물건을 받을 때 쓰는 뒷문은 환자들은 사용하지 않았다. 그는 땀을 심하게 흘렸지만, 부들부들 떨기도 했다. 그는 시체를 문설주에 기대놓고, 진료실로 가서 충동적으로 예전 집으로 전화를 걸었다. 실망할 것을 이미 아는 사람답게 자제한 체념의 자세로 신호음이 들리기를 기다렸다. 그래서 신호음이 울리기도 전에 의기양양한 여자 목소리가 들리자 화들짝 놀라며 심하게 동요했다. 지금 거신 전화는 없는 번호입니다. 이 번호는 해지됐습니다.

그를 버린 오드리를 절대 용서하지 않을 것이다. 그를 배신한 죄를. 그는 그 누구도 절대 용서하지 않을 것이다.

마침내 위어랜즈는 사람 하나 없이 텅 빈 것 같았다. 주차

174

장에는 차 세 대만 남아 있었다. 루커스 브레드의 차, 그의 환자의 것으로 보이는 차, 주차장 끝에 있는 업무용 밴. 그는 어두운 출입구에서 쓰레기봉투에 싸인 생명 없는 몸뚱이를 질질 끌어냈다. 이제는 콘크리트 판만큼이나 무거웠다. 어깨와 등뼈 위쪽이 쑤셨다.

뒤늦게 그는 여자의 코트를 떠올렸다. 이 부유한 여자는 진료실에 올 때 분명 코트를 입고 왔을 것이다. 코트는 대기실에 걸려 있을 것이고 그러면 아침에 클로이에게 들킬 것이다. 이 중요한 생각도 그는 일단 보관했다. 나중에.

밤공기가 얼마나 서늘한지, 얼마나 신선하고 기운 나게 하는지. 그는 갑자기 밀려드는 희망을 느꼈다. 미용 성형의로서 받은 기대가 너무 컸다. 어쨌든 그가 성직자 교육을 받은 건 아니지 않은가…… 가장 현명한 전략은 가능한 한 빨리 여자의 시체를 이곳에서 치워버리는 것이었다. 주차장을 지나고 언덕을 넘어 위어랜즈 부지 경계 너머 미개발 택지로 가져가자. 아무도 가지 않는 곳이었다. 동쪽으로 1킬로미터쯤 가면 헤이즐턴 파이크, 북쪽으로 1킬로미터쯤 가면 뉴욕 주 고속도로였다. 더 작은 도로 쪽, 폭스크로프트 힐스라고 불리는 최고급 새 주택단지와 새로 조성된 폭스크로프트 인공호가 교차하는 곳은 미개발 택지 지구로, 수십 년 전의 탁 트인 전원 지역보다 더 인적이 드물었다.

아무도 찾아내지 못할 거야. 이 여자를.

그는 주차장에서 본 희미한 오솔길을 염두에 두었다. 높다란 풀숲 사이에 난 길. 위어랜즈의 직장인, 치료사, 비서 들을 위해 소풍 탁자 하나를 갖다놓은 그늘진 곳이었다. 하지만 아스팔트 주차장이 내려다보이는 이 탁자에서 누가 점심을 먹는 모습을 그는 한 번도 본 적이 없었다. 그는 이 탁자가 어디 있는지도 정확히 알지 못했고 가본 적도 없었다. 하지만 그가 지금 옷 속으로 땀을 뻘뻘 흘리며 시체를 끌고 가는 이쪽 방향이긴 했다. 주차장 주변 여기저기에 떨어진 나뭇가지들 때문에 심하게 짜증이 났다. 여기까지 시체를 끌고 온 것만도 힘든데 폭풍의 잔해와 부딪치며 하자니 한층 힘겨워졌다.

갑자기 그 생각이 떠올랐다. 여자의 차!

그래, 여자의 차. 그는 이 여자의 차를 없애버려야 했다.

여자의 차를 위어랜즈 주차장에서 없애버리지 못하면 아침에 발견되고 말 것이다. 여자가 위어랜즈 의료센터에 들러 브레드 박사에게 왔다는 사실까지 추적당할 것이다. 그의 두뇌가 빠르게 돌았다. 여자의 시체뿐만 아니라 차까지 처리해야 했다.

논리적으로 단계를 줄이기 위해 시체를 그 차 안에 넣을 수도 있었다.

트렁크에! 시체를 트렁크에 넣고 — 당연하다 — 여자의 차를 위어랜즈에서 상당히 떨어진 곳, 30킬로미터, 50킬로미터 밖으로 몰고 가면 된다. 조지 워싱턴 다리를 건너 뉴저지로.

고속도로에서 떨어진 뉴저지의 외딴곳에 도착하면 시체가 든 차를 통째로 버릴 것이다. 차를 가파른 벼랑 끝까지 몰고 가서. 허드슨 강 위나 다른 수원 위, 혹은 채석장이나 자갈 구덩이. 뉴저지는 안전한 지역이라는 것을 알았다. 거기까지 가기만 하면. 그는 마지막 순간까지 기다렸다 차에서 뛰어내리고, 차는 지옥의 구덩이 같은 망각 속으로 떨어지리라…… 그때가 되면 루커스 브레드는 안전할 것이다. 여자의 차에 아무것도 남겨두지 않을 테니까. 그리하여 차는, 시체는, 결코 발견되지 않으리라.

다만 문제는, 위어랜즈로 돌아올 길이 없다는 것이었다. 위어랜즈 뒤편에 세워둔, 비싸지만 흙탕물이 튀어 있는 재규어 SL로 돌아올 길이.

이 생각은 미처 하지 못했다. 방금 걸려 넘어진 나무뿌리처럼 명백한 생각인데도. 그 바람에 너덜너덜해진 쓰레기봉투 위로 넘어질 뻔했다.

재빨리 계획을 수정한다. 그의 뇌는 기계처럼 재빨리 움직이니까. 여자의 시체를 위어랜즈 위쪽 숲속으로 끌고 가는 게 현실적이지 않은 만큼, 여자의 시체를 차로 끌고 가 뉴저지로 옮긴다는 생각도 현실적이지 않았다. 그래서 시체를 그의 차까지 끌고 가서 트렁크에 싣기로 했다. 그는 헉헉대고 욕설을 내뱉으며 거추장스러운 이것을 들어보려고 애썼다. 시체는 무게로 약 올리는 것 같았고, 냄새로 숨 막히게 했다. 팔이

저리고 몸은 기진맥진해서 쓰러질 것 같았다. 마침내 그 망할 시체를 트렁크에 간신히 싣고 기이한 각도로 굽은 팔다리를 스페어타이어와 타이어 아이론 아래 비좁은 자리에 쑤셔넣을 수 있었다. 그가 몸을 숙여 이 육체적이고 완고한 物體를 들어올려야 한다는 게 끔찍했다. 그는 그것을 붙잡아 안고 들어올려 트렁크에 넣고 뚜껑을 쾅 닫았다. 하지만 너무 서두르고 부주의하게 하다가 찢어진 쓰레기봉투 일부가 트렁크 밖으로 삐져나와 여자의 검은 실크 슬립 자락처럼 펄럭였다.

선생님, 정말 감사해요. 제 새로운 삶을.

그는 필연적으로 생길 수밖에 없는 물기―피, 소변, 액체 배설물―가 비닐 바깥으로 새어나와 트렁크에 스며들까봐 걱정됐다. 새것처럼 깨끗했던 자리에. 그 생각이 퍼뜩 들었다. 트렁크는 청소할 수 있어. 세차장에서. 안팎 다.

세차장에서 트렁크를 완전히 살균하지 못하면, 안에 살균제와 표백제를 쏟아부으면 된다. 죽은 자의 내장에 우글거리는 가장 맹독한 박테리아는 살아 있는 사람에게 닿으면 치명적일 수 있다.

다음으로 그는 차에 올라탔다. 참 이상하게도, 아주 자연스럽고도 일상적으로. 그는 시동을 걸었다. 재규어는 가끔 시동이 늦게 걸렸다. 이번에는 모터가 즉시 살아났고 앞유리 와이퍼가 작동했으며 WQRS 방송국에 맞춰놓은 라디오가 켜졌다. 별다른 어려움 없이 위어랜즈의 주차장을 빠져나가 위어랜즈 사유 도로를 타고 더 번잡한 길로 나섰다. 이 길을 쭉 따라가면 11번 국도와 교차하는 도로가 나오고, 거기서 남쪽으로 돌아 헤이즐턴 온 허드슨을 빠져나가 드러먼드, 슬리피 할로, 리버데일의 교외 마을을 지나 몇 킬로미터 달린다. 포트 트라이언 공원 출구는 지나친다. 조지 워싱턴 다리 출구로 나간 다음, 뉴저지로 가서 트렁크에 든 시체를 계획대로 버리면 된다. 전조등 불빛에 출구가 드러나면 어딘지 알 수 있을 것이다. 이 생각이 어찌나 생생한지 생각하자마자 벌써 실행해 버린 기분이 들었다. 그런 후에 재규어를 돌려 다시 조지 워싱턴 다리를 건넌다. 갈 때 다리 위층으로 갔으면, 돌아올 때는 아래층으로 온다. 그런 사소한 점도 무척 중요했다. 지체될 일이 생기지 않으면 자정까지는 위어랜즈에 돌아올 수 있을 것이다. 그러면 여자의 차를 3~4킬로미터 떨어진 작은 헤이즐턴 기차역으로 끌고 가 남의 이목을 끌지 않고 슬그머니 세워놓을 것이다. 거긴 종종 차들이 밤새 주차돼 있었다. 그러면 시선을 끌지 않겠지! 아주 현실적인 생각이었다. 일단 여자의 차를 안전하고 잘 보이지 않는 곳에 세워둔 후, 플랫폼에서 기차가 오기를 기다릴 것이다. 승객들에 섞여 있다가 계단 아래서 택시를 잡으면 된다.

어디로 가시죠, 손님?

강가에 새로 생긴 아파트 단지 아세요? 거기요.

조지 워싱턴 다리 출구 램프 너머에서 차들이 우회로로 빠지고 있었다. 경찰차와 구급차가 보였고 불빛이 눈부시게 반짝였다. 차량들이 몇 킬로미터나 밀려 있었다.

그는 창밖으로 몸을 내밀었다. 불안해서 속이 메슥거렸다. 창문을 내리고 빗속에서 교통정리를 하고 있는 경찰관을 불렀다. 무슨 일이죠? 왜 막히는 거죠? 얼마나 오래 걸려요? 하지만 젊은 남자 경찰관은 무례하게 그를 무시했다. 도로 위에서 조명탄이 타올랐고, 굄목이 차로를 막고 있었다. 그는 창밖으로 몸을 더 내밀고 다른 경찰관을 불렀다. 미소를 지으며, 미소짓는 것을 잊지 않고 상냥한 의사용 억지웃음을 지었다. 이 경찰관이 증언을 하거나 증거라도 대야 할 경우 그가 차분하게 행동했다고 기억해주길 바랐으므로. 브레드 박사는 중요한 순간에도 상냥했고, 합리적이며 논리적인 분위기였다고. 물론 약간 날이 서 있었고, 짜증도 좀 내긴 했다. 그런 상황에서 다른 운전자들도 다 그렇듯이.

사고가 난 게 분명했다. 차 두 대 혹은 세 대. 불빛이 구급차량들 위로 어지럽게 빙빙 돌았다. 사이렌이 그의 고막을 뚫었다. 그는 재빨리 창문을 내렸다. "경찰관님, 도움이 필요하십니까? 전 의사입니다."

그는 예의바른 거절의 답을 들었다. 차 안에 그대로 있으라고. 의사로서 그의 봉사는 필요하지 않았다, 원치 않았다. 현장에는 구급차가 있었으니까. 제발 차 안에 그대로 계십시오, 선생님. 차를 떠나지 마십시오. 루커스 브레드는 부러진 몸처럼 길

위에 망가진 차들, 보도에 있는 불쌍한 여자의 육체들과 반짝이는 유리 조각들을 봤고, 귀를 찢는 듯한 사이렌 소리에 머리가 어지러워 재규어 문을 열고 나가려 했다. 하지만 또 한 번 한소리 들었다. 이번에는 더 엄격하게 소리쳤다. 안 된다고 명령했다. 그는 여전히 유쾌하고 이성적인 태도를 유지하려고 했다. "제 말을 잘 못 들으신 것 같은데요. 전 의사, 신경외과의입니다. 부상자를 진찰할 수 있어요. 뇌에 위험한 출혈이 있는지 볼 수 있을 겁니다." 나이가 더 많은 경찰관이 그에게 오더니 운전면허증을 달라고 했다. 루커스 브레드는 주뼛거리며 그의 말에 따랐다. 그는 분명 술에 취하지도 않았고 문제를 일으키지도 않았다. 손이 심하게 떨렸다. 중풍일지도 몰랐다. 파킨슨병의 초기 증상일지도 몰랐다. 카키색 바짓단에 피가 묻어 있었지만 번쩍이는 붉은 불빛 덕에 보이지 않았다. 이상하게 코트 앞자락에도 피가 묻어 있었다. 쓰레기봉투로 겨우겨우 시체를 싸고 묶을 때 무척 조심했었다. 봉투에 스치지 않았다고 확신했다. 하지만 묻어 있었다. 새의 날개 같은 피 얼룩이. 그리고 손에도. 다만 이건 더 오래되고 마른 지 한참 된 피로, 그날 일찍 묻은 것이었다. 동트기 전부터 어두운 비가 퍼부었던 아주 길었던 그날에.

"하지만 도움이 되고 싶습니다, 경찰관님. 제발 돕게 해주세요. 저는 의사입니다. 이게 제 임무예요."

경찰관은 그를 신경쓸 겨를이 없었다. 그의 제안은 핀잔만 불렀다. 무례하게도 그는 다시 재규어로 돌려보내졌고 다른 운전자들처럼 기다리라는 말을 들었다. 다리로 향하던 차들은 결국 우회해야 했다. 드디어 차들이 움직이기 시작했다. 끔찍했던 어두운 비는 잦아들었고, 이제 안개 기둥이 저 아래 강에서 심령체처럼 솟아올랐다. 그는 강의 이름을 바로 댈 수 없었다. 자기 이름처럼 익숙한 이름이었는데도. 그는 액셀을 밟으며 다리로 진입했다. 그가 택한 건 다리 위층이었다. 안개 속에서 먼 기슭과 길게 뻗은 대교가 흐려졌다. 거대한 강을 따라 흐릿하게 깜박이는 불빛만이 그 안에 생명체가 있다는 증거였다. 그는 차를 출발시켰고, 저 먼 기슭으로 건너갈 것이었다.

아무도 내 이름을 몰라

Nobody Knows My Name

여자아이는 아홉 살이지만 조숙했다. 아이는 고양이를 보기 전부터 이미 위험을 감지했다. 엉겅퀴 솜털처럼 숨결 같은 털을 가진 회색 고양이가 선홍색 모란 화단에서 아이를 빤히 보고 있었다. 갈색 섞인 황금색 눈은 흔들리는 기색조차 없었다.

여름이었다. 아기의 첫 여름이라고 사람들은 말했다. 애디론댁 산맥 세인트 클라우드 호숫가의 여름 별장에는 짙은색 지붕널과 자연석 벽난로, 너른 이층 베란다가 있었다. 그 베란다에 서면 무엇에도 연결되지 않고 허공에 떠 있는 기분이 들었다. 세인트 클라우드 호숫가에 있는 이웃집들은 나무에 가려 거의 보이지 않았고 아이는 그게 좋았다. 유령 집들이었고 거기 사는 사람들도 유령이었다. 목소리나 라디오의 음악

소리만 간간이 들려왔고 이른 아침에는 호숫가를 따라 어딘가에서 개 짖는 소리도 들려왔지만 고양이는 아무 소리도 내지 않았다. 고양이의 특별한 점 중 하나였다. 엉겅퀴 솜털 회색 고양이를 처음 보았을 때 아이는 너무 놀라서 부르지도 못했다. 고양이는 아이를 빤히 쳐다보았고 아이도 고양이를 빤히 쳐다보았다. 아이가 보기에는 고양이가 자기를 알아보는 듯했고 그게 아니라도 어쨌든 소리 없이 입을 움직여 뭐라고 말하려는 것 같았다. 멍청한 만화에서처럼 '야옹'이 아니라 인간의 말을. 하지만 다음 순간 고양이는 사라져버렸고 아이는 테라스에 혼자 서서 숨이 확 빨려나간 듯 갑작스러운 상실감을 느꼈다. 엄마가 아기를 안고, 아기가 흘리는 침에 젖을까봐 예쁜 사탕 지팡이 그림이 있는 수건을 어깨에 걸치고 밖으로 나왔을 때, 아이는 엄마가 하는 말을 처음에는 듣지 못했다. 다른 소리에 너무 열심히 귀를 기울이고 있었기 때문이다. 엄마가 말을 되풀이했다. "제시카? 여기 누가 있나 보렴."

제시카. 바로 그 단어였다, 그 이름, 엉겅퀴 솜털 회색 고양이가 흉내낸 말은.

원래 사는 동네, 아이가 사는 도시의 프로스펙트 스트리트에 있는 집들은 반들반들한 광고지에 나오는 것처럼 노출되어 있었다. 벽돌이나 돌로 지어진 큰 집들이었다. 넓은 잔디밭도 꼼꼼하게 가꿔져 있고 서로 감추는 것 하나 없이 훤히 보였다. 세인트 클라우드 호수에서처럼 비밀스럽지 않았다. 이웃끼리 서로 이름을 알았고 제시카를 보면 큰 소리로 인사했다. 제시카가 아무도 보이지 않아, 저들도 날 못 볼 거야라고 생각하며 고개를 돌리는 게 뻔히 보일 때조차도 이웃들은 항상 참견했다. 뒷마당도 넘겨다볼 수 있는 화단이나 울타리로 구분지어졌을 뿐이었다. 제시카는 여름 별장을 좋아했다. 원래는 할머니가 살던 집이었지만, 할머니가 죽자 제시카의 가족이 물려받았다. 하지만 이게 진짜인지 꿈에서 본 것인지는 결코 확실하지 않았다. 제시카는 가끔 진짜인지 꿈에서 본 것인지를 기억하지 못했고, 그 두 가지가 애초에 같은 건지 항상 다른 건지도 알 수 없었다. 하지만 만약 그 두 가지를 혼동한다면 엄마가 알아채고 질문을 던질지 모르기 때문에 알아두는 게 중요했다. 언젠가 수줍은 아이가 그러듯이 별안간 열을 올리며, 지붕 뚜껑을 들어올리고 구름을 계단 삼아서 올라간 얘기를 신나게 떠들었는데 아빠가 다른 사람들도 있는 앞에서 놀린 적이 있었다. 아빠는 갑자기 끼어들더니 아니, 아니지, 제시카, 아가, 그건 그냥 꿈이야, 하며 아이의 눈에 떠오른 놀란 표정을 보며 놀려댔다. 그래서 아이는 뺨이라도 얻어맞은 듯 입을 다물고 뒷걸음치다 방에서 뛰쳐나가 숨었다. 자신을 벌주기 위해 엄지손톱을 이로 물어뜯으면서.

나중에 아빠가 와서 제시카 앞에 쭈그려앉아 눈높이를 맞추며 놀려서 미안하다고, 화를 풀라며 사과했다. 정말 귀여워서, 눈이 정말 파래서 그랬어, 아빠를 용서해주겠니? 하자 제시카는 고개를 끄덕였지만 눈에는 상처와 분노의 눈물이 차올랐고 마음속으로는 아니! 아니! 아니!라고 외쳤다. 하지만 아빠는 그 소리를 듣지 못하고 평소처럼 뽀뽀를 해주었다.

그것도 오래전 일이었다. 고작 유치원에 다닐 때였다. 그때는 제시카도 아기였다. 너무 멍청했다. 사람들이 비웃는 것도 무리가 아니었다.

한동안은 가족이 올여름에 세인트 클라우드 호수에 가지 않으면 어쩌나 하는 끔찍한 걱정을 했다.

그 이름만으로도 마치 떠다니는 느낌이었다. 세인트 클라우드 호수. 구름이 호수에 비쳐서 물결치는 수면 위를 가로질러갔다. 뉴욕 주 지도를 보면 구름은 애디론댁 산맥에 있는 세인트 클라우드 호수 위에 걸려 있었다. 아빠가 운전을 해서 언덕을 오르고 커브를 돌아 산으로 들어갈 때, 이따금 구불구불한 길 위를 달릴 때 구름은 그 위에 떠 있었다. 제시카는 위로 향하는 여행을 느낄 수 있었고 그렇게 이상하고도 그렇게 놀라운 감각이 없었다.

우리 호수에 갈 거예요? 제시카는 엄마나 아빠에게 감히 말을 꺼낼 수 없었다. 그런 질문을 한다는 것은 애초에 그 질문이 부정적인 대답을 받을 거라는 두려움을 입 밖으로 내는 것이기 때문이었다. 또한 공포가 있었다. 그 여름 별장은 결국 모두 진짜가 아니고 그저 간절히 원했기 때문에 꾼 꿈이라는 공포.

아기가 태어나기 전, 봄이었다. 아기가 고작 2.5킬로그램 밖에 나가지 않았을 때. 엄마 아빠가 친구나 친척과 통화하며 '제왕절개'라고 말하는 것을 듣기 전에. '제왕절개'. 아이는 아빠의 건축 잡지에 나오는 것 같은 기하학적인 형체들, 팔각형, 육각형이 떠다니는 것을 보았다. 아기도 이중 하나였고, 톱으로 도려내야 했다. 하지만 이 톱은 특별한 것, 외과의의 기구라는 것을 제시카도 알았다. 엄마는 '자연분만'을 원했지만 '제왕절개'를 해야 했고, 이는 아기의 잘못이었지만 아무도 그런 말을 꺼내진 않았다. 아기 때문에 분개하고, 화내고, 진저리쳐야 마땅했다. 이 몇 달 내내 제시카는 착했고 아기는 나빴다. 하지만 아무도 이 사실을 모르는 것 같았다. 심지어 신경도 쓰지 않았다. 우리 올해는 호수에 갈 거예요? 아직도 날 사랑하나요? 제시카는 혼날 게 두려워 차마 묻지도 못했다.

그해였다. 엄마의 배가 부풀어오른 해. 어떻게 알게 됐는지는 몰라도 제시카가 많은 것을 알게 된 해. 말을 듣지 못할수록 더 많이 이해하게 됐다. 제시카는 회색 기가 도는 파란 눈과 도자기 인형 같은 섬세한 달걀형 얼굴을 가진, 음울하고 뼈가 가는 아이였다. 또 어른들이 모두 못마땅해하는 버릇이 있었는데, 엄지손톱을 피가 날 때까지 물어뜯거나 아무도 자신을 보지 않는다고 생각하면 엄지손가락을 빨았다. 하지만 무엇보다도 제시카는 자신을 다른 사람에게 안 보이게 할 줄 알아서, 사람들이 말한 것보다 더 듣고, 보고, 귀 기울였다. 그해 겨울, 엄마는 아프고 눈 밑에 그늘이 졌고 아름답던 밤색 머리카락을 귀 뒤로 힘없이 빗었다. 계단을 오를 때나 그저 방을 걸어다닐 때도 숨을 헐떡였다. 엄마는 허리 위로는 여전히 엄마였지만, 제시카가 보고 싶지 않은 허리 아래로는 태어날 아기, 태어날 여동생이라는 것이 배 속에서 기괴하게 부풀어서 터질 것처럼 위험해 보였다. 그리고 엄마가 제시카에게 책을 읽어주거나 씻겨주려 할 때 아기가 배를 냅다 걷어차서 갑자기 고통이 덮치곤 했다. 어찌나 세게 찼는지 제시카도 느낄 정도였고, 그러면 엄마의 얼굴에서 따뜻한 빛깔이 다 빠져나가고 눈에서는 뜨거운 눈물이 흘렀다. 그러면 엄마는 제시카에게 허겁지겁 뽀뽀하고 가버렸다. 아빠가 집에 있으면 엄마는 침착하려고 애쓴다는 것을 보여주는 그 특별한 목소리로 아빠를 부르곤 했다. 그러면 아빠는 말했다. 여보, 괜찮아. 문제없을 거야. 분명 괜찮을 거라고. 그러면서 엄마를 어딘가에 편하게 앉히거나 다리를 올리고 눕게 했다. 혹은 엄마가 할머니라도 되는 듯 복도를 아주 천천히 걷게 해 욕실로 데려갔다. 엄마가 막 웃음을 터뜨리거나 숨을 잘 쉬지 못하거나 갑자기 울음을 터뜨리는 이유가 이것이었다. 망할 호르몬! 엄마는 깔깔거렸다. 아니면 너무 늙어서 그런가봐! 너무 오래 기다린 거야. 이제 마흔이 다 됐는걸! 하느님 제발 도와주세요. 이 아이가 너무 갖고 싶다고요! 그러면 아빠는 엄마를 달랬고, 부드럽게 놀렸다. 아빠는 엄마의 기분을 다루는 데 익숙해졌다. 쉿! 그게 무슨 어리석은 말이야? 제시카가 겁먹으면 좋겠어? 내가 겁먹으면 좋겠어? 제시카는 자기 방 침대에서 잠들어 있을 때도 그 소리를 듣곤 했다. 무슨 일인지 알았다. 아침이면 정말 진짜처럼 느껴졌던 일도 꿈처럼 기억했다. 깨달음을 주는 꿈의 비밀스러운 힘으로. 다른 사람들은 네가 그런 힘을 갖고 있는지조차 몰랐어.

하지만 아기는 태어났다. 그리고 이름이 지어졌다. _____ . 제시카가 속삭이기는 하지만 마음속으로는 불러보지 않았던 이름.

아기는 병원에서 태어났고 계획대로 제왕절개로 나왔다. 제시카는 엄마와 아기인 _____을 보러 갔다. 두 사람이 같이 있는 모습을 봤을 때의 놀라움이란. 엄마는 무척 지쳤지만 무척 행복해 보였고 그것, 엄마의 배 속에 있던 흉측한 부종이었던 아기는 전기 충격처럼 고통을 줬다. 그 고통이 어찌나 빠르게 스쳐지났는지 아빠가 엄마의 침대 옆에서 제시카를 안아 무릎에 앉혔을 때는 흔적도 남지 않았다. 제시카, 아가, 여기 누가 있게? 네 여동생 _____야. 예쁘지 않니? 조그만 발가락이랑 눈을 봐. 너랑 똑같은 색 머리카락도 봐봐. 예쁘지 않니? 제시카는 눈을 한두 번 깜박였고, 타는 입술로 말을, 엄마 아빠가 바라는 대답을 할 수 있었다. 학교에서 호명됐을 때처럼 생각이 부서진 거울처럼 조각났지만 아무런 내색도 하지 않았다. 제시카는 힘이 있었다. 어른들이 듣고 싶어하는 말만 해야 해. 그러면 어른들은 널 사랑할 거야.

그렇게 아기는 태어났고 모든 두려움에는 근거가 없었다. 아기는 개선장군처럼 프로스펙트 스트리트에 있는 집으로 모셔졌다. 집은 꽃으로 넘쳐났고 아기를 위해 아기방을 특별히 새로 칠하고 장식했다. 팔 주 후, 엄마가 충분히 기운을 차리자 아기는 차를 타고 세인트 클라우드 호수로 갈 수 있었다. 아기는 몸무게가 늘어서 소아과의까지 놀랄 정도였고 벌써 눈을 맞추고 웃을 수도 있었다. 정말 웃는 건지는 모르나 자기 이름이 불릴 때마다 신이 나서 이 없는 작은 입을 뻐끔 벌리는 것 같았다. _____! _____! _____! 어른들은 지칠 줄도 모르고 이름을 불러댔다. 모두가 아기를 사랑했고, 똥을 싸도 좋아했다. 모두가 아기를 보고 감탄했다. 고작 눈이나 깜박거리고 침이나 흘리고 까르륵 소리나 지를 뿐인데. 아기는 기저귀를 찬 채 내장을 꾸룩거리며 발그레한 얼굴로 꽥꽥 울거나 배터리로 움직이는 아기그네에서 최면에라도 걸린 듯 까무룩 잠이 들었다. 정말 예쁘지 않니? 정말 사랑스럽지 않니! 제시카에게는 이런 질문이 다시, 다시, 또다시 쏟아졌다. 여동생이 생겨서 정말 좋지 않니? 제시카는 뭐라고 대답해야 할지 알았고 그 대답을 미소, 순식간에 스러지는 수줍은 미소와 함께 해냈다, 고개를 끄덕이며. 모두가 아기에게 선물을 가져왔다. 언젠가 다른 아기를 위해 선물을 가져왔던 곳에. (다만 제시카는 엄마가 여자 친구와 이야기하는 것을 듣다가 제시카에게 온 선물보다 아기에게 온 선물이 더 많다는 걸 알게 됐다. 엄마는 선물이 너무 많아서 죄책감을 느낄 정도라고 했다. 이제는 그들도 넉넉해서 제시카가 태어났을 때처럼 허리띠를 졸라매거나 돈을 아끼지 않아도 되는데 오히려 지금 아기 물건이 넘쳐난다고. 삼백 개 가까이 선물이 왔다고! 일 년 내내 감사 편지를 써도 모자랄 지경이라고 했다.)

세인트 클라우드 호수에서는 다를 거야. 제시카는 생각했다.

세인트 클라우드 호수에서는 아기는 별로 중요하지 않을 거야.

하지만 제시카의 생각은 틀렸다. 제시카도 자신의 생각이 틀렸고 여기 오기를 기다렸던 게 실수였음을 즉시 깨달았다. 크고 오래된 여름 별장이 이번처럼 번잡했던 적이 없었기 때문이다. 게다가 너무 시끄러웠다. 아기는 이따금 배앓이를 일으켜서 밤새 울고 울고 또 울어댔다. 호수가 내려다보이는 격자창이 있어서 무척 아름다운 일층 일광욕실같이 특별한 방들은 아기 차지가 되어 금세 아기 냄새가 뱄다. 또 이따금 온순한 작은 새인 검은방울새가 나무 사이를 날아다니면서 다정하게 물어보듯이 지저귀던 위층 베란다도 아기에게 넘어갔다. 고리버들 틈새로 분홍색과 하얀색 새틴 리본을 묶어 장식하고 섬세한 아기의 얼굴에 해가 비치지 않게 얇은 레이스 베일을 내릴 수도 있는, 집안 대대로 내려오는 흰색 고리버들 요람이 있었다. 일회용 기저귀가 수북한 기저귀 교환대. 아기 담요, 아기 신발, 아기 팬티, 아기 파자마, 아기 턱받이, 아기 스웨터, 딸랑이, 모빌, 봉제 인형이 사방에 널렸다. 아기 때문에 손님이 더 많이 왔다. 제시카가 알지 못하는 먼 친척 숙모들과 삼촌들, 사촌들이 이전보다 훨씬 더 많이 세인트 클라우드 호수에 왔다. 그러고는 항상 제시카에게 물었다. **여동생이 생겨서 정말 좋지 않니? 예쁜 여동생이 생겨서?** 제시카는 이런 손님들을 도시에서 만난 두려운 손님들보다 더 두려워했다. 그들이 특별한 집을 침범했기 때문이었다. 늘 이전의 모습, 아기가 나타나기 전, 아기 생각은 하기도 전의 상태 그대로일 거라고 생각했던 그 집에 찾아왔기 때문이었다. 하지만 여기서도 아기는 모든 행복의 중심, 관심의 중심이었다. 아기의 둥글고 파란 눈에서 환한 빛이 비치기라도 하는 듯했다. 제시카 외에 모든 사람이 볼 수 있는 빛이.

(아니면 그저 그러는 척하는 걸까? 어른들은 아주 가식적이고 대놓고 거짓말을 하니까. 하지만 감히 물어볼 수는 없었다. 그러면 어른들도 네가 안다는 걸 알게 될 테니까. 그러면 더이상 널 사랑하지 않을 테니까.)

제시카는 이런 비밀을 엉겅퀴 솜털처럼 숨결 같은 털을 가진 회색 고양이에게 말하려고 했다. 하지만 고양이의 침착하고 계산적이고 흔들림 없는 눈길을 보고 제시카는 고양이가 이미 알고 있다는 것을 알아차렸다. 고양이는 제시카보다 더 많이 알고 있었다. 고양이는 제시카보다 나이가 많고, 제시카가 태어나기 훨씬 전부터 여기 세인트 클라우드 호숫가에 살았으니까. 제시카는 이웃이 기르는 고양이라고 생각했지만, 사실 이 고양이는 누구의 것도 아닌 야생 고양이였다. 난 그냥 나야. 아무도 내 이름을 몰라. 그래도 고양이는 잘 먹고 다녔다. 사냥꾼이었으니까. 갈색 섞인 황금색 눈은 인간의 눈이 볼 수 없는 어둠 속에서도 잘 볼 수 있었다. 가는 회색 털에는 간신히 알아볼 만큼만 살짝 하얀 털이 섞여 있어 아름다웠다. 깨끗하고 하얀 가슴털, 하얀 앞발과 꼬리 끝. 페르시아 잡종인 이 장모종 고양이는 제시카가 이제까지 본 어떤 고양이보다 털이 짙고 풍성했다. 어깨와 허벅지 근육은 단단했고, 물론 행동은 예측할 수 없었다. 어떨 때는 제시카가 내민 손으로 다가와 아침식사로 나온 베이컨 한 조각을 받아먹을 것처럼 보였다. 제시카가 애타게 "나비야, 나비야, 나비야! 아, 나비야" 하고 부르면 쓰다듬게 해줄 것도 같았다. 하지만 다음 순간 모란 덤불 뒤 관목 숲속으로 사라져버리고 말았다. 애초에 거기 있지도 않았다는 듯이. 고양이가 지나간 자리에는 희미한 흔들림뿐, 그다음에는 아무것도 없었다.

자기를 벌주려고 피가 나도록 엄지손톱을 물어뜯었다. 그렇게 멍청한 아이였으니까, 못생기고 바보 같고 뒤에 버려진 아이였으니까. 엉겅퀴 솜털 회색 고양이까지 멸시할 만큼.

어느 주에 아빠는 월요일부터 목요일까지 도시에 있었다. 아빠가 엄마와 통화하다 아기에게 혀 짧은 소리로 말을 걸자 제시카는 도망가서 숨었다. 나중에 엄마는 제시카를 꾸짖었다. "어디 갔었니? 아빠가 인사하려고 했는데." 제시카는 실망감으로 눈을 크게 뜨고 말했다. "엄마, 난 계속 여기 있었는데." 그러고는 울음을 터트렸다.

엉겅퀴 솜털 회색 고양이는 펄쩍 뛰어 잠자리를 잡더니 허공에서 삼켜버렸다.

엉겅퀴 솜털 회색 고양이는 펄쩍 뛰어 검은방울새를 잡더니 이빨로 깃털을 뽑아버리고 공터 끝에서 먹어치웠다.

엉겅퀴 솜털 회색 고양이는 펄쩍 뛰어 소나무 가지 위에서 베란다 난간으로 올라섰다. 꼬리를 꼿꼿이 세우고 난간을 따라 고리버들 요람에서 잠든 아기 쪽으로 걸어갔다. 그런데 엄마는 어디에 있지?

난 그냥 나야. 아무도 내 이름을 몰라.

제시카는 솔잎 향이 나는 시원하고 어두운 방에서 자다가 깼다. 처음에는 얼굴을 쓰다듬는 것이 뭔지 깨닫지 못했다. 입술과 콧구멍을 간질이는 감각, 두려워서 쿵쿵 뛰는 심장. 하지만 무엇이 두려운 건지 몰랐다. 숨을 빨아먹고 목을 조르겠다고 위협하는 것이 뭔지, 누구인지 알 수 없었다.

또한 그것은 가슴 위에 웅크리고 있었다. 무겁고 복슬복슬하고 따뜻한 것. 금빛으로 반짝이는 차분한 눈. 뽀뽀? 뽀뽀뽀? 뽀뽀할까, 아가? 하지만 제시카는 아기가 아니었다. 절대로 아기는 아니었다!

7월이 됐다. 선홍색 모란은 졌고, 이젠 손님들의 발길도 뜸해졌다. 아기는 하루 밤낮으로 열이 있었고 어쩌다 그랬는지 (어쩌다? 밤에?) 조그만 손톱으로 자기 왼쪽 눈 밑을 긁어 생채기를 내는 바람에 엄마가 많이 속상해했다. 엄마가 플래시드 호숫가에 산다는 특별한 유아 전문의를 만나러 아기를 태우고 150킬로미터를 갔다 오겠다는 걸 말려야 했다. 아빠는 엄마와 아기에게 입을 맞추고 엄마가 너무 쉽게 흥분한다고 잔소리했다. 여보, 진정 좀 해, 별일 아니야, 별일 아니라는 걸 알잖아, 이런 일 예전에도 겪어봤잖아, 안 그래? 그러면 엄마는 침착한 목소리를 내려고 애쓰며 말했다. 그래, 하지만 애들은 다 다르잖아. 나도 이제 다르고. 난 제시카보다 _____

한테 더 정이 가나봐. 세상에, 그래서 그런 것 같아. 그러자 아빠가 한숨지으며 말했다. 뭐, 나도 그런 것 같아. 이제 우리가 더 철이 들고 삶이 얼마나 불안정한 것인지 알았기 때문일 수도 있어. 삶이 영원할 수 없다는 사실을 깨달았기 때문에. 십 년 전만 해도 우린 젊었잖아. 두꺼운 벽을 몇 개 사이에 두고—밤이면 호수 위쪽 여름 별장에서는 도시와 달리 목소리가 흘러들었다—제시카는 엄지손가락을 빨며 귀를 기울였다. 듣지 못한 이야기는 꿈으로 꿨다.

그것이 밤의 힘이었으니까. 엉겅퀴 솜털 회색 고양이가 먹이를 쫓는 그곳, 진짜 같은 꿈을 꿀 수 있는 밤. 그리고 그건 진짜였다. 꿈으로 꾸었으니까.

엄마가 처음으로 아프고 태어날 아기가 엄마의 배를 부르게 한 지난겨울 이래, 언제나 제시카는 위험이 있다는 것을 알고 있었다. 그래서 엄마는 그토록 조심스럽게 걸었다. 그래서 엄마는 저녁식사 때 즐겨 마시던 화이트 와인까지 끊었다. 그래서 이제는 집에 온 손님들은, 아무리 모두가 좋아하는 애연가인 알비 삼촌이라 해도 그 집에서는 담배를 피울 수 없었다. 절대로 다시는! 심지어 여름에도 외풍이 들 위험이 있었다. 아기는 호흡기 감염에 걸리기 쉬웠다. 몸무게가 두 배가 된 지금도. 또한 사람들도 위험했다. 아기를 안아보고 싶어 안달하지만 연약하기 짝이 없는 아기의 머리와 목을 안전하게 받쳐들 줄 모르는 친구들과 친척들. (열두 주가 흘렀지만 제시카는 아직도 여동생을 안아보지 않았다. 제시카는 수줍었고, 두려웠다. 아니, 괜찮아요, 엄마. 제시카는 조용히 말했다. 엄마 가까이에 앉지도 않았다. 비 오는 날에 아늑하게 셋이 난롯가에 옹기종기 앉아 있었는데도. 심지어 엄마가 제시카의 손을 잡아끌었는데도. 아니, 괜찮아요, 엄마.) 엄마가 아기에게 좋지 않은 음식, 가령 상추 같은 것을 조금이라도 먹으면 아기는 엄마의 젖을 빨다 가스를 마셨는지 떼를 쓰며 보챘고 밤새 울어댔다. 그래도 아기에게는 아무도 화를 내지 않았다.

그리고 제시카에게는 모두가 화를 냈다. 어느 저녁식사 시간, 아기가 엄마 옆에 놓인 요람에서 헉헉대고 발길질하며 울어댔을 때, 제시카는 자기 접시에 있는 음식에 침을 뱉고 두 손으로 귀를 틀어막으며 식당에서 뛰어나갔다. 엄마와 아빠, 그 주말에 온 손님 모두가 그 뒤를 빤히 쳐다봤다.

그때 아빠의 목소리가 들렸다. "제시카! 이리 돌아와……"

그때 엄마의 목소리가, 화가 나서 잠긴 목소리가 들렸다. "제시카! 이 무슨 버릇없는……"

그날 밤 엉겅퀴 솜털 회색 고양이는 제시카의 방 창틀로 뛰어올랐다. 그늘 속에서 눈이 번득였다. 제시카는 겁에 질려 침대에 꼼짝 않고 누워 있었다. 내 숨을 빨아들이지 마! 한참 후에 낮게 진동하는 쉰 소리가 들렸다. 잠처럼 편안해지는 소리. 엉겅퀴 솜털 회색 고양이가 가르랑거리는 소리였다. 그래서 제시카는 안전하다는 것을 알았다. 잠들 수 있다는 것을 알았다. 그래서 그렇게 했다.

아침이 되자 어미 새의 비명에 잠에서 깼다. 비명을 지르고 또 지르고. 목소리는 벽 한쪽을 기어오르는 뭔가처럼 높아졌다. 아직도 비명은 들렸지만 막 잠에서 깬 제시카는 소나무 숲 창밖 가까운 곳에서 어치가 지저귀는 소리를 듣고 있었다. 어치 무리가 서식하는 이 숲에 침입자가 들어오면 새들은 짹짹대며 자기들과 새끼들을 보호하기 위해 날개를 파닥거리고 쏜살같이 날아들었다.

엉겅퀴 솜털 회색 고양이는 집 뒤로 재빠르게 걸어갔다. 꼬리는 꼿꼿이 세우고 머리는 바짝 쳐들고. 힘센 입에는 발버둥치는 파란 새를 물고.

이러는 내내 제시카가 절대 생각하지 않던 한 가지가 있었다. 그 생각을 하면 속이 뒤집히고 울렁거리고 입에 쓰고 뜨거운 맛이 생생히 느껴졌기 때문에 전혀 생각하지 않았던 것이다.

또 헐렁한 셔츠나 튜닉 속 엄마의 가슴도 절대 쳐다보지 않았다. 따뜻한 모유로 가득차 풍선처럼 부푼 가슴. 수유라는 것, 제시카는 그것도 생각하지 않았다. 그것이 엄마가 아기에게서 한 시간 이상 절대 떨어질 수 없는 이유였다. 사실 엄마는 아기를 무척 사랑해서 몇 분도 떨어지지 않으려 했다. 때가 되면, 아기가 칭얼대고 울면, 엄마는 자존심이고 뭐고 다 집어던졌다. 얼굴 가득 의기양양한 표정을 지으며 아기를 부드럽게 안아 아기방으로 가서 문을 닫았다. 제시카는 집밖으로 뛰어나갔다. 두 주먹으로 꼭 감은 눈을 비비며 비틀비틀 달렸다. 부끄러움에 속이 메슥거렸다. 나는 절대로 그러지 않았어. 나는 절대로 아기였던 적이 없었어.

그리고 제시카가 알아챈 것이 또 한 가지 있었다. 제시카는 이것이 엉겅퀴 솜털 회색 고양이의 술수, 자기에게 전해준 비밀 지혜라고 믿었다. 많은 목격자들 틈에서 어느 날 갑자기 깨달았다. 심지어 눈이 날카로운 엄마도 눈을 휘둥그레 뜨고 아기를 '바라보긴' 했지만, 정말로 '볼' 수는 없었다. 아기가 있는 곳에는, 요람이나 유모차, 혹은 그네, 아니면 엄마나 아빠의 품에는 공허가 있었다.

필요할 때면 제시카는 차분하게 아기의 이름 _____을 들을 수도 그 이름 _____을 말할 수도 있었지만 그래도 마음 가장 깊은 곳에서는 아직 인정하지 않는 셈이었다.

그때 제시카는 이해했다. 아기는 곧 떠나리라는 것을. 왜냐하면 할머니가 아파서 병원에 입원했을 때와 같았으니까. 할머니는 아빠의 엄마인데 세인트 클라우드 호숫가 별장의 원래 주인이었다. 제시카는 할머니를 사랑했지만 할머니의 쪼그라든 몸에서 오렌지 향 비슷한 달큼한 냄새가 풍기기 시작하자 불안해지고 꺼리게 됐다. 이따금 할머니를 바라볼 때 제시카는 눈을 가늘게 떴다. 그러면 할머니가 있는 곳에 꿈에서처럼 흐릿한 형체가 보였다가 잠시 후 텅 비어버렸다. 제시카가 아주 어릴 때, 네 살 무렵에 엄마의 귀에 대고 속삭였다. "할머니는 어디로 가?" 엄마는 쉿, 이라고 했다. 그저 쉿이라고만. 엄마가 그 물음에 언짢아한다는 걸 눈치챈 제시카는 더이상 묻지 말아야 한다는 것, 아빠에게 물어봐서도 안 된다는 것을 알았다. 할머니가 있던 자리에 나타난 공허가 무서웠던 건지, 아니면 병원 침대 위에 뭐가 있기라도 한 것처럼 구느라 안절부절못했던 건지는 알지 못했다.

이제 엉겅퀴 솜털 회색 고양이는 밤에 창틀로 뛰어올랐다. 창문은 열려 있었다. 고양이는 하얀 발로 방충창을 쓱 치고 안으로 밀고들어왔다. 갈색이 도는 눈은 동전처럼 번득였고 목구멍에서 울리는 가르랑대는 소리는 인간이 따지고 놀리는 소리와 비슷했다. 누구지? 너야? 가르랑가르랑 목에서 깊게 진동하는 소리는 웃음소리처럼 들렸다. 고양이는 조용히 제시카의 침대 발치로 뛰어올라 앞으로 빠르게 걸어왔다. 제시카가 놀라 빤히 쳐다보고 있는데도 고양이는 주둥이를 대고 비볐다. 숲에서 방금 잡아먹은 먹이의 피 때문에 따뜻하고 끈적해진 주둥이를 제시카의 얼굴에 대고 문질렀다! 난 그냥 나야. 아무도 내 이름을 몰라. 엉겅퀴 솜털 회색 고양이는 제시카의 가슴에 무겁게 올라앉아 꼼짝 못하게 눌렀다. 제시카는 고양이를 떨치려 했지만 그럴 수 없었다. 비명을 지르려 했지만 뻣뻣한 수염이 너무 간지러워 어쩔 수 없이 웃음이 나버렸다. "엄마! 아빠……" 비명을 지르기 위해 숨을 들이쉬려고 했지만 할 수 없었다. 거대한 고양이가 제시카의 입에 주둥이를 대고 숨을 빨아들였기 때문이다.

난 그냥 나야. 아무도 내 이름을 몰라. 아무도 날 막을 수 없어.

산 속의 시원한 하늘빛 아침이었다. 이 시간, 일곱시 이십 분이면 세인트 클라우드 호수는 맑고 텅 비어 있었다. 돛단배 한 척, 수영하는 사람 하나 없었다. 어른들이 부엌문에서 아이를 불렀을 때, 맨발에 반바지와 티셔츠를 입은 아이는 선착장 가장자리에 서 있었다. 처음에 아이는 부르는 소리를 듣지 못한 것 같았지만 천천히 몸을 돌려 집으로 돌아갔다. 부모는 아이의 얼굴에 떠오른 기이하고 찡그린 표정을 보고 어디 아프니? 뭐 잘못된 거라도 있어? 하고 물었다. 아이의 눈은 반투명한 회청색 진주처럼 파랬고 아이 눈같이 보이지 않았다. 눈 밑에는 희미하게 멍이 져 쏙 꺼진 자국이 있었다. 한 팔로 아기를 안고 있던 엄마는 어색하게 몸을 구부려 제시카의 헝클어진 머리를 쓸어넘겼다. 이마는 차갑고 매끈했다. 커피를 내리던 아빠는 미소 섞인 찡그린 얼굴로 또 나쁜 꿈 꿨니? 하고 물었다. 제시카는 작은 꼬마였을 때 괴로운 꿈을 꾸곤 했고, 그러면 엄마 아빠가 함께 자게 해줬다. 커다란 침대위 엄마와 아빠 사이에 누우면 안전했었다. 하지만 조심스럽게 제시카는 아니라고 말했다. 아프지 않다고, 괜찮다고. 그저 아침에 일찍 일어났을 뿐, 그게 전부라고. 아빠는 간밤에아기가 울어서 방해됐느냐고 물었지만 제시카는 아니라고 대답했다. 울음소리는 전혀 듣지 못했다고. 그러자 아빠는 다시나쁜 꿈을 꾸면 꼭 말하라고 했고, 제시카는 심각하고 조심스러운 목소리로 말했다. "꿈을 꿨어도 기억 못해요." 그러면서제시카는 미소를 지었다. 아빠가 아니라 엄마를 향해. 경멸의표정이 빠르게 스쳤다. "그러기엔 이제 너무 컸잖아요."

엄마는 말했다. "악몽은 나이가 들어도 누구나 꾸는 거란다, 얘야." 엄마는 슬프게 웃으며 몸을 숙여 제시카의 볼에 뽀뽀하려 했지만 바로 아기가 버둥거리고 칭얼대자 제시카는물러섰다. 제시카는 엄마의 술수, 아빠의 술수에 걸리지 않을작정이었다. 다시는 절대로.

그렇게 일어나고 말았다. 막상 그 일이 일어났을 때는.
솔잎 향이 풍기고 검은방울새가 빠르고 다정하게 짹짹대

는 햇살 쏟아지는 이층 베란다에서 엄마는 여자 친구와 휴대전화로 통화하고 있었다. 막 젖을 먹은 아기는 집안 대대로 내려오는, 펄럭이는 새틴 리본을 묶은 요람에서 잠이 들었다. 이날 오후 불안해서 꼼지락대던 제시카는 아빠의 쌍안경을 들고 난간에 기대 유리 같은 호수를 바라보았다. 저 먼호반에, 맨눈으로 보기에는 단순히 점점이 반짝이는 빛 같아보이던 것이 작은 인간 같은 형체로 바뀌었다. 이 집의 부지안 작은 만에 모인 청둥오리 무리였다. 그때 제시카는 모란화단 뒤 엉킨 풀숲과 덤불 속에서 뭔가 움직이는 것을 보았다. 엄마가 웅얼거렸다. "아, 망할! 연결 상태가 왜 이래!" 엄마는 제시카에게 아래층에 내려가서 다른 전화로 통화를 마저 하고 오겠다고 했다. 몇 분만 자리를 비우려는데 아기 좀봐줄 수 있을까? 제시카는 어깨를 으쓱이며 물론이라고 말했다. 제시카가 눈살을 찌푸릴 만큼 목이 깊게 파인 헐렁한 여름 원피스를 입은 맨발의 엄마는 요람을 들여다보며 아기가깊이 잠들었는지 확인했다. 그런 후 서둘러 아래층으로 내려갔고 제시카는 다시 쌍안경을 들여다보았다. 두 손에 든 쌍안경이 너무 무거워서 난간에 올려놓지 않으면 손목이 아팠다. 제시카는 꿈꾸는 기분으로 호수에 뜬 돛단배의 수를 셌다. 시야에 모두 다섯 척이 보였고, 제시카는 기분이 좋지 않았다. 이제 독립기념일도 지났는데. 아빠는 제시카에게 배를빌려 호수에서 태워준다고 약속했었다. 작년까지 아빠는 여름마다 배를 탔다. 아빠는 배를 모는 기술이 서툴러서 날씨가 완벽한 날만 고른다고 했다. 그런데 오늘은 종일 날씨가 완벽했다. 온화하고 향기롭고 바람이 불기는 해도 그리 심하지 않았다. 하지만 아빠는 오늘 도시에 있는 사무실로 출근했고 내일 저녁까지는 돌아오지 않을 것이었다. 제시카는 부루퉁해져서 아랫입술을 깨물었다. 이젠 아기가 있으니까 엄마는 배를 타려 하지 않을 것이었다. 모든 것이 달라졌다. 이제 다시 예전과 똑같아지지 않을 것이었다. 제시카는 소나무 가지에서 휙휙 나는 새들을 보았다. 그때 수증기처럼 흐릿한 회색 형체가 훌쩍 뛰어 시야를 스쳤다. 새였나? 올빼미? 제시카는 기괴하게 확대되어 보이는 소나무 가지에서 그게 어디로 갔는지 찾아보려 했다. 작은 가지 하나하나, 솔잎 하나하나, 벌레 하나하나가 다 크게 보여서 고작 몇 센티미터 앞에 있는 듯했다. 그때 제시카는 수상하고 미심쩍은 소리를 들었다. 꾸르륵 울리고 헉헉대는 소리. 리듬에 맞춰 나무가 삐걱거리는 소리. 깜짝 놀라 돌아보니 3미터도 떨어지지 않은 곳에서 엉겅퀴 솜털 회색 고양이가 요람 안에 웅크리고 있었다. 아기의 작은 가슴 위에 올라타 주둥이로 아기의 입을 짓누르고 있었다……

고양이의 무게와 앞발로 거칠게 문지르는 동작 때문에 요람이 흔들렸다. 제시카는 속삭였다. "안 돼! 아, 안 돼……" 쌍안경이 손가락에서 미끄러졌다. 마치 꿈인 듯 팔과 다리가 마비됐다. 거대한 고양이, 강렬한 눈빛, 금관화의 솜털처럼 가볍고 가는 회색 털, 꼿꼿이 세운 꼬리 끝의 하얀 털, 거대한 고양이는 아기의 입에서 숨을 격렬히 빨아들이면서도 제시카는 전혀 신경쓰지 않았다. 살겠다고 발버둥치는 작은 먹이를 잡고 할퀴었다. 고작 세 달 된 아기가 그렇게 몸부림치다니 믿을 수 없었다. 작은 팔다리를 허우적거리고, 얼굴은 벌겋게 얼룩덜룩 달아올랐다. 하지만 엉겅퀴 솜털 회색 고양이의 힘이 더 셌다. 훨씬 셌고 목표에서 절대 떨어지지 않았다. 아기의 숨을 빨아들이고, 숨을 막고, 주둥이로 숨통을 끊어버리기 위해.

제시카는 한참이나 움직일 수 없었다. 나중에 제시카는 이렇게 고백하게 될 것이다. 요람으로 뛰어가 손뼉을 쳐서 고양이를 겁주어 쫓아버렸을 때 아기는 이미 몸부림치지 않았다고. 얼굴은 여전히 붉게 달아올랐지만 밀랍 인형처럼 빠르게 핏기가 빠지고 있었다고. 둥글고 파랗던 눈은 눈물이 고인 채 검푸르게 변해서 초점 없이 제시카의 머리 너머를 멍하니 향하고 있었다고.

제시카는 비명을 질렀다. "엄마!"

아기 여동생의 작은 어깨를 흔들며 살려보려 했을 때, 제시카가 그토록 사랑했던 아기 여동생에게 진짜로 처음 손을 댔을 때, 아기에게는 생명이 남아 있지 않았다. 너무 늦었다. 제시카는 울면서 소리쳤다. "엄마! 엄마! 엄마!"

요람 위로 몸을 숙이고 죽은 아기를 헝겊 인형처럼 흔드는 모습. 엄마가 본 제시카의 모습은 그랬다. 아빠의 쌍안경은 렌즈가 양쪽 다 깨진 채 베란다 바닥에 떨어져 있었다.

도움의 손길

Helping Hands

1

남자는 그녀의 인생이 끝난 것처럼 보이던 순간에 그녀의
인생에 들어왔다.

자선 중고품 가게에서 일하는 남자는 자원봉사자가 아니라
직원이었다. 그를 보면 이 음침한 11월 오후, 이 음침한 장소
에서 일할 수밖에 별 도리가 없다는 것을 알 수 있었다.

뉴저지 상이용사 도움의 손길. 거리에서 보면 가게는 전면이
보일락 말락 했다. 그녀는 트렌턴의 사우스 폴스 스트리트에
서 세월에 찌든 갈색 벽돌 건물을 찾느라 꽤 고생했다. 가게
는 부러지고 군데군데 관절도 빠진 척추를 닮은 동네 한가운
데 있었다. 셔터를 내린 작은 가게, 전당포, 술집, 고깃집, 대
홍수의 여파인 듯 여기저기 돌덩이가 박힌 공터들이 있는 동
네에.

여기가 트렌턴, 뉴저지의 주도였다! 머서 카운티법원과 뉴저지 주법원, 델라웨어 강이 내려다보이는 금색 지붕의 뉴저지 국회의사당에서 고작 몇 블록 떨어진 동네.

가게 전면 유리창에는 때가 더께더께 꼈다. 진열품은 어울리지 않는 가구, 남자 옷, 장화 같은 것들이었다. 도움의 손길이라는 글자 아래 맞잡은 두 손이 그려진 빛바랜 포스터 속에서 미국 육군 제복을 입은 파란 눈의 젊은 남자가 눈가에 주름이 잡히도록 웃으며 보는 이의 마음이 불편해질 정도로 솔직한 표정으로 바라보고 있었다. 기부해주셔서 고맙습니다! 여러분을 위해 봉사했던 저희 모두가 감사의 마음을 전합니다.

"감사의 마음이라니!" 헐린은 날카로운 역설을 느꼈다. 미소짓는 군인은, 짐작건대 상이군인이리라.

아니면 아무런 의도도 없는데 그녀가 전갈 침처럼 날카로운 역설을 상상한 걸까?

헐린은 잠겨 있을지 모른다고 어렴풋이 생각하면서도 머뭇머뭇 무거운 문을 밀었다. 침침한 내부를 보니 도움의 손길은 열려 있지 않은 것 같았다.

헐린은 꼼꼼히 묶은 비닐 가방 여러 개를 양팔 가득 안고 있었다. 안에는 말짱하게 **사용한 옷**(남편이 입었던 양말, 속옷, 티셔츠)들이 들어 있었다. 헐린은 서툴게 간신히 문을 밀고 그 사이로 끼어들어가면서 그녀의 고군분투하는 모습과 숨겨진 선의를 알아챈 누군가가 서둘러 도와주러 나오지 않을까 기대했다.

그는 헐린이 들어오는 것도 모르는 것 같았다. 그렇게 보였다. 가게 구석, 카운터 뒤에 있는 유일한 사람이 그녀에게는 거의 보이지 않았다.

"계세요? 가게 열었나요?"

꾸러미 하나가 품에서 떨어지고 무거운 핸드백 끈이 약해진 손목에 감기는 바람에 헐린은 비좁은 가게 안으로 어렵사리 들어갔다. 구석에 있는 허리 높이의 카운터 뒤에 있던 직원은 여전히 아는 체하지 않았다.

트렌턴, 사우스 폴스 스트리트 821번지에 있는 도움의 손길은 상이군인 구호를 위한 중고품 가게인 동시에 기부 물품 접수처였다. 외풍이 들고, 가게라기보다 창고에 가까울 정도로 열악한 환경이었다. 머리 위에는 높은 생철 지붕이 있었다. 어찌나 오래됐는지 페인트가 나병 환자의 피부처럼 벗겨지고 껍질이 떨어져나갔다. 맨 나무 바닥에 아무렇게나 깔개를 덮었고, 떼어내다 만 리놀륨 타일이 지그소 퍼즐처럼 드문드문 보였다. 그리고 먼지, 때, 톡 쏘는 매캐한 약품 냄새와 가게 밖 트렌턴의 불쾌하고 화학물질 매연이 자욱한 공기가 뒤섞인 냄새가 콧구멍을 찔렀다. 아무도 원하지 않는 물건들의 무덤 같은 이곳으로 남편의 내밀한 옷가지를 들고 들어서면서 헐린은 참으로 억울한 기분이 들었다. 빗자루로 마구 때렸는지 사납게 먼지를 뿜어내는 소파. 얼룩지고 술에 취한 듯

갓이 삐뚜름한 램프. 옆에 던져놓은 시체처럼 벽에 붙어서 끝이 말려올라간 카펫. 나치 유대인 수용소 해방 직후 찍은 끔찍한 사진에나 나옴직한 구두와 장화가 산더미처럼 쌓인 통들. 식량 배급을 받으려고 줄을 선 웅크린 사람들처럼 철사 옷걸이에 축 늘어져 들것같이 생긴 선반에 걸려 있는 (남자) 옷 무더기.

카운터 뒤에 라디오가 작게 켜져 있었다. 여기는 지저분하긴 해도 짐승의 굴처럼 누군가 자신을 위해 꾸며놓은 듯 아늑해 보였다. 플로어 스탠드에서 따뜻한 빛 한 줄기가 비쳐들었고, 턱수염이 거뭇거뭇 돋고 검은 머리카락이 헝클어진 남자가 푹 꺼진 가죽 의자에 팔다리를 늘어뜨리고 앉아 책을 읽고 있었다. 에우리피데스의 희곡집이었다.

짜증이 나서 그런지도 모르겠지만, 수염이 거뭇한 남자가 미안해하는 기색을 보일 듯 말 듯하며 뒤늦게 그녀를 흘낏 올려다보았다.

"부인! 제가 도와드리죠."

짐짓 정중하게 서두르는 태도로 그는 책등에 금이 가는 것도 아랑곳하지 않고 펼친 상태 그대로 엎어놓더니 허리를 별로 펴지 않고 가죽 의자에서 일어나 카운터 앞으로 비척비척 걸어나왔다. 남자는 의족을 단 사람 같은 자세로 몸을 앞으로 펌프질하듯 걸었다. 절름거리며, 비틀거리며.

"죄송합니다! 여기 있어서 들어오시는 걸 못 봤어요."

미소가 휙 스치면서 별로 고르지 못한 작은 치아와 아래 앞니가 빠져서 생긴 검은 틈이 드러났다.

　과부의 팔에서 그는 깔끔하게 묶은 비닐 가방을 받아들었다. 도움의 손길에서 일하다보니 과부, 상실감에 빠진 여자를 분간하는 데 능숙해진 게 분명했다. 혼자가 된 사람.

　수염이 거뭇한 남자는 가방에 든 것들이 신기하고 귀중한 것이라도 되듯 조심스레 탁자에 꺼내놓았다. 헐린은 그저 사소한 옷가지 몇 개 가져왔을 뿐이라고 설명하고 싶었다. 남편의 좀더 큰 물건을 훑어보는 일에는 아직 착수할 수 없었다. 하지만 헐린의 목소리는 떨려서 나오질 않았고, 일종의 당혹스러운 침묵에 잠겨 가방만 쳐다보았다. 인생에 닥친 그 재앙 이전에는 낯선 사람에게도 친구 대하듯이 말을 잘 걸던 여자였다. 그러나 이제 목소리는 뭐라 설명할 수 없이 떨렸고, 무슨 말을 하려 했는지 흐름을 놓치기 일쑤였다. 또한 지금은 머서 카운티 전화번호부 도움의 손길 광고란에 실린 요구 사항대로 남편의 물건이 말짱하게 **사용한 옷으로서** 자격이 없을까봐, 깨끗하지 않을까봐 갑자기 두려워졌다. 수염이 거뭇한 직원이 헐린이 기부하려는 물품을 살펴보고 거부할까봐 두려웠다.

　하지만 그는 헐린의 고민을 감지라도 한 듯 친절하게 말했다. "도움의 손길에 전화를 하셔도 됩니다. 예약하시면 자택으로 직접 방문해서 접수해드리거든요."

자택. 어째서 가정이라고 하지 않는 걸까.

어쩌면 도움의 손길 안내 책자에 실린 문구를 그대로 인용했을 뿐인지도 모르지만, 헐린에게는 그가 가정이라는 말을 피하는 게 의미심장했다.

헐린에게는 이제 가정이 없었다. 그저 죽은 남자와 이십 년 동안 함께했던 주택이 있을 뿐이었다.

"전…… 전 누가 차를 가지고 오는 수고를 덜어드리고 싶었어요. 거기까지 오려면……"

목소리가 잦아들었다. 어디 사는지 말하지 않는 편이 좋을 듯했다. 프린스턴 옆에 붙은 교외 동네는 뉴저지 트렌턴과 사뭇 달라서, 이 음침한 곳에서는 이름만 대도 비꼬는 느낌이 들 것 같았다.

"그게 저희 일인걸요, 부인. 주로 제 일입니다."

목소리는 까칠하게 쉬었지만 직원은 명랑하게 말했다. 미소가 떠올랐다 바로 사라졌다.

헐린은 궁금해졌다. 이 남자도 참전 군인일까? 상이군인?

그는 첫인상보다는 나이들어 보였다. 적어도 서른다섯은 되어 보였다. 오른뺨에는 흉터가 많아 구멍이 숭숭 나고 골이 파였고 피부가 살짝 변색되어 움푹 파인 자리가 있었다. 돌 색깔의 작은 눈은 경계심으로 빛났다. 군데군데 새치가 섞인 검은 머리카락은 손가락으로 대충 빗어 넘긴 듯 가죽 같아 보이는 옷깃 위로 헝클어져 있었다. 거뭇한 턱 때문에 소년 같은 공격성, 장난스러운 허세의 표정이 엿보였다. 티는 내지 않지만 자긍심이 높은 사람일 것 같았다. 그래도 그는 헐린에게 계속 정중했고, 가볍지만 불안한 눈으로 그녀를 훑어보며 기분을 맞추려고 열심이었다.

그는 좁은 어깨에 너무 큰 녹슨 색깔 같은 인조 스웨이드 스포츠 코트와 목이 늘어난 베이지색 스웨터, 접은 밑단이 바닥에 닿는 개버딘 '정장' 바지를 입고 있었다. 몇 미터 떨어진 자리에 있는 도움의 손길 선반에서 대충 주워 입은 게 분명했다. 소금 얼룩이 진 등산화를 보니, 물론 이것보다는 더 질도 좋고 상태도 좋았지만 처음 남편을 만났을 무렵 그가 종종 신던 등산화가 떠올랐다. 이십오 년 전쯤 미네소타 대학에서 만났을 때.

"날도 이렇게 굳지 않습니까. 특히 트렌턴은요."

아주 가볍게 트렌턴이라는 단어를 강조했다. 비꼬는 느낌을 담아.

그는 과부의 얼굴을 곁눈질로 흘깃 보았고 언덕 위에 아슬아슬하게 놓인 바위를 닮은 헐린의 위태위태한 감정을 눈치챘다. 툭 건드리기만 해도 눈사태처럼 쏟아져내릴 것 같았다.

"전…… 전 본부를 한번 보고 싶었어요. 도움의 손길에 관한 기사를 읽었는데 문득……"

문득? 문득 무슨 생각을 했는데? 며칠 동안 밤에 잠도 못 이루고 고통 때문에 몽롱한 채 전화번호부를 넘기며 자선 기관이라는 분류 아래 있는 번호들을 보다가 꼭 맞잡은 두 손 그림에 맞닥뜨렸다. 시기와 갈망, 확신과 같은 감정을 불러일으키는 그림이었다.

남편은 자기 물건을 주고 싶어했을 것이었다. 헐린은 알았다. 죽으면서 남편은 신체 기관, 눈을 기증했다.

몇 년 전 남편이 변호사 사무실에서 장기 기증 서약서에 서명할 때 그녀가 불안해하자 남편이 웃던 기억이 떠올랐다. 그들이 유언장을 작성하러 갔던 곳이었다.

헐린은 서약서에 서명하고 싶지 않았었다, 아직은. 남편은 그런 그녀를 비웃었지만, 잔인하지는 않았다.

그 아름다운 갈색 눈과 신장, 간, 심장을 가지고 죽은 뒤에 뭘 할건데?

헐린은 몸을 부르르 떨었다. 남편은 그녀에게 키스했다.

웃음, 오래전 순수―무지?―의 나날에.

사실 헐린이 트렌턴까지 간 건 그녀와 남편이 그토록 사랑했고 그토록 오래 행복하게 살았던 집을 어떻게든 탈출하고 싶었기 때문이다. 방 하나 마음 놓고 들여다볼 수가 없었다. 들여다볼 때마다 남편의 유령 같은 잔상이 거실 의자에 앉아 있거나 서재 책상 앞에 있거나 했다. 침실에 들어가는 게 끔찍했다. 꼼짝없이 침대 이불 속에 누워 있는 남편의 형체가 보여서―보일까봐―, 병원에서 오라고 연락이 왔을 때 남편이 병원 침대에 꼼짝없이 누워 있었던 것처럼.

계단에서 남편의 발소리도 울렸다. 한때는 장난스러웠으나 이제 더는 장난스럽지 않고 불분명하게 울리는 목소리도. 죽음과 함께 농담도 모두 멈췄다.

내가 어디 있는 거지, 나한테 무슨 일이 생긴 거야…… 헐린!

헐린은 몸을 부르르 떨었다. 남편의 목소리에 서린 공포가 분명히 들렸다.

"여긴 우리 '본부'가 아닙니다, 부인. 사무실은 뉴어크에 있어요." 수염이 거뭇한 직원은 헐린을 찬찬히 살피고 있었다.

"네? 뭐라고요? 아, 네, 뉴어크요."

정신이 멍해졌다. 뉴어크?

"죄송하지만 이 서류 좀 작성해주시겠습니까? 파일을 만들어둬야 해서요."

헐린은 서류와 볼펜을 받아들었다. 수염이 거뭇한 남자는 헐린이 서류를 작성할 수 있게 자리를 치워주었다.

참으로 이상해 보였다, 이 과부에게는. 이곳에 있다는 것이. 하지만 지금 그녀에게는 모든 곳이 이상했다.

어렴풋이 이는 바람, 몰아치는 비. 검은 물처럼 솟아올라 그녀를 삼켜버리는, 예리하고 형언할 수 없는 비현실적인 느낌.

헐린은 팔다리를 잃고도 어느 쪽을 잃었는지 확실히 느끼지 못하는 환자 같은 기분이 들었다.

"부인? 아, 죄송합니다."

그럴싸하게 맞잡은 두 손 모양이 찍힌 싸구려 검정 플라스틱 볼펜이 손가락에서 스르르 빠져나가 바닥에 또르르 굴렀다. 수염이 거뭇한 남자는 등이나 뻣뻣한 다리가 아픈지 낮게 신음하며 허리를 굽혀 볼펜을 집어 건넸다.

"고마워요."

헐린은 부드럽게 말했다. 눈물이 눈을 찌르는 것 같았다. 아주 사소한 친절이 담긴 손짓 하나도 지금은 마음을 건드렸다. 요즘에는 그랬다. 다른 사람들은 그녀에게 그렇게 친절하거나 참을성 있게 대해주지 않았다. 그녀가 고속도로 입구에서 조심스레 차량들 속으로 섞여들어가려 하면 경적을 울려대고, 우체국에서 사람들이 줄 서 있는 줄 모르고 실수로 끼어들면 무례하게 째려보고. 머서 카운티법원에서는 보안 검색 줄에 서 있다가 가방에 들어 있던 남편의 마지막 유언장과 사망증명서, 다른 서류들을 지저분한 바닥에 쏟고 말았다.

부인, 비키세요!

부인, 도움이 필요하십니까? 도와주러 온 식구분 안 계세요?

그랬다. 물론 도와줄 사람을 구할 수도 있었다. 하지만 그녀는 그러고 싶지 않았다. 그녀는 혼자 트렌턴에 가겠다고 고집했다. 진을 빼는 상속세 관련 업무를 혼자 처리할 수 있다고.

헐린은 연민이 두려웠다! 심지어 공감도 연민의 형태를 띠었다.

그녀는 슬픔이 주는 끔찍한 친밀감이 두려웠다! 그녀는 혼자 기며 제 고통을 핥을 뿐, 다른 이와 나누고 싶지 않은 상처 입은 짐승이었다.

본질적인 문제에서는 아무도 날 도울 수 없어. 아무도 가까이 올 수 없어.

마침내 그녀는 남편의 물건을 분류하고 버리고 '기부'하기 시작했다. 죽은 남편에게는 이제 다시 필요하지 않을 물건들을 필요한 다른 사람이 쓸 수 있도록. 해야 하는 의식이었다. (그럴까?) 과부 말고는 아무도 할 사람이 없었다.

얼마나 많은 사람이 죽고, 그들의 옷이 도움의 손길에 보내졌을까! 옷가지가 가득찬 행거, 아무렇게나 개켜놓은 셔츠, 스웨터, 파자마가 든 통…… 상이군인은 고사하고 이 버려진 물건의 무덤에 도움을 받는 사람이 있다는 게 믿기지 않았다.

적어도 남편의 옷은 상태가 좋았다. 몇 개는 새것이거나 거의 새것이었다. 대부분 질도 좋았다. 어떤 건 몇 번 입지도 않았다. 어떤 건 아직도 세탁소 봉투에 들어 있었다. 헐린은 너무 소중해서 아직 줄 수 없는 물건들은 가져오지 않았다.

남편의 양말(깔끔하게 짝지어 개어놓은), 속옷, 티셔츠가 있던 옷장 서랍을 비운 후 심연으로 막 뛰어들려는 사람처럼 기이하게 굳은 미소를 띠고 빈 서랍을 쳐다보았었다. 하지만 왜? 왜 이런 짓을 한 거지?라고 생각하며. 상이군인 자선 단체에 기부하려면 가방에 넣어야 할 것 같아 서랍 속 남편 물건을 침대 위에 쏟아놓고 보니 미친 짓 같았다. 비울 필요 없는 서랍을 비우는 미친 짓.

헐린은 남편의 시체를 화장하는 계약서에 서명하면서 자신이 두 사람 사이의 깊고 친밀한 유대를 깨버렸다는 확신을 떨쳐버릴 수 없었다. 편의를 위해 남편의 육체를 파괴해버렸다.

물론 남편은 화장을 원했다. 사무적이고 겉보기에는 그들의 모든 친구처럼 지나친 감상 없이. 남편이 분명하게 언급한 소원이었다.

"부인? 제가 가져가겠습니다."

서류를 다 작성하기까지 몇 분이 걸렸다. 과부의 죽음 뒤의 삶에서 시간은 덜컹덜컹 움직였다.

수염이 거뭇한 남자는 서류를 대충 훑어보았다. 헐린은 남자의 시선을 의식했다. 그는 그녀가 이 작은 일에도 얼마나 힘들어하는지 아는 듯, 그녀의 노력을 두루 살피는 것 같았다.

남자는 천식 환자처럼 입으로 숨을 쉬었다. 헐린은 이것이 부상—상이군인—으로 갖게 된 장애의 여파인지 궁금했다. 남자의 굽은 어깨, 약간 휜 등—자기 몸을 물리적으로 지탱하는 방식에 깃든 확실한 경계심—은 고통, 혹은 고통에 대한 불안한 예상을 암시했다.

그래도 남자는 헐린보다 몇 센티미터 컸고, 그녀를 보호해주는 것만 같았다.

헐린은 문득 생각했다. 이 남자 역시 상처를 받았어. 당연히 이 남자는 이해할 거야.

안도의 느낌과 함께 이런 생각도 들었다. 어쩌면 내가 오늘이 우울한 장소에서 친구를 만나게 된다는 의미일지도.

헐린의 친구들은 물론 친척과 이웃도 모두 남편을 알았다. 그래서 그들을 보는 게 참을 수 없었다. 잔혹한 유령의 집 거울처럼 그들의 얼굴에 반영된 자신의 슬픔을 참고 볼 수가 없었다.

수염이 거뭇한 남자는 헐린 가까이에 섰다. 우연이었을 테지만 헐린은 그렇게 생각하지 않았다. 빨고 감아야 할 것 같은 옷 냄새, 머리 냄새를 맡을 수 있었다. 구겨진 중고품 옷 속의 남자 몸에서 나는 소금기 어린 땀 냄새가 헐린에게는 편안했고 불쾌하지 않았다.

헐린의 피부는 샤워를 자주 하며 너무 세게 문질러서 건드리기만 해도 아플 정도였다. 밤샘 간호를 하는 동안 독한 병원 냄새를 지우려고 하루에 두 번씩 샤워하면서 든 버릇이었다. 그리고 헐린의 상상 속에서는 아직도 병원 냄새가 스며 있는 푸석한 머리카락, 두 달 전만 해도 숱이 많고 윤기 흐르던 짙은 마호가니색 머리카락이 지금은 자꾸 빠지고 가늘어지고 있었다······

그녀는 직원이 노련한 눈으로 서류를 죽 훑어보는 것을 보았다. 만족감, 혹은 불안감으로 살짝 전율을 느꼈다. 이제 그는 헐린이 실제로 상당한 거리를 운전해서 왔고 퀘이커 하이츠에 산다는 사실을 알게 될 것이었다.

"'하이트 부인' 맞으시죠? 고맙습니다, 부인!"

헐린은 망설였다. 하이트 부인이 정확하거나 타당한 호칭일까? 하이트 씨가 없는데?

"'하이트 부인' 맞아요. 하지만 '헐린'이라고 불러주세요."

"'헐린'. 예쁜 이름이네요."

따뜻한 감각이 목에서 솟아 얼굴로 올라왔다. 헐린은 거울 앞으로 너무 바짝 밀려서 볼 수 없게 된 사람처럼 당황해서 미소를 지었다.

"만나서 반갑습니다, '헐린'."

수염이 거뭇한 남자는 손을 잡고 힘차게 흔들어 헐린을 놀라게 했다. 그의 손가락은 강하고 단단해서 헐린은 밀어내고 싶은 본능에 저항해야 했다. 그의 이름을 확실히 듣지 못했다. 니컬러스? 젤린스키Jelinski? 젤린스키Zelinski?

"그냥 '니컬러스'라고 하시면 됩니다."

"'니컬러스'."

헐린에게도 이 이름은 아름답게 들렸다. 헐린은 이전에 한 번도 들어본 적 없는 이름이라고 확신했다, 특히 이런 식으로는.

"다음에는 저희에게 전화를 주세요, 헐린. 퀘이커 하이츠에는 삼 주에 한 번 도움의 손길에서 방문 접수를 합니다."

그랬다. 헐린은 동네에서 그런 방문 접수 트럭을 본 적이 있었다. 트렌턴 구호 선교, 구세군, 굿윌Goodwill 단체. 어쩌면 그중에 뉴저지 상이용사 도움의 손길이 있었을지도 모른다. 이런 끔찍한 불황에는 빈곤과 노숙이 넘쳤다. 기계적으로 돌며 순수한 이들을 바수는 거대한 숫돌바퀴처럼 계속되는 어리석은 전쟁의 아홉번째 해, 이제 그 대의를 믿는 미국 시민은 거의 없지만, 상이군인은 수없이 많았다.

"네, 네. 그럴게요……"

"제게 연락 주세요, 그러실 거죠? '니컬러스'를 찾으세요."

"네. '니컬러스'."

두 사람 사이에 아슬아슬한 친밀감이 흘렀다. 헐린은 수염이 거뭇한 남자가 다시 손을 대기라도 하면 기절할 것 같은 기분이 들었다.

이제 떠나야 해. 바로 지금.

하지만 그러는 대신 자기도 모르게 명랑하고 호기심 어린 목소리로 묻고 말았다. "아까 보니 에우리피데스의 책을 읽고 있던데요……"

"읽으려고 했죠."

그는 당황했다. 그가 그랬나? 갑자기 다른 사람을 의식하는 듯했다.

"'에울-리-피-데스', 그렇게 발음하는 건가요?"

"네. '에우-리-피-데스'라고 하죠."

헐린은 한때 미니애폴리스에 있는 작은 문과대학에서 교양 문학 수업을 하면서 그리스 비극을 가르쳤다는 얘기를 니컬러스에게 할까 생각했다. 그녀는 에우리피데스의 『바커스

의 여신도들Bacchae』과『메데이아Medea』를 가르쳤다. 과거의
잃어버린 삶에 대한 감각의 현기증이 훅 밀려들었다.

하지만 자랑하는 것처럼 보이고 싶진 않았다. "당신은…… 학
생인가요?"

"지금은 아닙니다."

"하지만 예전엔 그랬군요. 어디서요? 언제?"

"군대 가기 전에 러트거스 대학에 다녔죠. 제대 후 몇 달 동
안도요."

"육군에 있었나요?"

"육군에 있었죠."

남자의 웃음에는 고통이 서려 있었고, 눈은 답을 회피하며
뭔가 숨기고 있었다. 그는 헐린의 말에 메아리처럼 대답할 뿐
이었다. 헐린은 조롱이 아니기를 바랐다.

그래도 끈질기게 물었다. "그러면…… 전쟁 때문에요?"

"네, 부인. '전쟁 때문'에요."

헐린의 어색한 말을 남자는 더 또박또박 따라하며 조롱하
듯 말했다.

전쟁이라니 어떤 전쟁을 말하는 걸까? 아프가니스탄? 이라
크? 아니면 그 이전? 첫번째 걸프전쟁?

그전에는 베트남전쟁이 있었다. 하지만 니컬러스는 베트남
전쟁에 참전했다고 하기엔 너무 젊었다. 헐린은 날짜와 연도
를 계산해보려 했다…… 궁금했다. 두 사람 사이의 친밀감은

깨져버린 걸까? 이렇게 빨리? 아니면 서로를 강하게 의식하면서 더 깊어지고 있는 걸까?

헐린은 얼굴에서 피가 요동치는 것 같았다. 남편이 죽은 이후로 처음 느끼는 감정이었다. 무자비한 원시적 슬픔이 아니라 더 미세하고 더 희망적인 무엇.

"미, 미안해요, 니컬러스. 그럴 의도는 아니었는데……"

헐린이 아주 부드럽게 말하자, 남자는 누그러진 듯했다.

"아닙니다, 부인. 전 그저, 그런 얘기는 하고 싶지 않아서요. 지금은요."

"이해해요, 물론."

물론이다. 그는 부상당했으니까. 장애가 남았으니까.

그의 눈길!

헐린은 눈치 없이 그의 기분을 상하게 하고 말았다. 그의 입가가 굳는 것을, 고통스러운 억지웃음을 보았다.

헐린은 알았다. 떠나야 했다. 여기서 너무 오래 얼쩡거리고 있었다. (다행히 헐린이 들어온 뒤로 가게에 온 사람은 없었다. 딱 한 번 전화가 울렸지만 니컬러스는 받지 않았고, 헐린은 자기 때문인 것 같아 기분이 좋았다.)

남편이 죽은 후로, 이 음침한 11월의 오후까지 칠 주하고 닷새 동안 헐린은 일종의 죽음 뒤의 삶에서 종종 말실수하고 계산을 틀리고 발을 헛딛곤 했다. 그녀가 속으로 했던 주로 비난하고 좌절하고 경고하는 말들을 소리내어 중얼거리지 않았다고 확신할 수도 없었다. 나는 왜 여기 있지? 뭣 때문에 여기 오게 된 거지? 이 황량한 곳에 왜?

심지어 남편이 죽기도 전에, 구 일 내리 병원에서 밤을 새우고 의사들이 남편의 상태가 '호전'되고 있다고 안심시켜줬던 시기에 이런 말들의 습격이 시작됐다.

남편이 죽자 대답은 더 직설적이고 잔인하게 찾아왔다. 왜 여기 있느냐고? 여기든 어디든 상관없으니까.

그랬다. 과부에게는 이제 모든 장소가 똑같았기 때문에 여기는 되고 다른 데는 안 될 이유가 없었다. 잃어버린 가정에서는 모든 거리가 다 같았으므로.

"영수증 필요하십니까, 부인? 세금 계산용으로 드릴까요?"

부인. 어째서 헐린이라고 하지 않는 걸까.

"고맙지만 괜찮아요. 필요 없어요……"

헐린은 어느새 풀려버린 버버리 코트의 벨트를 주섬주섬 맸다. 이제 그녀의 옷들은 모두 헐렁해졌고, 이 코트도 마찬가지였다.

과부의 죽음 뒤의 삶에는 높은 건물의 가장자리, 혹은 심연에 너무 가까이 다가갔다가 발을 헛디뎌 떨어질 것 같은 두려움과 비슷한 두려움이 있었다. 되돌릴 수 없는 실수를 할까봐. 경고가 떠올랐다. 이제 이 남자에게 작별 인사를 해. 더는 망신을 자초하지 마.

"정말이세요, 부인? 이건 제 일입니다. 기꺼이 해드리지요."

정말이었다! 헐린이 서류상으로 추산해보건대 40달러 가치밖에 안 되는 약소한 기부를 하고 세금 감면을 받고 싶어한다고 지레짐작하다니 모욕적이었다.

헐린은 냉정하게 작별 인사를 하고 몸을 돌렸다. 이제 두 사람 사이의 마술 같던 친밀감은 끊어진 거미줄처럼 산산조각났으므로 헐린은 빨리 탈출하고 싶었다. 그녀 또한 기분이 상했다는 것을 니컬러스가 깨닫기를 바랐다.

여기서 어떻게 나가야 하는 거지! 헐린은 길을 잃을 뻔했지만 간신히 찾아나갈 수 있었다. 그러자면 쭉 늘어선 거울들 사이를 지나야 했다. 가구와 벽에 기대놓은 거울 대여섯 개가 과부의 흐릿하고 흩어진 모습을 서툴게 자른 필름처럼 덜커덕거리는 연속된 이미지로 비췄다.

문에 이르렀을 때 거슬리는 목소리의 직원이 뒤에서 뒤늦게 안녕히 가십시오라고 인사하는 소리가 들렸다. 그리고 또다시 들려온 고맙습니다, 부인.

이 말이 헐린에게는 불쾌했다. 부인.

정중한 표현에 가까웠지만 잔인했다.

헐린은 아직 그렇게 나이들지 않았다. 그녀가 그런가? 마흔여섯은 많은 나이가 아니다.

과부치고는 너무 젊지. 남편을 잃기엔 너무 젊어.

아, 그렇게 젊은 나이에 세상을 뜨다니. 얼마나 비극인가.

헐린은 망할 문을 잡아당기고 있었다. 처음에는 문이 열리지 않았으니까. 헐린은 남자의 말을 들은 티를 내지 않았다. 남자의 말은 형식적이고 인간미가 없고 그녀는 이제 도움의 손길에 신물이 났으니까.

밖으로 나오자 순간 여기가 어디인지 기억이 나지 않았다. 건물들은 허물어져가고 포장도로에는 금이 가 있고 쓰레기가 흩어진 낯선 동네. 차를 어디에 세웠지? 과부는 강박적으로 손가방을 뒤졌다, 열쇠를 잃어버렸을지도 모른다는 두려움에 겁이 덜컥 나서.

만약 과부가 열쇠를 잃어버린다면, 그 과부는 두 배 세 배로 상실감을 느낄 것이다. 집을 잃고 떠돌게 될 것이다.

아까는 미처 보지 못했지만 길 건너에 비바람에 낡은 석조 교회가 있었다. 규모와 전면의 인상적인 석조 장식으로 보아 한때는 유명한 교회였을 것 같지만 지금은 정문을 눈에 거슬리는 밝은 노란색으로 칠했고 그것에 어울리는 노란 표지판에는 소방차 색깔인 빨간 글자로 임마누엘 형제단 관심과 나눔이라고 쓰여 있었다. 이곳 역시 일종의 자선 기관으로 무료 급식소나 노숙자 쉼터 같았다. 노숙자나 부랑자 같아 보이는 피부색이 거무접접한 남자 대여섯 명이 계단에 모여 입장을 기다리고 있는 듯했다.

미국의 걸어다니는 부상자들. 죄책감과 더불어 그들이 자기를 볼지 모른다는 두려움이 헐린의 마음을 찔렀다.

그런 곳들에 대한 갑작스런 혐오감이 덮쳐왔다. 관심과 나눔, 도움의 손길, 상이군인.

헐린은 재빨리 차로 걸어갔다. 도움의 손길의 숨 막히는 내부에 있다가 나오니 트렌턴의 오염된 공기조차도 신선하게 느껴졌다. 안도감과 고양감을 느끼며 시선을 들어 머리 위, 더러워진 덮개처럼 비구름으로 얼룩진 11월의 하늘을 보았다.

"다신 절대 이러지 않을게요! 하지만 이번 한번은 잘한 거예요."

헐린은 왜 이렇게 마음이 놓이는지 꼬집어 말할 수 없었다. 끔찍한 위험에서 가까스로 탈출한 사람 같았다.

해질녘, 1번 국도에서 북쪽으로 느리게 달리는 차량들 틈에 끼어 헐린은 퀘이커 하이츠로 돌아갔다.

2

다음날, 그다음날도 아니고, 사흘째 되는 날이었다.

기이한 반전이 전날 밤에 일어났기 때문이다. 잠 속에서, 그리고 잠에서 깨어났을 때도 과부는 처음엔 몽롱하고 어안이 벙벙해서 자기가 지금 어디 있는지 (그리고 왜 혼자인지) 몰랐다. 새로운 결심이 완전히 형체를 갖추고 반박할 수 없도록 확고히 떠올랐다.

"그래, 좋아!"

아침 내내, 그리고 오후 초반까지 헐린은 남편의 옷 중에서 트렌턴의 사우스 폴스 스트리트로 가져갈 것들을 열심히 골랐다. 셔츠 몇 벌, 넥타이 한 뭉치, 아이슬란드산 모직 꽈배기 무늬 스웨터. 베이지색 캐시미어 블레이저는 너무 근사해서 차마 옷장에서 꺼내기 힘들었다.

그 블레이저에 손을 대자 심장이 찢어지는 것 같았다. 그 옷을 얼굴에 댔다. 그러면서 생각했다. 하지만 이 옷으로 다른 사람이 행복해질 거야. 그이도 그걸 바랄 거야.

"안녕하세요?" 이번에는 침침한 중고품 가게 안으로 대담하게 들어갔다. 문이 무거워 얼마 나가지 않는 체중을 다 실어서 밀어야 한다는 사실을 미리 염두에 두었다. 게다가 양손에 들기 버거운 옷가방을 땅에 질질 끌다시피 들고 있던 탓에 숨찬 웃음소리가 나왔다.

남자는 깜짝 놀랐다. 그러면서도 그는 헐린을 알아보는 듯한 표정으로 쳐다봤다. "부인이시군요? 저, 하이트 부인이셨던가요?"

다시 찾아온 헐린을 보고 니컬러스 젤린스키가 깜짝 놀라자 그녀는 기뻤다.

또 그가 자기를 기억한다는 사실이 기분좋았다.

남자는 흔들리고 절뚝이는 걸음으로 헐린 쪽으로 빠르게

와서 무거운 옷가방을 받아 탁자에 놓았다.

"또 오셨네요! 성함이⋯⋯ '헬린'이시죠?"

"'헐린'이에요."

니컬러스는 그녀를 빤히 쳐다보았다. 헐린은 무례에 가깝게 휙 스쳐가는 미소가 아니라 다른 종류, 기억한다는 뜻의 미소를 보았다.

그리고 그 기억이 주는 친밀감이 있었다. 도움의 손길의 어수선하고 침침한 내부에서도 둘은 서로를 훤히 알아볼 수 있었으니까.

"그래요, 전⋯⋯ 물건을 몇 가지 더 가져올 수 있을 것 같아서⋯⋯"

니컬러스 젤린스키가 자기를 잊지 않았다는 안도감에 헐린의 심장은 빠르게 뛰었다. 그날 오후 이후로 헐린은 그 생각을 많이 했으니까.

헐린은 퀘이커 하이츠의 빽빽한 차량들 틈에 껴서 1번 국도를 타고 남쪽으로 달려 트렌턴으로 왔다. 대형 트럭과 커다란 SUV가 왼쪽 차선에서 그녀의 차를 추월할 때 앞유리로 물을 휙 튀겼지만 헐린은 겁먹지 않았다. 마켓 스트리트 쪽 출구에 이르렀을 때도 망설이지 않았다. 걷잡을 수 없는 의기양양함, 혹은 무모함이 그녀를 이끌었다. 버려진 동네 사이를 미로처럼 통과하는 일방통행로에도 당황하지 않았다.

실망스럽게도 오늘 오후에는 니컬러스 혼자가 아니었다.

그는 동료인 건장한 흑인 남자와 함께 작은 깔개들을 정리하는 중이었다. 두 남자는 크기가 맞지 않는 깔개들을 부채꼴 모양으로 이리저리 겹쳐서 바닥과 벽 1미터쯤 되는 곳에 기대서 펼쳐놓으려고 애쓰고 있었다. 얼굴은 땀으로 번질거렸다. 깔개는 어떤 것도 딱히 좋아 보이지 않았고 남자들은 같이 일하면서도 손발이 잘 맞지 않아 헐린의 방해를 둘 다 반기는 눈치였다.

니컬러스는 동료인 기디언에게 헐린을 소개했다. (기디언의 성은 아프리카어의 다음절어라서 헐린에게는 알록달록한 깃털 달린 앵무새처럼 스쳐갔을 뿐이었다.) 그러면서 헐린이 전날에도 도움의 손길에 옷을 기부하러 왔었다고 설명했다.

"어제가 아니라 월요일이요. 월요일에 여기 왔었어요."

헐린은 그저 슬며시 바로잡았을 뿐이었다. 너무 사소한 점이었으니까.

니컬러스는 지난번보다 훨씬 깔끔해져 있었다. 야윈 턱은 말끔히, 아니 말끔할 정도로 면도를 했고, 감은 지 얼마 안 된 것 같은 머리는 마치 큰 어치의 볏처럼 이마에서부터 뒤로 넘겨 세웠다. 흉터 때문에 골이 파이고 쭈글쭈글했던 뺨은 부기가 약간 가라앉은 듯 보였다. 돌처럼 창백한 눈은 경계심으로 빛났다. 헐린은 그들의 눈이 자신을 훑자 기운이 빠지는 느낌이 들었다.

"하이트 부인, 헐린은 저 위 퀘이커 하이츠에 사셔. 차로 거기 가본 적 있지, 기디언? 그렇지?"

니컬러스는 거의 뽐내는 투로 말했다. 그가 쉬고 거슬리는 목소리로 '헐린'이라는 이름을 말하자 그녀는 퍼뜩 놀랐다.

기디언은 어깨를 으쓱이기는 했지만 그렇다고 한 것 같았다. 그는 퀘이커 하이츠를 대수롭지 않게 여기는 듯이 지나치다 싶을 정도로 빤히 헐린을 쳐다보았다. 헐린은 자기 발로 떨어지는 그의 시선을 보았다. 이탈리아산 가죽으로 만든 구두형 장화로 새것은 아니었지만 고급스러운 느낌이 역력했다. 그러다 그의 시선은 다시 얼굴로 올라갔다. 팽팽한 피부의 백인 여자 얼굴, 보형물처럼 얼굴에 고정된 희미한 미소. 기디언은 니컬러스 젤린스키보다 몇 살은 더 많아 보였다. 체격이 건장하고 다리가 짧았으며 뒤에 빨간 글자가 찍힌 얼룩진 회색 운동복 셔츠를 입고 있었다. N. J. 상이용사 도움의 손길. 그 위에 프린트된 맞잡은 두 손 로고가 무척 두드러져 보인다고 헐린은 생각했다.

니컬러스가 다시 만나 반갑다는 기색을 내비치자 헐린은 감동받았다. 이런 반응을 바랐지만 확신할 수는 없었다.

나를 의심하진 마요. 나는 당신 친구 헐린이에요.

니컬러스가 기디언에게 오늘은 이만 가도 좋다고 말한 후에는, 마법 같은 분위기의 틈이 끼어들었다. 헐린은 옷가방에서 남편의 물건을 하나씩 꺼내 니컬러스가 볼 수 있도록 펼쳐놓았다. 헐린은 손이 떨리지 않기를 바랐다. 그녀는 열렬하고 들뜬 듯한 낯선 자신의 목소리를 들었다.

"여기 좀더 가져오는 게 좋을 것 같아서요. 이제는 입을 사람이 아무도 없으니까……"

헐린은 말을 멈췄다. 이런 말까지 하려던 건 아니었다, 분명. 이제는. 아무도.

눈치 빠른 니컬러스는 들었지만 아무 말 하지 않았다.

눈치 빠른 니컬러스는 분명히 헐린이 손가락에 낀 약혼반지와 결혼반지를 보았다. 최근 몇 주 사이에 헐렁해진 반지들. 하지만 그는 헐린의 감정을 무척 민감하게 알아채고 아무말 하지 않았다.

"……이 브룩스 브라더스 셔츠는 보시다시피 꽤 상태가 좋아요. 이건 세탁소 봉투에서 꺼내지도 않았고요. 그리고 이건……"

아이슬란드산 모직 스웨터, 몇 년 전 헐린이 남편의 생일 선물로 사준 옷이었다. 굵은 털실로 짠 아름다운 스웨터는 히스꽃 빛깔에 대모갑 단추가 달려 있었고 외투만큼 따뜻했다.

"어쩌면 이건 니컬러스가 좋아할지도 모르겠어요. '아이슬란드산 모직'인데……"

헐린은 눈물로 앞이 흐려졌다. 목소리가 떨렸다. 니컬러스는 가까이에 서 있었다. 헐린이 옷가방에서 주섬주섬 묵직한 스웨터를 꺼내자 니컬러스가 받아들었다.

헐린은 니컬러스에게 한번 입어보지 않을래요? 하고 간절하게 물었다.

니컬러스는 불편한 듯 주위를 둘러보았지만 텅 빈 가게에는 헐린과 그뿐이었다. 기디언은 뒷문으로 나가고 없었다.

"글쎄요. ……비싼 옷 같은데요."

"네, 그렇긴 하지만…… 아주 따뜻해요. 그리고 잘 어울릴 것 같아요."

"그럴까요?"

"사실 거의 새 옷이에요. 그이는, 원래 주인이요…… 괜찮은 스웨터가 너무 많아서……"

"직원들은 자기 몫으로 물건을 챙기면 안 됩니다, 부인. 모두 기록해야 해요."

헐린은 니컬러스에게 스웨터를 받아서 그의 가슴에 대보았다. 충동적이고도 친밀한 동작이었으나 이 상황에는 어울리는 것 같았다.

"당신에게 잘 맞을 것 같았어요. 색깔도 오묘하고요. 일단은 옆으로 치워놓을게요, 여기."

다음으로 헐린은 옷가방에서 특별한 나무 옷걸이에 걸린 베이지색 캐시미어 블레이저를 꺼냈다.

"그리고 이것도요. 당신이 꼭 입어봤으면 좋겠어요."

"부인, 감사합니다! 하지만……"

"'헐린'이라고 불러주세요. 제 이름 알잖아요."

"'헐린', 네."

남편이 죽고 며칠, 그리고 몇 주 동안, 헐린은 종종 자기도 모르게 옷장 문을 열고 서서 안을 들여다보곤 했었다. 그럴 때는 마치 팔다리가 엉성하게 붙어 있는 사람처럼 순전한 의지를 발휘해서 천천히, 신중하게 움직여야 했다. 보는 것뿐인데도 그런 노력이 필요했다! 남편의 멋진 옷들을 만지고 얼굴에 대보며 특별하고 아렴풋한 냄새를 들이마시고는 완전한 상실, 슬픔의 감각을 느꼈고, 곧이어 무기력이 그녀를 덮쳤다. 뇌는 산소가 부족한 것처럼 멍해져서 몽롱한 몇 분 동안은 움직일 수 없었다.

하지만 더이상은 아니었다. 도움의 손길을 발견한 뒤로는.

누가 물어봤든 이렇게 설명했을 것이다. 이제는 남을 위해 살 거야. 자기 안에 갇혀 있던 지난 삶에는 질렸어.

그것은 슬픔이 아니라 자기연민이었기 때문이다. 헐린은 자신을 밀어붙여 넘어서야만 했다, 이제는.

거의 소녀 같은 기대, 흥분이었다. 남편이 고급스럽고 멋진 취향으로 선택한 옷들이 남아 있던 일말의 자존심을 되살려줬다.

니컬러스는 캐시미어 블레이저를 받아들었다. 망가진 얼굴에 고통스러운 듯한 표정이 떠올랐다. 그는 격자무늬 플란넬 셔츠에 코듀로이 바지를 입고, 전에 봤던 낡은 등산화를 신고 있었다.

헐린의 격려와 도움으로 니컬러스는 블레이저의 소매에 팔을 밀어넣었다. 헐린은 니컬러스의 긴 팔에는 너무 짧은 소매를 잡아당겼다. 그런데다 어깨는 그의 좁은 어깨에 비해 너무 커 보였다.

"여기 거울이 있네요. 와서 봐요."

니컬러스는 수줍은 듯이 거울 앞에 가서 섰다. 낡아빠진 코듀로이 바지와 근사한 블레이저가 너무 대조적이라서 그는 웃음을 터뜨릴 수밖에 없었다.

"아뇨, 아주 잘 어울려요, 니컬러스! 소매는 수선하면 될 거예요."

니컬러스는 부끄러운 동시에 기뻐하는 표정을 지으며 거울에 비친 자기 모습을 바라보았다. 헐린은 거울로 그의 퀭한 눈과 옅은 속눈썹을 보았다. 눈 위 골이 파여 두드러진 뼈는 언제나 찡그리는 듯 휘어 있었다. 그와 헐린의 시선이 얽혔다.

"정말 멋지긴 하네요. 하지만 저한테는 아닌 것 같습니다. 이런 물건을 챙기면 제가 무척 곤란해지거든요."

"당신이 '챙기는' 게 아니에요, 니컬러스. 제가 '드리는' 거죠. 제 물건이니까 줄 수 있잖아요."

헐린은 니컬러스가 블레이저를 벗어 아이슬란드산 모직 스웨터 옆에 놓을까 걱정하며 재빨리 말했다.

남편의 멋진 물건들을, 그에게 거절당했다.

의식의 절차처럼 신중하게 헐린은 옷가방에서 다른 옷가지를 꺼냈다. 반소매 셔츠, 운동복 셔츠, 팔꿈치에 가죽을 덧댄 카디건, 넥타이. 헐린의 심장은 갈가리 찢기는 것 같았다. 넥타이 하나하나가 무척 멋졌고, 이것들에는 이제 오직 헐린만 아는, 다른 사람에게는 아무런 흥밋거리도 되지 못하는 사소한 이야기들이 담겨 있었다. 이것들도 니컬러스에게 준다고 말하지는 않았지만, 그녀는 그가 이것들이 얼마나 특별하고 소중한지 알아주기를 바랐다.

이 중고품 가게에 가져온 옷들이 눈앞에 보이는 어떤 물건보다 훨씬, 훨씬 더 고급이라는 사실을 보고 싶어했던 건 과부의 허영 때문이 아니었다.

그런데도 니컬러스는 캐시미어 블레이저를 벗었다. 그는 옷걸이에 도로 꼼꼼하게 걸고 한쪽으로 치웠다. 아이슬란드산 모직 스웨터 옆이지만 헐린이 가져온 다른 옷가지들과는 따로.

자기 몫으로 갖겠다는 뜻일까?

니컬러스가 헐린의 남편에 대해서나 도움의 손길에 오기 전의 삶에 대해 묻지 않았던 것이 그녀에게 이상하게 보였을까?

헐린은 생각했다. 물론 그는 알아. 본능적으로 알았겠지.

헐린은 생각했다. 이 남자는 내 속마음을 알아.

어떤 결정이 내려졌는지는 확실하지 않았지만, 헐린은 이제 떠날 시간이라고 생각했다. 11월의 오후는 빨리 저물었고, 가게의 탁한 전면 창으로 보이는 사우스 폴스 스트리트는 황혼이 가까워져 있었다. 전조등을 켠 차 한 대가 천천히 지나갔다.

헐린은 이처럼 미묘하게 강압적인 목소리로 남편에게 말한 적이 거의 없었다. 두 사람의 관계에서는 연상인 남편의 의지가 훨씬 강했다. 하지만 이 낯선 사람에게 헐린은 성격과 어울리지 않게 열성적으로 우기고 있었다. "니컬러스, 적어도 이 블레이저와 스웨터는 당신이 가지면 좋겠어요. 당신을 위한 거예요. 아니면 가져오지 않았을 거예요."

니컬러스는 뻣뻣하게 섰다. 거울에 비친 그의 얼굴은 고집스럽게 여자를 피하고 있었다.

헐린은 애원하다시피 말했다. "그 정도는 받을 자격이 있어요, 니컬러스. 당신은 참전 용사잖아요. 아닌가요? 부상도 당한 것 같고. 안 그래요?"

니컬러스는 어깨를 으쓱했다. "제가요?"

"제 말은 군에 복무했다는 거죠. 조국을 위해 봉사했잖아요."

조국을 위해 봉사했다. 얼마나 단조롭고 진부한 말인지. 그래도 헐린은 다른 할말이 없었다.

"다른 시민들이 하지 못한 경험을 했잖아요."

헐린이 아는 사람 중에는 사실 한 명도 없었다. 그녀나 남편의 대가족 중에도, 친구나 지인, 부유한 퀘이커 하이츠의 이웃 집안 중에도.

적어도 사병은 없었다. 어쩌면 이들 집안에 계급이 높은 장교는 있었을지 모른다. 하지만 이조차도 혈린은 들어본 적 없었다. 이들 사이에서 전쟁 이야기는 흔했다. 이라크전쟁, 아프가니스탄전쟁. 하지만 그저 정치적 화제일 뿐이었다. 니컬러스 젤린스키 같은 개인이 포함된 사건으로서는 아니었다.

아무도 참전 군인을 알지 못했다! 더욱이 상이군인은.

혈린은 수치심과 분노로 얼굴이 화끈거렸다. 이 금욕적인 남자에게 불의를 보상해주고 싶은 마음이 간절했다.

"그렇네요. 그렇게 말할 수도 있겠습니다." 니컬러스는 주의깊게, 감정에 치우치지 않은 목소리로 천천히 말했다. "제겐 '그런 경험'이 있죠."

카운터 뒤의 전화가 울리기 시작했다. 니컬러스는 겨우 인식할 수 있을 만큼 천천히 왼쪽 다리를 끌면서 전화를 받으러 갔다.

물론 그는 부상을 당했어. 자존심이 너무 세서 말할 수 없는 거야.

그는 나만큼이나 연민을 원하지 않아.

혈린은 카운터 뒤쪽에 있는, 주로 낡은 문고본들이 빽빽이 꽂힌 책장 위에 놓인 낡고 얼룩진 가죽 장정의 책을 보았다. 에우리피데스 희곡집.

니컬러스가 읽은 듯한, 혹은 읽으려고 기부된 책 보관통 속에서 슬쩍 챙긴 듯한 다른 책들의 제목은 혈린에게 보이지 않았다.

전화는 개인적 용건이 아니라 일에 관련된 것이었다. 헐린은 엿듣지 않으려고 애썼다.

방문 접수를 요청하는 전화. 위치를 알려주자, 니컬러스는 받아 적었다.

헐린은 퀘이커 하이츠에서 트렌턴으로 떠날 때 휴대전화를 껐다. 어쩌면 트렌턴에서는 헐린의 휴대전화가 터지지 않는지도 모른다. 남편이 죽은 뒤로 헐린의 상태를 걱정하며 이따금 전화해주는 퀘이커 하이츠의 친구들, 중서부에 흩어져 사는 친척들이 있었다. 한 번 받지 않자 더이상 자기 전화를 받지 않을 거냐며 걱정하는 사람들이 있었다. 하지만 헐린은 그 사람들과 통화하고 싶은 마음이 없었다. 그들이 하는 말이라곤 그녀의 남편이 무척 그립다, 그래서 마음이 아프다, 헐린이 무척 안쓰럽다, 정말로 무척 안쓰럽다는 말뿐이었으니까. 헐린에게, 헐린이 살아가는 데 도움이 되는 말은 하나도 없었다. 일종의 반항심이 섞인 유쾌한 기분으로 헐린은 생각했다. 이제 됐어! 난 더이상 연민을 구하지 않을 거야.

"평일에도 사람들이 많이 찾아오나요?"

니컬러스가 웃었다. "많이요? 아뇨. 하지만 오시는 분들은 아주 특별하죠."

"우리가요?"

"어제 가지고 오신 것처럼 여기 기부된 물품들은 '필수품'으로 분류되어 보통 여기서 팔지 않고 이 지역의 참전 군인과 그 가족들에게 나눠드리죠. 우리는 머서 카운티와 협력해서 일해요, '복지과'하고요."

"그럼 이 일은…… 니컬러스가 느끼기에 흡족한가요? 보람이 있어요?"

니컬러스는 헐린이 무슨 재치 있는 농담이라도 한다는 듯이 쳐다보았다. 하지만 웃지는 않았다.

흡족하다. 보람 있다. 적당한 말이 아니었다. 헐린은 적당한 말을 찾지 못해 허둥댔다.

"얼마나, 여기 얼마나 오래 있었어요?"

"죽도록 오래 있었죠. 제 진짜 인생, 제가 살아야 하는 인생에 난 구멍 같거든요. 저를 빨아들이는 '블랙홀'이요. 이젠 빠져나갈 수 없죠."

헐린은 묻고 싶었다. 그럼 당신의 진짜 인생은 어떤 건데요?

헐린은 절실히 묻고 싶었다. 진짜 인생으로 다시 돌아가기 위해 도움을 받아들일 건가요?

그는 재활원에서 퇴원한 후 도움의 손길에 일자리를 얻었다고 했다. 재활원은 뉴브런즈윅에 있는 국군병원에 있었다. 일 년, 십팔 개월……

헐린은 쉰두번째 생일 직전에 죽은 남편을 생각했다. 남편은 친절하고 정중하고 사려 깊은 남자였다. 과묵한 남자, 자기 전공인 특수 부동산 법에 통달하고 빼어났던 사람. 그래도 본질적으로 그는 미성숙한 사람이었다. 그들에게 성숙을 강요하는 아이가 없었기 때문이다. 헐린의 남편은 위기나 육체적 고생, 위험도 별로 겪지 않았다. 그의 인생에서 모험이란 등산, 선박 여행, 대학생 때 떠났던 동유럽 배낭여행같이 선택적이고 자발적인 것들이었다. 그런데 여기 청춘 시절이 떨어져나간 니컬러스 젤린스키가 있었다.

헐린은 니컬러스에게 결혼했던 적이 있느냐고, 아니면 지금 결혼한 상태냐고 묻고 싶었다. 아이가 있느냐고.

간절히 묻고 싶었다! 하지만 차마 물을 수 없었다.

대신 무심코 던지는 질문처럼 말했다. "니컬러스, 가게 문 닫으면 어디로 가나요?"

"당신 말은 가게가 폐업하면이란 뜻인가요?"

냉소적인 미소가 휙 스쳤고 그는 그녀를 놀리는 듯했다.

"아뇨, 가게 문 닫으면요, 오늘밤."

"오늘밤, 제가 가게 문을 '닫으면' 어디로 가느냐고요? 어디로 갈 거 같은데요?"

헐린은 자신 없이 미소지었다. 빈정대는 걸까? 아니면 그저 재밌자고 장난치는 걸까? 애정 어린 장난?

"글쎄요, 모르겠는데요. 집?"

집이란 단어를 꺼내기가 쉽지 않았다. 잔인한 면이 있는 아이 같은 순진함으로 헐린은 니컬러스에게 집이 없기를 바랐다.

"반은 맞았네요, 부인."

반은 맞았다고? 헐린은 이해할 수 없었다.

반쪽짜리 집도 있나?

"그럼, 거긴 어디인가요?"

"트렌턴 동쪽이요."

"어떻게요? 운전해서요?"

"버스를 타요."

"버스! 그렇군요."

"브로드 스트리트까지 걸어가서 버스를 타고 리버티까지 가죠. 제가 사는 곳은 리버티 근처예요."

니컬러스는 이제 좀더 부드럽게 말하고 있었다. 그의 생활 환경은 괴상하고 우스꽝스러우며, 정확히 따지면 자기 것이 아니라는 듯이.

"그럼 혹시 가족도 있어요?"

"이젠 없어요."

헐린은 동병상련의 뜻으로 니컬러스의 손목 위에 자기 손을 얹고 싶었다. 하지만 이 남자가 낯선 이의 연민을 꺼리지 않을까? 어쩌면 가족이 없는 것이 그의 선택이지 않을까?

"혹시…… 집까지 태워다줘도 괜찮다면 제가 그 방향으로 가도 될 것 같은데요."

그녀의 심장이 빠르게 뛰었다. 마치 계단을 뛰어올라온 것처럼!

사실 헐린은 거기서 1번 국도로 돌아가는 길을 전혀 몰랐다. 오직 브로드 스트리트가 트렌턴의 주요 도로라는 것만 알았고, 그 길이 1번 국도와 만날 거라 짐작할 뿐이었다.

헐린은 니컬러스가 가게 문을 닫으려면 한참 있어야 한다거나 어디로 가든 태워다줄 필요는 없다고 대답하리라 예상했다. 그런데 그가 대답했다. "좋습니다."

밖은 어둑해져 있었다. 헐린은 시계를 확인하고는 시간이 이렇게 늦었나 싶어 놀랐다. 벌써 오후 여섯시였다.

니컬러스는 가게 문을 닫기 전에 몇 가지 해야 할 일이 있다고 했다.

"천천히 해요!" 헐린이 말했다. "전 기다릴 수 있으니까."

어째서 여기, 이곳에. 이 끔찍한 곳에 왔지.

하지만 달리 어디 가지? 이제 집에서는 어디나 다 똑같은 거리인데.

헐린의 차를 타고 시내 중심으로 갈 때 니컬러스가 말했다. "그냥 버스 정류장에 내려주십시오. 충분히 많이 왔어요, 고맙습니다." 하지만 헐린은 집까지 태워주겠다고 우겼다. 이른 저녁 차량의 흐름 속에서 그가 알려주는 대로 브로드 스트리트를 따라 2~3킬로미터 정도 갔다. 트렌턴에서는 무척 많은 사람이 버스를 탄다는 것이 놀라웠다. 버스가 정말 많았다! 퀘이커 하이츠에서는 버스를 보는 일이 얼마나 드문지,

모두가, 심지어 십대 아이들에게도 차가 있었다. 니컬러스는 불편한 듯 긴 다리의 자세를 바꾸며 말했다. "사실 저도 차가 있습니다. 수리를 해야 해서 잘 몰지는 않지만요." 니컬러스가 헐린의 차에 감탄했다는 걸 훤히 알 수 있었다. 남편이 몰던 신형 은색 어큐라 세단이었다. 하지만 그는 아무 말도 하지 않았다. 남자로서 자존심 때문에?

헐린의 생각이 줄달음질쳤다. 이 남자에게 물어볼 게 너무 많았다! ……할말이 너무 많았다. 참전 군인 기부 단체에 대해, 그리고 개인이 거기에 참여하려면 어떻게 해야 하는지 물어볼 수도 있었다. 대학에 대해, 왜 자퇴했는지 물어볼 수도 있었고, 중동에서 전쟁을 치른 경험에 대해 물어볼 수도 있었다…… 말하고 싶은 마음이 무척 간절했다. 나 너무 외로워요. 죽을 것 같아요, 너무 외로워서.

벌써 그들은 브로드 스트리트와 교차하는 리버티 스트리트에 도착했다. 이렇게나 빨리!

헐린은 연립주택이 늘어선 거리에 깊은 인상을 받았다. 사우스 폴스 스트리트처럼 거리에는 차들이 줄지어 주차되어 있었다. 몇몇 차는 버려지고 차체가 벗겨졌으며 금속 휠 림 wheel rim의 타이어는 바람이 빠져 있었다.

"제가 안으로 초대하지 않더라도 마음에 두지 않으시길 바랍니다, 부인."

헐린이 뭐라고 대답하기도 전에, 니컬러스는 헐린의 한 손을 잡아채 놀란 그녀의 살갗에 허기지고 젖은 입술을 갖다 댔다. 다음 순간 그는 문을 쾅 닫고 내렸고 뒤도 돌아보지 않고 절뚝거리며 걸어갔다.

그녀의 인생이 끝난 것처럼 보이던 순간에 그녀의 인생에 들어왔다.

3

"맙소사, 말도 안 돼!"

아침에 퍼뜩 잠에서 깬 헐린은 끔찍하게 가라앉는 느낌과 함께 진정제 때문에 멍해 있던 뇌가 깜박 켜졌다가—몇 시간 동안은 꺼지지 않을—무시무시할 만큼 분명하게, 절대로 다시는, 절대로 절대로 다시는 트렌턴으로, 사우스 폴스 스트리트의 참전 군인 중고품 가게로 가서는 안 된다는 것을 깨달았다.

"절대로 안 가."

버려진 물건들의 무덤. 더럽고 낡은 가구, 흉한 기계직 깔개. 헐린이라면 집의 뒷문에도 두지 않고 차고로 보낼 물건. 헐린이라면 차고에도 두지 않을 물건. 도움의 손길의 냄새와 트렌트의 오염된 공기 냄새를 떠올리자 콧구멍이 오그라들었다. 그의 냄새를 떠올리자 오싹했다. 손상된 남자의 몸과 옷과 머리카락에서 나던 친밀한 냄새.

헐린의 손등에 닿았던 그 입술의 감각. 키스는 아니었다, 그런 것을 키스라고 할 순 없으니까. 그저 입술과 치아, 혀를 그녀의 살갗에 갑작스레 댔을 뿐. 나중에 그 자리가 타는 듯한 느낌이 들었다.

"말도 안 돼! 더이상은 안 돼."

새빌 로(런던의 고급 양복점들이 있는 거리―옮긴이)에서 맞춘 정장, 검은색 근사한 울 오버코트, 신발 여러 켤레―'드레스' 슈즈. 과부는 여태 이것들을 보관하고 있었다. 아직 '기부'하지 않았다.

너무 많이, 너무 금방은 그다지 좋을 것 같지 않다고 생각하면서.

그후 며칠 동안 헐린의 삶은 다시 이어졌다.

이는 과부의 단절된 삶이었다. 고인이 된 남편과 살았던 삶의 잔재. 과부는 여전히 죽은 자의 아내였으니까. 상속세 관련 업무가 무척이나 많았다. 과부가 가장 두려워하는 서류, 사망증명서도 포함해서.

사망증명서는 절대적이고 범접할 수 없는 사실이었다.

사망증명서는 끔찍한 죽음이라는 것이 유족에게는 어마어마한 감정으로 애도할 수밖에 없는 일이지만, 실제로는 얼마나 비개인적이고 얼마나 일상적이며 얼마나 산문적이고 얼마나 진부한지를 알려주는, 인간미라고는 전혀 없는 서류였다.

헐린은 그를 생각했다. 수염이 거뭇한 남자, 처음 보았을 때도 그녀를 전혀 의식하지 않고 근본적으로 무심했던 남자. 그녀가 살았는지 죽었는지, 애초에 존재하기나 했는지 상관하지 않는 남자. 그러나 다음 순간, 그녀를 향해 순수한 감정으로 웃던 니컬러스 젤린스키를 떠올렸다. 그녀는 확신했다. 그것은 순수한 감정이었다. 그녀가 아이슬란드산 모직 스웨터를 갖다 댔을 때, 친밀하고 심지어 아내 같은 행동을 했을 때 당황하던 그. 하지만 그랬다, 그는 감동을 받았다.

그는 헐린을 어떤 욕망을 품고 쳐다보았다. 헐린은 확신했다.

창백한 눈이 그녀를 빤히 쳐다보았다. 부유한 남자의 과부, 한창때의 미모는 사그라졌지만 자기보다 나이가 아주 많지는 않은 여자. 이제는 다소 야윈 얼굴, 삭막한 눈빛. 초조하지만 환하고 희망적으로 웃으면 그 얼굴이 변하는 것을 볼 수 있었다. 과거의 그녀와 같은 활기찬 젊은 여인이 거의 모습을 드러냈다. 내면 가장 안쪽은 아직도 그 모습 그대로였다.

우리는 적당하지 않을 때 만났죠. 하지만 지금이 적당한 때일 수도 있어요.

이전 삶에서 헐린은 돈에 대해 별로 걱정하지 않았었다. 이후 죽음 뒤의 삶에서 과부는 걱정으로 앓을 지경이었다. 고지서 요금 납부를 잊었을까봐 겁에 질려 잠에서 깨곤 했다. 헐린은 언제 어떤 요금을 내야 하는지 알고는 있었다. (가령 퀘이커 하이츠의 부동산세는 분기별로 9000달러에 달했다.) 경고도 없이 가스, 난방, 수도, 전기 공급이 끊길까봐 두려웠다. 남편의 컴퓨터 화면은 텅 비어 있었고, 남편의 메일 계정에 접근할 수 없었다. 우울로 마비되어 메일을 방치했다가 주택 대출금과 세금을 내지 못해 집을 잃었다는 여자들의 얘기를 들은 적 있었다. 헐린은 자신이 이제 우편물을 뜯어보지도 않고 부엌 조리대에 쌓아둔다는 것을 알았다. 위가 탐욕스러운 기생충에 뜯어먹히는 것처럼 경련을 일으켰다. 자주 울었고, 바람 속 작은 깃발처럼 퍼덕이고 철썩이는 감정을 다스리지 못했다. 회계사의 의견대로 그녀는 남편의 재무 기록을 미친듯이 뒤졌다. 소득세는 연방정부와 뉴저지 주정부 양쪽에 납세해야 했다. 하지만 서류를 찾아도 이해할 수가 없었다. 투자 보고서, 메릴린치 투자회사에서 보낸 인쇄물, 수백 페이지나 되는 두꺼운 안내 책자. 그건 완전히 정신을 잃지 않고서는 절대 깰 수 없는 악몽 같았다. 회계사가 집으로 찾아왔고 헐린은 남편의 서재에서 그를 만났다. 지금까지 헐린은 딱히 눈에 띄는 특징이 없는 이 중년 남자를 자세히 살펴본 적이 없었다.

바짝 붙은 두 눈에 불길한 의도가 감돌긴 했지만 헐린에게 말할 때는 순수해 보였고 걱정해주는 것 같았다. '전문가로서'.

미국 재무부와 뉴저지 세무부서 앞으로 액수가 큰 수표를 쓰며, 헐린은 멍하게 남편의 유산 서류에 서명했다.

믿을 수 있는 사람이 필요해.

오로지 사랑 안에만 신뢰가 있어. 신뢰의 가능성일 뿐이더라도.

회계사는 그녀를 사랑하지 않았다. 그런데 어떻게 그를 믿을 수 있지?

헐린은 생각했다. 누군가 나를 사랑해줄 사람.

누구?

손가방에서 작은 명함을 찾아냈다. 뉴저지 상이용사 도움의 손길 트렌턴. 중고품 가게에서 집어왔겠지만 기억할 수 없었다.

그 번호로 전화를 걸었다. '니컬러스'를 찾았다.

외국인 억양이 심하게 드러나는 목소리가 알려줬다. "오늘은 안 나오는데요."

실망이 찌르는 듯했다. 수화기를 쥔 손이 떨렸다. 그래도 자조하듯 생각했다. 잘됐어. 더는 안 돼.

나중에 작은 명함을 다시 찾아보았지만 보이지 않았다. 폐

지함에서도 찾을 수 없었다. 그래서 또 한번 전화번호부에서 도움의 손길을 찾아보았다.

4분의 1페이지짜리 광고에 마치 감탄사처럼 빨간색으로 쳐놓은 동그라미가 보였다. 맞잡은 두 손 그림이 떨칠 수 없이 눈길을 끌었었다.

전화번호부에는 수없이 많은 '자선 단체'의 번호가 실려 있었다. 트렌턴 구호 기관, 뉴저지 고아원, 굿윌 단체, 머서 카운티 형제자매회, 게이트웨이 재단, 구세군, 상이군인 무공훈장 수여 협회를 고를 수도 있었지만, 도움의 손길을 닮은 이 단체들에는 마음을 흔드는 마술 같은 두 손 그림이 없었다.

그는 그녀의 손을 돌연히 잡았다. 핸들을 잡고 있던 그녀의 오른손을.

브로드 스트리트와 리버티 스트리트 교차로에서 차에서 내리려던 그가 갑자기 그녀의 손을 잡고 입맞췄다. 그녀는 피부에 스친 그 입술의 감촉을 아렴풋이 기억했다. 동물의 주둥이처럼 게걸스럽고 축축하게 밀어붙였던 힘은 기억하지 않았다. 헐린은 놀란 느낌, 그후 심장에 퍼진 따뜻한 감각을 기억했다.

그리하여 퀘이커 하이츠, 참나무와 흰 전나무, 붉은 단풍나무가 그늘을 드리운 1만 2000제곱미터의 부지에 나무와 자연석, 스투코로 지은 침실 다섯 개짜리 식민지풍 저택으로 돌아갈 때까지 줄곧 그 입맞춤은 그녀의 심장 속에서 타올랐었다.

4

낮은 목소리로 그는 말했다.

낮은 목소리로 그녀에게 속마음을 털어놓았다.

델라웨어 강변 오래된 호텔의 촛불 밝힌 식당에 있었다. 구석 자리, 낭만적인 불꽃—가스로 분사하는 가짜 불꽃—이 열기 없이 구불구불 물결치는 벽난로 가까이.

"……러트거스 대학에 다닐 때 돌아가셨어요…… 1학년 때…… 장학금을 받았는데…… 역사학을 공부하고 싶었죠. 법학도…… 어쩌면 고전학을…… 시 쓰는 것을 좋아했어요…… 제가 '시'라고 부르는 걸요…… '급성 췌장' 암으로 돌아가셨어요…… 자퇴해야 했죠…… 머리가 뒤죽박죽됐어요…… 일을 해야 했고…… 약물 문제에 휘말렸어요…… 더 뒤죽박죽돼서…… 자퇴하면 세상이 막 빠르게 스쳐지나가요…… '부상을 입고'…… '장애가 생기고'…… 의미 있는 삶으로 돌아갈 수 없어요…… 빠르게 스쳐지나가 돌아오지 않죠."

그는 조용히 말하고 있었다. 비통하게 말하지 않았다. 말할 때 창백한 눈은 헐린 위를 떠돌았다. 헐린의 손, 탁자 위, 하얀 리넨 탁자보, 촛불빛 속에서 맞잡은 헐린의 아름다운 손. 이건 꿈일까? 참 행복해. 그리고 무서워.

남자가 그녀에게 속마음을 털어놓고 있었다, 이렇게도 친밀하게. 홀로 된 외로운 과부에게는 얼마나 대단한 승리인가!

그는 엄마에 대해 말하는 중이었다. 엄마를 여읜 경험에 대해. 니컬러스는 엄마를 몹시 사랑했지만, 그렇게 죽어 자신을 떠났다고 원망하는 게 분명했다.(헐린은 분명하다고 생각했다.)

남자에게는 거대한 슬픔이 있었다, 거대한 분노 또한 있었다. 말에 익숙하지 않은 사람처럼 더듬거리면서도 앞으로 뛰어드는 듯한 목소리로 헐린에게 말할 때 그의 몸에서 열기가 피어올랐다.

남자의 육체적 존재감, 육체적 친밀감. 헐린은 한번도, 평생 한번도 그녀를 압도하면서 위협하는 친밀감을 느껴본 적이 없는 사람처럼 그 자리에서 꼼짝도 못했다.

제가 저녁을 대접해도 될까요, 라고 헐린은 말했다. 그 정도는 해도 되잖아요, 라고 말했다.

사심 없는 감사의 표현이었다. 그 정도는 이해해주길 바랐다. 조국을 위해 봉사했으니까. 임무 수행중에 '장애'를 갖게 됐으니까.

11월 말의 이날 저녁, 펜실베이니아 트렌턴에 흐르는 델라웨어 강 바로 건너편에 있는 역사 깊은 제너럴 워싱턴 인 식당. 벽에는 1776년 12월의 트렌턴 전투를 재현한 회화가 수 없이 걸려 있었다. 영국의 붉은 군복을 입은 헤센 용병들을 향해 발포하는 혁명군. 벽난로 위에는 델라웨어 강을 건너는 조지 워싱턴 장군을 묘사한 상징적인 그림. 헐린은 새로운 친구를 트렌턴의 평범한 레스토랑이 아닌 특별한 곳에 데려가고 싶었다. 그래서 이 지역에서 유명한 이곳으로 데려왔다. 다른 손님들은 왠지 반가운 관심을 감추고 그들을 관찰했다.

웨이터도 그랬다. 정중하게 시중을 들면서도 동시에 대놓고 쳐다보았다.

기이한 한 쌍이었으니까. 니컬러스 젤린스키와 헐린. 두 사람은 부부처럼 보이지 않았다. 나이도 잘 맞지 않을뿐더러 얼굴에 흉터가 있는 남자는 여자에게 몸을 가까이 기울이고 시선을 고정한 채 너무 열심히 지껄였고, 여자도 열심히 들으면서 시선을 거의 떼지 않았기 때문이다.

그렇다고 친척 같지도 않았다. 생활환경이나 계층이 확연히 달라 보였으니까.

하지만 니컬러스는 약간 불편한 듯이, 헐린이 준 베이지색 캐시미어 블레이저와 긴소매 흰 셔츠, 이탈리아산 실크 넥타이를 걸치고 있기는 했다.

처음 자리를 잡았을 때 니컬러스는 거울에 비친 자기 모습을 보더니 고통스러운 미소를 띠며 움찔했다. 헐린은 그의 손목에 자기 손을 얹으며 안심시켰다. "무척 근사해 보여요, 니컬러스. 찡그리지 마요."

레드 와인 한 잔, 그리고 두 잔. 니컬러스의 일그러진 얼굴이 풀리기 시작했다.

　식사중에 에우리피데스가 화제에 올랐다. 니컬러스가 읽고 있던 『바커스의 여신도들』. 헐린은 생생하고 재앙 같은 결말을 똑똑히 기억했다. (인간인) 펜테우스 왕이 (신인) 디오니소스에게 희생되는 의식.

　디오니소스의 신도인 미친 여자들이 관능적 희열에 사로잡혀 남자의 몸을 갈가리 찢고 목을 벤다. 그의 어머니는 야수의 머리라는 환상을 품고 아들의 머리를 안고 간다.

　섬뜩해요! 니컬러스는 놀랐다.

　"오늘날 무대에 올릴 만한 건 아니죠. 사람들이 웃을 테니까. 하지만 영화라면 할 수 있을지도 모르겠어요. 남자의 잘린 머리를 든 여자. 그리고 그 여자가 어머니라면."

　니컬러스는 고대 그리스인이 오늘날의 미국인과 전혀 다른 것 같다고 했다. '신들'이 끔찍하고 환상적인 일을 일으켜도—잘못은 언제나 어떤 '신'에게 있었다—그들은 의문을 제기하지도 않았다고 했다.

　헐린도 수긍했다. 그리스인은 미국인과는 다른 방식으로 종교를 믿었다고. 삶에 대한 인식은 비극적이었고 유일한 대응은 고통을 받아들이는 것뿐이었다고. "그리스인은 자신들을 사랑하는 초월적 신이나 그들을 위해 죽을 수도 있는 구세주를 믿지 않았어요. 기독교인들처럼 '선행'도, 심지어 '신앙'

도 믿지 않았어요. 일이 생기면 생기는 거죠. 그럴 만하니까 그런 운명을 맞는 거죠, 펜테우스처럼. 실제로는 '그럴 만한' 짓을 저지르지 않았어도요."

니컬러스는 앉은 자리에서 자세를 바꾸며 꿈지럭거렸다. 고통스럽게 찡그린 표정이 물결처럼 퍼졌다. 헐린은 그리스식 '운명'에 대한 논의가 그의 정곡을 찌른 게 아닌가 생각했다. 무의식적으로 그는 다친 왼쪽 허벅지를 문지르고 있었다.

그는 술을 마시고 음식을 먹었다. 몇 분 만에 340그램짜리 스테이크, 크림소스와 치즈를 뿌린 감자, 빵 한 덩이를 다 먹어치우고 와인도 세 잔이나 마셨다. 얼굴은 불콰해졌고 눈은 원망에 찬 분개심 같은 것으로 반짝였다. "엄마가 돌아가시자 제 인생은 무너졌죠. 몸까지 아팠어요. 시기가 좋지 않았죠. 새로 입학한 학교에서 막 9학년이 됐을 때 지긋지긋한 술주정뱅이 아빠가 집을 나갔어요…… 아빠는 자식들 인생에 걸림돌만 되는 인간이었어요. 그리고 엄마의 인생에도……"

이야기를 들어보니 니컬러스는 러트거스 대학의 뉴브런즈윅 캠퍼스가 아니라 뉴어크 캠퍼스를 다녔던 것 같았다. 그런 후에는 지역 커뮤니티 칼리지에서 경영학과 컴퓨터공학 수업을 들었다. 니컬러스가 한 과정이라도 마쳤는지는 확실하지 않았다. 그는 성적이 좋았는데도 자퇴를 했다.

왜 그랬을까. 헐린은 궁금했다.

그의 평생이 운명이라는 주술에 걸려서.

그때 육군에 입대한 것이 최악의 실수였다고 니컬러스는 분개하며 말했다. 스물여섯 살, 빌어먹을 인생의 목표라도 찾고 싶어서 필사적일 때. 사막의 폭풍 작전에서—1991년에—부상을 입었다. 미국과 영국이 이끄는 유엔 연합군이었다. 모래폭풍, 모래 벼룩, 무더위. 아무도 모르는 '중동'이라는 곳에서 대체 뭘 하는 건지 누구도 몰랐다. 같은 소대 대원 몇몇이 크게 다치는 광경을 봤고, 심지어 죽는 사람도 있었다. 그는 총을 맞았고, 죽는 줄 알았다. 얼굴의 반이 날아갔다. 두개골에 유산탄이 박혔다. 그중에서도 최악은, 염병할 유엔 '연합군'의 공격이 확실하다는 것이었다. 재미없는 농담처럼 '아군 포격'이었다. 증명할 순 없지만 그는 알고 있었다. 어쨌든 그 일은 빠르게 벌어졌다. 그는 형편없는 어느 병원에서 깨어났다. 어딘가의 형편없는 병원에서 계속 깨어났고, 마침내 고향으로 송환됐다는 말을 들었다. 뉴저지 뉴브런즈윅의 육군병원이었다. 자기도 모르는 사이에 집으로 실려 보내졌다는 것이 참 이상했다. 깨진 물건처럼 조각나서, 이리저리 흔들리다가 더 깨져서, 그는 자기도 모르는 사이에 조각째 집으로 보내졌다. 하지만 더 재미없는 농담은 재활원이었다. 거기서 한참을 보내고서야 절뚝거리면서 다시 걸을 수 있었고, 호스가 아니라 진짜 입으로 음식을 먹을 수 있게 됐으며, 제대로 똥도 눌 수 있게 됐다. 머릿속에서 나사가 빠진 듯 막 돌아가던 눈알도 제대로 가눌 수 있게 됐다. 왼쪽 허벅지 근육의 반이 날아갔고 남아 있는 부분도 줄에 매달아 구운 닭다리 같았다.

헐린은 깊이 감동했다. 약속하고 싶었다. 난 다를 거예요. 니컬러스. 난 당신을 버리지 않을 거예요.

"죽으라고 실어 보낸 거죠. 돌려보내질 때 전 이미 죽었지만 그 사실조차 몰랐어요."

니컬러스는 거칠게 웃다가 기침을 터트렸다. 벌게진 얼굴은 더 벌게지고, 분노의 눈물이 눈가에 흘렀다.

헐린은 생각하고 있었다. 니컬러스가 학교에 돌아가고 싶다고 하면, 학비를 대줄 수 있을 것이다. 분명 그는 무척 지적이다. 대학입학자격시험을 다시 봐서 재입학할 수 있을 것이다. 분명히 참전 군인, 특히 상이군인을 위한 특별 규정이 있을 것이다……

"……그래요, 그 사람들은 거짓말을 했어요. 망할 미국 육군에 입대한 등신 같은 신병 모두에게 거짓말을 했다고요. 여기 보이는 건 제가 아니에요. 제 찌꺼기일 뿐이죠. 망할, 고발할 거예요. 그럼 더 망하기만 하려나. 큰코다치고 온 멍청이가 아프다고, 머리가 아프다고 호소해봤자 아무도 들어주지 않을걸요. 삼십 일에 한 번은 피가 썩지 않게 '수혈'을 받아야 하죠. 병원에서는 제 '티림프구 수치'가 너무 높대요. 아니 너무 낮댔나. '면역 체계'가 맛이 간 거죠. 그래요, 전 죽은 사람이에요. 하지만 죽지는 않았죠."

헐린은 니컬러스의 손목에 자기 손을 얹었다. "물론 당신은 죽지 않았어요. 제가 도와줄게요. 온 힘을 다해, 당신 삶을 되찾을 수 있도록."

이제 근처에 앉은 손님들은 대놓고 그들을 쳐다보고 있었다. 니컬러스의 목소리에 얼마나 노골적인 원망이 섞여 있었는지! 호흡은 얼마나 거칠고 힘겨웠는지! 헐린은 남자의 축축한 머리카락을 넘겨주려고 했고 그는 움찔하며 갑자기 굳었다. 그러더니 떨리는 목소리로 말했다. "당신은 아름다운 여자예요, 헐린―헬레네. 분명 신이 보내셨을 겁니다."

그는 취했다. 입이 이상하게 삐뚤어졌다. 눈에 눈물이 고였다. 헐린은 베이지색 캐시미어 블레이저 소매 끝에 질척하게 스테이크 육즙이 묻어 있는 것을 보았다. 니컬러스는 일어서려 했지만, 왼다리가 아래서 걸렸다. 그가 마구잡이로 탁자보를 붙드는 통에 하마터면 탁자가 뒤집힐 뻔했다. 웨이터가 깜짝 놀라 급히 왔다. "빌어먹을, 빌어먹을, 다 뒈져버려." 그가 뭐라고 말했는지 과부는 나중에서야 확신할 수 있었다. 그때는 듣지 못했었다.

죄책감에 사로잡혀, 죄책감보다는 좀더 친밀한 뭔가에 사로잡혀 과부는 잠들 수 없었다.

그녀는 상이군인 니컬러스에게 일자리를 줄 것이다. 넉넉하게 월급을 줄 것이다.

어쩌면 그는 운전기사를 할 수 있을지 모른다. 헐린이 뉴욕이나 필라델피아에 가야 할 때, 그를 고용할 수 있을 것이다.

그는 성실하고 믿음직스러울 것이다. 그는 그녀에게 헌신할 것이다.

헐린은 그가 도움의 손길에서 무슨 일을 했든, 그것과 똑같은 일을 그녀의 집에서도 해줄 수 있을 거라 확신했다. 헐린이 혼자 사는 침실 다섯 개짜리 집을 유지하는 데 도움을 줄 거라고. 한때 가사도우미가 이 집 지하방에 살면서 전의 집 주인이었던 노부부의 살림을 맡아줬던 기억이 났다.

물론 마흔여섯 살은 결코 노인이라고 할 수 없었다. 하지만 비싼 주택과 부지를 유지하는 일은 헐린 혼자서 감당하기에 벅찼다.

헐린은 돈이 있는 과부였다. 니컬러스는 그저 그녀보다 약간 어린 남자였다. 지적이고 민감하고 그녀를 존경했다. 니컬러스에게는 나름대로 교양도 있었다. 아니, 그렇게 될 수 있었다.

메트로폴리탄 극장 오페라를 보러 뉴욕에 갈 수도 있다. 미술관에도 가고 유럽 여행도 할 수 있다. 로마, 피렌체, 시에나, 베네치아에. 별 다섯 개짜리 호텔에 들어 나란히 붙은 방을 빌리면 된다. (어쩌면) 문 하나를 사이에 두고.

상상하기 어렵지 않았다. 니컬러스 젤린스키는 그녀의 벗이 돼줄 것이었다.

그는 사촌동생, 남동생뻘이었다. 헐린이 준 옷을 입으면, 그렇게 필사적으로 보이지는 않을 것이다. 그가 최고의 치료를 받을 수 있도록 살펴주리라. 뉴브런즈윅에 있는 육군병원이 아니라 뉴욕의 전문의에게.

특별 수술을 해주는 뉴욕 병원에서 수술도 받게 할 것이다. 다친 다리와 등을.

웃을 때 동물처럼 탐욕스럽게 보이게 하는 앞니 빠진 자리에 이를 메우는 치과 치료도 받게 할 것이다.

헐린이 혼자 갈 수 없는 모임에는 그가 수행원으로 동행해줄 것이다. 날씨가 나쁠 때는 건물 입구에 내려주겠지. 머리위로 우산을 받쳐주겠지. 그는 그녀의 젊고 헌신적인 동생이 되어주리라. 다정한 옛 대학 친구가 되어주리라. 남편을 잃은 과부를 보호해주려고 나선, 죽은 남편의 독신 친구.

시간이 어느 정도 지나면 이 신뢰하는 벗에게 헐린의 사업 업무도 맡길 수 있을 것이다. 복잡한 재정 문제, 수많은 투자처 관리, 장부를 정확하게 기입해야 하는 지겨운 일.

헐린? 우린 헐린하고 얘기 좀 해야겠어요, 제발.

헐린, 우리가 만나러 가도 되겠어요? 제발.

아니면 당신이 이리로 올래요?

집에 오세요! 우리와 함께 지내요! 제발.

너무 오랜만이네요.

우리도 그가 그리워요. 그가 떠나서 우리도 슬프답니다.

헐린은 이 메시지들을 지웠다.

"전화 잘못 걸었어요. 그 여자는 이제 여기 안 살아요."

하지만 이건 충격이었다. 도움의 손길에 전화를 걸어 '니컬러스'를 찾았더니 뉴저지 출신인 듯 말꼬리를 끄는 비음 섞인 목소리가 알렸다. "오늘은 안 나왔는데요."

두번째 전화에서는 이런 소리를 들었다. "니컬러스? 그런 사람 여기 없는데요."

헐린은 침착하게 말했다. "'니컬러스 젤린스키'를 찾는데요. 도움의 손길에서 일하는. 명함도 있어요."

"아뇨, 부인. '줄-린-스키'라는 사람은 없어요."

"그 사람 이름은 '니컬러스 젤-린-스키'예요. 분명 거기 있어요."

"여기 그런 이름을 가진 사람은 없어요, 부인."

헐린은 무척 언짢았다. 심란해서 잠을 이룰 수 없었다. 배가 고픈데도 먹을 수 없었다. 심장이 부상당한 남자의 허벅지 근육처럼 퇴화했다. 예수의 상흔을 손가락으로 찌르듯 그 상처에 닿을 수 있을 것 같았다.

또 한번, 그해의 가장 어두운 날이 가까워지자, 회계사가 퀘이커 하이츠의 버넘 우드 서클에 있는 집으로 찾아왔다. 불길하게 두 눈이 바짝 붙은 회계사는 과부가 잠 못 이룬 다음 날 오전에 도착했다. 헐린은 그에게 커피를 대접했지만 (그녀는 언제나 우아한 여성으로서 남을 잘 대접해야 한다고 가정교육을 받았다.) 그의 말에 집중할 수 없었다. 회계사가 서명만 하면 되는 수표를 건넸을 때도 헐린은 손이 너무 떨려서 서명할 수 없었다.

"내가 당신을 믿을 수 있어요? 당신을 어떻게 믿죠? 이러는 목적이 뭐예요? 오, 맙소사, 대체 이 많은 돈으로 뭘 해야 하는데요?"

헐린은 궁금했다. 니컬러스는 도움의 손길에서 해고된 걸까?

마지막으로 그를 보았을 때, 그는 무척 화를 내고 있었다.

제너럴 워싱턴 인에서 저녁식사가 갑작스럽게 끝난 후. 헐린이 웨이터에게 차까지 니컬러스를 부축해달라고 한 후. 그녀는 웨이터에게 20달러를 팁으로 건넸다. 그는 조수석에 털썩 주저앉아 주먹을 마구 휘두르며 중얼거리고 씁쓸하게 웃다가 입을 벌린 채 잠들었다. 레드 와인을 셔츠 앞섶에 쏟아 술냄새가 풍겼다. 리버티 스트리트에 도착해서 헐린이 그가 차에서 내리는 것을 도우려 하자 그는 어느 정도 깨어나 킬킬대더니 갑자기 그녀를 부여잡았다. 덤벼들듯이 그녀의 머리를 덥석 움켜잡고 자기 쪽으로 끌어내려서 뜨겁고 축축한 입술을 그녀의 입술에 대고 눌렀다. 헐린이 고개를 가로젓자, 그는 더 세게 부여잡고 혀를 내밀어 그녀의 입술을 건드리다 밀어넣었다. 입속으로 침범했다. 헐린은 그를 밀쳐냈다. "니컬러스! 제발, 제발 그만해요."

남자의 눈에 서린 분노, 야만적이고 비틀어진 입술. 헐린은 두려움을 느꼈지만, 한편으로는 흥분도 됐다. 알고 있었기 때문이었다. 그는 내 친구야. 내게 정말로 상처 주려던 건 아니었을 거야. 신이 그를 내게 보내주셨어.

마침내 헐린은 도움의 손길에 전화를 걸어 음성 메시지를 남겼다.

시를 읊듯 차분하게.

이 메시지는 니컬러스에게 남기는 것입니다.

퀘이커 하이츠, 버넘 우드 서클 28번지로 와주세요. 도움의 손길에 보낼 물건이 있습니다. 상태가 아주 좋은 남자 옷이에요. 가전제품과 가구도요.

빨리 와주세요!

제 이름은 헐린입니다.

이 메시지는 니컬러스에게 남기는 것입니다.

5

그가 헐린의 집에 왔다, 마침내.

12월의 어느 환한 아침, 현관 벨이 울렸다. 헐린이 재빨리 아래층으로 내려가자 차로에 서 있는 밴이 보였다. 금속성 회색의 차 옆면에 뉴저지 상이용사 도움의 손길이라고 빨간 글자가 쓰여 있고 그 아래 맞잡은 손 그림이 있었다. 그리고 문간에 서 있는 사람은 니컬러스 젤린스키와 동료인 기디언이었다.

"어머, 안녕하세요! 올 줄 몰라서……"

자기 집 문간에 서 있는 니컬러스를 보고 헐린은 충격을 받았다. 이렇게 급작스럽게 오다니. 그는 그녀에게 미소짓고 '하이트 부인'이라고 부르며—기디언이 옆에 있으니까 눈치껏—도움의 손길에 요새 방문 접수가 밀렸다고 했고, 그래도 아직 기부할 물건이 있으면 좋겠다고 했다.

"……그럼요, 물론이죠. 들어오세요."

"고맙습니다, 부인. 장화 신은 채 들어가도 될까요?"

"장화요? 아, 물론이죠……"

돌처럼 창백한 눈이 헐린을 보더니 그대로 지나쳐 눈부신 집안 내부를 훑었다. 친밀한 동시에 아주 신중하고 사무적인 눈길이었다. 그 누구도 도움의 손길 직원과 버넘 우드 서클 28번지에 사는 하이트 부인 사이에 어떤 연관이 있다는 걸 알 수 없었을 것이다. (음침한 얼굴의 기디언은 알 수 없었을 것이다.) 그러니 감정적 연대는 말할 것도 없었다. 헐린의 심장이 그처럼 빠르게 뛰고 있다는 것을, 순간 기절할 것 같은 기분을 느꼈다는 것을 짐작도 할 수 없었을 것이다.

헐린은 도움의 손길에 여러 번 전화를 걸어 애처로운 메시지를 남겼다. 이 주일쯤 지나자, 헐린은 물러서서 다시는 니컬러스를 보지 못할 가능성을 생각했다. 남편의 옷을 더 싸들고―또다시!―트렌턴의 사우스 폴스 스트리트로 가지 않는다면. 하지만 헐린은 그럴 기운을 낼 수 없었다, 아직은.

망신을 자초하지 말자. 자신을 잘 챙겨!

니컬러스에게 다시 소식을 듣게 될 거라고 스스로를 다독였다. 무슨 일이 생긴 게 아니라면, 그는 헐린의 인생에 다시 들어올 것이었다.

남자들은 거대한 저택을 올려다보고 있었다. 자연석과 벽돌, 나무, 스투코로 지어지고 많은 격자창과 굴뚝들이 달린 거대한 슬레이트 지붕의 현대식 식민지풍 저택. 그렇다고 버넘 우드 주택가에 있는 주문 건축한 다른 집들만큼 크지는 않았다.

차로는 긴 오르막이었고 집 앞에 있는 유럽 소나무 숲을 빙 두르고 있었다. 그 길은 집 옆으로 해서 차 세 대를 넣을 수 있는 차고까지 이어졌다. 차고는 정문에서는 보이지 않았다.

안으로 들어가면 로비와 현관 복도, 아름답게 꾸며진 거실의 바닥부터 천장까지 이어진 격자무늬 유리문이 모두 한눈에 보였다. 이 유리문으로 나가면 서리가 점점이 살짝 내린 기다란 잔디밭이 호수까지 쭉 이어졌다. 호수에서는 전원 풍경화에 나오는 모습을 한 백조들이 나른하고 고고하게 물장구치고 있었다.

헐린이 집 뒤편 부엌으로 안내하는 동안 두 남자는 은근슬쩍 주위를 둘러보았다.

니컬러스가 뻣뻣하게 왼다리를 끌면서 걷는 모습을 보자 헐린은 마음이 아팠다. 그는 지저분한 바람막이 점퍼와 작업복 바지를 입었고 도움의 손길 보관통에서 슬쩍한 듯한 모직 모자를 쓰고 있었다. 턱은 요사이 면도를 하지 않은 듯했고, 뺨에 있는 주름지고 골이 파인 흉터가 벌겋게 번득였다. 희끗희끗해진 검은 머리는 목덜미에서 하나로 짧게 묶고 있었다. 헐린은 그가 머리 묶은 모습을 처음 보았는데 거들먹거리는 해적 느낌이 났다. 그가 신은 무거운 등산화가 바닥에 나뭇잎 모양의 축축한 자국을 남겼다.

"아름다운 집이에요, 하이트 부인. 크네요!"

니컬러스의 미소가 휙 스쳐갔다. 앞니가 빠진 아래턱 부분의 텅 빈 틈이 언뜻 보였다.

멕시코 타일 바닥, 중앙에 반질반질한 나무 조리대와 화구가 여덟 개인 룩소르 스토브, 그 위 고리에 구리 냄비들이 걸려 있는 부엌은 눈부시게 환했다. 조리대의 공간은 상당히 넓었고 흠 하나 없이 하얬다. 간이 식탁 옆에는 벽걸이 텔레비전이 설치돼 있고 호수와 잔디가 내려다보이는 격자무늬 퇴창이 있었다.

"어때, 기디언? 하이트 부인 댁 같은 집 본 적 있어?"

니컬러스는 감탄하며 말했다. 비꼬는 기색은 없었다. 헐린은 그렇다고 확신했다. 하지만 도움의 손길 청재킷을 입은 건장한 흑인 남자는 아랫입술을 내밀고 물론이고, 전에도 버넘우드에 와봤다는 투로 웅얼거렸다.

헐린은 옷과 지하실에 있는 가전제품과 가구를 기부할 거라고 설명했다. 지하실 문을 이용하면 부엌과 연결된 계단을 올라오지 않고도 물건을 밖으로 내갈 수 있었는데, 한 사람은 차고에서 밴을 끌고 와야 했다.

니컬러스가 기디언에게 이 일을 맡겼다. 헐린과 단둘이 부엌에 남자 니컬러스는 불편한 듯 어깨를 움찔거리고 시선을 의식하며 서성거렸다. 눈은 불안하게 흔들렸고 마주치는 것을 피했다. 입은 움찔움찔했다. 그는 벽에 걸린 액자의 사진에 관심 있는 척했다. 오래전 헐린의 남편이 그리스와 이탈리아에 여행갔을 때 찍은 사진들이었다. 헐린은 그에게 가까이 다가가서 팔을 잡고 싶었지만 니컬러스가 얼굴을 찡그리며 뿌리칠 것 같았다. 헐린은 여주인다운 밝은 목소리로 물었다. "어떻게 지냈어요, 니컬러스? 그동안…… 바빴어요?"

니컬러스는 어깨를 으쓱하며 그렇다고 했다.

"메시지를 남겼는데. 전화해줄지도 모른다고 생각했어요. 걱정도 됐고, 조금은요. '수혈' 같은 이야기를 한 적 있어서⋯⋯."

하지만 이 말은 실수였다. 니컬러스는 헐린이 자기 건강, 혹은 뭐든 개인적이고 친밀한 화제를 꺼내는 걸 원치 않았다. 헐린은 그가 기디언이 가까이 있어서 꺼리는 거라고 생각했다.

두 사람은 기디언이 돌아오기를 기다렸다. 헐린의 심장은 여전히 아프게 뛰고 있었고 입은 바짝 말랐다. 이 집에 니컬러스 혼자 왔다면⋯⋯

하지만 그러면? 그러면 뭐?

평일 오전 아홉시 이십분이었다. 헐린은 이런 아침에 배달이나 판매원이 올 거라 생각하지 않았다. 도움의 손길이 방문 접수 날짜와 시간을 정하기 위해 미리 전화할 거라고 생각했다. 니컬러스의 방문에 대비할 시간이 없었다. 하지만 이따가 외출할 생각이었기 때문에 비둘기색 모직 플란넬 바지와 검은 셰틀랜드 스웨터를 입고 굽 낮은 캔버스 신발을 신고 있긴 했다.

도움의 손길이 동네에 온 것을 알았다면 아침에 머리를 급하게 빗지 않고 더 신경써서 만졌을 텐데. 마르고 칙칙한 얼굴에 화장도 좀 했을 텐데. 눈썹도 그리고 입술도 붉게 바르고.

헐린은 목에 실크 스카프를 두르고 있었다. 마음을 밝게 해주는 색깔로.

그래도 거울 같은 구리 냄비 바닥에서 헐린은 매력적이고 심지어 차분해 보이기까지 하는 여자의 얼굴을 언뜻 보았다. 손님이 불시에 들이닥쳤지만 환영하는 우아한 여주인의 얼굴이었다. 헐린은 도움의 손길 남자들에게 줄 마실 것—커피? 과일주스?—을 준비하며 자기를 점검해야 했다. 헐린은 자신이 속한 계층의 미국 여자들이 그렇듯 친절하게 대하려는 본능이 강했다.

기디언이 돌아왔고 헐린은 그들을 데리고 부엌 옆 계단을 내려가 지하실로 갔다. 뒤쪽에 집의 다른 곳으로 이어지는 복도가 있는 이곳에서는 너른 숲 지대가 내다보였다.

스위치를 켜고 지하실로 내려가며 헐린은 끔찍한 생각을 했다. 밑도 끝도 없고 뜬금없는 생각. 이 낯선 사람들이 헐린을 계단 아래로 밀어 떨어뜨려 머리를 부딪히게 한 다음 강도질할지도 모른다는……

누가 알겠어? 언제 그럴지?

물론 터무니없는 생각이었다. 두 남자 중 하나라도 이런 생각을 눈치챘다면 헐린은 무척 부끄러웠을 것이다.

특히나 헐린은 인종차별주의자가 아니었다.

헐린도 남편도, 어떤 식의 동정을 보일 때도 인종을 차별하진 않았다.

퀘이커 하이츠는 말할 것도 없고 버넘 우드도 인종적으로 분리되어 있진 않았다.

계단 아래 문이 두 개 있었다. 왼쪽 문은 지하실 중 공사를 한 공간으로 이어졌다. 그곳에는 대형 평면 텔레비전, 멋진 가구가 있는 가족실과 운동실, 남편의 와인 저장고가 있었다. 다른 문은 더 큰 공간으로 이어지지만 난방도 되지 않고 공사도 하지 않은 상태이고 보일러, 전기함들과 스위치들, 바깥으로 나가는 계단이 있었다. 지하실의 이 공간은 헐린에게 편안한 곳이 아니었다. 서늘한데다 막힌 하수구 냄새가 희미하게 풍겼다. 헐린은 그 안에 있는 것들―보일러, 스위치―을 잘 알지 못했고 망가지기라도 할까봐 두려워했다. 대부분 보관 용도로 썼고, 오래전 위층에서 추방당한 물건들이 쌓여 있었다. 가구, 전등, 옷 상자, 책. 낡지도 쓸모없지도 않지만 그래도 몇 년 동안 위층에서는 볼 수 없는 물건들이었다. 낡은 고리버들 의자와 세트인 상판에 천을 덧댄 작업대, 유리판에 살짝 금이 간 스칸디나비아산 금갈색 커피 탁자, 식탁 없이 덩그러니 놓인 식탁 의자들, 매트리스와 침대 헤드보드, 베니션 블라인드. 개켜진 채 먼지 쌓인 커튼…… 헐린은 한때 거실의 자랑이었던 하얀 가죽 소파나 남편이 다시는 볼 일 없다는 걸 인정하면서도 버리기 아까워하던 대학 교재가 든 상자를 너무 가까이에서 보고 싶지 않았다.

매년 같은 화제가 나오곤 했다. 굿윌이든 어디든 자선 단체에 연락해 지하실에 쌓인 물건들을 실어보내야 한다고. 대부분 아직 상태도 좋고 쓸 만하며 심지어 값도 나가는 것들이었다. 하지만 둘 중 누구도 그렇게 하지 못했고, 이제 그 일은 미소짓고 있는 과부에게 떨어졌다.

"니컬러스, 기디언! 자, 여기요! 제발 이 물건들 좀 다 가져가주세요. 이 안에 있는 것들만요. 지하실 저쪽 '가족실'에 있는 건 말고요. 이 가구, 상자들, 옷……" 헐린의 목소리가 떨렸다. 헐린은 두 남자가 자기를 쳐다보고 있다는 걸 알았다. 동정? 연민? 헐린은 이런 일이 그들의 인생에서는 반복되는 일상일 거라 짐작했다. 집안에서 사람이 죽으면 도움의 손길을 불러 옷가지와 가재도구를 가져가게 하니까.

니컬러스에게는 그녀 또한 반복되는 일상의 존재일 터였다. 하지만 헐린은 믿을 수 없었다. 두 사람 사이에는 정말 많은 것들이 오갔으니까.

"바깥으로 나가는 문은 여기 있어요. 제가 열어드릴게요."

헐린은 문을 잡아당겨 간신히 열었다. 이끼 낀 돌계단을 오르면 바깥으로 나갈 수 있었다. 겨울의 축축한 흙냄새가 났다. 헐린은 이 계단을 수년 동안 사용하지 않았지만 보일러 수리공과 배관공, 전기 기사는 주기적으로 사용했다.

니컬러스와 얼굴을 찡그린 검은 피부의 동료는 망설임 없이 바로 숙련된 팀으로서 탁자와 의자를 들어 날랐다. 그들이 열린 문으로 향하자 헐린은 비켜섰다. 헐린이라면 육체적으로나 감정적으로나 무너져 해내지 못할 일을 척척 해내는 것이 놀라울 뿐이었다.

헐린은 물건을 나르는 모습을 지켜보면서 니컬러스와 무슨 말이라도 해야 한다고 생각했지만 갑자기 현기증, 이루 말할 수 없는 슬픔이 치밀어 위층으로 올라갔다.

두 남자가 길게 뻗은 잔디밭을 지나 밴에 가구를 싣는 모습을 뒤 창문으로 고작 몇 분 지켜보았다. 그녀가 본 광경의 인간미 없는 면 때문에 기운이 빠지고 맥이 풀렸다. 끔찍하고 되돌릴 수 없는 실수를 한 게 아닌지 걱정됐다. 남편도 떠나고 없는 이 마당에 대체 뭐가 급하다고 지하실에 쌓아놓은 물건들을 치운단 말인가?

남편의 대학 교재들! 헐린은 찌르는 듯한 고통을 느꼈다. 이 책들이 도움의 손길의 침침한 내부로 옮겨져 아무도 원치 않는 다른 책들과 함께 통 속에 던져지고 잔돈푼에 팔린다고 생각하면.

물론 헐린은 니컬러스가 집에 와주기를 바랐었다. 그가 혼자 와주기를 바랐었다.

그에게 줄 값진 물건이 몇 점 있었다. 새빌 로에서 맞춘 남편의 정장, 검은색 모직 오버코트, 런던 리버티 백화점에서 산 꽃무늬 셔츠.

"마실 것 좀 드릴까요? 커피나 과일주스나……"

그들이 물건을 다 싣고 헐린의 서명을 받기 위해 서류를 가져오자, 헐린은 우울의 마법에서 풀려났다. 그녀는 서둘러 위층으로 올라가 화장을 하고 립스틱을 발랐다. 목에는 분홍색 줄무늬 실크 스카프를 맸다. 거울을 보니 놀랄 만큼 젊어 보이고 심지어 빛이 났다.

"너무 애쓰셨잖아요! 가기 전에 꼭 뭐 좀 드세요."

날씨가 쌀쌀했지만 남자들은 힘든 일을 한 뒤라 더워 보였다. 니컬러스는 머뭇거리더니 바람막이 점퍼를 벗어 헐린에게 건넸고, 헐린은 그것을 부엌 의자 등받이에 걸었다. 기디언은 손수건을 풀어 검고 기름진 얼굴을 닦았다.

처음에 남자들은 얼음물을 부탁했다. 그러더니 니컬러스가 맥주가 있는지 물었다.

"맥주 있으면 부탁할까요, 부인? 없으면 괜찮고요."

맥주라니! 아직 정오도 안 됐는데.

헐린은 웃으며 냉장고에서 독일 라거를 두 병 가져왔다. 몇 주, 이제 몇 달이 지나는 동안 냉장고 안쪽에 처박혀 있던 것이었다. 헐린은 이것을 없애는 게 내키지 않았었다. 남편의 물건은 뭐든 없애고 싶지 않았었다. 남편의 특제 무화과 잼, 가장 좋아하던 검은 올리브, 심지어 딱딱하게 굳은 고르곤졸라 치즈 덩어리까지. 그러나 이 맥주를 열심히 일해준 도움의 손길 직원들에게 내놓을 수 있어서 무척 기뻤다.

그들은 처음에 체면을 차리며 간이 식탁에 앉았다. 헐린은 맥주를 따라 마시라고 잔을 건넸지만, 그들은 병째 마시는 편이 좋다고 했다. 헐린은 곡물 빵, 슬라이스 체다 치즈, 검은 올리브를 접시에 담아냈다. 그러고는 나가서 새빌 로의 정장, 검은색 모직 오버코트, 리버티 백화점 꽃무늬 셔츠를 모두 옷걸이에 걸어 들고 돌아왔다. 헐린이 돌아왔을 때 그들은 게걸스레 먹고 있었다.

헐린은 니컬러스의 눈에서 상황을 알아차린 기미를 보았다. 그랬다, 그는 이 멋진 옷들이 그에게 개인적으로 주는 것임을 눈치챘다. 하지만 그러면 안 됐다. 그는 헐린에게 아무 말도 하고 싶지 않을 터였다. 기디언이 있는 자리에서는.

"이걸 잊어버렸네요. 다른 물건들과 같이 아래층에 갖다 놓으려고 했는데……"

헐린은 정장과 오버코트, 꽃무늬 셔츠를 부엌의 벽 고리에 걸었다.

남자들은 웅얼거렸다. 고맙습니다, 부인! 그들은 재빨리 맥주를 넘겼다.

기디언은 화장실을 써도 되느냐고 물었고, 헐린은 뒤쪽 복도에 있는 손님용 화장실을 가리켰다. 윌리엄 모리스 스타일의 벽지, 장미색 대리석 세면대, 놋쇠 수도꼭지, 흠 하나 없이 반짝거리는 연한 장미색 도자기 변기가 있는 화장실이었다. 대리석 비누받침 위에 놓인 향비누에는 디오르 상표가 찍혀 있었다. 기디언이 부엌으로 돌아오자, 이번에는 니컬러스가 화장실을 써도 되느냐고 물었다.

헐린은 한 병씩 더 마시겠느냐고 묻지도 않고 (두 사람이 가고 싶어 안달복달하는 걸 알았으므로) 냉장고에서 라거를 두 병 더 꺼내왔다. 이쯤 되자 빵과 치즈 접시가 비었고, 헐린은 빵과 치즈를 더 자르고 검은 올리브와 작은 캐슈너트도 그릇에 담아냈다.

헐린은 고통스러웠다. 그녀는 남자들이 가지 않길 바랐다! 그들이 더 오래 머물러주길, 그녀와 이야기 나눠주길 절실히 바랐다. 하이트 부인으로서, 그들의 단체를 돕는 부유한 기부자가 아니라 동등한 인간, 친구로서. 하지만 헐린이 남자들에게 개인사를 묻자—특히 어떻게 도움의 손길에 왔는지, 군대에서 어떤 경험을 했는지—기디언은 얼굴을 찡그리며 어깨를 으쓱했고, 헐린과 눈을 마주치지 않으려 했다. 니컬러스는 발만 내려다보며 침묵하다가 불쑥 헐린에게 미 육군에 입대한 건 일생 최대의 실수였다고 말했다. 하지만—동시에—군에서 중동으로 파견된 덕분에 고향에 있었더라면 얻을 수 없었을 '계시'를 얻었다고 했다.

"뭐랄까, 세계의 진짜 모습이랄까요. 영화나 텔레비전에서 보는 건 진짜가 아니죠. 게다가 전쟁은 직접 겪어봐야 해요."

기디언은 끙 하는 소리를 내며 씩 웃었다. 니컬러스의 거친 말에 동의한다는 뜻이었다.

헐린은 불편한 기색으로 니컬러스에게 그 말이 무슨 뜻이냐고 물었다. 그녀는 간이 식탁 맞은편에 앉아 춥지만 떨지 않으려고 애쓰는 사람처럼 두 팔을 엇걸어 가슴 밑에서 꽉 끌어안고 있었다. 니컬러스로부터, 기디언으로부터 고작 반 미터 떨어져 앉은 그녀는 이제 자신이 버넘 우드의 다른 이웃들은 절대 깨닫지 못할 심오한 계시를 받기 직전이라고 느꼈다.

딱하게도 먼저 세상을 떠난 남편도 알지 못했으리라. 남은 아내는 이제 남편을 훌쩍 뛰어넘었다.

"제 말이 무슨 뜻이냐고요? 제가 무슨 뜻으로 말했다고 생각하시는 겁니까, 부인? 이라크에 실려가서 병사로 훈련받아봐요. '민주주의를 수호'한답시고, 그것도 소총으로, 한동안 탱크 안에서 살면서요. 밖에 뭐라도 나타나면 탱크 안에서 다 쏴버렸어요. 우리는 사람도 죽였다고요. 어떻게 안 그럴 수 있겠어요? 그러라고 거기 보낸 건데."

헐린은 거북했다. 니컬러스는 아주 대놓고 그녀를 보며 웃었다. 하지만 목소리에는 비웃고 업신여기는 기색이 있었다.

"하지만 당신은, 당신은 군인이었잖아요, 니컬러스. 어떤 선택도……"

"민간인도 죽였어요. '이라크인들.'" 경멸하는 투의 말이 니컬러스의 입에서 흘러나왔다. 이-라크-인들. "그중에는 여자들도 있었어요. 노인들은 돼지 멱따는 소리를 질러댔죠. 아이들은…… 처음에 전 생각했습니다, 맙소사! 이건 옳지 않아.

우리는 미국인이라고! 하지만 다른 사람들이 하는 걸 보고 생각했죠. 망할, 못 할 게 뭐야? 어쩌면 다시 돌아가지 못할지도 모르는데, 누가 개뿔 신경이나 쓰나."

헐린은 충격을 받고 불쾌해져서 움츠러들며 그에게서 떨어졌다. 그녀를 쳐다보는 그의 눈에 경멸이 어렸다. 그는 크게 소리내며 독일 라거를 마저 비우더니 웃으면서 소매 끝으로 입을 닦았다.

"왜요, 듣고 싶지 않은가요, 하이트 부인? 그럼 왜 물어봤어요? 당신네들, '민간인들'은 항상 물어보고 항상 후회하죠. 왜 날 여기로 불렀죠?"

"난…… 난 도움의 손길에 전화한 거예요. 기부를 하려고……"

"염병. 부인은 나한테 전화했잖아요."

헐린은 비틀거리며 일어나 물러났다. 혼란스러운 머리로 생각했다. 만약 무슨 일이 일어난다면, 집안 다른 쪽으로 뛰어가면 될 것이다. 아래층 남편의 서재로.

그런 다음 문을 잠글 수 있다. 911에 전화할 수 있다.

기디언은 가겠다고 말하고 집을 나갔다. 니컬러스는 남은 음식을 처리한다며 좀더 머물렀다. 그는 손가락으로 게걸스럽고 무례하게 먹었다. 몇 분 만에 그는 술기운이 올라 기분이 좋아졌다 난폭해졌다 하며 주사를 부렸고, 헐린은 그가 혐오스러웠다. 그는 '법적 미국 영토' 바깥에서 사는 기분이 어떤지 떠벌렸다. "그건 어떤 망할 짓도 자유롭게 할 수 있고, 동료들도 눈감아준다는 거죠. 동료란 게 그런 거 아니겠어요." 그는 헐린의 얼굴에 떠오른 표정을 보고 그녀에게 몸을 바짝 붙이며 자기가 있던 뉴브런즈윅의 재활원은 그저 '신체적 상처'만 치료하는 게 아니라 '정신병리학적 외상'을 치료하는 곳이었다고 설명했다. "봐요, 사실 그래요, 부인. 기디언과 나, 우리는 둘 다 죽었어요. 부인이야 살아 있는 퇴역 군인들이 밴에서 내렸다고 생각하겠지만, 사실 우리는 죽었다고요."

니컬러스는 껄껄 웃더니 비틀비틀 일어섰다. "안녕히 계십시오, 부인! 이거 고맙습니다! 그럼!" 그는 남편의 멋진 정장과 오버코트, 꽃무늬 셔츠를 평범한 재활용 의류처럼 조심성 없이 쓱 집어들어 팔에 걸치더니 집을 나갔다.

밴으로 가려고 집 모퉁이를 돌아갔던 동료는 벌써 밴을 몰고 원형 차로에 나와 있었고 니컬러스가 밴에 오르자마자 떠나버렸다.

헐린은 충격에 빠져 몇 분 동안 꼼짝도 않고 서 있었다. 그런 후에 손님용 화장실을 확인했다. 변기 물을 내리지 않은 상태였다. 수건걸이에 걸린 수건은 아무렇게나 써서 더럽고 축축하고 꼬여 있었다. 세면대에서 뭔가 없어진 게 있나? 대리석 비누 받침? 비싼 디오르 비누는 세면대에 던져진 채 물에 잠겨 있었다.

기디언이라면 몰라도 니컬러스가 이런 짓을 했을 리 없었다. 그녀를 그렇게 존중하는 친구가 이런 짓을 했다고 믿을 수가 없었다.

변기 물을 내리고 돌아나왔다.

그리고 서둘러 지하실로 내려가 공사를 하지 않은 공간을 확인했다. 가구와 옷, 다른 물건들도 전부 사라졌다. 자신이 청한 일이지만 헐린은 지금 지하실이 얼마나 황량한지, 얼마나 넓은지, 콘크리트 바닥이 얼마나 지저분한지를 보고 더욱 충격을 받았다. 몇 년씩 쌓여 있던 물건의 윤곽이 그 자리에 남아 있었다. 마루의 다른 부분보다 조금 덜 더러운 자국으로 남은 윤곽선.

바깥으로 나가는 문은 부주의하게도 약간 열려 있었다. 헐린은 문을 닫고 잠그러 갔다.

헐린은 거기서 나와 위층으로 올라가려다 문득 충동적으로 공사를 한 공간에 있는 '가족실' 문을 열어보았다. 그리고 이 곳 역시 텅 비어버린 것을 보자 믿을 수가 없었다.

그들은 소파, 의자, 커피 탁자, 심지어 카펫까지 가져갔다. 52인치 평면 텔레비전도 어찌어찌 떼어내서 챙겨갔다. 몇 년 동안 쓰지 않던 운동기구들인 트레드밀, 스테어마스터도 가져갔다. 와인 저장고로 향하는 문도 조금 열려 있었다. 헐린은 도움의 손길 직원들이 와인 선반을 털어갔다는 걸 확인하기 위해 안을 들여다볼 필요도 없었다.

텅 빈 그곳에서 헐린은 부들부들 떨며 서 있었다. 회오리바람이 쓸고 간 듯한 방에는 깨진 물건들만 남아 있었다—도자기, 작은 전등, 말린 풀과 야생화가 꽂혀 있던 꽃병. 헐린은 너무 망연한 나머지 어떻게 해야 할지 알 수 없었다. 하지만 실수로 이랬을 거야, 안 그래? 고의적으로 이랬을 리 없어.

헐린은 남자의 눈에 어린 조롱을 다시 보았다. 그러자고 날 부른 거 아닌가? 당신이 자청한 거라고!

6

그녀는 동네에서 그 밴을 보기 시작했다.

위층 창가에서 차 옆면에 빨간 글자—도움의 손길—가 쓰여 있는 금속성 색을 띤 밴이 그녀의 집 차로를 지나 이웃집으로 들어가는 것을 보았다.

또 버넘 우드, 퀘이커 하이츠의 다른 곳에서도. 가로수가 줄지어 선 우회로를 따라 느긋하고 결연하게 달리는 총알 모양의 차가 있었다. 유칼립투스 웨이, 페즌트 힐, 디어 힐 드라이브, 필그림 레인, 올드 밀, 버넘 우드 패스라고 이름 붙여진 구불구불한 길에서 깊숙이 들어간 곳에 자리한 우아한 식민지풍, 프랑스 노르망디풍, 준準 에드워드풍, 준 조지아풍 집들 사이사이로 도움의 손길이라는 빨간 글자를 볼 수 있었다. 퀘이커 하이츠의 울퉁불퉁한 언덕에는 잔디 깎는 인부, 목

수, 지붕 수리공, 페인트공, 과테말라 출신의 가정부를 실은 차들이 매일같이 오갔다. 끊임없이 흐르는 서비스 차량. 이 틈에서 도움의 손길의 밴은 나머지 차량들과 그리 별다르지 않았다.

헐린은 이 광경을 보고 감정이 북받쳤다. 경계심과 두려움. 하지만 시기심 비슷한 감정도 있었다. 그는 이제 그녀가 아니라 다른 여자의 집으로 갈 테니까.

헐린은 911에 절도 신고를 하지 않았다. 그들에게 지하실의 공사한 공간으로 들어가지 말라고 말했는지 확실하게 단언할 수 없었다. 도움의 손길 남자들은 이렇게 증언할 것이었다. 오해가 있었을 겁니다. 아마도.

어느 밤 이웃집의 차로에 구급차가 서는 것을 보았다. 그날 아침 도움의 손길 밴이 그 집을 방문했었다. 시끄럽게 울리는 사이렌 소리에 헐린은 진정제를 먹고 간신히 청했던 잠에서 깨어났다. 버넘 우드 서클과 폭스크로프트 레인의 모퉁이에는 헐린의 집보다 크고 근사한 슬레이트 지붕을 인 자연석 장원이 있었다. 그 집에 사는 육십대 노부인은 헐린의 남편이 죽기 전 봄에 남편을 여의었다. 육십대에 접어든 남자의 죽음, 헐린에게는 얼마나 동떨어진 일처럼 보였던가! 육십대의 과부란! 헐린은 그 부부를 잘 알지 못했지만 그 며칠 후 꽃화분 몇 개를 남편을 잃은 부인에게 주려고 찾아갔었다. 부인은 헐린을 상냥하게 맞았지만, 정신은 딴 데 있었고 혼자 있고 싶어하는 게 분명했다.

헐린은 윈드리프 부인에게 무슨 일이 일어났는지 알아내기가 두려웠다.

7

어째서 나를 청한 거지. 어째서 나를 부른 거지.

황혼이 깔린 침실, 그가 그녀에게 다가왔다. 얼굴에는 그늘이 졌고 번득이는 이와 빛나는 눈밖에 보이지 않았다. 그녀는 그의 냄새를 알았다. 틀림없었다. 그와 마주하자 그녀의 몸이 굳었다. 심장은 터질 듯이 뛰었다. 그녀의 어깨, 등, 허리, 엉덩이, 긴장한 머리가 그의 몸에 짓눌려 침대에서 꼼짝도 할 수 없었다. 그녀의 목에 올라간 두 손, 손가락이 조여들었다. 당신이 전화했잖아, 내가 여기 오길 바랐잖아. 이게 당신이 원한 거잖아. 집안에는 무겁게 요동치는 침묵만 흘렀다. 아래층 복도의 괘종시계는 몇 주 전 그 엄숙한 종소리를 멈췄다. 하이트 집안에 대대로 내려오던 스티클리 시계를 관리할 수 있는 사람은 오직 남편뿐이었다. 헐린은 자신이 한동안 시계 소리를 듣지 못했다는 것을 비로소 깨달았다. 얼마나 오래됐을까? 시간의 울림이 그냥 멈춰버렸다.

이게 죽음이니까, 시간의 울림이 멈추는 것.

하지만 남자는 그녀를 목 졸라 죽이지는 않았다. 손가락이 느슨해졌다. 그러다 다시 조였다. 다시 느슨해졌다. 다시 조였다, 느슨해졌다. 이것은 자비였다. 그녀가 숨쉴 수 있도록 베푼 자비. 숨이라는 선물을 남자가 그녀에게 주는 것이었다. 그녀가 받는 것이 아니라.

　헐린은 힘없이 남자를 밀쳤다. 그의 거친 피부에 그녀의 피부가 긁혔다. 흉터가 지고 곰보 자국이 있는 얼굴, 수염이 거뭇한 턱, 포식 어류같이 빨아들이는 입. 다리 하나는 못쓰게 되고, 허벅지 근육은 심하게 손상됐다. 하지만 그는 여전히 강하고, 그녀를 침대에 내리누르며 그녀의 비명, 애원, 절박함에도 아랑곳하지 않았다. 그녀는 이런 것을 원하지는 않았다. 친구로서, 동반자로서, 그녀를 사랑해주는 연인으로서 원했을 뿐이지 이런 것을 원하지는 않았다. 조용히 하라고 그가 손으로 그녀의 입을 쳤다. 조용히 하라고 치는 그의 꺼끌꺼끌한 손에서 소금 냄새, 먼지 냄새가 났다. 그녀의 머리는 문을 두드리는 주먹처럼 침대 헤드보드를 두드렸다. 마침내 뭔가 휘어지고, 뭔가 깨질 때까지. 문이 열렸고 그녀는 그 안으로 떨어져버렸다.

8

이제, 어느 추운 아침, 과부의 집 현관문 밖 원형 차로, 옆
면에 빨간 글자로 도움의 손길이라고 쓰인 금속성 색을 띤 차.

문 바로 안쪽에서 그녀는 헐떡이고 웅크렸다. 맨발이었고
머리카락은 얼굴에 흩어져 있었다. 그 차를 운전하는 사람이
누군지는 보이지 않았다. 햇빛이 앞유리에 비쳐 눈이 부셨다.

그녀는 보지 않을 것이다! 절대로!

옥수수 소녀*
사랑 이야기

The Corn Maiden
A Love Story

* 옥수수 소녀의 제물 관습은 이로쿼이, 포니, 블랙풋 인디언 종족의 전통적
제물 의식에서 따와 복합적으로 가공했다—원주

4월
멍청이들!

왜 왜 하고 물어보겠지만 이게 이유야, 그 아이의 머리카락.
걔 머리카락이라고! 햇빛 속에서 그 머리카락이 옥수수수염
처럼 연한 비단 금색으로 빛났단 말이야. 햇빛 속에서 불꽃이
튈 것만 같았어. 나를 보며 웃는 눈은 약간 불안하기도 하고
뭘 바라는 것 같기도 했어. 주드의 소원이 뭔지 모르겠다는
듯이. (하지만 누군들 알았겠어?) 나는 비운의 주드(토머스 하디의
소설 제목이자 주인공 이름―옮긴이)니까. 눈眼의 주인이니까. 난
너희 같은 미천한 사람들 눈으로 판단되지는 않는다고, 멍청
이들.

그 여자애의 엄마가 있었어. 두 사람이 함께 있는 걸 봤지.
그 엄마가 몸을 숙여서 그 여자애한테 뽀뽀하는 걸 봤어. 그
화살이 내 심장을 찔렀어. 난 생각했어. 당신이 날 바라보게 만

들겠어. 난 용서하지 않을 거야.

그래, 좋아. 좀더 구체적으로. 당신네 멍청이들이 작성할 보고서 같은 식으로 말하지. 어쩌면 검시관의 소견을 적을 자리도 있겠네. 사인死因이라고 하나.

멍청이들 감을 전혀 못 잡았나보군. 감을 잡았다면 이따위 보고서를 작성하는 게 무슨 진실이나 '사실'이라도 보장하는 양 키보드를 두드려봤자 허튼짓이라는 걸 알았을 거야.

어째서 어째서 밤에 컴퓨터 앞에 앉아 클릭클릭클릭 하며 은하 사이를 헤맸느냐고. 내 생일(3월 11일)에 계시를 받았거든. 눈의 주인이 소원을 들어주겠다고 했고 그게 바로 이유야. 네가 바라는 것이 이제 곧 실현될 것이다. 네가 주인이라면.

비운의 주드. 그가 내게 이 이름을 붙였어. 가상공간에서 우리는 쌍둥이였지.

이게 바로 이유야. 6학년 때 자연사박물관 현장학습에서 주드는 멍청하게 킥킥대는 애들 무리를 떠나 오니가라 인디언들이 옥수수 소녀를 제물로 바치는 전시물을 빤히 바라봤어. 이 전시물은 매우 사실적으로 묘사되어 있으므로 보호자의 지도 없이는 16세 미만 아동의 관람에 주의해주십시오. 아치형 입구로 들어가면 형광등이 비치는 먼지 낀 유리 전시장이 있어. 거기서 옥수수 소녀를 볼 수 있지. 땋아내린 빳빳한 검은 머리카락, 납작한 얼굴, 멍한 눈, 공포를 넘어선 경탄의 표정이 영원히 각인된 듯 떡 벌어진 입. 그때 그 환영이 주드의 심장으로 들어왔어. 옥수수 소녀의 심장에 쏜 화살처럼. 그게 바로 이유야.

신이 이를 허락하시는지 보려고 한 실험이었으니까 그게 바로 이유야.

나를 멈출 사람이 아무도 없었으니까 그게 바로 이유야.

사도들

우린 절대 주드가 진심인 줄 몰랐어요!

우린 절대 일이 그렇게 될 줄 몰랐어요!

우린 절대 몰랐어요……

……그냥 몰랐어요!

그럴 작정은 절대 아니었는데……

……절대로!

걔가 미워서 그런 건……

……

(주드는 그 이름을 말하는 게 금기라고 했어요.)

주드가 눈의 주인이었어요. 학교 다니는 내내 우리 대장이 었고요. 주드는 정말 멋졌어요.

5학년 때 주드는 우리한테 S(향정신성 의약품인 카리소프로돌을 가리킴―옮긴이)를 흡입하면서 약에 취하는 법을 알려줬어요. 어디서 그걸 얻어왔는지 우리는 몰랐어요.

7학년 때 주드는 우리에게 X(향정신성 의약품인 엑스터시를 가리킴─옮긴이)를 줬어요. 더 나이 많은 애들이 하는 거요. 고등학교에 다니는 비밀 친구한테서 X를 얻어왔어요.

약에 취하면 모든 사람을 사랑하게 되지만 솔직히 비밀을 말하자면 기본적으로는 걱정이 없어져요.

그게 얼마나 멋진데요! 학교나 자기 집에 폭탄을 떨어뜨릴 수 있을 것같이 스캇스킬 위를 떠다니는 기분이 죽여줘요. 식구들이 옷이랑 머리카락에 불이 붙어가지고 집에서 뛰쳐나오면서 살려달라고 소리치는데 난 웃음이 나요. 어쨌든 그건 날 건드리지는 않으니까. 그게 바로 약에 취한 기분이에요.

다른 사람들은 모르던 비밀이 있어요.

주드네 집에 있던 야한 비디오들.

주드의 할머니인 트레헌 부인은 어떤 유명한 사람의 과부래요.

들고양이들에게 먹여봤어요. 죽이더라고요!

리털린하고 재낵스. 주드를 담당했던 의사선생님이 처방해준 약이에요. 주드는 그 개똥 같은 약들을 먹는 척만 했대요. 욕실에 몇 년 치가 있었어요.

하겐다즈 프렌치 바닐라 아이스크림에 넣어 옥수수 소녀에게 먹였어요.

옥수수 소녀는 금세 하품하더니 졸더라고요. 아이스크림은 정말 맛있었어요! 한 알 갈아 넣으면 돼요. 찻숟가락으로 반 정도. 마법 같았어요. 우리도 믿지 못하겠더라고요.

주드는 우리가 마법을 부리는 건데 믿지 못하는 거라고 했어요. 다른 사람이 마법 푸는 법을 가르쳐줄 때까지는 그렇다고.

옥수수 소녀는 전에 주드네 집에 와본 적이 없었어요. 하지만 주드는 그 애한테 3월 초부터 다정하게 굴었어요. 우리한텐 눈의 주인이 자기 생일에 소원을 들어줬다고 했어요. 그리고 우리도 그 소원에 끼여 있다고.

계획은 신뢰를 쌓는다는 거였어요.

계획은 옥수수 소녀에게 어느 날 마법의 시간이 있을 거라고 미리 알려줘서 준비시키는 거였어요. (주드가 예측하기로는) 번개가 번쩍 치는 것처럼, 모든 어둠이 갑자기 밝아질 때가 있다고요.

그렇게 된 거예요. 우리는 준비를 했어요. 마법의 시간도 그랬고요.

트레헌 저택에는 뒷문이 있어요. 우린 그 길로 갔어요.

옥수수 소녀는 걸어갔어요! 자기 두 발로 걸어갔다고요. 억지로 끌고 가거나 데려간 게 아니에요.

자신의 의지로, 라고 주드가 말했어요.

오니가라 인디언 의식에서는 그렇지 않았어요. 거기서는

옥수수 소녀가 자신의 의지로 간 게 아니라 납치당한 거였어요.

적 부족이 소녀를 납치했어요. 소녀는 다시는 자기 부족으로 돌아가지 못했고요.

옥수수 소녀는 묻혔어요. 태양 아래 옥수수 씨앗 사이에 누이고 흙이 덮혔어요. 주드는 우리한테 이런 이야기를 옛날 동화처럼 말해줬어요. 웃으라고 하는 이야기였어요. 하지만 왜냐고 물어보는 건 안 됐어요.

주드는 우리가 왜라고 물어보는 걸 싫어했어요.

옥수수 소녀는 절대로 협박당하지 않았어요. 옥수수 소녀는 소중하고 정중하고 친절한 대우를 받았어요.

(하지만 약간 겁을 주기는 했어요. 다른 방법이 없다고 주드가 말했거든요.)

화요일과 목요일이면 그 여자애는 하굣길에 세븐일레븐에 들렀어요. 어째서 그러는지 주드는 알았어요. 고등학교 애들이 주로 거기서 죽치고 있었어요. 나이 많은 애들이요, 담배를 피우면서. 주 고속도로 변에 있는 허름하고 작은 쇼핑몰이에요. 양탄자 자투리 상점, 미용 관리실, 중국 음식 포장 판매점과 세븐일레븐. 뒤에 쓰레기 수거함이 있고 썩은 냄새가 풍기는 곳이죠.

들고양이들이 쓰레기 수거함 뒤 덤불에 숨어 있어요. 정글같아서 아무도 가지 않는 곳이에요.

(주드는 빼고요. 자기 토템이라고 하는 들고양이들에게 밥을 주러 갔으니까요.)

주드는 세븐일레븐에 따로따로 가게 했어요. 같이 걸어가는 모습을 누가 보면 안 된다고.

여자애 넷이 뭉쳐 있으면 눈에 띄잖아요.

여자애 혼자거나 둘이 가면 아무도 신경쓰지 않아요.

누가 우리를 보고 있었던 건 아니지만요. 우린 그 뒷길로 갔어요.

옛날에는 하인들이 언덕 아래 살았대요. 하이게이트 애비뉴에 있는 큰 집들에 일하러 가려고 언덕을 오르던 때.

역사적이고 오래된 스캇스킬 저택. 거기가 바로 주드가 할머니와 사는 곳이었어요. 텔레비전에 나오곤 했어요. 신문에도요. 뉴욕 타임스에는 1면에 나왔어요. 그 집은 18세기 네덜란드 이주민풍 장원 저택이라고요. 우린 그런 건 몰랐어요. 그 집을 앞에서 본 적은 없었거든요. 우린 그냥 주드의 방과 다른 방 몇 개에만 들어가봤어요. 그 집엔 지하실이 있었어요.

하이게이트 애비뉴에서는 트레헌 저택이 잘 안 보여요. 주변에 3미터짜리 돌담이 있거든요. 이 담은 오래돼서 돌이 부스러져 떨어지지만, 그래도 그 너머를 볼 순 없어요. 하지만 차를 타고 가면서 빨리 보면 철문 사이로 볼 수 있어요.

이젠 많은 사람이 그 앞을 지나가겠죠.

하이게이트는 주차금지 주차금지 주차금지, 그래요. 스캇스킬은 쇼핑하는 사람 빼고는 낯선 사람을 반기지 않아요.

거긴 트레헌 사유지라고 했죠. 땅이 4만 5000제곱미터예요. 하지만 뒤쪽에 지름길이 있어요. 그 길로 옥수수 소녀를 데려간 거예요, 뒤로 들어가서. 그 땅은 거의 다 숲이에요. 대부분이 정글처럼 야생이죠. 하지만 조심만 한다면 올라갈 수 있는 낡은 돌계단이 있어요. 검은나무딸기가 무성하고 언덕 아래는 콘크리트 판으로 막아놓은 오래된 측면 도로지만 그 옆으로 돌아서 갈 수 있죠.

이 뒷길은 아무도 짐작 못해요. 작은 쇼핑몰에서 걸어서 삼분 거리죠.

아무도 짐작 못하죠! 저기 언덕 위 하이게이트에 있는 오래된 큰 집들, 이런 집들 부지 뒤쪽이 주 고속도로까지 내리막으로 죽 이어진다는 것을.

주드는 경고했어요. 옥수수 소녀를 소중하고 정중하고 친절하고 엄격하게 대해야 해. 옥수수 소녀는 자기 운명을 절대로 짐작할 수 없어야 해.

교외의 싱글맘, 열쇠 아이 딸

"머리사."

뭔가 잘못됐다는 첫번째 신호. 아파트에 불이 켜져 있지 않다.

두번째 신호. 너무 조용하다.

"머리사, 아가?"

벌써부터 목소리에는 날이 서 있었다. 벌써부터 가슴은 철끈으로 꽉 조이기라도 한 듯 답답했다.

어두운 아파트 안으로 들어섰다. 맹세할 수 있었다, 저녁 여덟시도 넘지 않았다고.

꿈에서처럼 감정이 멈춘 가운데 문을 닫고 불을 켰다. 자신의 모습을 비디오 모니터로 보는 사람처럼 괜히 의식하며 두드러지게 정상인 척 행동하려 했지만, 주위는 달라졌고 정상적이지도 않았다.

엄마라면 겁에 질리지 않아야 하고, 약한 모습을 보이지 않아야 한다는 것을 배우게 된다. 아이가 보고 있으니까.

"머리사? 너 없니? ……집에 있지?"

머리사가 집에 있었다면 불이 켜져 있었을 것이다. 머리사는 거실에서 텔레비전을 크게 켜놓고 숙제하곤 했다. 아니면 시디플레이어를 크게 켜놓고 했다. 집에 혼자 있을 때 머리사는 고요하면 불안해했다.

초조하다고 했다. 죽음에 대한 생각처럼 무서운 생각을 하게 된다고 했다. 자기 심장 소리가 들린다고 했다.

하지만 아파트는 고요했다. 부엌에서는, 고요했다.

리어는 불을 더 켰다. 여전히 자기 모습을 관찰하고 있었고, 침착하게 행동하고 있었다. 거실에서 복도 건너 머리사의 방까지 살폈는데 아이 방문이 열려 있고 안은 캄캄했다.

그럴 수도 있어. 그럴 수도! 흐릿하고 절박한 한순간뿐이었지만, 머리사가 침대에서 잠들었을 거라고 생각했다. 그래서…… 하지만 리어는 침대 위에 누워 있는 가느다란 형체가 없다는 것을 확인했다.

욕실에도 없었다. 문은 빠끔 열려 있고 안은 어두웠다.

아파트는 왜 그런지 낯익지가 않았다. 가구를 옮겨놓기라도 한 듯. (그런 건 아니었다고 리어는 나중에 단정했다.) 창문을 열어놓은 것처럼 싸늘했고 외풍이 들었다. (열려 있는 창문은 없다.)

"머리사? 머리사?"

엄마의 목소리에는 놀라움과 분노에 가까운 기색이 있었다. 머리사가 들었다면 자기가 살짝 혼나고 있다는 것을 알 수 있을 만큼.

텅 빈 부엌에서. 리어는 조리대에 식료품들을 내려놓았다. 봉지가 천천히 처지는 것을 보지 않았다. 요구르트 하나가 떨어지는 것을 제대로 보지 못했다.

머리사가 좋아하는 딸기 맛.

이렇게 고요하다니! 엄마는 몸을 떨기 시작했고 어째서 딸이 고요를 싫어하는지 이해했다.

그녀는 방마다 돌아다녔다. 단층짜리 작은 아파트의 몇 개 안 되는 방을 돌아다니며 머리사? 아가? 하고 불렀다. 팽팽하게 당긴 철사처럼 가늘고 고조된 목소리로. 시간이 가는 걸 잊어버리곤 했다. 그녀가 엄마였고, 그녀에게 책임이 있었는데. 십일 년 동안 아이를 잃어버린 적은 없었다. 아이를 잃는다는 건 모든 엄마의 공포, 급작스러운 육체적 상실, 절도, 도난, 강제적인 유괴다.

"아냐. 그 아이는 여기 있어. 어딘가에……"

걸음을 되짚어 아파트 안을 다시 훑었다. 머리사가 있을 만한 방은 몇 군데 안 됐다! 다시 욕실 문을 열었다, 더 활짝. 벽장문 하나를 열었다. 벽장문을 모두 열었다. 걸려 넘어지고…… 어깨를 찧고…… 머리사의 책상 의자에 부딪혔다. 허벅지가 따끔했다. "머리사? 너 숨어 있니?"

마치 머리사가 숨어 있을 거라는 듯이. 이런 시간에.

머리사는 열한 살이었다. 머리사는 엄마가 찾아다니도록 이렇게 오래 숨어 있다가 킬킬대고 신나서 소리지른 적이 없었다.

그녀는 무심한 엄마가 아니었다고 항변할 것이다.

워킹맘이었다. 싱글맘이었다. 딸아이의 아빠는 그들의 인생에서 사라져버렸고, 위자료도 양육비도 내지 않았다. 그러니 어떻게 그녀의 잘못일 수 있겠는가. 딸과 자신을 부양하려면 일해야 했고, 딸에게 특별한 교육지도가 필요해서 공립학교에서 스캇스킬 사립학교로 전학시켰다……

사람들은 그녀를 비난할 것이다. 타블로이드 신문들은 그녀를 십자가에 매달아 죽일 것이다.

911에 전화하면 삶은 대중의 이야깃거리가 된다. 911에 전화하면 삶은 더이상 자기 것이 아니게 된다. 911에 전화하면 삶은 영원히 변해버린다.

교외 지역의 싱글맘. 열쇠 아이(맞벌이하는 부모 때문에 직접 열쇠를 가지고 다니는 아이―옮긴이) **딸.**

사우스 스캇스킬에서 열한 살 아이 실종.

절대 그런 게 아니라고 항변할 것이다! 그렇지 않았다고.

일주일에 닷새는 그렇지 않았다.

화요일과 목요일만 병원에서 늦게까지 일했다.

크리스마스 이후부터만 머리사는 빈 아파트로 귀가했다.

아니, 그건 이상적이지 않았다. 대신에 애 볼 사람을 썼다면……

늦게까지 일할 수밖에 없었다고 항변할 것이다. 근무시간이 바뀌었다. 화요일과 목요일에는 오전 열시 삼십분에 출근해서 오후 여섯시 삼십분에 퇴근했다. 그러면 집에 일곱시 십오분에 도착했다. 늦어도 일곱시 삼십분에는 왔다. 그랬다고 맹세한다! 대부분의 저녁에는.

어떻게 그녀의 잘못이겠는가. 나이액에서 타판 지 다리까지, 태리타운, 슬리피 할로를 지나 스캇스킬 타운 경계를 향해 북쪽으로 가는 9번 국도가 막혔다. 게다가 9번 국도에서는 공사를 하고 있었다. 퍼붓는 빗속 교통이란! 난데없이 먹구름이 끼더니 비가 쏟아졌다! 그녀는 이 지경이 되어버린 인생에 대한 절망감에, 분노에 흐느끼고 싶었었다. 자동차 전조등 불빛들이 뇌를 뚫고 가는 레이저 광선처럼 눈부셨다.

하지만 보통은 아무리 늦어도 여덟시면 집에 도착했다.

그녀는 911에 전화하기 전에 생각을 정리하려고 했다. 계산해보려고 했다.

머리사는 보통 오후 네시면 집에 돌아왔다. 마지막 수업이 세시 십오분에 끝나면 집까지 걸어왔고, 교외 동네 다섯 블록 반, 1킬로미터가 안 되는 거리, (대부분) 주거 구역을 통과했다. (사실 피프틴스 스트리트는 번잡한 거리였다. 하지만 머리사는 그 길을 건널 필요가 없었다.) 게다가 아이는 학교 친구들과 함께 걸어오곤 했다. (그랬을까?) 머리사는 스쿨버스를 타지 않았고, 사립학교 애들이 타는 버스는 없었다. 어쨌든 머리사는 학교 근처에 살았다. 리어 밴트리가 스캇스킬 사립학교 가까이에 살려고 브라이어클리프 아파트로 이사왔으니까.

그녀는 설명할 것이다! 잃어버린 아이 때문에 밀려드는 여러 감정에 빠져서 설명할 것이다.

어쩌면 학교가 끝나고 특별한 일이 있었는지도 모른다. 체육 행사, 합창 연습, 머리사가 잊어버리고 리어에게 말하지 않은 건지도…… 어쩌면 친구에게 초대를 받았는지도 모른다.

아파트에서, 전화가 울리기를 기다리듯 옆에 서서, 방금 무슨 생각을 했는지 떠올리려고 했다. 손가락 사이로 빠져나가는 물을 잡으려는 것처럼 생각을 잡으려고……

친구! 그거였다.

머리사네 반 여자애들 이름이 뭐였지?

물론 리어는 전화를 걸 것이다! 떨리고 불안했지만 경찰을 부르기 전에 이 중요한 통화를 할 것이다. 그녀는 신경질적인 엄마가 아니었다. 이름을 아는 머리사의 담임선생에게 전화해서 친구들 이름을 알아내고 그 애들 집으로 전화할 것이고, 그러면 머리사가 어디 있는지 알 것이고, 다 괜찮아질 것이다. 머리사의 친구 엄마가 사과하듯 말하겠지. 머리사가 엄마 허락을 받은 줄 알았어요, 저녁 먹고 가도 된다고요. 정말 죄송해요! 그러면 리어는 안도의 웃음을 지으며 재빨리 말하겠지. 가끔 애들이 어떤지 아시잖아요. 착한 애들도 그런다니까요.

그러나. 머리사는 학교 친구가 별로 없었다.

그것이 새로 들어간 사립학교에서의 문제였다. 공립학교에 다닐 때는 친구가 있었지만, 학생들 대부분이 상류층에 유복한 스캇스킬 학교에서는 그게 쉽지 않았다. 굉장한 상류층에, 굉장히 유복했다. 게다가 가난한 머리사는 아주 다정하고 사람을 잘 믿는 긍정적인 아이여서 다른 여자아이들이 상처 주기로 작정하면 쉽게 상처받을 수 있었다.

5학년 때 이미 시작됐다, 복잡한 여자아이 특유의 심술궂음.

6학년이 되자 더욱 심해졌다.

"엄마, 왜 애들이 날 싫어해요?"

"엄마, 왜 애들이 날 놀리는 거예요?"

스캇스킬에서는 하이게이트 애비뉴에서 언덕 아래, 또는 서밋 스트리트 동쪽에 산다고 하면 노동자 계급일 거라고 생각했다. 머리사는 그게 무슨 뜻이냐고 물었다. 일은 모두가 하는 거 아니에요? 그리고 계급이 뭐예요? 학급 같은 거예요? 교실?

리어는 인정할 수밖에 없었다. 머리사가 설령 엄마가 모르는 학교 친구의 초대를 받고 갔더라도 그리 오래 머물지는 않았을 거란 사실을.

오후 다섯시 넘어서까지, 어두워진 후까지 있을 리가 없었다.

엄마에게 전화도 없이 그럴 리가 없었다.

"그럴 애가 아니지……"

리어는 다시 부엌을 확인했다. 개수대는 비어 있었다. 해동하려고 꺼내놓은 치킨커틀릿 상자도 없었다.

화요일과 목요일은 머리사가 저녁을 준비했다. 머리사는 요리를 좋아했다. 엄마와 함께 요리하는 걸 좋아했다. 오늘 저녁은 치킨 잠발라야를 하기로 했었다. 두 사람이 좋아하고 함께 준비하기에 즐거운 요리였다. "토마토, 양파, 후추, 케이준 파우더, 쌀……"

리어는 소리내어 말했다. 정적이 불안했다.

집에 곧바로 왔더라면. 오늘밤.

고속도로 변에 있는 세븐일레븐. 집에 오면서 들렀었다.

카운터 뒤에 있던 지혜로우면서도 구슬픈 눈을 지닌 중년의 인도인 남자가 증언해줄 것이다. 리어는 단골손님이다. 남자는 그녀의 이름은 모르지만, 호감은 있는 듯했다.

유제품, 상자 휴지, 토마토 통조림. 차가운 여섯 개들이 맥주 두 팩. 그가 짐작하는 건 리어에게 남편이 있다는 것뿐이었다. 그리고 그는 맥주를 많이 마셨다. 그 남편은.

리어는 떨리는 자기 손을 보았다. 손을 진정시키려면 술이 필요했다.

"머리사!"

그녀는 서른네 살이었다. 딸은 열한 살이었다. 부모님을 비롯한 가족들은 리어가 칠 년 전 '원만하게 이혼'했다고 알고 있었다. 의대를 중퇴한 전남편은 캘리포니아 북부 어디에서 사라졌다. 두 사람은 1990년대 초반 대학에서 만나 버클리에서 같이 살았다.

전남편이자 아이 아빠의 성이 밴트리가 아니니 추적은 불가능할 것이다.

남편에 대한 질문을 받겠지. 그녀는 알고 있었다. 수많은 질문을 받을 것이다.

설명을 하겠지. 열한 살 아이는 탁아소에 보내기에 너무 나이가 많아요. 열한 살 아이는 집에 혼자 오고도 남아요…… 열한 살은 책임질 수 있어요……

리어는 냉장고를 열어 캔맥주를 더듬거리며 찾았다. 뚜껑을 따서 목마른 듯이 마셨다. 액체는 얼음처럼 차가워서 머리가 바로 아렸다. 두 눈 사이의 동전만한 차가운 지점. 어떻게 이럴 수 있지? 이런 때에! 그녀는 이 상황을 철저히 따져보기 전에는 겁에 질린 채 911에 전화하고 싶지 않았다. 뭔가가 그녀의 눈앞에서 명백해지고 있었다. 어떻게든 설명할 길이 있겠지, 아마도?

완전히 좌절한 싱글맘. 작은 아파트.

사라진 열한 살 소녀. '학습장애'.

리어는 또 한번 어설프게, 걸음을 되짚으며 아파트를 훑었다. 찾아다녔다…… 이미 열어봤던 문을 더 활짝 열어젖혔다. 절박한 에너지가 솟구쳐 머리사의 침대 옆에서 무릎을 꿇고 그 밑을 들여다보기도 했다.

그래서 찾아냈다. 뭘? 양말 한 짝.

마치 머리사가 침대 밑에 숨은 것처럼 숨어 있던!

엄마를 사랑하는 머리사는 엄마가 걱정하거나 속상해하거나 상처받기를 절대로 절대로 바라지 않을 것이었다. 또래보다 행동이 어렸지만 반항하거나 뾰로통한 적은 없었다. 머리사가 생각하기에 나쁜 짓이란 아침에 일어났을 때 침대 정리를 까먹는 것이었다. 욕실 세면대 거울에 물을 잔뜩 튀겨놓고 그냥 놔두는 것이었다.

엄마에게 이런 질문을 하는 머리사가. "다른 애들처럼 나도 아빠가 다른 데 있어요? 아빠는 날 알아요?"

눈물을 삼키기 위해 눈을 깜빡거리면서 이런 질문을 하는 머리사가. "왜 애들이 날 놀려요, 엄마? 내가 느려서?"

공립학교에서는 한 학급의 인원이 너무 많아서 담임선생이 머리사를 위해 따로 시간을 내줄 수도 인내심을 보여줄 수도 없었다. 그래서 리어는 학급당 학생 수가 열다섯 명으로 제한된 스캇스킬 사립학교에 딸을 전학시켰다. 그러면 선생에게 특별한 관심을 받을 수 있을 테니까. 그러나 머리사는 여전히 산수를 잘 못했고, '느리다'고 놀림을 받았…… 머리사가 친구라고 여기던 여자애들도 머리사를 비웃었다.

'어쩌면 얘가 가출한 건지도 몰라.'

뜬금없는 생각이 리어에게 떠올랐다.

머리사는 스캇스킬에서 도망친 것이다. 그녀를 키우느라 엄마가 힘들게 일하는 삶으로부터.

"그럴 리 없어 절대로!"

리어는 또다시 맥주를 한 모금 삼켰다. 자기치료였다. 여전히 심장이 박자를 놓치고 빠르게 쿵쿵 뛰었다. 기절하지 않게 해달라고 신에게 빌었다……

"어디로? 머리사가 어디로 간단 말이야? 절대 아냐."

머리사가 도망쳤다고 생각하다니 황당하기도 하지!

머리사는 지나치게 낯을 가리고 소극적이었다. 자신감이 너무 없었다. 다른 아이들, 특히 더 나이 많은 애들이 머리사를 겁줬다. 머리사가 남달리 매력적이라서, 비단결 같은 금발을 어깨까지 늘어트린 예쁜 아이라서. 딸이 자랑스러운 엄마는 머리카락이 반질반질해질 때까지 빗어주었고 가끔은 공들여 땋아주기도 했다. 머리사는 종종 원치 않는 관심을 받았다. 하지만 머리사는 자기 자신에 대해서도 남이 자기를 어떻게 보는지에 대해서도 별로 의식하지 않았다.

머리사는 결코 혼자 버스에 타는 일이 없었다. 혼자 영화를 보러 가는 일도 없었다. 리어가 옆에 없을 때는 혼자 가게에 들어가는 일도 거의 없었다.

그래도 경찰은 아마 그것부터 가장 먼저 의심할 것이다. 머리사가 도망쳤다고.

"어쩌면 옆집에 있을지도 몰라. 이웃집에 놀러갔을지도."

리어는 그럴 리 없다는 것도 알았다. 리어와 머리사는 이웃과 잘 지냈지만 서로의 집에 놀러가지는 않았다. 그런 분위기의 아파트 단지가 아니었고, 아이들도 별로 없었다.

그래도 리어는 확인해봐야 했다. 딸을 찾는 엄마라면 이웃집부터 확인할 거라고 생각할 것이다.

그래서 잠시, 십 분인가 십오 분 동안 브라이어클리프 아파

트의 문들을 두드리며 다녔다. 낯선 이의 놀란 얼굴을 보면서
불안한 미소를 지었다. 너무 절박하고 히스테릭한 목소리를
내지 않으려 애썼다.

"실례지만……"

악몽 같은 기억이 밀려들었다. 넋이 나간 젊은 엄마가 문을
두드리던 기억이. 몇 년 전 버클리에서, 그녀가 나중에 머리
사의 아버지가 된 애인과 처음 이사했을 때였다. 식사 시간에
난데없이 누군가가 방해를 했고 리어의 애인이 문으로 나가
보았다. 그의 목소리는 짜증으로 날이 서 있었다. 리어는 그
의 뒤에 가서 섰다. 그때는 아주 젊었고, 금발이 무척 빛나고
특별했다. 리어는 젊은 필리핀 여자를 바라보았다. 그들에게
물어보며 눈물을 삼키는 여자. 제 딸 못 보셨어요…… 더이상은
기억나지 않았다.

이제 문을 두드리며 다니는 사람은 리어 밴트리였다. 식사
를 방해하는 낯선 사람으로. 폐를 끼쳐 죄송하다고 사과하고
떨리는 목소리로 물었다. 제 딸 못 보셨어요……

이 년 전 리어가 경제적인 이유로 이사 온 이 막사 같은 아
파트 단지에서는 각 동이 모두 건물 뒤 주차장으로 바로 연결
됐다. 환하게 불을 밝힌 포장된 이 구역은 순전히 기능 위주
일 뿐 볼품없었다. 아파트 단지 내에는 복도가 없었다. 옥내
계단도, 로비도 없었다. 격식 없는 교류를 하려고 해도 모일
장소가 없었다. 여기는 허드슨 강이 내려다보이는 근사한 분

양 아파트 단지가 아니라, 사우스 스캇스킬의 브라이어클리프 아파트 단지였다.

바로 옆집 이웃은 동정하며 걱정해줬으나 도움은 되지 못했다. 머리사를 보지 못했고, 물론 아이가 그 집에 찾아 가지도 않았다. 그들은 리어에게 '살펴보겠다'고 약속하며 911에 전화해보라고 했다.

리어는 계속 문을 두드리며 다녔다. 머릿속 메커니즘에 한번 시동이 걸리자 아파트 단지의 모든 집을 두드려보기 전에는 멈출 수 없었다. 리어가 사는 일층에서 멀어질수록 동정어린 태도는 점점 더 만나기 힘들어졌다. 어떤 집에서는 뭘 원하는 거냐며 문틈으로 고함을 질렀다. 주정뱅이처럼 얼굴이 벌겋게 달아오른 중년 남자는 리어가 더듬더듬 묻는 말도 끊고 애라고는 하나도 못 봤다고 대꾸했다. 아는 애도 없고, 애한테 내줄 시간도 없다고.

리어는 어지러운 머리로 아파트로 휘청휘청 돌아왔다. 문을 열어놓고 간 것을 보고 퍼뜩 놀라 몸이 떨렸다. 집안의 불이란 불은 다 켜놓은 듯했다. 리어는 머리사가 집에 들어와 부엌에 있다고 생각할 뻔했다.

리어는 서둘러 들어갔다. "머리사?"

목소리는 간절하고 애처로웠다.

부엌은 물론 텅 비어 있었다. 아파트도 텅 비어 있었다.

새롭고 엉뚱한 생각이 떠올라 리어는 다시 나가 주차장으로 가서 조금 떨어진 곳에 주차해둔 차를 확인했다. 차가 잠기고 비어 있다는 걸 알았지만 안을 들여다보았다. 뒷좌석을 들여다보았다.

내가 미쳐가는 걸까? 나한테 무슨 일이 일어나려는 거지……

그래도 들여다보아야 했다. 차에 올라 피프틴스 스트리트를 따라 스캇스킬 학교로 가서 건물을 확인하고 싶은 강한 충동이 일었다. 당연히 잠겨 있을 것이다. 뒤편 주차장은……

차를 몰고 밴 뷰런으로 가보려 했다. 서밋에도 가보려 했다. 스캇스킬의 작은 다운타운을 따라 부티크, 새로운 식당들, 고급 골동품점과 의상실. 고속도로로 나가 주유소, 패스트푸드점, 작은 쇼핑몰로.

볼지도 모른다고 기대하며. 뭘? 빗속을 걷는 딸아이를?

리어는 전화벨 소리가 들리는 것 같다고 생각하며 아파트로 돌아왔다. 하지만 전화는 울리고 있지 않았다. 또 한번, 자신을 누르지 못하고 방들을 확인했다. 이번에는 좀더 꼼꼼하게 작은 옷장까지 들여다보면서, 머리사가 깔끔하게 걸어놓은 옷들을 옆으로 밀쳐놓았다. (머리사는 항상 강박적일 정도로 깔끔했다. 리어는 이유를 알고 싶지 않았다.) 머리사의 신발을 빤히 보았다. 이렇게나 작다니! 머리사가 그날 아침에 뭘 입었는지 떠올려보려 했다…… 너무 많은 시간이 흘렀다.

아침에 머리사의 머리를 땋아주었던가? 그럴 시간이 있었던 것 같지 않다. 대신 예쁘게 잘 빗어주었다. 어쩌면 예쁜 딸에게 조금은 지나치게 허영을 부렸기 때문에 지금 이런 벌을 받는지도 몰랐다…… 아니, 그런 생각은 어리석다. 자식을 사랑한다고 벌을 받지는 않는다. 그녀는 머리사의 머리카락이 반질반질 빛날 때까지 빗어주고 머리핀을 꽂아주었다. 자개 나비 핀을.

"예쁘지 않니! 엄마의 꼬마 천사야."

"아니요, 엄마. 난 안 예뻐요."

리어의 심장이 죄어들었다. 아이 아빠가 왜 두 사람을 버렸는지 이해할 수 없었다. 리어는 죄책감으로 앓을 지경이었다. 여자이자 엄마로서 그녀의 잘못이었다.

하지만 리어는 머리사를 꼭 안아주고 싶은 충동을 참았다. 열한 살이 된 딸아이는 엄마가 밑도 끝도 없이 갑자기 꼭 끌어안기에는 이제 나이가 많았다.

감정을 드러내면 아이가 불안해한다는 주의를 들었었다. 물론 리어는 그런 주의를 들을 필요가 없었다.

리어는 부엌으로 돌아와 캔맥주를 하나 더 꺼냈다. 911에 전화하기 전에. 몇 모금만 더, 하나를 다 마시지는 않을 것이었다.

집에 맥주보다 독한 술은 놔두지 않았다. 성숙한 인간으로서의 삶을 유지하는 규칙이었다.

독한 술은 두지 않는다. 남자와 밤을 보내지 않는다. 엄마가 때때로 느끼는 감정을 딸에게 드러내지 않는다.

리어는 알았다. 그녀는 비난받을 것이다. 비난받을 만하니까.

열쇠 아이, 워킹맘.

애 보는 사람을 두려면 그녀가 간호조무사로 일하고 병원에서 받는 월급을 거의 고스란히 바쳐야 했다, 세금 떼고. 그건 불공평했다. 있을 수도 없는 일이었다. 할 수가 없었다.

머리사는 또래 애들만큼 머리 회전이 빠르지 못했지만 느린건 아니었다! 이제 6학년이었고, 뒤처지지는 않았다. 선생은 머리사가 '나아지고 있다'고 했다. 선생의 태도는 제법 희망적이었다. 따님은 무척 열심히 노력하고 있어요, 밴트리 부인! 정말 다정하고 참을성이 많은 아이예요.

엄마와는 다르게도, 하고 리어는 생각했다. 다정하지도 않고, 참을성이라고는 오래전에 포기해버린 엄마.

"아동 실종 신고를 하고 싶은데……"

리어는 미리 연습해보다가 그 말이 주는 결정적인 느낌에 충격을 받았다. 말이 엉키지 않기만을 바랐다.

머리사는 어디 있지? 아파트 안 어딘가에 없다고 생각할 수가 없었다. 다시 찾아본다면……

머리사는 집에 들어오면 현관문을 잠그고, 혼자 있을 때는 안전 빗장을 채워야 한다는 것을 알았다. (엄마와 머리사는 이 연습을 여러 번 했다.) 머리사는 엄마가 집에 없을 때는 누가 문을 두드려도 열어주면 안 된다는 것을 알았다. 전화가 와도 바로 받지 말고 응답기가 켜질 때까지 기다려서 엄마가 전화한 것인지 들어봐야 한다는 것을 알았다.

머리사는 낯선 사람이 다가오면 반드시 피해야 한다는 것을 알았다. 낯선 사람과는 어떤 대화도 하지 말아야 한다는 것을 알았다. 낯선 사람의 차에 올라타거나, 아는 사람이라도 여자가 아니면 차를 얻어 타지 말아야 한다는 것을 알았다. 엄마가 아는 사람이나 동급생의 엄마가 아니면.

무엇보다도 머리사는 학교가 끝나면 집에 곧장 와야 한다는 것을 알았다.

어떤 건물, 어떤 집에도 들어가선 안 됐다. 동급생이나 학교 친구 집이라면 모를까…… 그렇더라도 엄마한테 미리 허락받아야 했다.

(머리사가 기억할까? 열한 살짜리가 그렇게 많은 걸 기억하고 있다고 믿어도 될까?)

리어는 완전히 잊고 있었다. 그녀는 머리사의 담임선생에게 전화하려고 했었다. 플레처 선생에게 머리사의 친구들 이름을 알아내려고 했었다. 경찰은 리어가 이미 알 거라 기대할 것이다. 하지만 리어는 아직도 전화기 옆에 망설이며 서 있었다. 선생에게 전화를 걸면, 만약 그렇게 하면, 플레처 선생이 뭔가 이상하다고 눈치챌지 모른다고 생각하며.

두 눈 사이의 고통이 퍼져나가 머리가 깨질 것처럼 아팠다.

네 살짜리 머리사가 소파에 앉은 리어 옆으로 올라와 엄마의 이마를 쓰다듬으며 '걱정 주름'을 펴줬다. 엄마의 이마에 촉촉하게 입맞춤해줬다. "걱정 없어지게 뽀뽀!"

아이가 이마에서 걱정 주름을 봤다는 것에 엄마의 허영심이 조금 상처받았다. 하지만 리어는 웃으면서 뽀뽀를 더 해달라고 졸랐다. "좋아, 아가. 걱정 없어지게 뽀뽀."

이것은 두 사람 사이의 의식이 됐다. 눈살 찌푸림, 얼굴 찡그림, 서글픈 표정—엄마든 머리사든 요구했다. "걱정 없어지게 뽀뽀."

리어는 전화번호부를 휘리릭 넘겼다. 플레처. 플레처가 여남은 명 있었다. 머리글자는 하나도 맞지 않았다. 머리사의 담임선생 이름이 뭐였더라. 이브? 에버?

리어는 그중 한 번호를 눌렀다. 자동응답기가 달칵 소리를 냈고 남자 목소리가 흘러나왔다.

다른 번호로 걸었다. 남자가 받았다. 그는 리어에게 정중하게 아니라고 대답했다. '이브'나 '에버'라는 사람은 없다고.

이건 가망이 없어, 라고 리어는 생각했다.

병원 응급실이나 의료센터에 전화해봐야 했다. 혼잡한 길을 걷다가 차에 치인 아이가 가 있을 만한 곳……

리어는 더듬더듬 캔맥주를 집었다. 서둘러 마셔야지. 경찰이 오기 전에.

치료사는 이걸 자기치료라고 불렀다. 고교 시절부터 시작된 습관이었다. 가족들에게도 비밀로 해서 그들도 절대 알지 못했다. 하지만 언니인 애브릴은 짐작했다. 처음에 리어는 친구들과 함께 술을 마셨지만, 나중에는 친구도 필요 없었다. 술은 흥을 돋우려고 마시는 게 아니었다. 초조한 마음을 진정시키려고 마셨다. 걱정을 덜려고. 자신을 덜 혐오하려고.

난 예뻐져야 해. 더 예뻐져야 해.

그는 리어에게 예쁘다고 말했다. 몇 번이나. 머리사의 아빠가 됐던 남자. 그녀는 예뻤고, 그는 그녀를 흠모했다.

두 사람은 캘리포니아 북부, 오리건 해안가 어딘가에서 살 계획이었다. 그들의 환상이었다. 그때 그는 의대생이었고, 압박받는 것을 못 견뎌했다. 리어는 보다 쉬운 길을 택해서 간호대학에 갔다. 하지만 임신하자 자퇴했다.

나중에 그는 리어에게 그녀가 분명 예쁘긴 하지만 사랑하지는 않는다고 말했다.

사랑은 스러져. 사람들은 갈 길을 가지.

그래도 머리사가 있었다. 두 사람 사이에서 태어난 머리사가.

리어는 기꺼이 그 남자를 포기했다. 어떤 남자라도 포기하리라. 딸을 다시 찾을 수만 있다면.

병원에서 집에 오는 길에 다른 데 들르지만 않았다면! 곧장 집으로 왔다면.

리어는 알았다. 경찰에게 집에 오기 전에 어디 갔었는지 말해야 한다는 것을. 어째서 평소보다 늦었는지를. 늦었다고 고백해야 한다. 그녀의 삶은 낡은 바지 주머니처럼 까뒤집힐 것이다. 개인적이고 소중한 모든 것들이 무례하게 까발려질 것이다.

몇 주, 몇 달 만의 딱 하루저녁…… 그녀는 평소와 다르게 행동했다.

하지만 그녀는 세븐일레븐에도 들렀다. 초저녁에는 붐비는 곳이었다. 이건 평소와 다른 행동은 아니었다. 리어는 브라이어클리프 아파트에서 두 블록 떨어진 편의점에 종종 들렀다. 카운터의 인도인 남자는 경찰들에게 그녀 얘기를 좋게 해줄 것이다. 그는 그녀의 이름이 리어 밴트리이며, 딸이 실종됐다는 사실을 알게 될 것이다. 그녀가 가까운 곳, 피프틴스 스트리트에 산다는 사실도 알게 될 것이다. 싱글맘이고, 결혼하지 않았다는 사실도 알게 될 것이다. 수없이 샀던 쿠어스 여섯 개들이 팩이 남편이 아니라 그녀를 위한 것이었다는 사실도 알게 될 것이다.

그는 분명 리어가 머리사와 함께 온 것을 보았었다. 그러니 머리사를 기억할 것이다. 수줍고, 이따금 금발머리를 땋고 다니던 아이. 과거에 리어를 동정할 이유가 없었던 그는 이제 그녀를 동정할 것이다. 이전에는 나름대로 조심스레 대하면서도 리어를 좋게 보았던 사람이었는데. 반짝이는 금발머리와 미국인다운 건강하고 건전한 표정을.

리어는 캔맥주를 다 마시고 개수대 옆 쓰레기통에 버렸다.

경찰이 집을 샅샅이 수색할 테니 빈 캔을 모두 바깥 쓰레기통에 버려야 하나 생각했지만, 시간이 없었다. 머리사가 돌아오기를, 모든 것이 다시 예전으로 돌아가기를 기다리느라 너무 지체했다. 이런 생각을 하면서. 왜 머리사에게 휴대전화를 사주지 않았을까? 어째서 그만한 돈을 들일 가치가 없다고 생각했을까? 리어는 수화기를 들어 911을 눌렀다.

목소리는 달리기라도 한 사람처럼 헉헉거렸다.

"저는…… 저는…… 아동 실종 신고를 하려고 합니다."

외톨이 늑대들

난 특별한 운명을 타고났어. 난 그래!

그는 자기 머릿속에서 생생하게 살았다. 그녀는 자기 머릿속에서 생생하게 살았다.

그는 과거에 이상주의자였다. 그녀는 눈도 깜짝 안 하는 현실주의자였다.

그는 서른한 살이었다. 그녀는 열세 살이었다.

그는 키가 크고 마르고 근육이 뻣뻣했고, 키 178센티미터에 (뉴욕 주에서 발급한 운전면허증에는 180센티미터) 몸무게 70킬로그램이었다. 그녀는 150센티미터, 38킬로그램이었다.

그는 자기 자신을 괜찮다고 평가했다, 남몰래. 그녀는 자기 자신을 아주 괜찮다고 평가했다. 그다지 남몰래는 아니었다.

그는 스캇스킬 학교의 수학 대체 교사 겸 '컴퓨터 상담 교사'였다. 그녀는 스캇스킬 학교 8학년생이었다.

학교에서 그의 공식 신분은 시간제 고용인이었다.

학교에서 그녀의 공식 신분은 예외 항목 없는, 수업료 전액 부담 학생이었다.

시간제 고용인이라는 말은 건강보험이나 치과보험이 안 되고, 전일제 고용인보다 시간당 임금이 적으며 종신직이 될 가능성이 없다는 뜻이었다. 예외 항목 없는, 수업료 전액 부담 학생이라는 말은 장학금 지원도 없고 수업료 지급 연기도 없다는 뜻이었다.

그는 스캇스킬 온 허드슨, 뉴욕 시에서 북쪽으로 13킬로미터쯤 떨어진 이곳에서는 비교적 신참인 주민이었다. 그녀는 두 살 때인 1992년에 과부인 할머니에게 살러 온 이후로 오래된 주민이었다.

그녀에게 그는 얼굴을 마주할 때는 잘먼 선생님이었다. 그렇지 않을 때는 미스터 Z였다.

그에게 그녀는 특정한 정체성이 없었다. 스캇스킬 학교에 다니는 다양한 연령대(초등학교부터 고등학교까지)의 여자애들 중 하나일 뿐이었다. 그가 컴퓨터를 가르쳐주고 요청해오면 개별적으로 도와주던 학생들.

길고 곧은 옥수수수염 같은 머리카락을 가진 6학년생 머리사 밴트리 역시 그는 기억하지 못했다. 금방은.

아이들. 그는 학생들을 그렇게 불렀다. 마지못한 애정을 가지고 질질 끄는 목소리로. 아니면 냉소가 짙게 깔린 목소리로 이렇게 불렀다. 그 애들!

그날그날, 그 주 그 주. 그의 기분에 따라.

다른 애들. 그녀는 경멸이 섞인 떨리는 목소리로 그들을 그렇게 불렀다.

그들은 외부 종족이었다. 그녀는 자기가 데리고 다니는 소규모 사도들마저도 낙오자들임을 인정할 수밖에 없었다.

스캇스킬 학교 교장실에 보관된 그의 기밀 서류철에는 이렇게 적혀 있었다. 인상적인 신용장/추천서. 똑똑한 학생들과는 잘 지냄. 조급해지는 경향이 있음. 단체 활동은 맞지 않음. 특이한 유머 감각.(신경에 거슬리는?)

교장실에 보관된 그녀의 기밀 서류철(1988년~현재)에는 여러 사람이 작성한 보고서에 이렇게 적혀 있었다. 인상적인 가정환경(외할머니이자 법적 보호인은 A. 트레헌 부인으로 교우회 기부자/이사[명예퇴직]). 인상적인 지능지수(6세, 9세, 10세, 12세 때 받은 지능 검사에서 149, 161, 113, 159를 각각 기록). 영특함이 엿보임. 학업 성적이 들쑥날쑥함. 외로운 아동. 친구들과 몰려다니는 아동. 동급생들과 잘 어울리지 못함. 타고난 통솔력. 반사회적 성향. 수업에 활발히 참여함. 학급에 방해되는 행동을 함. 과도하게 활동적. 공감 능력 없음, '공상'하는 재능 있음, 의사소통력 부족, 미성숙한 기질. 뛰어난 언어 구사력, 새로운 과제를 주면 상상력이 자극됨, 쉽게 지루해함, 똥한 성격, 연령에 비해 성숙함, 운동협응성 부족, 5세 때 주의력결핍장애 진단 /리털린 처방으로 좋은 결과/혼합된 결과, 7세 때 경계성 난독증 진단, 특별 개별지도 처방으로 좋은 결과/혼합된 결과, 5학년 때 우등상 수상. 7학년 때 성적 하락 / 영어 과목 낙제, 2002년 10월 여자 동급생을 '협박'해서 일주일 정학, 보호인이 학교를 고소해 사흘 후 정학이 취소되고, 심리 상담을 필수적으로 받도록 하여 좋은 결과/혼합된 결과. (서류철 겉장에 교장이 친필로 이렇게 적어놓았다. 일종의 도전!)

그는 피부가 가무잡잡했고 낯빛은 올리브색이었다. 그녀는 피부가 창백하고 낯빛은 누르스름했다.

그는 대체 수업이 없을 때는 월/화/목요일에 학교에 왔고, 오 주에 한 번꼴로 대체 수업을 했다. 그녀는 일주일에 닷새 학교에 왔다. 스캇스킬 학교는 그녀의 세력권이었다.

그녀는 스캇스킬 학교에 증오/사랑을 느꼈다. 사랑/증오.

(선생들이 종종 기록했듯이 그녀는 수업중에 '사라졌다'가 '다시 나타났다'. 설명도 없이 뚱하고/건방진 태도.)

그는 외톨이 늑대였고, 1900년대 초반에 미국으로 이민 온 독일계 유대인의 증손자였다. 월 스트리트의 증권회사들인 클리어리, 매코클, 메이스&잘먼의 파트너였던 사람의 손자이고 아들이었다. 그녀는 뉴욕 주 대법관이었던 일라이어스트레헌의 하나뿐인 손녀딸이었다. 이 할아버지는 그녀가 태어나기도 전에 죽었기 때문에 학교 원형 로비에 걸린 초상화 속의 턱이 튀어나오고 가발을 쓴 조지 워싱턴 장군보다도 그녀에게는 별 관심 대상이 아니었다.

그의 피부에는 사마귀가 점점이 있었다. 아주 흉하지는 않았지만, 사마귀가 움직이기를 기다리는 듯이 빤히 쳐다보는 사람들의 눈길을 느낄 수 있었다.

그녀의 피부에는 성난 것 같은 발진이 자주 생겼다. 신경성 발진이라고 했지만 손톱으로 자주 뜯는 탓도 있었다.

그의 숱 많고 곱슬곱슬한 검은 머리는 점점 빠지고 있었다. 그는 이제껏 자신이 그 머리에 자만했다는 것도 몰랐다. 관자놀이 부근 머리카락이 점점 빠지자, 그는 옷깃 위까지 머리카락이 흐트러지도록 길렀다. 그녀의 머리카락은 바래고 녹슨 것 같은 색깔에다 부스스하게 사방으로 뻗쳐서 뾰족하고 초췌한 얼굴에 두른 민들레 꽃씨 같았다.

그는 미칼이었다. 그녀는 주드였다.

태어났을 때 그의 이름은 마이클이었지만, 망할 마이클이 너무도 많았다!

태어났을 때 그녀의 이름은 주디스였지만 ― 주디스라니! 구역질나기 딱 좋은 이름이었다.

군중을 경멸하는 외톨이 늑대들. 돈이나 가족 간의 결합은 거들떠보지도 않는 타고난 귀족들.

그는 잴먼 집안사람들과 사이가 소원했다. 대개는.

그녀는 트레헌 집안사람들과 사이가 소원했다. 대개는.

그는 매력적이면서도 냉소적인 웃음을 짧게 터뜨렸다. 그
녀는 새된 콧소리로 킬킬 웃었다. 재채기하듯 갑자기 터진 그
소리에 자기도 놀라곤 했다.

그가 가장 잘하는 혼잣말은 다음엔 뭐지?였다. 그녀가 가장
잘하는 혼잣말은 지겨-워!였다.

그는 사춘기 직전의, 혹은 청소년기의 여자애들이 가끔 남
자 교사들에게 연정을 품는다는 것을 알았다. 하지만 그 사실
이 그에게는 별로 현실적이지 않았고, 별로 중요하지도 않았
다. 미칼 잴먼은 자신의 머릿속에서 살았다.

그녀는 또래의 남자들을 혐오했다. 남자라면 거의 그랬다,
몇 살이든.

그녀를 따르는 사도들은 점심시간에 8학년 남자애들이 식
판을 들고 시끄럽게 지나갈 때면 과도를 들고 둥글게 휘둘러
거세를 뜻하는 동작을 하면서 얼굴을 붉히고 킬킬댔다. 이게
뭔지 알아?

남자애들이 그녀를 보는 일은 거의 없었다. 그녀는 옆으로
밀어놓은 카드처럼 모습을 보이지 않는 기술을 익혔다.

그는 냉소의 갑옷을 입고 살았다. 어떤 관찰자들의 눈에는
이런 태도가 자신만만해 보였다. (혼자 있을 때는 예외였다. 그는

기아와 전쟁, 황폐화된 풍경 사진을 보면서 쏟아지려는 눈물을 눈을 깜빡이며 참았다. 그는 그 전해 어퍼 이스트사이드의 예배당에서 있었던 아버지의 장례식에서 주체를 못하고 엉엉 우는 바람에 자신은 물론 다른 사람들에게도 충격을 주었다.)

그녀는 대략 사 년이나 운 적이 없었다. 자전거에서 떨어져 오른쪽 무릎을 아홉 바늘이나 꿰매야 했을 때 이래로는.

그는 혼자 살았다. 세간은 거의 없이 방 세 개짜리 집에서 생활했다. 리버뷰 하이츠, 태리타운 북쪽 허드슨 강변의 분양 아파트 단지였다. 그녀는 혼자 살았다. 늙어가는 할머니가 언저리에 모습을 드러낼 때 빼고는. 하이게이트 애비뉴 83번지에 있는 트레헌 저택 본채 안, 편리하게 세간이 구비된 방 몇 개에서만 생활했다. 서른 개나 되는 다른 방들은 경제적인 이유로 오래전에 닫아버렸다.

그는 그녀가 어디 사는지 몰랐다. 그녀가 누군지 꿈에도 몰랐으니까. 그녀는 그가 어디 사는지 알았다. 하이게이트 애비뉴에서 5킬로미터쯤 떨어진 곳이었다. 그녀는 자전거로 리버뷰 하이츠까지 한 번 이상 지나갔다.

그는 금속성 푸른빛이 도는 오래된 혼다 CR-V를 몰았다. 뉴욕 번호판 TZ 6063을 단 차. 그녀는 그가 금속성 푸른빛이 도는 오래된 혼다 CR-V를 모는 것을 알고 있었다. 뉴욕 번호판 TZ 6063을 단 차.

사실 그가 항상 자기 자신을 괜찮다고 생각하는 건 아니었다. 사실 그녀가 항상 자기 자신을 아주 괜찮다고 생각하는 건 아니었다.

그는 가끔 자신을 괜찮은 사람이라고 느끼고 싶었다. 그는 모든 인류를 자랑스럽게 여기고 싶었다. 그는 호모사피엔스는 구제불능이니까 이제 플러그를 빼버리자고 생각하고 싶지 않았다. 그는 다른 사람의 삶을 내가 바꿀 수 있다고 생각하고 싶었다.

그는 이십대에 기운을 소진한, 산산이 부서진 이상주의자였다. 이런 진부한 문구는 가치가 있었다. 이런 진부한 문구는 스스로 얻은 것이었다. 그는 이십대 중후반에 맨해튼, 브롱크스, 용커스의 공립학교에서 가르쳤다. 잠깐 재충전의 시간을 가진 후에 컬럼비아 대학에 들어가 컴퓨터공학으로 석사학위를 받고 다시 교직으로 돌아갔다. 과거의 이상주의가 팔꿈치가 닳아 나달나달해진 스웨터의 실오라기처럼 아직 달라붙어 있었다. 그가 아는 한 가지는 절대로 아버지의 전철을 밟아 돈을 좇지는 않겠다는 것이었다. 아는 사람 하나 없는 이곳 스캇스킬 온 허드슨에서는 주로 컴퓨터를 배우는 아이들을 돕는 시간제 일을 할 수 있었고, 여기서는 존중받을 수 있었다. 아니 어쨌든 사생활은 존중받을 수 있었다. 그는 사립학교 교사로서 야심이 크지 않았고, 정규직을 얻기 위해 수를 쓰지도 않았다. 몇 년 후에는 상황이 바뀌겠지만, 일단 현재로서는 이 일자리에 만족했고 그의 표현대로 하면 쥐에게 먹이를 줄 수 있는 자유가 있었다.

많은 시간 동안 그녀는 자신을 아주 괜찮은 사람이라고 느끼지 못했다. 비밀리에도.

자살 공상은 청소년들에겐 흔합니다. 공상으로 남아 있는 한 정신병의 징후도 아니에요.

그도 그런 공상을 가지고 있었다. 이십대에 접어들어서도 한참. 그는 이제 자라 거기서 벗어났다. 그것이 쥐에게 먹이를 준다는 행위가 미칼 잘먼에게 끼친 영향이었다.

그녀의 자살 공상은 만화라고 할 수 있었다. 타판 지 다리 또는 조지 워싱턴 다리에서 뛰어내려 저녁 여섯시 뉴스에 보도되는 것. 지붕 위에서 타오르는 공처럼 분신하기. (스캇스킬 학교에서 할까? 그녀가 접근할 수 있는 지붕은 거기뿐이었다.) 만약 엑스터시를 대여섯 알쯤 삼킨다면 심장이 폭발하고 말 것이다(어쩌면). 바르비투르산염을 한 다스 삼킨다면 잠자듯 쓰러져서 혼수상태에 빠졌다가 다시 깨어나지 못할 것이다(어쩌면). 약을 먹어도 언제나 토할 가능성은 있고, 응급실에서 위세척을 하거나 뇌손상을 입은 채 깨어날 수도 있다. 칼과 면도날이 있었다. 따뜻한 물을 틀어놓고 욕조에서 피 흘리기.

열세번째 생일 전날 밤, 새로 사귄 친구이자 조언자인 눈의 주인(남극이 아니라면 알래스카에 있는)은 그녀에게 왜 너 자신을 싫어하지, 주드 그건 지겨워, 라고 충고했다. 주위를 둘러싼 다른 애들을 싫어하는 게 더 낫지.

그래도 그녀는 결코 울지 않았다. 정말로 정말로 울지 않았다.

주드 O의 공포 관棺은 말라버렸다. 멋져!

관이라는 말을 들으면 채팅 방에서 처음 들은 음모陰毛라는 단어가 떠올랐다. 소녀는 사전에서 음모를 찾아보고, 그것이 다리 사이 어딘가에서 돋아나기 시작하던 구불구불하고 변태적이고 흉한 털을 가리키는 역겨운 말이란 걸 알았다. 겨드랑이에도 났지만, 할머니가 잔소리를 하기 전까지는 디오더런트를 바르지 않고 버텼다.

트레헌 할머니는 거의 장님이나 다름없었지만 후각은 예민했다. 트레헌 할머니는 잔소리잔소리잔소리에 재주가 있었다. 할머니가 여든 평생 동안 잘 써온 탁월한 재주라고 할 수 있었다.

미스터 Z! 어쩌면 그도 소녀의 겨드랑이 냄새를 맡았을 것이다. 소녀는 그가 자기 가랑이 냄새는 맡지 않았기를 바랐다.

컴퓨터실에서 미스터 Z는 통로를 걸어다니며 아이들의 질문에 대답했다. 대부분의 아이들은 예쁘장한 초등학생 멍청이들이었다. 소녀는 그의 눈길을 끌어서 다 안다는 듯 히죽 미소를 주고받으려 했지만, 미스터 Z는 절대로 주드 쪽을 쳐다보지 않았다. 그가 화면에 떠오른 문제를 살피려고 뒤에 멈쳐 서면, 소녀는 갑자기 수줍은 기분에 사로잡혔고 피가 얼굴로 쏠렸다. 소녀는 자기도 모르게 유치한 허세를 부렸다. 제가 좆 됐나보죠, 잘먼 선생님, 네? 손끝으로 코를 닦으면서 킥킥댔다. 소녀에게서 한 뼘도 떨어지지 않은 곳에 선 섹시하고 멋진 미스터 Z는 미소를 짓지도 장난스럽게 꾸짖지도 않았다. 8학년 소녀의 순진한 입에서 흘러나온 금지된 욕설을 들은 기색은 조금도 보이지 않았다.

사실 미스터 Z는 들었다. 분명히.

절대 웃지 마, 절대 부추기면 안 돼. 애들이 욕이나 음란한 말, 슬쩍 떠보는 말을 하더라도.

그리고 절대로 애들에게 손대면 안 돼.

애들이 내게 손대도록 해서도 안 돼.

그들 사이의 (땅 밑) 연결.

그는 소녀 위로 몸을 숙이고 키보드를 쳤다. 문제가 있는 부분을 수정했다. 소녀에게 아주 잘하고 있다고 말했다. 기죽지 말라고! 그는 소녀의 이름을 모르는 듯 보였지만, 그저 가식일지도 몰랐다. 나름의 유머감각. 그는 손을 든 다른 애들에게로 갔다.

그래도 소녀는 (땅 밑으로) 연결되어 있다는 것을 알았다.

소녀가 7학년 복도에서 옥수수 소녀를 처음 언뜻 보았을 때 알았던 것처럼. 옥수수수염처럼 반지르르한 금발머리. 수줍고 겁먹은 모습.

전학 온 아이. 완벽했다.

어느 아침 소녀는 일찍 등교해서 옥수수 소녀의 엄마가 딸을 차에서 내려주는 모습을 보았다. 딸과 똑같은 옅은 금발머리의 예쁜 여자가 딸을 보고 웃으면서 급히 허리를 숙여 쪽쪽 뽀뽀했다.

어떤 연결은 레이저 광선처럼 뚫고 간다.

어떤 연결은 그냥 알 수가 있다.

소녀는 미스터 Z에게 메일을 보냈다. 당신은 주인이에요. 미스터 Z. 그런 짓을 하다니 주드 O답지 않았다. 가상공간에서 보낸 메시지는 절대로 삭제되지 않는다. 하지만 미스터 Z는 답장하지 않았다.

미스터 Z는 기대했던 것처럼 알겠다는 표정을 지어주지도 윙크해주지도 않았다.

소녀를 무시했다!

소녀가 누군지 모르는 것처럼.

소녀를 그녀보다 못한 다른 애들하고 혼동한 것처럼.

그래서 소녀의 마음속에서는 뭔가가 녹슨 열쇠처럼 돌아갔다. 소녀는 차분하게 생각했다. 이 일에 대해 대가를 치르게 될 거야, 멍청한 미스터 Z. 두고두고 대대로.

FBI에 전화해서 테러리스트 용의자가 있다고 신고할까 생각했다. 미스터 Z는 아랍인처럼 피부가 검고 눈이 간사하니까. 하지만 아마도 그는 유대인일 것이었다.

후에 어렴풋이 그는 당신은 주인이에요. 미스터 Z라는 글을 떠올릴지도 모른다. 물론 삭제해버렸었다. 메일은 그렇게 쉽게 삭제해버릴 수가 있었다.

후에 어렴풋이 그는 컴퓨터 앞에서 불안하게 꿈지럭대던 소녀를 기억할지도 모른다. 부스스한 머리, 빤히 쳐다보던 유리알 같은 눈동자, 씻지 않은 몸에서 풍기던 깜짝 놀랄 만한 냄새. (스캇스킬은 부유한 교외 동네였기 때문에 스캇스킬 학교에서 이런 일은 드물었다.) 1월인가 2월이었고, 그때는 그 소녀가 주드 트레헌이라는 것을 몰랐다. 그는 담임을 맡지 않았고, 며칠 동안 백 명도 넘는 학생을 만났기 때문에 일일이 기억할 수도 없고, 기억할 마음도 없었다. 하지만 며칠 후 그는 뚱뚱한 친구와 함께 있는 소녀와 마주치게 됐다. 그들은 컴퓨터실에 있는 쓰레기통을 뒤지고 있었지만, 그는 딱히 관심을 두지 않았다. 그들은 당황한 얼굴로 허겁지겁 떠나면서 킥킥 웃었다. 마치 그가 문을 열고 그들이 벌거벗은 모습을 보기라도 한 양.

하지만 그는 이건 기억할 것이었다. 바로 그 부스스한 머리의 소녀가 어느 날 방과후에 대담하게 그의 컴퓨터 앞에 앉아 얼굴을 찡그린 채 키보드를 딸깍딸깍 눌러보고 있었다는 것을. 그 컴퓨터가 자기 것인 양 아주 당당했다. 이번에는 소녀에게 날카롭게 말했다. "무슨 일이지?" 소녀는 그가 때리기라도 할 줄 알았는지 몸을 움츠리며 장님처럼 멍하니 올려다보았다. 그래서 그는 농담했다. "여기 대단한 해커가 등장했구나, 응?" 그는 청소년이 대담하고도 납득할 수 없는 행동을 하면 농담으로 대처하는 것이 가장 신중하면서도 현명한 방책임을 알았다. 정면으로 맞서거나 창피를 주는 건 좋은 방법이 아니었다. 특히 여자애의 경우에는. 크다 만 것처럼 왜소해 보이는 이 아이는 몸을 작게 보이려는 듯 구부정하게 웅크리고 있었다. 종잇장처럼 얇은 피부, 짧은 윗입술 때문에 드러난 앞니, 경계하는 쥐 같은 표정, 비밀스럽고 불안하고 왠지 호소하는 듯한 모습. 돌가루처럼 무채색의 눈은 촉촉해지고 커졌다. 눈썹과 속눈썹은 숱이 적어서 보이지도 않을 정도였다. 강렬하리만큼 평범하고 못생긴 눈은 너무나 노골적으로 그를 향해 있었다…… 그는 소녀를 보고 안타까운 마음까지 들었다. 불쌍한 아이. 뻔뻔하고 신경질적인 소녀. 하지만 일년쯤 후에는 동급생 모두에게 뒤처지고, 어떤 남자애도 이 여자애에게 두 번 눈길을 주지 않을 것이다. 그는 몸을 바르르 떠는 이 여자애가 명성 높고 유서 깊은 가문의 유일한 후손이라는 것을 짐작도 할 수 없었겠지만, 어쩌면 부모가 오래전에 이혼해서 아이와 멀어졌을 거란 짐작 정도는 했을지도 모른다. 소녀는 더듬더듬 빈약한 설명을 늘어놓았다. 그냥 뭣 좀 찾아볼 게 있어서요, 잘먼 선생님. 그는 웃고는 손을 저어 소녀를 내보냈다. 평소의 그답지 않게 손을 뻗어 소녀의 부스스한 머리를 쓰다듬어주고 싶은 충동이 일었다. 한편으로는 애정에서, 다른 한편으로는 꾸짖기 위해 개의 머리를 쓰다듬듯이.

하지만 소녀에게 손을 대진 않았다. 미칼 잘먼은 미치진 않았다.

'101 달마시안'

숨은 쉬고 있지? 그런 것 같아?

그래! 분명히 쉬고 있어.

어떡해, 만약……

……숨쉬고 있다니까. 알겠어?

옥수수 소녀는 촛불 옆에서 잠들었어요. 진정제를 먹고 입을 벌린 채 무거운 잠에 빠졌어요.

우리는 감탄하면서 소녀를 살폈어요. 옥수수 소녀가 우리 손안에!

주드는 그 애의 머리카락을 빗질할 수 있게 머리핀을 다 뺐어요. 길고 곧은 옅은 색 금발. 우리는 옥수수 소녀의 머리카락이 부럽지 않았어요. 이젠 우리 거였으니까.

옥수수 소녀의 머리카락은 마치 그 애가 어디서 떨어지는 것처럼 머리 둘레에 펼쳐졌어요.

그 애는 숨을 쉬고 있었어요. 맞아요, 알 수 있었어요. 촛불을 얼굴과 목 가까이 대면 보였으니까.

우리는 옥수수 소녀를 위해 잠자리를 만들었어요. 주드는 관대棺臺라고 불렀어요. 아름다운 실크 숄과 양단 침대보, 스코틀랜드산 캐시미어 담요, 거위털 베개. 저택 안의 폐쇄된 손님용 별채에서 주드가 이것들을 들고 왔을 땐 얼굴이 빛나고 있었어요.

우리는 더듬더듬 옥수수 소녀의 옷을 벗겼어요.

자기 옷이야 아무 생각 없이 벗을 수 있지만 다른 사람 옷은 못 그러잖아요. 반듯이 누워 있는 꼬마 소녀라도. 팔다리는 축 늘어졌지만 무거웠기 때문에 달랐어요.

옥수수 소녀가 벌거벗자 킥킥댈 수밖에 없었어요. 웃음이 터져서 소리를 내지 않을 수 없더라고요.

그 애도 우리처럼 어린 소녀일 뿐이라는 게 더 확실히 보였어요.

우리는 그 애를 보고 갑자기 부끄러워졌어요. 갈빗대 위 가슴은 납작하고, 젖꼭지는 씨앗처럼 작았어요. 가랑이에 털이 자라는 것 같지도 않았고요.

그 애는 많이 추운지 자면서 몸을 부들부들 떨었어요. 입술은 퍼티(유리를 창틀에 끼울 때 쓰는 접착제의 일종—옮긴이)처럼 푸르스름했어요. 이를 덜덜 떨었어요. 눈은 감았지만 흰자위가 가느다란 초승달 모양으로 보였죠. 그래서 옥수수 소녀가 잠에 마비되어서도 우리를 바라보고 있는 게 아닌가 (거의!)

걱정이 됐어요.

주드가 옥수수 소녀에게 먹이려고 준비해둔 약은 재넉스였어요. 또 주드는 코데인과 옥시코돈도 예비로 빻아뒀어요.

우리가 옥수수 소녀를 '목욕'시킬 거라고 주드가 말했죠. 하지만 오늘밤은 아닐지도 모르겠다고.

우리는 옥수수 소녀의 얼음 같은 손가락, 얼음 같은 발가락, 얼음 같은 뺨을 문질렀어요. 갑자기 우리는 그 애의 몸에 손을 댄다는 게 부끄럽지 않았어요. 그 애를 만지고 싶었어요. 만지고 또 만지고.

주드는 옥수수 소녀의 좁은 가슴에 손을 얹고 말했어요. 여기 안에서 심장이 뛰고 있어. 진짜 심장이.

주드는 속삭이듯 말했어요. 고요 속에서는 심장 뛰는 소리를 들을 수 있어.

우리는 옥수수 소녀를 실크와 양단, 캐시미어로 덮었어요. 옥수수 소녀의 머리에 거위털 베개를 베줬고요. 주드는 손끝으로 옥수수 소녀에게 향수를 뿌렸어요. 축복을 내리는 거라고 주드가 말했어요. 옥수수 소녀는 오랫동안 자고 또 잘 거고 잠에서 깨면 오직 우리 얼굴만 알게 될 거랬어요. 친구들의 얼굴.

우리가 옥수수 소녀를 데려간 곳은 손님용 별채 지하실에 있는 저장고였어요. 여기는 크고 오래된 저택에서 가장 외진 구석이었어요. 그 집의 폐쇄된 부분의 귀퉁이였고 지하실은 한층 더 동떨어져 있어 아무도 오지 않을 거라고 주드가 말했어요.

소리를 크게 질러도 아무도 듣지 못할 거라고요.

주드는 고함이라도 지를 것처럼 두 손을 컵처럼 모아 입에 대고는 웃었어요. 하지만 숨이 막혀 컥컥대는 듯한 소리밖에 나오지 않았어요.

트레헌 저택의 폐쇄된 방에는 난방이 되지 않았어요. 지하실은 겨울처럼 축축하고 추웠어요. 여기는 핵전쟁이 터져 다 죽게 됐을 때 대피하는 장소였고, 난로를 가져와도 플러그 꽂을 데가 없었어요. 대신에 우리는 촛불을 켰어요.

트레헌 할머니가 서랍에 모아둔 수제 향초가 있었어요. 영수증을 보니까 1994년부터 모아둔 거더라고요.

주드는 말했어요. 할머니는 이거 없어져도 몰라.

주드는 할머니한테 이상하게 굴었어요. 언제는 그럭저럭 좋아한댔다가, 또 언제는 늙은 박쥐라고 불렀어요. 할망구는 주드한테 눈곱만큼도 관심 없다고 했어요. 주드가 집안 망신시킬까봐 걱정할 뿐이라면서.

우리가 주드의 방에서 비디오를 보고 있을 때 할머니가 계단 위를 향해 주드를 불렀어요. 할머니에게는 계단이 너무 힘들어서 주드가 있는지 확인하러 올라오는 일은 거의 없었어요. 사실 그 집에는 엘리베이터가 있었지만 (우리가 봤거든요.)

주드가 어렸을 때 그걸로 너무 장난을 쳐서 망가졌대요. 주드는 학교 친구들이 와 있다고, 데니즈와 애니타라고 대답했어요. 이전에 만난 적 있잖아요, 라고요.

우리가 주드와 함께 계단을 내려오는 것을 보면 트레헌 할머니는 점잖게 안부를 묻는 척, 달팽이 같은 입을 죽 당기며 억지로 미소지었지만 진작부터 우리가 하는 말은 하나도 듣지 않았고 우리 이름도 기억하지 못했어요.

주드는 〈101 달마시안〉을 틀었어요. 걔가 어렸을 때 보고 오래전에 졸업한 낡은 비디오들 중 하나였어요. (주드는 그렇게 졸업한 비디오가 천 개는 됐어요!) 우리 모두가 본 어린이 영화였지만, 옥수수 소녀는 보지 못했대요. 텔레비전 앞 바닥에 책상다리로 앉아 무릎에 아이스크림 그릇을 놓고 퍼먹었어요. 우리는 자기 몫을 다 먹고 옥수수 소녀가 끝내기를 기다렸어요. 주드가 좀더 가져다줄까 묻자 옥수수 소녀는 잠깐 망설이더니 응, 고마워라고 했어요.

우리 모두 하겐다즈 프렌치 바닐라 아이스크림을 조금씩 더 먹었어요. 하지만 그건 옥수수 소녀가 아까 먹었던 것과 완전히 똑같진 않았죠!

소녀는 행복해서 눈이 빛났어요. 우리가 친구가 돼줬으니까요.

6학년생이 8학년생들과 친구가 되다니. 주드 트레헌 저택에 손님으로 오다니.

주드는 오랫동안 학교에서 그 애에게 잘해줬어요. 웃어주고, 인사도 해주고. 주드는 코브라나 시선을 다른 데로 돌리지 못하게 만드는 어떤 존재처럼 눈으로 사람을 꼼짝 못하게 하는 기술을 가졌어요. 우리는 겁이 났지만 조금 흥분되기도 했어요.

세븐일레븐에 이르자 옥수수 소녀는 안으로 들어가 코카콜라와 나초 한 봉지를 샀어요. 학교에서 집으로 가는 길이었죠. 우리 중 둘은 뒤에서 따라가고 한 사람은 앞으로 뛰어가서 기다리고 있다는 걸 몰랐어요. 소녀는 그동안 잘해주던 주드를 보고 미소를 지었어요. 주드가 소녀에게 엄마는 어디 있느냐고 묻자, 강 건너 나이액에서 간호조무사로 일하고 있어서 어두워진 후에나 집에 온다고 했어요.

소녀는 자기가 정크푸드를 먹는 것을 엄마가 싫어하지만 절대 들키진 않는다고 말하며 웃었어요.

주드는 엄마들이 모르는 건 해도 해가 되지 않는다고 말했어요.

옥수수 소녀를 제물로 바치는 의식은 오니가라 인디언의 전통이라고 주드가 말해줬어요. 학교에서 미국 원주민에 대해서 배웠지만 오니가라 인디언에 대해서는 배우지 않았어요. 주드 말로는 이백 년 전에 사라진 부족이래요. 이로쿼이족이 오니가라 족을 싹 쓸어버렸는데, 그게 적자생존이라나.

옥수수 소녀는 우리의 비밀이 될 거였어요. 우리는 그게 우리의 가장 소중한 비밀이 될 줄 미리부터 알았던 것 같아요.

주드와 옥수수 소녀가 앞에서 따로 걸어갔어요. 우리, 데니즈와 애니타는 뒤에서요. 건물 뒤로 가서 쓰레기 수거함을 지나자, 우리는 따라잡으려고 뛰어갔어요.

주드가 옥수수 소녀에게 자기 집에 가지 않겠느냐고 묻자 옥수수 소녀는 좋지만 오래 있지는 못한다고 말했어요. 주드는 조금만 걸어가면 된다고 했어요. 주드는 옥수수 소녀가 어디 사는지 모르는 척했어요. (하지만 알고 있었어요. 피프틴스 스트리트와 밴 뷰런 사이에 있는 싸구려 아파트.) 거기서 걸어서 대략 십 분 정도 거리였어요.

우리는 뒷길로 올라갔어요. 아무에게도 들키지 않았어요. 트레헌 할머니는 방에서 텔레비전을 보고 있었기 때문에 못 봤을 거예요.

할머니가 봤더라도 진지하게 **보지는** 않았을 거예요. 멀리 있는 걸 보기에 할머니 눈은 너무 나쁘니까요.

손님용 별채는 이 집에서 새로 지은 부분이었어요. 수영장을 내려다보고 있었죠. 하지만 수영장은 방수포로 덮여 있었어요. 주드는 몇 년 동안 거기서 수영한 사람은 아무도 없다고 했어요. 수영장 가장자리 얕은 곳에서 첨벙첨벙 걸어들어갔던 기억은 있지만, 다른 사람의 기억처럼 오래전 일이라고 했어요.

손님용 별채도 한 번도 사용된 적이 없다고 주드는 말했어요. 집 대부분이 그렇다고 했어요. 주드와 할머니는 방 몇 개만 사용했고, 그걸로 충분했다고요. 가끔 트레헌 할머니는 몇 주씩이나 집밖으로 나가지 않았어요. 교회에서 생긴 일 때문에 화를 냈어요. 목사님이 무슨 기분 나쁜 말을 했나봐요. 할머니는 자신의 '리무-진'을 모는 흑인 남자를 잘라야만 했어요. 할머니는 이십 년 동안이나 요리와 청소를 해줬던 흑인 아줌마도 잘랐어요. 집으로 식료품을 배달시켰어요. 식사는 주로 전자레인지에서 데워 먹었고요. 트레헌 할머니는 시내에서 옛날 친구들을 만났어요. 마을 부녀회, 허드슨 밸리 역사 후원회, 스캇스킬 원예회에서. 할머니 친구들이 집으로 초대된 적은 없었어요.

엄마를 사랑하니? 주드가 옥수수 소녀에게 물었어요.

옥수수 소녀는 그렇다고 고개를 끄덕였어요. 약간 부끄러워하는 것 같았어요.

네 엄마 정말 예쁘더라. 엄마가 간호사라고 했지?

옥수수 소녀는 그렇다고 고개를 끄덕였어요. 그 애는 엄마를 자랑스러워하지만 엄마 얘기를 하는 건 부끄러워하는 것 같았어요.

아빠는 어디 있어? 주드가 물었어요.

옥수수 소녀는 얼굴을 찡그렸어요. 몰랐거든요.

아빠는 살아 있어?

그것도 몰랐어요.

아빠를 마지막으로 본 게 언제야?

확실히는 모른다고 했어요. 아주 어렸을 때……

아빠가 이 근처에 살았니? 아니면 어디 살았어?

캘리포니아였어. 옥수수 소녀가 말했어요. 버클리에.

우리 엄마도 캘리포니아에 있는데. 주드가 말했어요. 로스 앤젤레스에.

옥수수 소녀는 잘 모르겠다는 듯 살짝 웃었어요.

어쩌면 네 아빠가 지금 내 아빠랑 같이 있을지도 모르겠다. 주드가 말했어요.

옥수수 소녀는 놀라서 주드를 봤어요.

지옥에 말이지. 주드가 말했어요.

주드는 웃었어요. 걔가 평소 웃는 식으로, 이를 번득이면서요.

우리도 웃었어요. 옥수수 소녀는 웃어야 할지 말아야 할지 모르겠는지 미소만 지었어요. 숟가락이 천천히, 더 천천히 입으로 올라가고 눈꺼풀이 내려왔어요.

우리는 옥수수 소녀를 주드의 방에서 옮겼어요. 복도를 따라 주드가 손님용 별채라고 부르는 곳의 문으로 들어갔어요. 여기 공기는 더 차갑고 탁했어요. 손님용 별채 계단 한 층을 내려가서 지하실 저장고로 갔어요.

옥수수 소녀는 몸무게가 별로 나가지 않았어요. 우리 셋, 우리가 훨씬 더 많이 나가죠.

저장고 문 바깥에는 맹꽁이자물쇠가 달려 있었어요.

우리는 오후 여섯시에는 집에 저녁 먹으러 가야 했어요. 참 시시하게도!

주드는 밤에도 계속 옥수수 소녀 옆에 남아 있는댔어요. 감시하려고. 불침번이야. 주드는 촛불빛, 향냄새에 들떴어요. 동공이 커지고 엑스터시에 아주아주 취한 것 같았어요. 주드는 옥수수 소녀의 손목과 발목을 묶지는 않겠다고 했어요. 필요할 때까지는.

주드는 폴라로이드 카메라를 갖고 있었어요. 관대에서 자는 옥수수 소녀의 사진을 찍겠다고.

다음날 옥수수 소녀가 없어진 걸 알게 돼 사람들이 찾을 때 우리는 평소처럼 모두 학교에 있을 거였어요. 아무도 우리를 보지 못했으니까 우리라고 생각할 리 없었죠.

어떤 변태라고 생각할 거야. 주드는 말했어요. 사람들이 그렇게 생각하도록 거들면 된다고.

기억해, 옥수수 소녀는 우리 손님으로 온 거야. 주드가 말했어요. 이건 납치가 아니라고.

옥수수 소녀는 부활전주일復活前主日 전 목요일에 주드네 집에 왔어요. 그해 4월에.

뉴스 속보

911에 전화하면 인생은 이제 자신의 것이 아닙니다.

911에 전화하면 구걸하게 됩니다.

911에 전화하면 발가벗겨집니다.

그녀는 도로 연석에서 그들을 만났다. 절망에 빠진 엄마는 오후 여덟시 이십분, 스캇스킬 남부 피프틴스 스트리트 브라이어클리프 아파트 바깥 빗속에서 경찰을 기다렸다. 경찰들이 순찰차에서 내리자 그녀는 그들에게 다가갔다. 초조했고, 침착하려 애썼지만 목소리가 높아졌다. 도와주세요, 제발 도와주세요. 제 딸이 없어졌어요! 일 끝나고 집에 왔는데 딸이 없었어요. 머리사는 열한 살이에요. 어디 있는지 전혀 모르겠어요. 이런 적은 한 번도 없었어요. 제발 그 애를 찾아주세요. 누가 딸을 데려갔을까봐 무서워요!─백인 여성, 삼십대 초반, 금발머리, 머리에 아무것도 쓰지 않음, 입에서 풍기는 강한 맥주 냄새.

경찰은 그녀를 신문할 것이다. 그들은 질문을 반복할 것이고 그녀는 대답을 반복할 것이다. 그녀는 침착했다. 침착하려고 했다. 울기 시작했다. 화내기 시작했다. 자신의 말이 녹음된다는 것을 알았다. 내뱉는 한마디 한마디가 공식 기록으로 남는 문제였다. 그녀는 방송국 카메라와 마이크를 왕홀처럼 들이대는 기자들을 맞닥뜨리게 될 것이다. 서투른 연기로 실종 아동/호소하는 엄마라는 장르에서 더듬더듬 대사를 읊는 자신의 모습이 눈에 훤했다. 텔레비전 화면이 걱정으로 일그러진 그녀의 얼굴과 충혈된 눈에서 미소짓는 순수한 큰 눈의 머리사로 능란하게 휙 넘어가는 걸 보게 될 것이다. 반짝이는 금발머리에 사랑스러운 얼굴의 머리사, 열한 살, 6학년생. 화면은 엄마가 제공한 머리사의 사진 세 장 위에서 오래 머물렀다. 그러다 절망에 빠진 엄마가 말을 잇자 '사립'—'아무나 못 다니는'—스캇스킬 학교의 무미건조한 사암 현관이 비쳤고 다음으로는 한밤에 스캇스킬 남부 피프틴스 스트리트를 지나는 차량들의 불길한 흐름이 보였다. 그때 어떤 여자가 감정을 배제한 목소리로 설명했다. 열한 살 머리사 밴트리는 평소 걸어서 텅 빈 아파트로 돌아와 엄마와 자기가 먹을 저녁을 차리곤 했습니다. (나이액 병원에서 일하는 아이의 엄마는 저녁 여덟시까지는 귀가하지 않은 상태였습니다.) 다음에는 브라이어클리프 아파트 뒤쪽이 보였다. 비에 젖어 군대 막사처럼 납작하고 꼴사나워 보이는 아파트. 몇몇 대담한 주민들이 서서 호기심 어린 눈빛으로 경찰들과 카메라맨들을 보고 있었다. 그런 다음 다시 실종된 아이의 엄마인 리어 밴트리가 나왔다. 서른네 살, 아이에게 무관심할 게 뻔한 엄마, 죄책감에 시달리는 엄마가 공개적으로 호소했다. 누구든 제 딸을 보신 분이 있다면, 머리사에게 무슨 일이 생겼는지 아시는 분이 있다면……

그다음 뉴저지 고속도로에서 트레일러트랙터가 전복됐다는 뉴스가 이어졌다. 차량 열한 대가 추돌해 운전자 둘이 사망하고 부상자 여덟은 뉴어크 병원으로 호송됐다.

정말 부끄러워! 하지만 난 그저 머리사가 돌아오기만 바랄 뿐이야.

뉴스 속보였다. 그 말인즉 흥미로운 소식이라는 뜻이었고, 4월의 그 목요일 밤 열시가 되자 지역 방송국 네 곳에서 모두 머리사 실종 소식을 보도했다. 수사에 진전이 있는 한, 지역의 관심이 높은 한, 일정한 간격으로 속보를 전할 것이었다. 그러나 이건 정말로 '새로운' 뉴스는 아니었고 다들 이미 본 것이었다. '새롭다'고 할 수 있는 건 특정 출연자와 시간이 지나면서 서스펜스 영화처럼 감질나게 시간에 딱딱 맞춰 드러나는 세부 사항뿐이었다.

뉴욕 시 북부의 부유한 허드슨 밸리 교외 동네에서는 아동 실종/납치 사건이 상대적으로 적은 것이 그나마 다행이라고 절망에 빠진 엄마는 생각했다. 이 동네에 폭력 사건이 드문 것처럼. 그건 경찰의 첨예한 관심이 집중되고, 이웃 관할구인 태리타운, 슬리피 할로, 어빙턴 내 경찰들의 협조도 더 많이 받을 수 있다는 뜻이었다. 이 말인즉 언론 보도, 머리사 밴트리의 사진 사본, 수색 작업에 대중의 걱정과 참여도 더 집중된다는 뜻이었다. 쏟아지는 동정이라는 것이었다. 지역사회 참여. 범죄율이 높은 지역이라면 그런 식의 대응을 기대할 수 없었을 것이라고 했다.

"감사할 일이죠. 고맙습니다!"

리어는 빈정대는 것이 아니었다. 충혈된 눈에 눈물을 반짝이며, 자기 말을 믿어주기를 바랄 뿐이었다.

만약 딸이 납치됐고 단순히 자신의 의지로 가출한 것이 아니라면 스캇스킬 역사상 처음 일어난 사건이므로 이 또한 절망에 빠진 엄마에게는 유리했다.

주목할 만한 사건이었다. 정말로 드문 일이었다.

"하지만 그 애는 가출한 게 아니에요. 머리사는 가출하지 않았어요. 애써 설명했는데……"

부유한 허드슨 밸리 교외에서 일어난 사건의 또 한 가지 특이점은 아이가 방과후 실종됐다는 시점과 엄마가 실종 신고를 한 시점인 저녁 여덟시 십사분 사이에 '상당한' 시간 지체가 있다는 사실에 깔린 기이하고 의심스러운 배경이었다. 지역 방송국 중 가장 기민한 채널에서는 여기에 극적인 가능성이 있다는 걸 놓치지 않았다. 스캇스킬 경찰은 밴트리를 고발할 가능성에 대해 인정하지도 부인하지도 않았습니다. 밴트리에게는 전과가 없으며 아동을 학대한 전력도 없습니다.

게다가 어떻게 그 방송국으로 흘러들어갔는지, 경찰이 집에 도착했을 때 절망에 빠진 엄마는 '음주'의 증거를 보였다고 보도했다. 방송국의 누구도 그 말을 할 수 있는 입장이 아니었다.

너무 부끄러워! 죽고 싶어.
내 목숨과 머리사의 목숨을 바꿀 수만 있다면.

몇 시간, 며칠. 매시간이 기이하고 돌을 목구멍으로 쑤셔넣은 듯 껄끄러웠다. 그날들은 너무 고통스러워서 도식화할 수도 가늠할 수도 없는 시간의 흐름으로밖에 느껴지지 않았고 다만 개개의 시간, 심지어 몇 분으로만 인식됐다. 그녀는 거대한 바퀴가 돌아가는 것을 느꼈고, 자신이 이 바퀴에 무력하게 끼여 있는 기분이었다. 유예된 공포 상태에 빠져 있지만, 그래도 그 바퀴가 머리사를 다시 데려다줄 수 있다면 열심히 협력해야 했다. 왜냐하면 점점, 어쩌면 신이 있을지도 모른다고 느끼고 있었으니까. 정의롭기만 한 게 아니라 자비롭기도 한 신이. 그렇다면 자기 목숨을 머리사의 것과 바꿀 수도 있었다.

그 일을 겪는 내내 리어는 대체로 침착했다. 표면적으로는 침착했다. 침착하다고 스스로 믿었다. 히스테릭하지 않았다. 피할 수 없어서 워싱턴 주 스포캔에 사는 부모님에게 전화를 걸었다. 워싱턴 D.C.에 사는 언니에게도 전화했다. 충격받고 놀란 가족의 목소리에서 비난이나 고발, 혐오의 기미는 느끼지 못했지만, 곧 그렇게 되리란 것을 그녀는 알았다.

　내 탓이야. 알아.

　나는 어떻게 되든 상관없어.

　리어는 빌어먹을 만큼 침착하게 행동하고 있다고 스스로 믿었다! 경찰의 무례한 질문에 대답하고 또 대답하고 망가진 테이프가 계속 돌듯이 자기가 아는 모든 걸 의혹과 의심 앞에서 반복했다. 물에 빠진 여자가 이미 해진 밧줄이라도 붙잡듯이 필사적으로 경찰의 질문에 답했다. 이미 물이 새어들어오는 구명정에라도 올라타려고. 그녀는 전혀 몰랐다. 그녀는 경찰들에게 머리사의 아빠가 어디 있는지 전혀 모른다고 즉시 답했다. 지난 칠 년 동안 서로 아무 연락이 없었다. 그를 마지막으로 봤던 캘리포니아 주의 버클리는 여기서 수천 킬로미터나 떨어진 곳이었다. 그는 머리사에게 관심이 없었고, 관심을 가지려는 노력조차 하지 않던 사람이기 때문에 이 남자가 딸을 데려갔을 수도 있다고는 믿지도 않고 믿을 수도 없었다. 진정으로 그와 얽히고 싶지 않았다. 아무리 넌지시라도 그를 고발하는 것처럼 보이고 싶진 않았다…… 그래도 경찰들은 질문을 계속했다. 그건 심문이었다. 경찰들은 그녀가 뭔가 숨기려 한다는 것을 감지했다. 그렇지 않나? 그렇다면 그건 뭐고 왜지? 마침내 그녀는 자기도 모르게 갈라지고 패배한 목소리로 대답하고 말았다. 좋아요, 그 사람 이름과 마지막으로 알았던 주소, 전화번호를 드릴게요. 분명 오래전에 바뀌었을 테지만요. 좋아요, 말할게요. 우리는 결혼한 적이 없어요. 아이는 애 아빠의 성을 따르지 않았어요. 심지어 그는 머리사가 자기 아이인지 의심스럽다는 듯이 굴었어요. 우리는 동거를 했을 뿐이에요. 그 사람은 결혼에 관심이 없었어요. 이제 만족하나요?

그녀의 수치. 부모님에게도 말한 적 없었다. 언니에게도 말한 적 없었다.

이제 가족들도 리어의 한심한 비밀을 알게 될 것이다. 또 한번의 충격이 되리라. 다른 충격 옆에 놓으면 사소하게 보이겠지만. 이제 가족들은 리어를 더 하찮게 생각할 것이다. 그녀가 거짓말쟁이임을 알게 될 것이다. 그리고 이제 리어는 부모님이 보도를 통해 알기 전에 전화를 걸어 말해야 했다. 제가 거짓말했어요. 전 앤드루와 결혼한 적이 없어요. 결혼을 하지 않았기 때문에 이혼도 없었어요.

다음으로 경찰은 리어가 딸이 실종된 날 오후 여섯시 삼십분에 나이액 병원에서 나와 정확히 어디 갔었는지 알아내려 했다. 이제 그들은 그녀가 거짓말쟁이고 절박한 여자임을 알았다. 이제 피 냄새를 맡았다. 그들은 상처 입은 동물을 쫓아가 굴을 찾아낼 것이었다.

처음에 리어는 시간을 애매하게 말했다. 딸의 실종으로 충격에 빠져 있으니 엄마가 시간에 대해 모호하고 혼란스럽고 확신 없는 건 당연했다.

리어는 경찰에게 나이액에서 집으로 돌아가는 길에 차가 막혔다고 했다. 타판 지 다리, 9번 국도, 도로 공사, 비. 그런데 아파트 근처 세븐일레븐에 들러서 몇 가지 샀다. 종종 그랬듯이……

그게 다였나? 거기만 들렀나?

그랬다, 그녀는 거기만 들렀다. 세븐일레븐. 카운터의 점원이 알 것이다.

이건 리어 밴트리의 남자친구들과 관련된 질문이고 탐색이었다. 만약 그런 사람이 있다면. 머리사를 아는 친구, 머리사를 만났을지도 모르는 친구, 단순히 머리사를 흘끔 봤을지도 모르는 친구가 있다면.

실종된 여자아이 엄마의 남자친구 중 누군가가 그 아이에게 끌렸을지도 모른다. 그 애를 '납치'했을지도 모른다.

아는 사람이 운전하는 차라면 머리사도 순순히 올랐을지 모르니까. 그렇지?

리어는 침착하게 주장했다. 아니라고, 아무도 없다고.

현재는 남자친구가 없었다. 심각한 관계는 없었다.

'만나는' 사람이 아무도 없나?

리어는 불같이 화를 냈다. 무슨 뜻이지? '만난다'는 게 무슨 의미지?

리어는 강경하게 나갔다. 힘주어 말했다. 그래도 심문자들은 아는 것 같았다. 특히 여자 형사는 아는 것 같았다. 얼버무리려는 기색이 어린 리어의 충혈된 눈은 아프고 죄책감을 느끼는 엄마의 눈이었다. 초조해하며 반발하듯 말할 때도 리어의 목소리는 떨렸다. 말했잖아요! 빌어먹을, 말했잖아요!

잠시 말이 멈췄다. 방안에 긴장감이 고조됐다.

잠시 말이 멈췄다. 심문자들은 기다렸다.

리어는 경찰들의 질문에 충분히 진실하게 대답해야 한다는 설명을 들었다. 이건 경찰 조사니까, 거짓말을 하면 공무집행방해죄로 기소될 수도 있다고 했다.

거짓말을 하면.

이미 알려진 거짓말쟁이.

들통난, 망신당한 거짓말쟁이.

그래서 또 한번, 리어는 갈라지는 자기 목소리를 들었다. 네, 알겠어요, 하는 소리를 들었다. 나이액에서 바로 세븐일레븐으로 간 게 아니었다고, 그 전에 친구 집에 들렀었다고. 그 사람은 가까운 친구인데 남자라고, 아내와 헤어졌는데 앞으로 어떻게 될지 확실하지 않다고. 그리고 사생활을 무척 중시하는 남자라 신원을 밝힐 수는 없다고. 그 사람과 리어는 정확히 연인 사이는 아니지만, 그래, 같이 잤다고……

딱 한 번, 두 사람은 같이 잤다. 한 번.

일요일 저녁, 지난 일요일 저녁에 같이 잤다.

처음으로 같이 잤다. 그러니 확실하지 않은 것이었다……

그런지 아닌지 리어는 알 길이 없었다……

리어는 이제 애원하다시피 했다. 부은 얼굴에서 피가 터질 것 같았다.

경찰들은 기다렸다. 리어는 뭉친 휴지로 눈을 닦았다. 여기서 빠져나갈 길이 없었다! 어쨌든 그녀는 911에 전화했을 때 도살장에 끌려가는 불운한 암소처럼 메스꺼운 기분으로 자기 삶의 한 부분이 끝났다는 것을 깨달았었다.

벌이야. 딸을 잃어버린 벌.

물론 리어는 경찰들에게 남자의 이름을 대야 했다. 선택의 여지가 없었다.

리어는 무너져 흐느꼈다. 데빗은 리어에게 노발대발할 것이었다.

데빗 스투프, 병원장. 그는 스투프 박사, 리어의 상사였다. 리어의 고용주. 친절한 남자지만 성미가 급했다. 그가 리어와 사랑에 빠지지는 않았다는 것을 리어도 알고 있었다. 리어 역시 그에게 빠지지 않았다, 정확히 말하면. 그래도 그들은 같이 있으면 편했고, 서로 꽤 잘 지냈다. 둘 다 또래의 아이를 둔 독신 부모였고, 둘 다 사랑에 상처받고 기만당했으며 새로운 관계에 조심스러웠다.

데빗은 마흔두 살이고, 십팔 년이나 결혼생활을 했다. 그는 책임감 있는 남편이고 아빠였으며 병원에서는 빈틈없는 내과의로 명성이 높았다. 그래서 리어와 같이 있는 모습을 너무 일찍 들킬까봐 걱정했다. 그는 아내가 리어에 대해서 알게 되길 원치 않았다. 아직은 그랬다. 병원 내 리어의 동료들에게 들키는 것은 더더욱 꺼렸다. 그는 가십, 빈정거림을 두려워했다. 사생활이 어떤 식으로든 노출될까봐 두려워했다.

이제는 끝이었다. 리어는 알았다.

그들 사이에서 뭔가 시작되기도 전에 끝나버린 것이다.

경찰들은 그를 모욕할 것이다. 리어 밴트리와 리어의 실종된 딸에 관해 물을 것이다. 그 아이를 아는지, 얼마나 잘 아는지, 엄마가 옆에 없을 때 아이를 본 적이 있는지, 아이와 단둘이 있던 적이 있는지. 아이를 차에 태워준 적이 있는지. 가령 지난 목요일에.

어쩌면 경찰은 차를 조사해보고 싶다고 할지도 모른다. 그가 허락할까? 아니면 영장을 요구할까?

데빗은 2월에 가족이 사는 집에서 나와 나이액에 있는 아파트로 이사했다. 리어 밴트리가 목요일에 퇴근하고 갔던 바로 그 아파트. 리어는 충동적으로 그의 집에 들렀다. 데빗은 그녀가 올지도 모른다고 기대했지만 확신하진 않았다. 두 사람은 연애 초기였고, 서로의 존재에 흥분했지만 확신은 없었다.

이 아파트에. 머리사가 거기 간 적 있나?

아니다! 절대 그렇지 않다.

리어는 떨리는 목소리로 데빗은 머리사를 거의 알지도 못한다고 경찰들에게 말했다. 어쩌면 만난 적이 있을지도 모른다, 한 번 정도는. 하지만 시간을 함께 보낸 적은 없었다. 확실히 없었다.

리어는 데빗의 아파트에 삼십 분쯤 머물렀다.

어쩌면 사십 분.

아니다. 두 사람은 섹스를 하지 않았다.

정확히 말하면 아니었다.

두 사람은 술을 한 잔씩 마셨다. 서로에게 다정했고, 이야기를 나눴다.

진심으로, 진지하게 이야기를 나눴다! 병원에 대해서, 아이들에 대해서, 데빗의 결혼에 대해서, 리어 본인의 결혼에 대해서.

(나중에 밝혀지겠지만, 리어는 결혼하고 이혼한 것처럼 데빗이 믿도록 유도했다. 그때는 사소하고 하찮은 거짓말 같았다.)

리어는 더듬거리며 말했다. 데빗은 절대 그런 짓을 할 사람이 아니에요! 머리사에게도, 그 어떤 아이에게도. 그도 열 살 난 사내아이의 아빠예요. 그는 그런 유형의 사람이 아니예요……

여자 형사는 무슨 뜻이냐고 무뚝뚝하게 물었다. '유형'이라니, 그런 '유형'을 알아볼 수 있다는 건가?

데빗, 용서해줘요! 내겐 선택의 여지가 없었어요.

경찰에게 거짓말할 수는 없었어요. 당신에 대해 말해야 했어요. 정말 미안해요. 데빗. 이해할 수 있죠, 그렇죠. 머리사를 찾기 위해 경찰에 협조해야 했어요. 내겐 선택의 여지가 없었다고요.

여전히 머리사는 실종 상태였다.

"아이를 납치하는 짓을 하는 인간들은 이성적이지 않아요. 그들은 자신의 목적을 위해 그런 짓을 하는 거예요. 우린 오직 그들을 뒤쫓을 수 있을 뿐입니다. 멈추게 하려고 노력할 수는 있죠. 그래도 그들을 이해할 순 없어요."

그리고 말했다. "이런 일이 일어나면 사람들이 비난을 퍼붓고 싶어하는 게 당연해요. 당장은 텔레비전도 보지 말고 신문도 읽지 않는 게 좋을 겁니다, 밴트리 씨."

스캇스킬 형사 중 한 명이 무척 솔직하게 말해주었기에, 그녀는 그 역시 자기를 냉혹하게 비판하리라는 것을 믿을 수 없었다.

전화와 메일이 수없이 쇄도했다. 금발의 머리사 밴트리는 올버니에서 뉴욕 고속도로로 빠져나가는 차 안에서 목격됐다. '히피 타입의 남자들'과 같이 있는 모습이 뉴욕 시 휴스턴 스트리트 서쪽에서 목격됐다. 스캇스킬 주민 한 명은 그 사건이 있고 며칠 후 '금발을 양 갈래로 묶은 예쁘고 조그만 그 소녀가' 집에서 몇 블록 떨어진 세븐일레븐 주차장에서 히스패닉계 남자가 모는 우그러진 밴에 올라타는 걸 봤다는 것을 기억해냈다.

여전히 머리사는 실종 상태였다.

……얇은 스크린에 영사된 영화처럼 시간은 뚝뚝 끊어지면서 빠르게 이어졌고, 리어는 진정제를 먹어도 두세 시간 이상 자지 못했다. 곤봉으로 머리를 얻어맞은 사람처럼 꿈도 꾸지 않고 잤고 깨면 머리가 텅 비고 입이 타는 듯했으며 심장은 날개 부러진 뭐처럼 가슴에서 펄떡거렸다.

언제나 잠에서 깰 때면, 내 딸이 사라졌어, 머리사를 잃어버렸어라는 의식이 더러운 물 한 모금처럼 밀려들기 직전의 찰나에는, 시간 감각이 사라지고 기도 같은 축복의 감각이 찾아들었다. 진짜로 일어난 일은 아니지? 앞으로 무슨 일이 일어나든 간에.

나를 본 적 있나요?

갑자기 핀 수선화처럼 밤새 스캇스킬 전역에서는 웃고 있는 소녀의 사진이 등장했다. 머리사 밴트리, 열한 살.

가게 진열장에. 공공게시판에. 전신주에. 스캇스킬 우체국 현관에 눈에 띄게. 스캇스킬 푸드 마트에. 스캇스킬 공공도서관에. 눈에 띄긴 했지만 4월의 비에 이미 축축이 젖은 채 공사장 울타리에.

4월 10일 이후 실종. 스캇스킬 사립학교 재학, 피프틴스 스트리트 부근.

스캇스킬 경찰서에서 급히 만든 머리사 웹사이트에는 실종된 금발 소녀의 사진 여러 장과 상세한 인상착의, 상황 설명이 올라와 있었다. 머리사 밴트리에 대해 무엇이든 아는 분은 아래 번호로 스캇스킬 경찰서에 연락 바랍니다.

처음에는 보상금이 명시되지 않았다. 금요일 저녁이 되자, 익명의 기부자(스캇스킬의 저명한 은퇴한 자선가)가 나서서 1만 5000달러를 내걸었다.

보도에 따르면 스캇스킬 경찰은 이십사 시간 가동중이라고 했다. 그들은 극심한 압력을 받고 있으며, 가능성 있는 단서는 모조리 수사하고 있었다. 지역 내 소아성애자, 성범죄자, 소아성추행 전력이 있는 자는 모두 조사를 받고 있다는 보도도 있었다. (그런 개인들에 대한 정보는 물론 기밀이었다. 그러나 지역의 기민한 타블로이드 신문에서는 익명의 정보원을 통해 예순 살의 스캇스킬 주민이자 은퇴한 음악 교사가 1987년에 저지른 가벼운 성범죄로 형사들의 방문 조사를 받았다는 사실을 알아냈다. 그가 기자도 만나주지 않고

촬영도 거부하자 이 타블로이드 신문은 1면에 앰웰 서클 12번지의 집 대문 사진을 실었다. 그 밑에는 거슬리는 헤드라인이 붙었다. 지역 내 성 범죄자 경찰 조사 받다. 머리사는 어디 있는가?)

브라이어클리프 아파트 주민들은 모두 조사 대상이었고, 몇몇은 여러 번 조사받기도 했다. 수색 영장이 발부되지는 않았지만 몇몇 주민은 아파트와 차를 수색하도록 경찰에 협조했다.

스캇스킬 학교 근방과 머리사 밴트리의 집 사이에 있는 가게 주인들도 조사를 받았다. 젊은 애들이 자주 온다는 고속도로 변의 작은 쇼핑몰에 있는 세븐일레븐에서는 몇몇 직원이 실종 소녀의 사진을 찬찬히 보더니 진지하게 고개를 저으며 경찰들에게 아니라고, 머리사 밴트리는 최근에 이 가게에 온 적이 없었거나 한 번도 오지 않았다고 말했다. "아이들이 너무 많아서……" 리어 밴트리 사진을 보여주며 질문하자, 나이가 가장 많은 점원이 안다고, 이 여자는 알아보겠다고 조심스럽게 말했다. 친절한 여자였고, 손님 중에서도 친절한 편이었다고. 그렇지만 화요일에 왔었는지, 딸을 데리고 왔었는지는 확실히 모르겠다고 했다. "손님이 너무 많아서요. 게다가 대부분 엇비슷해 보여요. 특히 금발인 손님들은."

형사들은 십대들을 조사했다. 대부분 스캇스킬 고등학교 학생들로, 몇몇은 학교에 다니지 않고 작은 쇼핑몰에서 어슬렁거렸다. 그들은 대부분 경찰이 다가오면 뻣뻣하게 몸이 굳어서 허겁지겁 고개를 저었다. 아뇨, 실종됐다는 금발 꼬마 소녀는 본 적 없어요. 어쨌든 본 기억은 없어요. 강철색 머리에 왼쪽 눈썹에 반짝이 핀을 꽂은 눈에 띄는 소녀가 사진을 보고 얼굴을 찡그리더니 마침내 그렇다고, 어쩌면 머리사를 봤을지도 모르겠다고 말했다. "엄마랑 같이 왔나? 하지만 어제는 아니었던 것 같아요. 왜냐하면 어제는 제가 여기 안 왔던 것 같거든요. 지난주였는지도 모르겠네요. 모르겠어요."

스캇스킬 사립학교는 포위 단계였다. 방송국 보도진이 앞길에 포진했고 리포터들과 사진기자들이 입구를 지켰다. 위기관리 상담사들이 머리사가 실종된 다음날 온종일 아이들을 소집단으로 모아 면담했다. 교실마다 땅이 한번 격렬히 흔들리고 지나간 듯 충격적인 분위기가 흘렀다. 많은 부모들이 아이들을 학교에 보내지 않았다. 하지만 학교 관계자들은 이런 조치를 권하지 않았다. "스캇스킬 학교는 전혀 위험하지 않습니다. 머리사에게 무슨 일이 생겼더라도 학교 안에서 일어난 일은 아닙니다." 학교 보안이 즉시 강화됐고 새 보안 조치는 월요일부터 시작된다는 안내문이 돌았다. 머리사 밴트리가 있던 6학년 반 아이들은 풀이 죽었고 불안해했다. 상담사가 이야기를 마치고 질문할 사람 없느냐고 묻자, 학생들은 쥐죽은 듯 가만히 앉아 있다가 한 남자아이가 손을 들어 수색팀을 짤 거냐고 물었다. "텔레비전에 나왔던 것처럼 사람들이 숲하고 들판을 돌아다니면서 시체를 찾을 건가요?"

상담사가 8학년생들과 면담하기 전인 그날 늦게 애니타 헬더라고 하는 8학년 여자애가 머뭇머뭇 선생에게 오더니 할 이야기가 있다고 했다. 애니타는 낮은 C학점대의 점수를 받는 체격이 좋은 소녀로, 수업 시간에 말이 거의 없고 종종 알 수 없는 건강상의 핑계를 대면서 수업에 빠지곤 했다. 약을 하지 않나 의심받는 학생이었지만, 걸린 적은 한 번도 없었다. 수업중에 선생에게 지적을 받으면 뚱하고 반항적이 되었다. 그런데 이 아이가 지금 걱정하는 듯 떨리는 목소리로 어쩌면 그 전날 머리사 밴트리를 보았을지도 모른다는 말을 하고 있었다. 피프틴스 스트리트와 트리니티 스트리트 사이에서 방과후 미니밴에 올라타는 것을 보았다고.

"……그때는 그 애인지 확실히 몰랐고, 저는 머리사 밴트리도 전혀 모르지만 지금 생각해보니 그 애가 맞는 것 같아요. 어떡해요, 못 가게 붙잡지 못해서 속상해요! 걔한테 소리치려고 했었거든요. '거기 타지 마!' 운전하는 사람이 몸을 내밀어 머리사를 잡아당기는 것 같았어요. 남자였어요. 머리카락은 진짜 까맣고 옆으로 길게 내려와 있었어요. 하지만 얼굴은 못 봤어요. 미니밴은 은청색이었던 같고, 번호판에는 TZ 6…… 뭐라고 쓰여 있었어요. 그것 말고는 기억 안 나요."

애니타의 눈에 눈물이 글썽거렸다. 그 기억 때문에 혼란스러운 듯 눈에 띄게 몸을 떨었다.

이때쯤 스캇스킬 형사들은 전 교직원의 신문을 마친 상태였다. 단 한 명, 미칼 잘먼만 빼고. 서른한 살, 컴퓨터 상담 교사이자 시간제 고용인인 그는 금요일에 학교에 출근하지 않았다.

쥐에게 먹이 주기

흉한 표현이었다. 마초적으로 흉하고, 흉한 것 중에서도 최악. 그 말은 그를 미소짓게 했다.

쥐에게 먹이 주기. 홀로.

체포

그 주의 마지막 수업을 마친 직후인 목요일 오후, 그는 홀로 차에 올라 스캇스킬을 빠져나갔다. 정비가 잘된 혼다 미니밴을 타고 홀로 허드슨 강을 따라 올랐다. 강변 풍경이 눈을 홀리도록 아름다워서, 시시하고 사소한 일들에 왜 연연하나 싶었다. 나를 상처 입히는 다른 사람들의 힘에 왜 연연하나.

혹은 눈물 그렁한 눈으로 자기들에게 상처 주었다고 비난하는 이들의 힘에.

그는 차 뒤에 여행가방, 배낭과 책 몇 권, 등산화와 등산 식량을 던져넣었다. 언제나 그는 가뿐하게 여행했다. 스캇스킬을 벗어나자마자, 그곳에서의 삶은 잊혀졌다. 이런 자유를 누리려고 마련한 직업일 뿐, 정말로는 별로 중요하지 않았다. 쥐에게 먹이 주기일 뿐.

스캇스킬에 여자가 있었다, 결혼한 여자. 그는 신호를 알아차렸다. 여자는 결혼생활이 외로웠고 누군가 자신을 그 외로움에서 구해주기를 갈망하고 있었다. 여자는 종종 계획 없이 충동적인 듯이 그를 초대하곤 했다. 저녁 먹으러 올래요, 미칼? 오늘밤? 그는 갈지 말지 모호하게 대답했다. 이번에는. 그는 여자의 눈에 어린 실망감을 보고 싶지 않았다. 여자에게 애정을 느꼈고, 여자의 상처, 분개, 혼란을 알 수 있었다. 여자는 스캇스킬 학교의 동료로서 종종 다른 사람들과 함께 어울렸고 서로에게 친밀감이 있다고 잘면도 인정했다. 하지만 그는 이 여자와, 혹은 어떤 여자와도 얽히고 싶지 않았다. 지금은 아니었다. 이제 서른한 살이었고 더는 순진하지 않았다. 점점 더 그는 쥐에게 먹이를 주기 위해 살았다.

오만하지 않은가, 이런 자세는? 이기적이다. 그는 그런 말도 여러 번 들었다. 자기 머릿속에 빠져 산다고, 자신만을 위해 산다고.

그는 결혼한 적이 없었고 앞으로도 할지 회의적이었다. 아이를 갖는다는 생각만 해도 심장이 내려앉았다. 21세기 초이 불확실하고 비참한 세계에 새로운 생명을 끌어들이다니!

자신의 비밀스러운 삶 쪽이 훨씬 마음에 들었다. 순수한 삶이었다. 아침마다 강변을 따라 달리기. 하이킹과 등산. 사냥이나 낚시는 하지 않았다. 자신의 삶을 향상시키려고 다른 생명을 죽이고 싶지는 않았다. 그는 주로 몸을 움직이는 것을 좋아했다. 그저 그럭저럭 무난하게 산에 오를 뿐이었다. 마라톤을 할 인내나 의지는 없었다. 그렇게 열정적이지도 않았고 그저 몸을 즐겁게 움직일 수 있는 곳에 혼자 있고 싶을 따름이었다. 혹은 고통의 가장자리까지 밀어붙일 수 있는 곳에.

이십대 중반이었던 어느 여름, 그는 혼자 포르투갈과 스페인, 모로코 북부로 배낭여행을 떠났다. 탕헤르(아프리카 북서부 끝에 있는 모로코의 항구 도시―옮긴이)에서는 고독의 극단적 형태, 환각성이 있는 키프(흡연용 마약―옮긴이)를 해보았다. 몸을 뒤흔든 경험이었지만 한껏 기운이 솟구쳤고, 그는 집으로 돌아가 자신을 새롭게 창조하게 됐다. 마이클이 아니라 미칼로.

쥐에게 먹이 주기는 이런 자유를 뜻했다. 여자는 그가 올 거라고 어느 정도 기대했겠지만 그가 그 집에 들르지 않았다는 것을 뜻했다. 그는 전화도 하지 않았다. 자기는 상관하고 싶지 않다, 상관하지 않겠다는 뜻을 알리는 방식이었다.

대신 여자와 그 남편은 그 중요한 시간 동안 미칼 잘먼이 뭘 했는지 알리바이를 대주지 않게 된다.

4월 11일 금요일 오후 다섯시 십팔분, 가파른 등산로를 내려와 차로 돌아가다 앞의 주차장에서 뉴욕 주 순찰차처럼 보이는 것을 우연히 봤을 때도 그는 경찰이 나를 잡으러 왔다고 생각할 이유가 없었다. 그날 가장 먼저 세웠기 때문에 주차장에서도 등산로 가장 가까운 곳에 외따로 주차되어 있는 차, 제복 입은 경찰 둘이 그의 미니밴 뒤 창문을 들여다보고 있는데도 놀라거나 경계하지 않았다. 그만큼 그는 확신이 있었고 거리낄 것이 없었다.

"안녕하세요. 무슨 일이죠?"

순진하게 잡담이라도 하듯 그는 주 경찰에게 말을 걸었고, 경찰들은 그를 빤히 바라보다 걸어왔다.

나중에 그는 이때 경찰들이 얼마나 민첩하고 정확하게 움직였는지 떠올리게 된다. 한 명이 소리쳤다. "미칼 잘먼 씨입니까?" 그러자 잘먼이 대답하기도 전에 다른 남자가 날카롭게 말했다. "손을 잘 보이도록 들어주시죠."

손이라니? 손이 어쨌다고? 손에 대해서 뭐라고 한 거지?

티셔츠와 카키색 반바지 속에서 땀이 났고 머리카락은 목덜미에 달라붙어 있었다. 등산로에서 헛디뎌 넘어져서 긁힌 왼쪽 무릎이 욱신거렸다. 신선하고 맑은 아침 공기를 마셨지만 이전처럼 기분이 상쾌하지 않았다. 그는 두 손을 앞으로 들었다. 짜증스럽긴 하지만 순순히 따르겠다는 뜻으로 손바닥이 보이게.

이자들이 그에게 뭘 원하는 걸까? 착각한 게 분명했다.

미니밴 뒷자리를 들여다보고 있었다…… 그는 간단 수색에 동의했다. 트렁크와 차 안. 글러브 박스. 젠장, 숨긴 건 아무것도 없었다. 그들은 마약을 찾고 있었던 걸까? 숨겨놓은 무기? 그는 몇 주 전 차 뒷유리 앞 선반에 던져둔 문고본 두 권을 바라보는 경찰들의 눈길을 보았다. 필립 로스의 『죽어가는 동물』과 오비디우스의 『사랑의 기술』. 첫번째 책 표지에는 관능적으로 몸을 기댄 모딜리아니의 누드가 풍성하고 신선한 톤으로 그려져 있었다. 젖꼭지가 분홍색인 가슴이 선명하게 보였다. 다른 책 표지에는 고전적인 누드가 있었다. 풍만하면서도 균형 잡힌 몸매에 텅 비어 아무것도 보지 못하는 눈을 가진 하얀 대리석 여인.

금기

옥수수 소녀의 이름을 소리내어 말하는 건 금기였어요.

주드의 지시가 아니라면 옥수수 소녀를 만지는 건 금기였어요.

주드가 제물의 사제니까. 다른 사람이 아니라.

금기가 무슨 뜻이냐면, 죽는다는 뜻이에요. 말을 듣지 않으면.

주드는 관대에서 잠든 옥수수 소녀를 폴라로이드 카메라로 찍었어요. 납작하고 좁은 가슴 위에 두 팔을 엇걸고, 옥수수 수염 같은 머리카락을 머리 둘레에 희미한 불빛처럼 펼쳤죠. 사진 몇 장은 주드가 옥수수 소녀 옆에 있는 모습이었어요. 우리는 주드가 미소짓는 사진을 찍었어요. 주드의 눈이 반짝 반짝 빛나며 커졌어요.

후세를 위해서야. 주드가 말했어요. 기록에 남기려고.

옥수수 소녀의 진짜 이름을 소리내어 말하는 건 금기였어요. 스캇스킬 사방팔방에서 그 이름을 말하고 있었는데! 스캇 스킬 사방팔방에 개 얼굴이 붙었는데!

실종 소녀. 유괴 의심. 긴급 상황.

참 쉽네. 진실을 꾸며내는 건. 주드가 말했어요.

하지만 주드도 놀란 것 같았어요. 이제 현실이 되어버렸으니까요. 오랫동안 주드 O의 머릿속에만 있었던 이야기가요.

주디스!

트레헌 할머니가 쨍쨍거리는 할망구 목소리로 불렀어요.

우린 할머니의 냄새나는 침실로 조르르 들어갔어요. 할머니는 정신 나간 여왕처럼 커다란 골동품 놋쇠 침대에 기대앉아 텔레비전을 보고 있었어요. 텔레비전에서는 실종된 스캇스킬 사립학교 여학생 뉴스가 나오고 있었죠. 할머니는 잔소리를 했어요. 얘들아! 너희 학교 꼬마에게 무슨 일이 생겼는지 보렴! 저 불쌍한 애 아니?

주드는 우물우물 대답했어요. 아니요, 할머니.

그래, 지진아와 같은 반에 있진 않겠지.

주드는 우물우물 대답했어요. 그럼요, 할머니.

그래. 모르는 사람이랑은 절대 얘기하지 말아야지, 주디스! 너한테 수상하게 행동하는 사람이나 주위에서 어슬렁대는 사람이 보이면 신고해라. 약속해!

주드는 우물우물 대답했어요. 알았어요, 할머니, 약속할게요.

우리도 우물우물 대답했어요. 저희도 그럴게요, 트레헌 할머니. 할머니가 바라는 것 같아서 그랬어요.

그다음에 트레헌 할머니는 주드에게 침대 정리를 시키면서 집게발 같은 손으로 주드의 손을 잡았어요. 내가 항상 좋은 할미가 아니었다는 건 안다. 판사 과부로서 시간 뺏기는 일이 너무 많았단다. 하지만 난 네 할미다, 주디스. 너를 돌봐줄 혈육이라곤 나뿐이야. 그건 너도 알지?

주디는 우물우물 대답했어요. 네, 할머니. 알아요.

우리가 알던 세상은

사라졌어.

얼마 남지 않은 알려진 생존자 중에 우리가 있는 거야.

……테러리스트의 공격이었어. 핵전쟁. 불이 났어.

뉴욕 시는 뻥 뚫린 구멍이 됐어. 조지 워싱턴 다리는 무너져 강 밑으로 가라앉았어. 워싱턴 D.C.도 사라졌고.

옥수수 소녀는 그런 말을 들었어요. 옥수수 소녀는 몽롱한 상태에서 그렇다고 믿었어요.

우리는 주드가 외우라고 시킨 말을 여러 번 말했어요. 우리가 알던 세상은 사라졌어. 이제는 텔레비전도 없어. 신문도 없어. 전기도 안 들어와. 얼마 남지 않은 알려진 생존자 중에 우리가 있는 거야. 우리는 용기를 내야 해, 모두 다 사라졌어. 어른들은 다 사라졌어. 우리 엄마들도 다.

옥수수 소녀는 비명을 지르려고 입을 벌렸지만 힘이 없었어요. 눈에 눈물이 고여서 초점 없이 흐려졌어요.

우리 엄마들도 다. 정말 신났죠!

촛불만 켜놨어요, 엄숙하게. 밤을 몰아내려고.

옥수수 소녀에게는 식량을 배급받아야 한다고 알려줬어요. 이제는 가게가 없으니까. 스캇스킬의 모든 가게가 사라졌으니까. 푸드 마트도 없어졌어. 중심가도 사라졌어. 쇼핑몰도.

주드는 옥수수 소녀의 몽롱한 상태를 유지시키려면 조금만 먹여야 한다는 걸 알았어요. 주드는 그 애의 손목과 발목을 묶고 싶지는 않다고 했어요. 너무 약해 보였으니까요. 주드는 개한테 재갈을 물려서 겁을 주고 싶지도 않다고 했어요. 그러면 옥수수 소녀가 우리를 두려워할 거고 자기 보호자로 우리를 믿거나 좋아하지 않을 거라면서요.

옥수수 소녀를 소중하고 정중하고 친절하고 엄격하게 대해야 했어요. 자신이 어떤 운명을 맞을지 짐작할 수 없게 해야 했어요.

옥수수 소녀의 음식은 주로 액체였어요. 물, 사과나 자몽처럼 투명한 과일주스. 그리고 우유.

금기라고 주드가 말했어요. 옥수수 소녀는 하얀 음식 외에는 아무것도 먹어서는 안 된다고. 뼈나 껍질이 있는 음식도 안 된다고.

부드럽고 잘게 부수거나 녹인 음식들이었어요. 코티지치즈나 플레인 요구르트, 아이스크림. 옥수수 소녀는 텔레비전에 나온 것처럼 지진아는 아니지만 영리하지도 않다고 주드가 말했어요. 우리가 먹인 음식은 냉장고에서 가져온 거지만 소녀는 눈치채지 못했어요.

물론 하얀 가루 상태의 진정제를 이 음식들에 넣었죠. 몽롱한 상태를 유지시키려고요.

오니가라 족의 제물이었던 옥수수 소녀는 몽롱한 상태에서 저세상으로 갔어요. 두려워하면서 간 게 아니에요.

우리는 옥수수 소녀에게 교대로 음식을 조금씩 떠먹여줬어요. 소녀는 이유식 먹는 아기처럼 빨아먹었죠. 너무 배고파, 그러며 더 달라고 징징댔어요. 안 돼, 안 돼! 옥수수 소녀는 더는 없다는 말만 들었어요.

(그렇게 밥을 먹이고 나면 얼마나 배가 고팠는지 몰라요! 우리는 집에 가서 먹을 것을 입안 가득 쑤셔넣었어요.)

주드는 옥수수 소녀가 굳은 배설물을 내놓길 원하지 않았어요. 제물이 되려면 창자가 깨끗하고 순결해야 한다고 했어요. 또 일을 볼 때면 저장고 바깥으로 데리고 나가야 했어요. 그 애를 안다시피 해서 거미줄 낀 지하실 구석 욕실로 데려갔어요. 주드는 거기가 흘러간 옛 시절에는 '오락실'이던 곳이 랬어요. 이제는 고대사가 되어버린 1970년대에는.

우리는 옥수수 소녀를 딱 두 번, 안다시피 해서 이 욕실로 데려갔어요. 소녀는 기운이 다 빠져서 비틀거렸고 고개가 어깨 위로 뚝뚝 꺾였어요. 다른 때는 주드가 버려진 온실에서 가져온 화분에 일을 보았어요. 예쁜 멕시코 도자기 화분 위에 옥수수 소녀가 쭈그리고 앉으면 우리는 걔가 어설픈 아기라도 되는 양 붙잡아줬어요.

옥수수 소녀의 오줌! 뜨겁고 거품이 보글보글했어요. 우리 것과는 달리 톡 쏘는 냄새가 났어요.

커다란 아기처럼 옥수수 소녀는 뼛속까지 약해졌고, 우리를 믿었어요. 집에 가고 싶다고, 엄마 보고 싶다고, 엄마 어디 있느냐고 보고 싶다고 울 때도 울음소리가 아기 같았어요. 힘도 없고 화도 내지 않았어요.

주드는 엄마들이 모두 사라졌기 때문에 우리는 엄마들 없이 용감하게 살아야 한다고 말했어요. 우리랑 같이 있으면 괜찮다고, 주드는 머리를 쓰다듬어주며 말했어요. 봐, 엄마가 보살피는 것보다 우리가 더 잘 보살필 거야.

주드는 관대에 앉아 눈물을 줄줄 흘리는 옥수수 소녀의 사진을 휴대전화로 찍었어요. 옥수수 소녀는 백묵처럼 하얬고 관대는 색깔이 화려하고 비단 같았어요. 옥수수 소녀는 너무 말라서 주드가 입혀준 하얀 모슬린 잠옷 속에 도드라지게 튀어나온 쇄골이 보일 정도였어요. 우리는 주드를 의심하지 않았어요. 주드가 옥수수 소녀를 데리고 하려는 일에 우리는 반항할 수 없었어요.

오니가라 족 의식에서 옥수수 소녀는 서서히 굶다가 창자가 깨끗하고 순결해졌다고 주드는 말했어요. 산 채로 제단에 묶였고 사제가 축복받은 화살을 쏴서 심장을 맞혔다고요. 그 심장을 축복받은 칼로 도려냈고, 사람들을 축복하려고 사제와 부족의 다른 이들 입술에 댔어요. 그런 다음 그 심장과 옥수수 소녀의 시체를 들판으로 실어가 해님인 아침별과 달님인 저녁별에게 바치려고 땅에 묻었어요. 해님과 달님에게 옥수수가 풍작이 되도록 보우해달라고 빌었어요.

옥수수 소녀도 죽일 건지 우리는 궁금했지만 주드에게 물어볼 수는 없었어요. 주드가 화를 낼 테니까요.

우리끼리는 주드가 옥수수 소녀를 죽일 거라고 말했어요, 어쩌면! 그렇게 생각하니까 몸이 떨렸어요. 데니즈는 살그머니 웃으며 손톱을 깨물었죠. 걔는 옥수수 소녀를 질투했거든요. 옥수수 소녀의 머리카락이 너무 예쁘고 비단결 같아서가 아니라 주드가 옥수수 소녀를 두고 그렇게 야단법석을 떨어서 그랬죠. 주드는 데니즈에게는 그렇게 야단법석을 떤 적이 없었거든요.

우리가 가버리면 옥수수 소녀는 울었어요. 우리가 촛불을 불어 끄고 그 애를 어둠 속에 남겨두면요. 우리는 집안을 순찰해야 한다고 말했어요. 우리는 화재와 '가스 유출'이 있는지 살펴봐야 한다고 했어요. 우리가 알던 세상은 끝을 맞았기 때문에, 이제는 어른이 없기 때문에. 이제는 우리가 어른이었어요.

우리가 우리의 엄마였어요.

주드는 문을 닫고 자물쇠를 걸었어요. 옥수수 소녀가 소리 죽여 흐느끼는 소리가 들려왔어요. 엄마! 엄마! 옥수수 소녀는 울었지만 들어줄 사람은 없었고, 일층으로 가는 계단에선 더

이상 들리지도 않았어요.

바깥세상

싫어싫어싫어 저기 있는 멍청이들. 옥수수 소녀는 주드 O
의 완벽한 복수였어요.

우리는 스캇스킬 학교에서 팔팔 끓어오르는 용암처럼 증
오가 복도를 지나 교실과 식당으로 흘러들어서 적들을 산 채
로 태우는 걸 봤어요. 우리에게 그럭저럭 착하게 대하던 여자
아이들도 죽을 거예요. 걔들은 우리를 다른 애들 발밑에다 놓
았거든요. 학교를 지배하고 남자애들까지도 지배하는 쭉쭉빵
빵한 계집애 무리보다 더 더 밑으로. 선생들, 몇몇은 우릴 열
받게 했으니까 죽어도 싸요. 주드는 미스터 Z가 자기를 '디스'
했으니까, 이제 '공격 목표'라고 했어요.

이따금 그 환상이 어찌나 강렬했던지 엑스터시를 삼켰을
때보다 더 강한 흥분이 밀려왔죠!

바깥세상에서는 실종된 스캇스킬 소녀가 납치됐을 거라고 믿
었어요. 몸값 요구를 기다리고 있었죠.

아니면 실종된 소녀가 '성범죄자'에게 희생됐을 거라고 믿었
어요.

텔레비전에 리어 밴트리, 그 애 엄마가 나와서 호소했어요. 누가 딸을 데려갔든 제발 머리사를 해치지 말아달라고, 제발 딸을 풀어달라고. 정말 사랑하는 딸이라고 애걸하는 쉰 목소리는 펑펑 운 것 같았고 눈은 퀭했어요. 주드는 경멸하는 표정으로 그 여자를 쳐다봤어요.

이젠 쭉쭉빵빵이 아니네, 안 그래 브래ー티('브래티'에는 건방지다는 뜻도 있다ー옮긴이) 부인! 아주아주 예쁘지도 않잖아.

주드가 리어 밴트리를 그렇게 싫어해서 우리는 깜짝 놀랐어요. 우리는 그 여자에게 미안했다고나 할까, 그런 기분이었거든요. 우리가 사라지면 우리 엄마들이 어떨까 하는 생각도 들었어요. 엄마가 싫긴 해도, 우리를 그리워하면서 막 울 것 같았어요, 걔 엄마처럼. 우린 엄마들을 새롭게 보게 됐어요. 하지만 주드는 싫어할 엄마조차 없었어요. 저기 LA 서부로 갔다는 말 말고는 엄마 얘기를 한 적도 없었어요. 우리는 주드의 엄마가 가명을 쓰는 영화배우라고 생각하고 싶었어요. 영화 일을 계속하려고 트레헌 할머니에게 주드를 맡기고 떠난 거라고요. 하지만 이런 이야기를 주드에게 하지는 않았죠, 절대로.

가끔 주드는 우리를 겁줬어요. 우리를 해칠 것처럼요.

대박! 금요일 저녁 일곱시 뉴스에 속보 스캇스킬 용의자 체포라고 떴어요. 잘먼 선생님이었어요!

374

우리는 웃겨서 꺅 비명을 질렀어요. 트레헌 할머니한테 들리지 않도록 두 손으로 입을 막아야 했죠.

주드는 채널을 이리저리 돌렸고 갑자기 미스터 Z가 텔레비전에 나왔어요! 캐스터가 흥분한 목소리로 이 사람이 베어 산 주립공원에서 체포돼서 머리사 밴트리 실종에 관련해 조사를 받기 위해 스캇스킬로 호송됐다고 했어요. 충격적인 사실. 서른한 살의 미칼 잘먼은 스캇스킬 학교의 교사였다는 거죠.

잘먼 선생님은 한동안 면도를 안 했는지 턱에 수염이 덥수룩했어요. 겁에 질린 눈은 어딘가 찔리는 구석이 있는 것처럼 보였고요. 학교에 한 번도 입고 온 적 없는 티셔츠와 카키색 반바지를 입고 있는 것도 웃겼어요. 사복형사들 사이에 끼여 경찰본부 계단을 올라가더라고요. 계단 꼭대기에서 형사들이 겨드랑이를 잡아당겼는지, 선생님은 발목 한쪽이 꺾일 뻔했어요.

우리는 하이에나처럼 웃어댔어요. 주드는 텔레비전 앞에 웅크리고 앉아 몸을 앞뒤로 흔들면서 빤히 바라봤어요.

"잘먼은 머리사 밴트리에 대해서는 아무것도 모른다고 주장하고 있습니다. 경찰과 구조대원은 베어 산 일대를 수색하고 있으며, 필요하다면 밤샘 수색을 할 예정입니다."

우리 학교의 모습이 다시 비치더니 한밤의 피프틴스 스트리트 일대의 차들이 나왔어요. "……머리사 밴트리의 동급생으로 추정되는 신원 미상의 목격자가 목요일 방과후 머리사가 이 모퉁이에서 혼다 CR-V 차량 안으로 끌려들어가는 광경을 목격했다고 합니다. 잠정적으로 밝혀진 바에 따르면 이 차량의 주인은……"

신원 미상의 목격자. 저거 나야! 애니타가 외쳤어요.

그런 다음 두번째 '학생 목격자'가 나서서 교장선생님에게 '용의자 잘면'이 머리사 밴트리를 추행하는 걸 봤다고 말했어요. 지난주 컴퓨터실에서도 다른 애들이 주위에 없으면 머리사의 머리를 쓰다듬고 소곤거렸다고.

저건 나야! 데니즈가 외쳤어요.

또 경찰은 잘면이 사는 아파트 주차장 근처에서 자개 나비 핀을 발견했대요. 머리사가 목요일에 꽂았던 핀이 맞다고 머리사의 엄마가 '확인'했다고 했고요.

돌아보니 주드가 씨익 웃고 있었어요.

우리는 주드가 이런 계획을 꾸몄는지 몰랐어요. 자전거를 타고 가서 핀을 떨어뜨려놓고 온 게 분명했어요.

우리는 깔깔 웃었어요. 오줌을 지릴 뻔했어요. 주드는 정말 그렇게 쿨해요.

하지만 주드도 조금 놀란 것 같긴 했어요. 자기가 지어낸 미친 거짓말을 세상의 모든 멍청이들이 앞다퉈 믿어줬으니까요.

필사적으로

이제 그녀는 그의 이름을 알게 됐다. 미칼 잘먼.

머리사를 데려간 남자. 스캇스킬 학교에서 머리사를 가르치는 교사들 중 한 명.

악몽이었다. 리어 밴트리는 딸을 사립학교에 보내려고 온갖 일을 하고 혼신의 노력을 다했는데, 그 학교에서는 소아성애자가 버젓이 초등학생을 가르치고 있었다.

리어는 잘먼을 만난 적이 있는 것 같았다. 학부모회가 열리던 어느 저녁에. 하지만 뭔가 이상했다. 잘먼은 젊었다. 젊은 사람이 소아성애자라고 생각하긴 어렵다. 또 옆모습이 약간 매섭긴 했지만 매력적이었고, 그렇게 따뜻하지는 않았다. 리어에게는 그랬다. 리어가 기억하기로는 그랬다.

형사들은 리어에게 잘먼의 사진을 보여주었다. 잘먼과의 면담을 허락해주지는 않았다. 어렴풋이 그때 기억이 났다. 하지만 그가 한 말은 기억나지 않았다. 말을 걸었다면 말이지만. 리어가 그에게 머리사에 대해서 물어봤을 가능성이 높지만 그가 한 말은 기억할 수 없었다.

그리고 그때 잘먼은 모임에서 일찍 빠져나가지 않았나? 어쩌다 리어는 그를 보았다. 남자 교사 중에 넥타이를 매지 않고 머리카락이 옷깃 위로 헝클어진 사람은 그뿐이었다. 그는 소란하고 불이 환한 방에서 슥 사라졌다.

그는 자청해서 거짓말탐지기 검사를 받았다. 결과는 '확정할 수 없음'이었다.

그 사람과 얘기 좀 하게 해주세요, 제발.

경찰은 대답했다. 안 됩니다, 밴트리 부인. 좋은 생각이 아니에요.

머리사를 데려간 그 남자와 얘기 좀 하게 해주세요, 제발.

깨어 있는 상태에서 리어는 호소했다. 형사들에게 부탁하고, 그들의 자비에 매달렸다. 리어에게 의식이 있는 동안의 삶은 온통 애원과 호소, 타협뿐이었다. 그리고 기다림.

잘먼이 범인이지 않나요? 그 사람을 잡았잖아요. 목격자가 그 사람을 봤다고 했어요. 그 사람이 머리사를 밴에 억지로 태우는 걸 봤다고요. 환한 대낮에! 게다가 그 사람 집 주차장 근처에서 머리사의 핀도 찾았잖아요! 그게 증거 아닌가요!

리어에게는, 필사적인 엄마에게는 확실히 증거였다. 그 남자가 머리사를 데려갔고, 머리사가 어디 있는지 알고 있었다. 너무 늦기 전에 그에게 진실을 끌어내야 했다.

리어는 무릎을 꿇고 잘먼을 만나게 해달라고 빌며 감정적으로 굴지 않겠다고 약속했지만 경찰은 거절했다. 그 남자를 만나면 감정만 쏟아내게 될 거라고. 게다가 잘먼에게는 이제 변호사가 있으니 더욱 강경하게 부인할 거라고.

부인이라니! 어떻게 그자가…… 부인할 수 있지! 그 사람이 머리사를 데려갔으니 머리사가 어디 있는지도 알 텐데.

그녀는 그에게 빌 작정이었다. 잘먼에게 머리사의 아기 때 사진을 보여줄 작정이었다. 경찰이 부디 허락만 해준다면 해준다면 해준다면 딸의 목숨을 살려달라고 이 남자에게 애걸할 작정이었다.

물론 있을 수 없는 일이었다. 용의자는 절차와 전략에 따라 취조를 받기 때문에 리어 밴트리는 접근할 수 없었다. 형사들은 전문가이고 리어 밴트리는 아마추어였다. 그녀는 오직 엄마, 아마추어일 뿐이었다.

바퀴, 돌아간다.

무척이나 긴 금요일이었다. 리어의 인생에서 가장 긴 금요일.

그러다 불쑥 금요일 밤이었다. 그러다 토요일 아침. 그래도 머리사는 여전히 사라진 상태였다.

잘먼은 잡혔지만 머리사는 여전히 사라진 상태였다.

시대가 달랐다면 그자를 고문이라도 했을지 모르는데. 자백을 받아내기 위해. 사악한 소아성애자라도 '법적 권리'를 존중받아야 했다.

리어의 심장은 분노로 요동쳤다. 그렇지만 그녀는 무력했고, 끼어들 수 없었다.

토요일 오후. 머리사가 실종된 지 사십팔 시간째에 접어들 무렵.

사십팔 시간이라니! 있을 수 없는 일 같았다.

지금쯤 물에 빠져 죽었을 거야. 리어는 생각했다. 산소 부족으로 질식했을 거야.

굶고 있을 거야. 피를 많이 흘려 죽었을 거야. 베어 산의 야생동물이 그 애의 작은 몸을 훼손했을 거야.

리어는 계산했다. 리어가 머리사를 마지막으로 본 지 오십 시간이 되어갔다. 목요일 아침 여덟시 학교 앞, 차 안에서 그 애에게 서둘러 뽀뽀했었지. 그리고 (리어는 기억을 쥐어짜내야 했고, 기억을 놓치지 않을 작정이었다.) 리어는 딸이 보도를 뛰어가 학교 안으로 들어가는 것을 굳이 신경써서 보지 않았다. 옅은 금발머리가 뒤에서 반짝였고 어쩌면 (어쩌면!) 머리사는 학교 문 앞에 다다랐을 때 몸을 돌려 엄마에게 손을 흔들었겠지만, 리어는 벌써 출발하고 없었다.

그렇게, 리어에게는 기회가 있었다. 리어는 언니인 애브릴에게 머리사가 빠져나가도록 내가 놔둔 거야라고 고백할 것이었다.

거대한 바퀴, 돌아간다. 그리고 그 바퀴는 동정 없는, 시간 그 자체였다.

리어는 이제 그걸 알았다. 공포가 낳은 고양된 의식 상태에서 그녀는 알았다. 이제 대중의 눈에 '리어 밴트리'가 어떻게 보이는지는 눈곱만큼도 관심 없었다. 좌절에 빠진 엄마든 딸을 방기한 엄마든. 워킹맘, 싱글맘, 음주 문제가 있는 엄마. 그녀는 거짓말쟁이로 드러났다. 다른 여자의 남편과 자는 데 열심인 여자로 드러났고 그 남편이란 사람은 직장 상사였다. 리어는 머리사를 납치한 범인을 찾는 바로 그 경찰이 자기도 조사하고 있다는 것을 알았다. 천박한 타블로이드 신문과 텔레비전 보도. 동정이라는 가면을 쓰고 그녀의 '곤경'에 동정하는 척하는.

그 무엇도 이제는 중요하지 않았다. 자칼들이 뭐라고 말했는지, 말할지. 리어는 자기 목숨을 머리사의 목숨과 바꾸려 했다. 필사적으로 신을 믿으려 하며 애원했다. 제발. 머리사를 살려주세요. 머리사를 제게 돌려보내주세요. 제 기도를 들으신다면. 그러니 이제 자신에게 신경쓸 여유가 없었다. 양심의 가책도 부끄러움도 없었다. 그랬다, 머리사를 찾는 데 도움이 되기만 한다면 뉴욕 시 텔레비전 방송국 중에서 가장 무자비하고 천박한 곳과의 인터뷰도 불사할 것이었다. 눈이 멀 것 같은 방송국 조명 아래서 눈을 깜박이고 이를 드러내며 창백하게 초조한 미소도 짓고.

이제 다시 리어는 평범한 삶의 경건함에는 신경쓰지 않을 것이다. 그녀의 엄마가 전화해서 울음을 터뜨리며 도대체 왜, 왜 머리사를 그렇게 오랫동안 혼자 놔뒀느냐고 물었을 때도 리어는 나이든 그 여인의 말을 냉정하게 끊었다. "지금 그건 중요하지 않아요, 엄마. 안녕히 계세요."

리어의 부모님은 둘 다 건강이 좋지 않아서, 딸과 함께 밤을 지새우러 동부로 올 수 없었다. 하지만 리어의 언니인 애브릴은 곧장 워싱턴에서 비행기를 타고 와서 함께 있어줬다.

몇 년 동안 자매는 가깝게 지내지 않았다. 두 사람은 미묘한 경쟁관계였고, 리어는 항상 자기가 초라해지는 기분을 느꼈다.

투자 변호사인 애브릴은 사무적이고 효율적으로 전화를 받고 모든 메일을 걸렀다. 애브릴은 끊임없이 머리사 웹사이트를 확인했다. 애브릴은 사건을 맡은 스캇스킬 주임 형사와 솔직하게 속을 터놓는 사이가 됐다. 리어에게는 말을 빙빙 돌리고 몹시 거북해하던 그 형사와.

애브릴은 리어에게 경찰본부에 가 있는 동안 녹음된 음성 메시지를 들어보라고 했다. 리어는 애브릴에게 데빗 스투프에 대해 대충 말했다.

전화를 건 사람은 데빗이었다. 리어가 아는 따뜻하고 친근한 목소리와는 전혀 다르게 그는 느리고 딱딱한 목소리로 말했다. 끔찍한 사건…… 이건…… 끔찍한 사건이야, 리어. 이 미친놈이 잡히기만을 바라자고 그리고…… 긴 침묵. 데빗이 전화를 끊었나 하는 생각이 들 때쯤 그가 말을 이었다. 좀더 강하게. 이런 끔찍한 사건이 일어나서 정말 유감이지만 리어, 다시는 내게 연락하지 마. 내 이름을 경찰에 대다니! 지난 이십사 시간이 얼마나 힘들었는지 몰라. 우리 관계는 실수였고 계속 이어갈 수 없어. 당신도 이해하겠지. 병원 일자리 말인데, 당신도 이해하겠지만 직원들 사이에 어색한 분위기가……

리어의 심장은 분노로 요동쳤다. 그녀는 삭제를 꾹 눌러 남자의 목소리를 지워버렸다. 애브릴이 고마웠다. 눈치껏 방에서 나가줘서, 데빗 스투프에 관해 물어보지 않을 거라는 믿음을 줘서, 언니랍시고 위로하려 들지 않아서.

나한테서 모두 가져가. 머리사만 돌려보내준다면, 옛날로 돌아갈 수만 있다면.

밀사들

"엄마!"

머리사의 목소리였다. 하지만 소리 죽인, 저 멀리서 들려오는.

머리사는 두꺼운 유리벽 저편에 갇혀 있었다. 리어는 필사적인 외침을 희미하게 들었을 뿐이었다. 머리사는 두 주먹으로 유리벽을 쿵쿵 치며 축축한 얼굴을 대고 문질렀다. 하지만 유리는 너무 두꺼워서 깨지지 않았다. "엄마! 살려줘요, 엄마……" 리어는 아이를 구하려 했지만 움직일 수가 없었다. 마비됐다. 뭔가가 리어의 다리를 잡고 있었다. 흘러내리는 모래, 뒤엉킨 밧줄. 끊고 나갈 수만 있다면……

애브릴이 갑자기 리어를 깨웠다. 머리사의 친구들이라고 하는 아이들이 그녀를 만나러 왔다고 했다.

"아, 안녕하세요, 브랜티 아줌마…… 아니, 밴트리 아줌마. 제 이름은……"

여자애 셋. 스캇스킬 사립학교에 다니는 여자애 셋. 그중 하나, 바래고 녹슨 듯한 빨강머리에 희번덕거리는 돌 색깔 눈을 가진 아이는 놀랄 만큼 크고 눈부시게 흰 꽃다발을 리어에게 내밀었다. 줄기가 긴 장미, 카네이션, 수선화, 국화. 흰 수선화의 자극적인 향이 진동했다.

꽃다발이 비쌌을 거라고 리어는 생각했다. 여자애에게 꽃다발을 받으며 미소지으려 했다. "그래, 고맙구나."

일요일 한낮이었다. 리어는 스무 시간 내리 깨어 있다가 마비 같은 상태에 빠져 있었다. 따뜻하고 어울리지 않을 정도로 환하고 맑은 4월의 낮이 블라인드를 반쯤 내린 아파트 창문 너머로 보였다.

리어는 여자애들에게 집중하려 했다. 애브릴의 말을 들었을 때, 그녀는 머리사 또래의 더 어린 아이들을 예상했다.

하지만 이 아이들은 청소년이었다. 열셋, 열넷. 8학년이라고 아이들은 말했다. 머리사의 친구들이라고?

만남은 그리 길지 않을 것이었다. 애브릴은 못마땅한 기색으로 근처에서 서성였다.

리어가 이 아이들을 불러들인 것도 같았다. 여자애들은 거실에 앉아 있었다. 눈에 띄게 들뜨고 날이 서 있었다. 불안한 새들처럼 흘끔거렸다. 리어는 아이들에게 콜라라도 내줘야 하나 생각했으나 마음속에서 뭔가가 거부했다. 리어는 허겁지겁 세수하고 엉킨 머리카락을 빗으로 대충 훑고 나온 참이었다. 이제는 금발처럼 보이지도 않고 먼지 낀 색깔이 된 머리카락. 이 여자애들이 어떻게 머리사의 친구가 될 수 있었지? 리어는 전에 그들을 본 적이 없었다.

이름을 들어도 아무 의미가 없었다. "주드 트레헌이에요." "데니즈……" 세번째 이름은 미처 듣지도 못했다.

여자애들은 감정이 북받친 듯 눈물을 글썽거렸다. 많은 이웃들이 찾아와 걱정하는 마음을 표현하고 간 터라 리어는 그걸 견뎌야 한다고 생각했다. 리어에게 꽃다발을 준 아이인 주드는 떨리는 콧소리로 머리사가 그런 일을 당해서 얼마나 슬픈지 모른다고, 머리사를 얼마나 좋아했는지 모른다고 말하고 있었다. 스캇스킬 학교에서 가장 착한 애였다고. 이런 일이 일어날 수밖에 없었다면, 음, 다른 사람에게 일어나지 않은 게 너무 나쁘다고 했다.

친구가 너무 열렬하게 말하자 다른 여자애들은 놀라며 킥킥댔다.

"하지만 머리사는 무척 착하고 무척 다정한 애였어요. 아줌마. 우리는 그 애가 무사히 돌아오기를 계속 기도하고 있답니다."

리어는 여자애를 빤히 쳐다보았다. 대답할 말이 떠오르지 않았다.

리어는 당황해서 꽃다발을 얼굴까지 들어올렸다. 진하디 진한 수선화 향기를 들이마셨다. 마치 이 방문의 목적이 리어를…… 뭐지?

여자애들은 무례할 정도로 리어를 빤히 쳐다보고 있었다. 물론 어리고 아직 뭘 모르는 아이들이었다. 대장인 주드는 자신감이 있어 보였지만, 개중 나이가 가장 많거나 키가 가장 크거나 가장 사람의 마음을 끄는 애는 아니었다.

전혀 끌리지 않았다. 얼굴은 철수세미로 문지른 것처럼 지독하게 못생겼다. 피부는 백묵 같고 반점이 있었다. 마치 전류처럼 에너지가 그 애 몸속을 찌릿찌릿 흐르는 게 느껴질 정도였다. 그리고 무척이나 신경을 곤두세우고 있었다.

다른 여자애들은 좀더 평범했다. 한 아이는 살찐 퍼그 같은 얼굴에 부드럽게 통통해서 예쁘다고 할 만했지만 어딘지 태도가 능글맞고 무례했다. 또 한 아이는 누르께하고 얼룩덜룩한 피부, 기름 낀 듯한 색깔의 힘없이 늘어진 머리카락에 이상하게 몸을 떨고, 입을 벌리고 있었다. 세 여자애 모두 지저분한 청바지에 남자애나 입는 셔츠를 입었고 앞코가 네모난 흉한 부츠를 신고 있었다.

"……그래서 우린 궁금해지더라고요, 브랜…… 밴트리 아줌마. 우리가 같이 기도해도 될까요? 지금 하는 건 어때요? 오늘은 부활전주일이잖아요. 다음주가 부활절이고."

"뭐? 기도? 고맙지만……"

"데니즈와 애니타, 그리고 제겐 느낌이 있어요. 진짜로 강한 감이 와요, 밴트리 아줌마. 머리사는 살아 있어요. 그리고 머리사는 우리에게 달려 있어요. 그러니까 만약……"

애브릴이 재빨리 나서더니 이제 만남은 끝났다고 했다.

"내 동생은 지금 긴장한 상태란다. 내가 문까지 배웅해줄게."

꽃들이 리어의 손가락 사이에서 빠져나갔다. 그녀는 몇 송이를 서툴게 붙잡았다. 다른 꽃들은 바닥, 발밑에 떨어졌다.

여자애 둘은 겁먹은 표정으로 애브릴이 열어서 잡고 있는 문으로 서둘러 갔다. 주드는 멈춰 선 채 진지하고도 일그러진 미소를 계속 짓고 있었다. 주드는 주머니에서 작고 검은 뭔가를 꺼냈다. "사진 찍어도 되나요, 밴트리 아줌마?"

리어가 제지하기도 전에 주드는 휴대전화를 들어 찰칵 찍었다. 리어는 본능적으로 두 손을 번쩍 들어 얼굴을 가렸다.

애브릴이 날카롭게 말했다. "얘들아, 제발. 만남은 끝났어."

주드는 나가면서 웅얼거렸다. "어쨌든 아줌마를 위해서 우리가 기도할게요, 밴트리 아줌마. 안녕히 계세요!"

안녕히 계세요, 안녕히 계세요! 다른 애들도 인사를 따라했다. 애브릴은 애들 등뒤에서 문을 닫아버렸다.

리어는 꽃다발을 쓰레기통에 던져버렸다. 흰 꽃이라니!

그래도 백합을 가져오지는 않았다.

네덜란드 여인

……움직인다. 그 길을 짚어보고 되짚어보고. 때로는 걸어서, 때로는 차로. 때로는 애브릴과, 그러나 주로 혼자. "난 나가야 해! 이 안에서는 숨을 쉴 수가 없어! 머리사가 본 광경을 봐야 해."

이런 날들은 하루가 아주 길었다. 그렇지만 이런 날들 내내 아무 일도 일어나지 않았다.

머리사는 여전히 사라진 상태였다. 여전히.

시계의 똑딱거림처럼. 여전히, 여전히 사라진 상태였다. 확인할 때마다, 여전히 사라진 상태였다.

리어는 물론 휴대전화를 가지고 있었다. 새로운 소식이 올까봐서.

리어는 스캇스킬 학교까지 걸어가서 초등학교 건물 정문에 위치를 정했다. 머리사가 사용했던 문. 목요일 오후에 빠져나갔을 문이었다. 거기서부터 길을 따라가기 시작했다.

앞 보도에서 파인우드를 따라 동쪽으로. 파인우드를 건너 마호팩 애비뉴로 가서 계속 동쪽으로. 트웰프스 스트리트, 서틴스 스트리트, 포틴스 스트리스, 피프틴스 스트리트를 지났다. 피프틴스 스트리트와 트리니티 스트리트가 교차하는 모퉁이는 미칼 잘먼이 머리사 밴트리를 CR-V 밴에 태워 끌고 갔다고 목격자가 주장한 곳이었다.

실제로 일이 그런 식으로 일어났을 수도 있겠지만, 아닐 수도 있었다.

목격자는 오직 한 명이었다. 경찰이 신원을 확인하지 못한 스캇스킬 학교 학생.

리어는 잘먼이 범인이라고 믿었지만 그래도 뭔가 빠진 부분이 있었다. 지그소 퍼즐 조각처럼. 아주 작은 조각, 그렇지만 중요한 것.

여자애들이 다녀간 후부터다. 눈부시게 흰 꽃다발 이후. 리어는 주드라는 이름의 여자애가 슬며시 실룩거리며 짓던 미소를 조롱으로 해석하고 싶지는 않았다.

어쨌든 아줌마를 위해서 우리가 기도할게요, 밴트리 아줌마. 안녕히 계세요!

리어가 씩씩하게 걷는 게 중요했다. 계속 움직이는 게.

끊임없이 움직이지 않으면 죽는 심해동물이 있다. 상어던가. 리어는 육지에 사는 그런 심해동물이 되어갔다. 엄마인 자신이 가만히 멈추면 머리사가 죽었다는 소식이 올 것 같았다. 가만히 멈춘다는 것은 일종의 죽은 상태였다. 하지만 계속 움직이면, 머리사가 간 길을 짚어보고 되짚어보면…… '머리사가 나와 같이 있는 것 같아. 내가 된 것 같아.'

리어는 그 길에 있는 사람들이 자기를 보고 있다는 것을 알았다. 스캇스킬 사람들이 모두 그녀의 얼굴과 이름을 알았다. 모두 어째서 그녀가 여기서 길을 짚어보고 되짚어보는지 알고 있었다. 셔츠에 바지를 입고 선글라스를 낀 수척한 여인. 칙칙한 금발머리를 야구모자 속에 쑤셔넣어 대충 자기임을 감추려 한 여자.

그녀는 구경꾼들이 자기를 동정한다는 것을 알았다. 비난한다는 것을 알았다.

그래도 몇몇은 그녀가 길을 짚어갈 때마다 여전히 따뜻하고 동정적으로 말을 걸었다. 남녀 가릴 것 없이 몇몇은 깊이 동정하는 듯 보였다. 눈에 눈물이 고였다. 그 나쁜 새끼. 잘먼을 말하는 것이었다. 아직 자백 안 했대요?

스캇스킬에서 잘먼이라는 이름은 이제 널리 악명을 떨쳤다. 남자가 스캇스킬 학교 교사라는, 교사였다는 사실은 지역 내 추문이 됐다.

잘먼이 전에 성범죄자로 기소된 전력이 있다는 소문이 돌

앗다. 이전 학교에서 해고됐지만 어찌어찌해서 스캇스킬 학교 같은 유명한 학교에 자리를 잡았다고. 수세에 몰린 교장은 신문과 텔레비전 인터뷰에서 이 소문을 적극적으로 부인했지만 널리 퍼졌다.

밴트리와 잘먼. 두 이름은 이제 천박하게 연결됐다. 타블로이드 신문에서는 실종된 소녀와 '용의자' 사진을 나란히 실었다. 몇 번은 리어의 사진도 함께. 넋이 빠진 상태에서도 리어는 그렇게 묶는 게 역설적임을 인식할 수 있었다. 가짜 가족.

리어는 잘먼과 대화해보겠다던 희망을 포기했다. 어리석은 요구라는 생각은 했다. 잘먼이 머리사를 데려갔다면 그는 사이코패스일 거고, 사이코패스가 사실을 말해주리라 기대할 수는 없다. 하지만 그가 머리사를 데려가지 않았다면……

'다른 사람이 범인이라면. 그들은 범인을 절대 찾지 못할 거야.'

스캇스킬 경찰은 아직 잘먼을 체포하지 않았다. 일시적이지만 잘먼은 풀려났다. 그의 변호사는 간결하게 공개성명을 내서 잘먼이 경찰 수사에 '전적으로 협조'하고 있다고 발표했다. 하지만 그가 경찰에게 뭐라고 했는지, 그 말 중에 가치 있을 만한 얘기가 뭐였는지 리어는 알지 못했다.

길을 따라가며 리어는 머리사의 눈으로 보았다. 주택 전면. 피프틴스 스트리트의 가게들. 아무도 나서서 이 번잡한 피프틴스 스트리트에서 백주대낮에 머리사가 밴으로 끌려들어가는 모습을 보았다는 목격자의 증언을 확증해주지 않았다. 다른 사람이 못 볼 수 있었을까? 대체 이 목격자는 누굴까? 세 여자애가 집에 다녀간 후로 불편한 감각이 새로이 리어에게 남았다.

머리사의 친구일 리 없어. 그 애들은 아니야.

리어는 트리니티 스트리트를 건너 계속 갔다. 머리사가 학교에서 집으로 돌아오는 길을 약간 연장해서 가보았다. 그럴 수도 있었다. 머리사는 리어가 집에 늦게 돌아오는 화요일과 목요일에는 간식을 사러 세븐일레븐에 들렀다.

세븐일레븐의 유리문에 이런 것이 접착테이프로 붙어 있었다.

나를 본 적 있나요?
머리사 밴트리, 11세
4월 10일 이후 실종

리어가 문을 연 순간 머리사의 미소짓는 눈과 마주쳤다.

리어는 몸을 떨며 안으로 들어가 선글라스를 벗었다. 멍한 기분이 들었다. 완전히 깬 상태인지, 둔주(목적지 없이 배회하는 정신병의 증상—옮긴이) 상태인지도 확실하지 않았다. 리어는 방향감각을 잡으려 했다. 두꺼운 뉴욕 타임스 일요판이 꽂혀 있는 선반을 멍하니 보았다. 일면 헤드라인은 미국 – 이라크 전쟁 소식이었고, 머릿속이 뒤죽박죽된 한순간, 리어는 어쩌면 이 일들이 아직 하나도 일어나지 않은 건지도 모른다고 생각했다.

어쩌면 머리사는 밖에서, 차 안에서 기다리고 있을지도 모른다고.

신사적인 인도인 점원은 평소처럼 차분하면서도 정중한 자세로 카운터 뒤에 서 있었다. 리어는 그가 자신을 이상한 눈길로 쳐다본다는 것을 알았다. 이전에는 그런 눈길로 쳐다본 적이 없었다.

물론 그는 이제 그녀를 알아보았다. 이름을 알았다. 그녀의 모든 것을 알았다. 이제 다시는 익명의 고객이 될 수 없었다. 리어는 차오르는 눈물 때문에 어렵사리, 나를 본 적 있나요? 전단이 하나 더 카운터 앞에 눈에 띄게 붙어 있는 것을 알아보았다.

이 남자를 껴안아주고 싶었다, 말없이. 이 사람의 품에 안겨 울음을 터뜨리고 싶었다.

대신 리어는 한쪽 통로에서 서성거렸다. 이 가게는 과다 노출된 사진과 얼마나 유사한지 모른다. 볼 게 너무 많지만 아무것도 볼 수 없었다.

다행히 그 순간에는 다른 손님이 없었다.

자기도 모르게 한 손을 뻗었다. 왜? 크리넥스 통을 집으려고.

분홍색, 머리사가 좋아하던 색깔.

리어는 카운터로 갔다. 이제 아주 불안하게 리어를 향해 미소짓는 점원에게 미소지었다. 그는 리어의 모습에 동요한 게 분명했다. 언제나 친근하던 금발 손님! 리어는 전단을 붙여줘서 고맙다고 인사하려 했다. 그리고 머리사가 이 가게에 혼자, 엄마 없이 온 것을 본 적 있는지 물어보려 했다. 그때 갑자기 그가 입을 열어 리어를 깜짝 놀라게 했다. "밴트리 부인, 따님에게 일어난 일 압니다. 정말 끔찍한 사건이에요. 어떻게 돼가는지 계속 지켜보고 있었어요." 카운터 뒤에는 볼륨을 줄인 작은 휴대용 텔레비전이 있었다. "밴트리 부인, 이 말씀은 드리고 싶습니다. 경찰이 여기 왔을 때 전 불안했고 기억이 잘 나지 않았어요. 하지만 이제는 기억이 나요. 아주 확실하게 기억납니다. 그래요, 그날 따님을 본 것 같습니다. 그애가 가게에 왔었어요. 혼자 왔는데, 곧이어 다른 여자애가 들어왔어요. 둘이 함께 나갔습니다."

인도인 점원은 홍수처럼 말을 쏟아놓았다. 그의 눈은 참회하고 호소하는 빛을 띠었다.

"언제요? 그게 언제……"

"그날요, 밴트리 부인. 경찰이 물어봤던 날. 지난주요."

"목요일요? 목요일에 머리사를 보셨단 말인가요?"

하지만 이제 그는 망설이고 있었다. 리어는 급격하게 흥분하며 말했다.

"그런 것 같은데요. 그래요. 확실하진 않아요. 그래서 경찰에게는 말하고 싶지 않았습니다. 경찰들과 문제를 일으키고 싶지 않았어요. 경찰들은 제게 짜증을 내거든요. 제가 영어가 서툴러서. 경찰이 기다리면서 빤히 쳐다보면 질문에 대답하기가 쉽지 않아요."

리어는 이 인도인 점원이 스캇스킬 백인 경찰을 대하기가 편하지 않았으리라는 것을 의심하지 않았다. 그녀도 힘들었으니까.

"머리사가 다른 여자애와 같이 있었다고 하셨나요? 그 여자애가 어떻게 생겼던가요?"

인도인 점원은 얼굴을 찡그렸다. 리어는 그가 정확하게 대답하려고 최대한 노력하고 있다는 것을 알았다. 아마도 여자애들을 아주 자세히 보지는 않았을 것이다. 여자애들을 잘 구분하지도 못할 것이고. 그는 대답했다. "따님보다는 나이가 많은 애였어요. 확실해요. 키는 별로 크지 않았지만 나이는 더 많았어요. 금발 같진 않았고요."

"모르는 아이죠? 아세요? 이름이라도?"

"아뇨. 애들 이름은 하나도 몰라요." 그는 말을 멈추고 얼굴을 찡그렸다. 입이 꾹 다물어졌다. "더 나이가 많은 애들 몇몇은 방과후에 친구들과 몰려와서 물건을 슬쩍하곤 하죠. 그 여자애도 그런 애들 중 하나였을 겁니다. 훔치고, 부수고, 몰래 먹어치우려고 봉투를 뜯어버리죠. 돼지새끼들처럼. 걔들은 제가 자기들을 못 보는 줄 알지만, 전 애들이 하는 짓을 다 보고 있습니다. 일주일에 닷새는 여기 와요. 그런 애들이 많이요. 제게 고함쳐보라는 듯이 시비 거는 애들도 있죠. 제가 만약 애들에게 손이라도 대면……"

그의 목소리는 떨리면서 점점 잦아들었다.

"그 여자애. 어떻게 생겼어요?"

"……피부가 하얗고. 머리카락 색깔이 이상했는데 꼭…… 바랜 듯한 빨간색이었어요."

그는 혐오감을 담은 목소리로 말했다. 그 수수께끼의 여자애가 그의 눈에는 매력적으로 보이지 않았던 게 분명했다.

빨강머리. 옅은 빨강머리. 누구지?

주드 트레헌. 꽃을 들고 왔던 여자애. 머리사가 무사히 돌아오기를 기도하겠다던 여자애.

그럼 그때 그 아이들이 친구들이 맞았나? 머리사에게 친구가 있었나?

리어는 현기증이 났다. 형광등이 기울어지고 빙빙 돌기 시작했다. 여기에는 리어가 이해할 수 없는 점이 있었다. 우리가 같이 기도해도 될까요. 다음주가 부활절이고. 리어는 이 친절한 남자에게 물어볼 것이 더 있었지만 머리가 텅 비어버렸다.

"고마워요. 저는…… 이제 가봐야겠네요."

"말하진 않으실 거죠. 밴트리 부인? 경찰한테요. 그래주실 거죠?"

리어는 맹인처럼 문을 밀었다.

"밴트리 부인?" 점원이 한 손에 봉지를 들고 급하게 따라나왔다. "잊으셨네요."

분홍색 크리넥스 한 통.

방황하는 네덜란드인(유럽의 민담으로, 저주에 걸려 영원히 떠돌아다니는 유령선을 뜻한다—옮긴이). 네덜란드 여인. 그녀는 그렇게 되어가고 있었다. 멈추기가 두려워 끊임없이 움직이면서 집에 있는 언니에게 돌아갔다.

새로운 소식 있었어?

아니.

칙칙한 작은 쇼핑몰 뒤를 망연자실해서 떠돌아다녔다. 리어는 스캇스킬 형사들에게 인도인 점원이 한 얘기를 하려 했다. 해야만 했다. 만약 머리사가 목요일 오후 그 가게에 갔다면, 피프틴스 스트리트와 트리니티 스트리트 사이, 학교에서 두 블록 떨어진 그 자리에서 미니밴에 끌려갔을 리 없다. 그자가 미칼 잘먼이든 누구든. 머리사는 트리니티 스트리트를 지나 계속 갔을 것이다. 세븐일레븐에 들른 후 피프틴스 스트리트로 되돌아가서 집까지 반 블록만 걸어가면 됐을 것이다.

머리사가 피프틴스 스트리트와 밴 뷰런 사이에서 미니밴에 끌려간 게 아니라면. 목격자가 거리를 혼동했던 것이다. 머리사는 집에 더 가까이 있었다.

인도인 점원이 날짜나 시간을 혼동한 게 아니라면, 혹은 그런 의도는 생각도 하고 싶지 않지만 거짓말한 게 아니라면.

"그는 아니야! 그 역시 아니야."

그녀는 그 가능성은 생각하지 않으려 했다. 마음을 그저 멍하니 닫아걸고 거부했다.

리어는 이제 천천히 걷고 있었다. 주위는 거의 의식하지 않았다. 썩은 음식물 쓰레기 냄새가 코를 찔렀다. 직원의 차 몇 대만 작은 쇼핑몰 뒤에 주차되어 있었다. 보도는 얼룩이 지고 쓰레기가 널려 있었으며 하나뿐인 쓰레기 수거함에는 쓰레기가 넘쳐났다. 중국 음식 포장 판매점 뒤에는 빼빼 마른 고양이 몇 마리가 음식물 쓰레기를 뒤지다 리어가 다가오자 그대로 얼어붙었다가 곧 겁에 질려 달아났다.

"나비야! 해치려는 거 아냐."

들고양이의 두려움은 리어의 두려움을 흉내냈다. 그들의 공포는 리어의 공포이기도 했다. 목적도 없이 잘못된 곳에 온 자의 공포.

리어는 궁금했다. 리어와 같이 있지 않을 때 머리사는 뭘 했을까? 수년간 두 사람은 떼려야 뗄 수 없는 사이였다. 엄마와 딸. 머리사는 아주 작은 아이였을 때부터, 심지어 걸음마도 떼기 전부터 엄마 뒤꽁무니만 졸졸 따라다니며 방마다 쫓아왔다. 엄-마! 엄-마 어디 가? 이제 머리사는 혼자서 많은 일을 했다. 머리사는 자라고 있었다. 방과후에는 다른 아이들과 함께 세븐일레븐에 들렀다. 탄산음료와 바삭하고 짠 과자를 샀다. 충분히 무해한 일이었다. 그런 걸로 벌받는 아이는 없어야 했다. 리어는 머리사에게 기분 내키는 대로 물건을 살 수 있게 용돈이라는 것을 주었지만, 정크푸드 사먹는 건 좋아하지 않았다.

딸이 지난 목요일에 세븐일레븐에 들어가 인도인 점원에게 뭔가를 사는 모습을 그려보자 리어는 가슴이 죄이는 듯했다. 그때 점원은 그 아이의 이름을 몰랐다. 하루인가 이틀 후, 스캇스킬의 모든 사람이 그 아이의 이름이 머리사 밴트리라는 걸 알게 됐다.

물론 아무 의미가 없을지도 몰랐다. 머리사가 같은 학교 친구와 함께 가게에서 나갔다는 사실은. 거기에는 딱히 특이한 점이 없었다. 그런 '정보'를 주었을 때 경찰이 어떤 정중하고 딱딱한 표정으로 대응할지 상상할 수 있었다.

어떤 경우에라도, 머리사는 집으로 가기 위해 피프틴스 스트리트로 돌아갔을 것이다. 그렇게 번잡하고 위험한 시간에.

'신원 미상의' 동급생이 머리사가 밴으로 끌려들어가는 걸 보았다는 곳이 바로 피프틴스 스트리트였다. 리어는 그 목격자가 빨강머리 주드가 아닐까 하고 생각했다.

그 여자애가 경찰에게 정확히 뭐라고 했는지 리어는 알지 못했다. 형사들은 확신과 실망의 분위기를 동시에 풍기면서도, 현재 내보낸 것보다 더 많은 사실을 알고 있다는 인상을 주었다.

리어는 어느새 포장도로 끝에 이르렀다. 개발되지 않은 곳, 겉보기에는 가치 없는 땅에 솟은 가파른 언덕을 쳐다보았다. 부유한 교외 지역 한가운데 사람이 살지 않는 공터가 남아 있을 수 있다는 것이 이상했다. 여기서는 보이지 않지만 언덕은 1킬로미터쯤 위에 있는 하이게이트 애비뉴로 쭉 이어졌다. 이 언덕 정상에 '역사적' 고택들과 저택, 수백만 달러 상당의 부지가 있을 거라고는 쉽게 상상할 수 없었다. 언덕에는 덩굴손과 찔레꽃, 자라다 만 나무들이 무성했다. 바람에 날려온 쓰레기들과 잔해들이 몇 년 동안 쌓였는지 마치 비공식 쓰레기장처럼 보였다. 찔레 덩굴이 얽힌 덤불 속에서 후드득 소리가 났고 복슬복슬한 형체가 리어가 미처 보기도 전에 빠르게 나타났다 사라졌다.

쓰레기 수거함 뒤, 시야가 미치지 않는 곳은 들고양이 떼의 서식지였고, 먹이를 찾고 격렬하게 교배하다 야생동물들이 그렇듯 때 이른 죽음을 맞았다. 들고양이들은 '애완동물'이 되고 싶어하지 않았다. 인간의 애정을 받을 능력이 없었다. 그 고양이들은 전문 용어로 하자면, 가축화될 수 없었다.

리어가 차로 돌아가려 할 때 지나온 길에서 콧소리가 들려왔다.

"브랜−티 아줌마! 안녕하세요."

리어가 불안한 마음으로 돌아보자, 전에 꽃을 들고 왔던 부스스한 머리의 여자애가 있었다.

주드. 주드 트레헌.

리어는 이제야 떠올랐다. 스캇스킬 시내에는 트레헌 스퀘어라는 곳이 있었다. 수십 년 전 죽은 트레헌 대법관의 이름을 따서 만든 광장. 스캇스킬의 오래된 가문 중 하나. 하이게이트에 트레헌 저택이 있었다. 거대한 저택들 중 하나인데 길에서는 거의 보이지 않았다.

이상하게 눈을 번득이는 소녀. 매끈하고 하얀 생쥐 같은 구석이 이 아이에게 있었다. 여자애는 자전거에 불안하게 걸터앉은 채 리어를 보며 여전히 어색하게 웃었다.

"날 따라온 거니?"

"아뇨, 아줌마. 그냥…… 우연히 본 거예요."

눈을 휘둥그레 뜬 소녀는 진지하나 불편해 보였다. 리어는 신경이 너무 곤두서 있어서 날카롭게 묻고 말았다. "원하는 게 뭐지?"

여자애는 리어의 얼굴에서 눈부시지만 저항할 수 없는 뭔가 아주 환한 게 번득이기라도 하는 듯 빤히 쳐다보았다. 그러더니 긴장한 듯 코를 닦았다. "전…… 전 지난번에 제가 멍청한 말을 한 걸 사과드리고 싶어서요. 저 때문에 상황이 더 나빠진 것 같아요."

상황이 더 나빠졌다고! 리어는 화난 미소를 지었다. 너무 어이가 없는 말이었다.

"그러니까 데니즈와 애니타와 저는요, 도와드리고 싶었어요. 그런데 우리가 잘못한 것 같아요. 괜히 찾아가서."

"네가 내 딸이 미니밴에 끌려들어가는 걸 봤다던 '신원 미상의 목격자'니?"

여자애는 백지 같은 얼굴로 리어를 보며 눈만 깜박였다. 긴 침묵의 순간, 리어는 그 여자애가 말하려 했다고, 뭔가 긴급한 얘기를 하려 했던 게 확실하다고 생각했다. 하지만 여자애는 이내 고개를 수그리더니 다시 코를 닦고, 남의 시선을 의식하듯 어깨를 으쓱하고 웅얼거렸다. "아닌 것 같은데요"라고 한 듯했다.

"좋아, 잘 가라. 나도 지금 가려던 참이니까."

리어는 얼굴을 찡그리고 돌아섰다. 심장이 미친듯이 뛰었다. 혼자 있고 싶은 마음이 얼마나 간절했는지! 하지만 이 생쥐 같은 여자애는 너무 눈치가 없어서 알아차리지 못했다. 덩치만 큰 아이처럼 끈질기게 물고 늘어지며 1미터쯤 떨어진 가까운 거리에서 불안하게, 자전거 페달을 어색하게 밟으면서 리어를 따라왔다. 자전거는 성인 애호가들이나 탈 것 같은 고급 이탈리아제였다.

결국 리어는 걸음을 멈추고 돌아섰다. "나한테 할 얘기 있니, 주드?"

여자애는 놀란 표정을 지었다.

"주드라고요? 제 이름을 기억하신 거예요?"

리어는 후에 이 기묘한 순간을 회상하게 된다. 주드 트레헌의 얼굴에 떠오른 환희의 표정. 기쁨으로 얼룩진 백묵 같은 피부.

리어가 말했다. "네 이름이 특이하잖니. 특이한 이름은 기억하지. 머리사에 대해서 할 얘기가 있다면 해줬으면 좋겠구나."

"제가요? 제가 뭘 알겠어요?"

"네가 같은 학교 다니는 목격자 아니니?"

"무슨 목격자요?"

"머리사의 학교 학생이 피프틴스 스트리트에서 남자가 운전하는 미니밴에 머리사가 끌려가는 걸 보았다고 했잖아. 하지만 네가 그 아이는 아닌 모양이구나?"

주드는 고개를 세차게 저었다. "'목격자'라고 다 믿을 순 없는 거잖아요, 밴트리 아줌마."

"무슨 뜻이니?"

"다들 아는 얘기잖아요. 텔레비전에도 자주 나오고요, 경찰 프로그램 같은 데요. 목격자는 누군가를 봤다고 맹세하지만 알고보면 틀린 경우가 많아요. 잘먼 선생님한테 그러는 것처럼요. 사람들은 모두 선생님이 범인이라고 하지만, 다른 사람일지도 몰라요."

주드는 휘둥그레 뜬 반짝거리는 눈을 리어에게서 떼지 않고 빠르게 말을 쏟아냈다.

"주드, 무슨 뜻이지? 다른 사람일지도 모른다니? 누구?"

리어가 관심을 갖자 신이 난 주드는 자전거 위에서 균형을 잃고 넘어질 뻔했다. 여자애는 어설프게 자전거를 밀며 걷기 시작했다. 핸들을 얼마나 꼭 쥐었는지 뼈가 도드라진 주먹 관절이 하얗게 빛났다.

주드는 입을 벌리고 숨을 가쁘게 몰아쉬었다. 그리고 음모를 꾸미듯 목소리를 낮춰 말했다.

"있죠, 밴트리 아줌마. 잘면 선생님은 소문이 안 좋아요. 머리사처럼 아주 예쁘장한 여자애들에게 접근해요. 몇몇 애들이 텔레비전에 나와 말한 것처럼 그 선생님은 레이저 눈을 가지고 있어요." 주드는 흥분해서 몸을 떨었다.

리어는 충격을 받았다. "다들 잘면에 대해서 알았으면서 왜 아무도 말하지 않았지? 이런 일이 일어나기 전에 왜? 어떻게 그런 사람이 아이들을 가르칠 수 있었던 거지?" 리어는 걱정스러운 마음에 말을 멈췄다. 머리사는 알았을까? 왜 나한테 말하지 않았지?

주드는 킥킥 웃었다. "어떻게 그런 사람이 가르칠 수 있는지 궁금해지셨나봐요. 제 말은 어떤 사람이 애들이랑 어울리고 싶어한다면 그 이유가 뭐겠느냐는 거예요. 이상한 남자들뿐 아니라 여자들도요." 주드는 자기를 쳐다보는 리어의 눈길을 못 본 듯 미소지었다. "미스터 Z는 좀 웃겨요. 그 사람은 '주인'이에요. 자기가 그렇게 불러요. 인터넷에서 그 사람을 클릭하면 '눈의 주인'이라고 해놓은 걸 볼 수 있어요. 학교 끝나고 어린 애들, 여자애들에게 접근해서는 다른 사람들에게는 절대로 말하지 말라고 그래요. 안 그러면 '진짜 후회하게 될 거'라고요." 주드는 보이지 않는 목을 비트는 것처럼 두 손을 비틀었다. "그 선생님은 머리가 길고 예쁜 아이를 좋아해요. 빗어줄 수 있는."

"빗어준다고?"

"네, 잘면 선생님은 철사 빗 같은 걸 가지고 다녀요. 강아지 빗이라고 하면서요. 재미삼아 그걸로 머리카락을 빗어내려요. 제 말은, 옛날에는 재미있었다는 거예요. 경찰이 그 선생님 체포하면서 빗도 압수해버리면 좋겠어요. 증거 같은 걸로요. 망할, 나한테는 한 번도 접근한 적이 없었어요. 난 아주 아주 예쁘지는 않으니까."

주드는 만족감에 젖어 오만하게 웃었다. 기이한 돌 색깔의 눈은 리어에게 꽂혀 있었다.

리어는 주드가 무슨 말을 기대하는지 알았다. 엄마답게 위로하며 오, 아니야, 넌 예쁘단다. 주드! 언젠가는 예뻐질 거야 해주기를.

상황이 달랐다면 차가운 두 손으로 생쥐 같은 이 여자애의 뜨겁고 작은 얼굴을 감싸며 위로했을 것이다. 언젠가 너도 사랑받을 거야, 주드. 너무 괴로워하지 마.

"너 방금 그러지 않았니? 범인이 다른 사람일 수도 있다고? 잘먼 씨 말고 다른 사람이라고?"

주드는 코웃음치며 말했다. "이전에 아줌마에게 말해주고 싶었어요. 집에 갔을 때요. 하지만 아줌마는 별로 듣고 싶어하지 않는 것 같더라고요. 게다가 다른 아줌마는 우리를 째려보는 거 같았고요. 우리가 있는 걸 싫어하던데요."

"주드, 제발. 너 지금 누구 얘기 하고 있는 거니?"

"브랜리, 아니 밴트리 아줌마. 말했잖아요, 머리사는 저랑 친했어요. 정말 그랬다고요! 어떤 애들은 머리사가 좀 느리다고 놀렸지만 전 그렇게 생각하지 않아요. 정말로는요. 걔는 저한테 비밀을 다 털어놔요, 네?" 주드는 말을 멈추고 숨을 깊이 들이마셨다. "걔가 그러는데, 아빠가 보고 싶대요."

마치 주드가 손을 뻗어 리어를 꼬집은 것 같았다. 리어는 할말을 잃었다.

"머리사는 여기 스캇스킬에 사는 게 싫다고 늘 그랬어요. 아빠랑 살고 싶댔어요. 캘리포니아에…… '버클리'인가 하는 거기 가서 살고 싶다고 했어요."

주드는 다른 아이의 부모에게 그들의 아이에 대해 일러바치는 것처럼 알랑거리는 투로 말했다. 입술이 떨렸고, 무척이나 들떠 있었다.

리어는 여전히 대답할 수 없었다. 할말을 찾으려 했지만 작은 타격으로 그녀의 뇌가 부분적으로 멈춘 것 같았다.

주드는 순진하게 "아줌마는 모르셨나봐요?" 하더니 실눈을 뜨며 엄지손톱을 깨물었다.

"머리사가 너한테 그랬니? 너한테 그런 얘기를 했어?"

"저한테 화나셨어요, 밴트리 아줌마? 저보고 말해달라고 하셨잖아요."

"머리사가 너한테 그랬어? '아빠'랑 살고 싶다고? 엄마가 아니라 '아빠'랑 살고 싶다고?"

리어의 주변 시야가 좁아졌다. 깔때기 모양의 그늘진 시야 가운데서 백묵 같은 피부를 가진 부스스한 머리의 여자애가 실눈을 뜨고 뉘우치는 척 씩 웃었다.

"아줌마가 알고 싶어하시는 줄 알았어요. 그렇잖아요, 밴트리 아줌마? 어쩌면 머리사가 도망칠 수도 있는 거 아녜요? 아무도 그런 말을 하진 않지만요. 모두 잘면 선생님 짓이라고 생각하죠. 경찰들이 선생님이 범인이어야 한다고 생각하는 것처럼요. 물론 그럴 수도 있겠죠. 하지만…… 어쩌면 말이죠, 머리사가 아빠한테 전화를 걸어서 와서 데려가달라고 했다면요? 그런 이상한 일이었다면요? 그건 아줌마한테는 비밀이었겠죠? 머리사는 여러 번 그런 식으로 말했어요. 꼬마처럼요. 엄마 기분은 생각하지 않는 것처럼요. 그래서 제가 그랬죠. '네 엄마는 정말 좋은 분이야. 엄마가 정말 상처받으실 거야, 머리사. 네가 만약……'"

리어는 더이상 눈물을 참을 수 없었다. 딸을 또다시 잃어버린 기분이었다.

실수

첫번째 실수는 자신이 머리사 밴트리의 실종과 아무 상관 없기 때문에 그 일에 '연루'될 리 없다고 짐작해버린 것이었다.

두번째 실수는 변호사에게 곧장 연락하지 않은 것이었다. 무슨 일로 조사를 받으러 경찰본부에 끌려갔는지 정확히 알게 된 바로 그 순간에.

세번째 실수는 잘못된 삶을 산 것처럼 보였다는 것이었다.

변태. 성범죄자. 소아성애자.

유괴범 /강간범/살인범.

미칼 잘먼, 31세, 용의자.

"엄마, 미칼이에요. 벌써 뉴스를 보시지는 않았을 것 같은데, 아주 심란한 얘기를 하게 생겼네요……"

아무것도! 그는 아무것도 몰랐다.

머리사 밴트리라는 이름은 그에게 아무런 의미도 없었다.

아무튼, 처음에는 없었다. 확신할 수 없었다.

동요한 상태에서, 대체 경찰들이 왜 그런 질문을 하는지 알 수 없을 때는 확신할 수 없었다.

"왜 묻는 거죠? '머리사 밴트리'에게 무슨 일이라도 생긴 겁니까?"

이어서 경찰은 그에게 소녀의 사진을 보여주었다.

그랬다, 그때는 알아보았다. 가끔은 땋고 다니기도 하던 긴 금발머리. 남달리 조용한 학생 중 하나. 착한 소녀. 그는 여자애의 얼굴을 알아보긴 했지만 이름을 댈 수는 없었다. 이유가 있었다. "전 이 아이들의 선생이 아닙니다, 정확히 말하면. '상담 교사'죠. 전 담임을 맡지 않아요. 정규 수업도 하지 않습니다. 고등학교에서는 수학 교사가 컴퓨터 과목을 가르칩니다. 전 다른 교사들처럼 애들 이름을 알 도리가 없어요."

그는 재빨리 말했다. 목소리에 날이 섰다. 방안은 불쾌할 정도로 추웠지만 그는 땀을 흘렸다.

만화에 나오는 경찰 취조 같았다. 경찰은 용의자의 진땀을 뺐다.

엄밀히 말해서 잘먼이 학생들의 이름을 모른다는 건 사실이 아니었다. 그는 학생 이름을 많이 알고 있었다. 확실히 얼굴은 알았다. 특히 나이가 더 많은 학생들, 아주 똑똑하고 적극적으로 참여하는 몇몇은 알았다. 하지만 머리사 밴트리의 이름은 몰랐다. 수줍고 작은 금발머리 아이는 그에게 별다른 인상을 남기지 않았다.

또 그 아이와 개인적으로 얘기해본 적도 없었다. 확실했다.

"왜 저한테 이 아이에 대해 묻는 거죠? 이 아이가 집에 가는 길에 실종된 것이 저와 무슨 상관입니까?"

다시 잘먼의 목소리에 날이 섰다. 아직 화가 난 정도는 아니었고 그저 짜증스러울 뿐이었다.

그는 기꺼이 인정하려 했다. 한 아이가 이십사 시간 넘게 실종된 상태라면 심각한 일이었다. 열한 살 머리사 밴트리가 실종됐다면 끔찍한 사건이었다.

"하지만 그건 저와 아무 상관이 없습니다."

경찰은 그가 말하도록 놔두었다. 그들은 그의 귀한 말을 녹음하고 있었다. 그들은 딱히 그를 판단하려는 것 같지 않았고, 그가 실종 사건에 연루됐다고 생각한다는 인상도 주지 않았다. 그저 수사에 도움이 될 만한 몇 가지 질문을 하려는 듯했다. 경찰은 오해든 혹시 오인이든, 뭐든 바로잡으려면 전적으로 협조하는 게 가장 이로울 거라고 그가 경찰본부를 떠나기 전에 설명했다.

'오인'? 그건 뭐지?

그는 점점 화가 나고 반발하는 기분이 들었다. 무슨 죄목이든 그는 망할 무죄였다. 아무리 사소한 죄목이라도. 교통 위반, 주차 위반이라도. 그는 무죄였다! 그래서 그는 거짓말 탐지기 검사를 받겠다고 했다.

또다른 실수였다.

열일곱 시간 후, 미칼 잘먼의 형사 변호사로 선임됐다는 공격적인 태도를 지닌 낯선 사람이 충고했다. "집으로 가요, 미칼. 가능하면 좀 자두고요. 잠이 필요할 겁니다. 알고 믿을 수 있는 사람 말고는 아무하고도 이야기하지 말아야 합니다. 감시받고 있다고 생각하고, 여하튼 실종된 아이의 엄마한테는 절대 연락해선 안 됩니다."

제발 내가 그자가 아니라는 걸 알아주십시오. 난 당신의 예쁜 아이를 데려간 그 미친놈이 아니란 말입니다. 뭔가 끔찍한 오해가 있는 것 같은데 난 맹세코 결백합니다, 밴트리 부인. 한 번도 만난 적은 없지만, 제가 부인의 불행에 공감하도록 해주십시오. 이 악몽을 우리 둘이 함께 겪고 있는 것 같으니까요.

태리타운 북쪽에 있는 집으로 차를 몰았다. 밀려드는 전조등 불빛에 눈이 부셨다. 눈물이 흘렀다. 솟구치던 아드레날린이 잦아들면서 이제 막힌 하수구의 물처럼 질질 새어나왔고 망치로 머리를 쿵쿵 내려치는 느낌이 들었다. 인생에서 겪은 최악의 두통이었다.

맙소사! 이게 뇌출혈이라면……

그는 죽을 것이다. 인생이 끝날 것이다. 사람들은 그가 죄를 지었기 때문에 뇌출혈을 일으켰다고 판단할 것이다. 그의 누명은 절대 벗겨지지 않을 것이다.

경찰본부에 들어갈 때 너무 건방지고 오만하게 굴었다. 한시간 안에 풀려날 거라는 자신이 있었다. 그런데 이제는. 숨을 데를 찾아 절뚝거리며 가는 상처 입은 짐승. 9번 국도의 차들을 따라갈 수 없었다. 너무 메슥거렸다. 인내심 없는 운전자들이 경적을 울려댔다. 거대한 SUV가 잘먼의 차 범퍼 몇 센티미터 뒤까지 따라붙었다.

그는 알았다! 평소에는 그가 그런 인내심 없는 운전자였다. 9번 국도에서 지나치게 조심하는 운전자들을 싫어했는데 이제 그가 그런 사람이었다. 간신히 시속 30킬로미터로 달렸다.

그를 싫어하는 사람이 누구든, 그를 이 악몽에 얽어맨 사람이 누구든, 첫 일격을 강하게 날렸다.

잘먼의 불운은 또 있었다. 잘먼이 사는 건물 뒤편 로비로 비틀비틀 들어갔을 때 같은 동 주민이 엘리베이터를 기다리고 있었다. 잘먼은 면도도 하지 않았고 차림새는 헝클어졌으며 몸에서 심하게 냄새가 났다. 그는 그 남자가 자기를 쳐다보는 것을 알았다. 그 남자는 그를 알아보자마자 소스라쳤다. 그런 후에는 혐오감을 노골적으로 내비치며 쳐다봤다.

하지만 내가 안 그랬어! 난 범인이 아니라고!

내가 그랬다면 경찰이 나를 풀어줄 리 없었겠지.

잘먼은 이웃 주민이 혼자 엘리베이터를 타고 올라가도록 놔두었다.

잘먼은 분양 아파트 단지라고 불리는 건물 5층에 살고 있었다. 세간도 거의 없는 방 세 개짜리 공간을 '집'이라고 여겨본 적도 없지만 엄마가 사는 어퍼 이스트사이드의 사암 건물을 '집'이라고 여겨본 적도 없었다. 잘먼에게는 집이 없다고 하는 게 맞았다.

이름도 댈 수 없는 날, 자정에 가까운 시각이었다. 그는 인생의 여러 날을 잃고 말았다. 몇 년, 몇 월인지 자신 있게 말할 수 없었다. 머리가 고통으로 지끈거렸다. 어두운 아파트의 열쇠를 더듬더듬 찾는데 안에서 전화벨이 울렸다. 반복해서 울리는 전화벨이 그렇듯 거기에는 광적인 분위기가 있었다.

일시 석방입니다. 경찰이 접촉할지 모르니 휴대전화를 늘 켜두십시오. 떠나지 마십시오, 반복하는데 이 지역을 떠나지 마십시오. 이 지역을 벗어나려고 시도하면 체포 영장이 발급될 겁니다.

"제가 무죄냐 아니냐가 문제가 아니에요, 엄마. 전 제가 무죄라는 걸 알아요! 충격적인 건 사람들이 제가 무죄가 아닐지도 모른다고 생각한다는 거죠. 많은 사람이요."

사실이었다. 많은 사람이.

그는 그 사실을 안고 살아야 했다. 세상에서 미칼 잘먼의 자리가 될 사실, 오랫동안.

손을 잘 보이도록 들어주시죠.

그게 시작이었을 것이다. 그의 상처 입은 머릿속은 강박적으로 베어 산에서의 그 순간에 고정됐다.

주 경찰들. 그를 쳐다보던 눈길. 마치 뭐라도 되는 듯.

(순간 모호한 동작이라도 취했다면 경찰들은 권총을 꺼내 그를 쐈을까? 그렇게 생각하니 속이 울렁거렸다. 그런 일이 일어나지 않았으니 고마워해야 할 판이지만, 그래도 사실 속이 울렁거렸다.)

그래도 주 경찰들은 차 안을 수색해도 되느냐고 어느 정도 정중하게 물었다. 그는 동의하기 전에 잠시 망설였다. 어떤 법도 위반하지 않은 민간인이자 (기한이 만료하긴 했으나) 미국 시민자유연맹의 회원으로서 언짢았지만, 마음껏 해보라고 했다. 미니밴에는 주 경찰들의 눈길을 끌 만한 것이 없다는 것을 알았으니까. 이제는 마리화나조차 피우지 않았다. 은닉 무기도, 총도 없었다. 그래서 주 경찰들은 밴을 샅샅이 뒤졌으나 아무것도 찾아내지 못했다. 경찰들이 대체 무엇을 찾는지 알 길이 없었지만, 아무것도 발견하지 못하자 그는 안도감이 들면서 고소하기까지 했다. 그는 몇 주 전 그가 뒷좌석에 던져놓고 거의 잊어버렸던 문고본을 바라보는 경찰들의 눈길을 보았다.

여자 누드. 그게 뭐?

"아동 포르노가 아니라서 다행이네요, 경찰관님들. 예? 그건 불법이잖아요."

아이였을 때도 잘먼은 부적절한 순간에 농담하고 싶은 충동을 억누르지 못했었다.

이제 그에게는 변호사가 있었다. '그의' 변호사.

선불 수임료가 1만 5000달러에 달하는 형사 전문 변호사.

그들은 적이에요.

뉴버거는 스캇스킬 경찰을 가리켜 말했다. 그 너머의 지역 검사단까지도. 그들의 표면적인 정중함을 잘먼은 그에 대한, 그의 처지에 대한 암묵적인 동정으로 잘못 해석하고 있었다. 그들이 그를 진땀나게 한 건 사실이었지만, 그는 순진하고도 솔직하게 받아들였다. 그에게 체포됐다고 하지 않고 수사에 협조해달라고 했다면서.

하지만 그의 몸은 이미 깨달았다. 점점 더 불안해지고, 안절부절못했으며, 이십 분마다 오줌이 마려웠다. 궁지에 몰린 짐승처럼 온몸에 아드레날린이 넘쳐났다.

혈압이 오르고 귀에서 쿵쿵 뛰는 맥박이 느껴졌다. 그런 때 거짓말탐지기 검사를 요청하다니 멍청하기 짝이 없었다. 하지만 그는 무고한 사람이었다, 그렇지 않은가?

경찰이 실종된 아이에 대해서 물어보기 시작했을 때 당장 변호사를 불렀더라면. 단순히 익명의 '목격자'가 오해나 오인한 게 아니라 심각한 상황임이 명확해졌을 때. (잘면이 맡은 학생 중 한 명이었을까? 그에게 상처를 주려고 일부러 거짓말했을까? 맙소사, 왜?) 그래서 마침내 그는 아버지의 장례식 이후로는 말도 해본 적 없지만 기업 변호사로 일하는 사촌형에게 전화를 걸었다. 그는 이 상황, 이 우스꽝스러운 상황, 이 악몽 같은 상황을 설명하고 자신이 분명히 혐의를 받고 있기 때문에 심각하게 받아들여야 할 것 같다고 했다. 그래서 말했다. 조슈아 형, 스캇스킬로 당장 와서 나와 경찰 사이에서 중재해줄 괜찮은 형사 변호사 알고 있어?

사촌형은 잘면의 소식에 너무 놀라 가까스로 말을 내뱉었다. "네가? 미칼 네가 체포됐다고?"

"아냐, 체포된 건 아냐, 조슈아 형."

형은 내가 유죄일지도 모른다고 생각하고 있어. 내 사촌조차 내가 성범죄자일지도 모른다고 생각해.

그래도 구십 분 안에, 점점 더 필사적으로 몰아치듯 전화를 한 끝에 잘먼은 맨해튼에서 활동하는 뉴버거라는 형사 변호사를 선임할 수 있었다. 변호사가 걱정할 건 전혀 없다고 태평하게 안심시켜주지 않을까 잘먼은 내심 기대했지만, 그런 일은 없었다.

11세 소녀 유괴 혐의로
태리타운 주민 심문받다

머리사 수색 이어져
스캇스킬 사립학교 교사 경찰에 구금

6학년생 여전히 실종 상태
스캇스킬 사립학교 교사 경찰에 심문받다
유괴에 사용된 차량으로 알려진 미니밴과
동일한 차량으로 추정
미칼 잘먼, 31세, 컴퓨터 상담 교사
아동 유괴 혐의로 경찰에 심문받다

잘먼, "나는 결백하다"
태리타운 주민 아동 유괴 사건으로
경찰 심문중

신문 1면에 조잡하게 펼쳐진 것은 실종된 아이와 그 아이의 엄마와 '용의자로 추정되는 미칼 잘먼'의 사진들이었다.

지역 텔레비전 뉴스 방송이었다. 뉴버거는 그에게 텔레비전을 보지 말라고 경고했었다. 발신자 번호 표시 서비스가 안 된다면 전화를 받아서도 안 된다고, 다시 말하지만 안 된다고 경고했듯이. 또 누군지 정확히 알기 전에는 문을 열어줘서도 안 된다고 했다. 그래도 잘먼은 효능이 두 배인 타이레놀을 여섯 알쯤 삼키고 기운을 내서 텔레비전을 보고 있었다. 약기운 때문에 몽롱한 가운데 간신히 정신을 차리고 화면을 쳐다봤지만, 보고 들은 장면은 믿기지 않았다.

스캇스킬 학생들의 얼굴은 신원 보호를 위해 흐릿하게 처리됐고, 목소리도 변조됐다. 아이들은 동정적인 여자 아나운서에게 미칼 잘먼에 대한 의견을 내놓았다.

잘먼 선생님은 쿨해요. 전 선생님을 좋아하는 편이었어요.

잘먼 선생님은 약간 냉소적이었던 것 같아요. 똑똑한 애들하고는 잘 지냈지만 우리 나머지 애들한테는 자신이 정말 많이 노력한다는 걸 알아주길 바라는 것 같았어요.

깜짝 놀랐어요! 잘먼 선생님은 절대 그런 식으로 행동한 적이 없었어요. 그러니까, 이상하지 않았다고요. 컴퓨터실에서는.

잘먼 선생님의 눈은요, 저기, 레이저 같지 않아요? 전 그 선생님이 무서운 사람이라는 걸 언제나 알았어요.

잘먼 선생님이 가끔 우리를 쳐다봤어요! 그럼 막 떨렸어요.

어떤 애들이 선생님이 빗을 갖고 다닌다고 했다고요? 여자애들 머리카락을 빗어주려고요? 전 한 번도 못 봤는데요.

잘먼 선생님이 갖고 다니는 빗이요. 그거 정말 이상해요! 저는 한 번도 빗어준 적 없어요. 선생님이 보기에 제가 아주아주 예쁘지는 않아서 그런가봐요.

선생님은 아이들이 부탁하면 방과후에도 컴퓨터실에 남아 도와주셨어요. 저한테는 정말 좋은 분이었어요. 머리사에 관한 이야기는 잘 모르겠어요. 전 울고 싶어요.

그다음에는 에이드리언 코리 박사, 스캇스킬 사립학교의 교장이 등장해서 못미더워하는 인터뷰어에게 단호하게 설명했다. 미칼 잘먼은 이 년 반 전 교장이 직접 고용했으며 신용장이 훌륭했고 높은 평가를 받았다고. 양심적이고 믿을 만한 직원이며, 불만이 들어온 적은 한 번도 없었다고.

불만이 없었다고? 방금 인터뷰한 학생들은 뭔데?

코리 박사는 달래는 미소 같은 표정을 지으며 입을 실룩였다. "뭐, 우리는 알 수 없는 일이죠."

잘먼은 스캇스킬 사립학교에서 계속 가르치게 될 것인가?

"잘먼 씨는 당분간 유급 휴가를 냈습니다."

그에게 처음으로 든 격한 생각은 고소해야 한다였다.

두번째로 든 좀더 합리적인 생각은 나를 변호해야 한다였다.

그는 스캇스킬 사립학교에 친구가 있었다. 그렇게 믿었다. 결혼생활이 별로 행복하지 않다고 생각하며 잘먼을 여러 번 저녁식사에 초대했던 젊은 여자. 가끔 헬스클럽에서 만났던 남자 수학 교사. 그와 유머 감각이 잘 맞았던 학교 상담사. 그리고 무척 지적이고 언제나 잘먼을 좋아하는 듯 보였던 친절한 여자, 코리 박사.

그들에게 호소할 작정이었다. 그들은 그를 믿어줄 것이었다!

잘먼은 코리 박사에게 대면을 요청했다. 이 사건에 대해 자기 입장을 표명할 수 있게 해달라고 요청했다. 하지만 그가 현재 학교에 오는 건 '논외'라는 통보를 받았다. 잘먼이 잠깐 모습을 보이기만 해도 학생들뿐 아니라 교직원들까지 '심란해질' 거라는 게 이유였다.

잘먼은 경고를 받았다. 월요일 아침에 학교 건물에 들어가려고 한다면 경비원들이 저지할 거라고.

"하지만 왜요? 제가 무슨 짓을 했는데요? 모두 소문이지 제가 실제로 뭐 저지른 일이 있습니까?"

잘먼이 무슨 일을 해서가 아니라 그가 했을지도 모른다고 대중이 인식하는 것이 문제였다. 분명히 잘먼도 알겠죠?

코리 박사를 중립 지대에서 만나는 것으로 타협을 보았다.

월요일 아침 여덟시, 트레헌 스퀘어에 있는 학교의 지정 법률 사무소에서. 그는 변호사를 데려오라는 말을 들었지만, 거절했다.

어쩌면 또다른 실수였을 것이다. 하지만 그는 뉴버거를 기다릴 수 없었다. 이건 긴급사태였다.

"전 일을 해야 한단 말입니다! 아무 일 없었던 것처럼 학교로 돌아가야 합니다. 사실 잘못된 건 아무것도 없으니까요. 전 돌아가겠습니다."

코리 박사는 모호하게 지지하는 듯한 동정적인 말을 우물거렸다. 교장은 친절한 사람이었다. 잘먼은 그렇게 믿고 싶었다.

교장은 점잖고, 선의를 지녔으며, 그를 좋아했다. 항상 그의 농담에 웃어주지 않았나!

하지만 가끔 그녀는 잘먼의 유머가 너무 거슬린다는 듯 움찔하기도 했다. 어쨌든 공적으로는.

잘먼은 '적법한 절차' 없이 정직 처분을 내리기로 결정한 것에 항의했다. 그는 학교 이사회를 만나게 해달라고 요구했다. 어떻게 아무런 이유 없이 정직당할 수 있는가. 그건 비윤리적이고 불법적인 것 아닌가? 그가 고소하면 스캇스킬 사립학교가 법적 책임을 지게 되지 않을까?

"제가 절대 하지 않았다고 맹세할 수 있습니다. 저는 아무 관련이 없습니다. 전 머리사 밴트리를 잘 알지도 못합니다. 그 아이와 접촉한 적도 거의 없습니다. 코리 박사님, 에이드리언, 이 '목격자'들은 거짓말을 하고 있어요. 경찰이 제 집 건물 뒤에서 발견했다고 하는 '머리핀'도 누군가 고의로 놔둔 겁니다. 절 싫어하는 누군가, 절 파괴하고 싶어하는 누군가! 저한테는 악몽 같은 사건이지만, 결국에는 다 밝혀질 거라고 확신합니다. 제가 연루됐다고 증명할 수는 없을 거란 말입니다. 그 애한테 무슨 일이 일어났든, 제가 연루되지는 않았으니까요! 전 다시 일해야 해요, 에이드리언. 절 믿는다는 걸 보여주셔야 합니다. 제 동료들도 저한테 믿음이 있을 겁니다. 부디 재고해주세요! 오늘 아침에 학교로 복귀하려고 준비했습니다. 학생들에게도 설명할 수 있어요. 뭐든요! 기회를 주십시오, 네? 설령 제가 체포됐다고 해도, 체포되지는 않았지만요, 에이드리언, 저는 유죄가 증명될 때까지는 법적으로 무죄란 말입니다. 게다가 유죄로 증명될 리가 없어요. 왜냐하면 저는, 하지 않았으니까요. 전 결코 나쁜 짓을 하지 않았다고요."

그는 갑자기 찌르는 듯한 고통에 사로잡혔다. 누가 얼음송곳으로 두개골을 찌르기라도 한 것처럼. 그는 끙끙대며 두 손으로 머리를 부여잡고 앞으로 주저앉았다.

여자가 겁에 질린 목소리로 물었다. "잘먼 씨? 의사를 부를까요? 구급차를?"

감시중

그는 그 여자와 이야기해야 했다. 그 여자를 위로해야 했다. 닷새 연속으로 밤을 새우다가 이런 욕구가 걷잡을 수 없이 강해졌다.

불행 속에서 그는 머리사 밴트리의 엄마는 얼마나 더 괴로울지 깨달았다. 그저 용의자일 뿐인 그가 괴로운 것보다 훨씬.

화요일이었다. 물론 그는 다시 가르치러 와도 된다는 허락을 받지 못했다. 옷을 입은 채 선잠을 잤을 뿐 며칠 동안 제대로 자지 못했다. 냉장고 문을 열고 서서 안에 있는 음식을 닥치는 대로 집어먹었다. 타이레놀을 달고 살았다. 강박적으로 텔레비전을 보면서, 실종된 소녀의 최신 뉴스를 찾아 채널을 이리저리 돌려댔고, 자신의 얼굴이 흘끗 비칠 것을 각오했다. 초췌하고 눈이 퀭하고, 죄의식 때문에 여드름이 난 것처럼 흉하게 변한 얼굴. 저기 있다! 잘면이! 이 사건에서 경찰이 실제로 구금한 유일한 용의자가 진을 친 사진기자와 방송국 카메라맨들 앞을 걸어갔다. 잘면의 실물을 보고 욕할 기회를 얻지 못할 수십만의 시청자는 그 화면을 보고 흥분해서 혐오감이 치솟았을 것이다.

사실 스캇스킬 경찰은 다른 용의자들도 확보했다. 그들은 다른 '단서들'도 뒤쫓고 있었다. 뉴버거는 경찰이 캘리포니아로 인력을 파견해 '심각한 용의자' 중 하나로 떠오른 머리사 밴트리의 종적을 감춘 친부를 찾고 있다는 소식을 들었다고 전했다.

스캇스킬 지역에서도 수색은 계속됐다. 베어 산 주립공원에서, 피크스킬 남쪽의 블루 산에서. 피크스킬과 스캇스킬 사이의 허드슨 강 주변에서. 록펠러 주립공원에 속하는 스캇스킬 동쪽 공원 부지와 삼림 지역에서. 전문가들과 자원봉사자들로 구성된 수색과 구조 팀들이 있었다. 잘먼은 뭐라도 하고 싶어 필사적이었기 때문에 수색에 자원하고 싶었지만, 뉴버거는 황당하다는 눈길로 잘먼을 꼼짝 못하게 했다. "미칼, 좋은 생각이 아닙니다. 날 믿어요."

수상한 물체를 다리에서 강으로 '투기'하는 것을 봤다는 사람들도 있었고, 뉴욕 주 고속도로와 뉴잉글랜드 도시 고속화도로 일대 여러 지점에서 납치범 혹은 납치범들과 함께 있는 소녀의 모습을 '목격'했다는 제보도 잇따랐다. 머리사 밴트리를 닮은 여덟 살에서 열세 살 사이의 흰 피부에 금발머리 여자애들이 곳곳에서 목격됐다.

경찰은 천 통이 넘는 제보 전화와 웹사이트상의 메시지를 받았고, 언론에서는 그들이 모든 단서를 추적하고 있다고 보도했다. 그러나 잘먼은 의구심을 품었다. 모든 단서라니?

잘먼도 직접 스캇스킬 경찰에게 전화를 걸었다. 전화번호를 외울 정도로. 그들은 자주 전화를 못 받았지만 나중에 그에게 전화를 걸어주지는 않았다. 잘먼은 자신이 더이상 경찰의 주용의자가 아니라는 사실을 어쩌면 억지로 믿어야 했다. 뉴버거는 여자애의 머리핀이 잘먼의 집 주차장에 무척이나 눈에 띄게 떨어져 있었고, 지문은 깨끗이 지워져 있었다고 했다. '심어놓은 게 뻔한 증거물'이었다고.

잘먼은 전화번호부에서 번호를 삭제했지만 여전히 장난 전화가 걸려왔다. 악의적인, 음란한, 협박하는, 혹은 그저 단순한 문의 전화가 이어져서 결국 잘먼은 코드를 뽑아버리고 오직 휴대전화에 의존했다. 그는 휴대전화를 들고 아파트의 점점 오그라드는 듯한 방들을 떠돌아다녔다. 5층에서 비스듬한 각도로 보면, 흐린 날에는 녹은 납 같지만 맑은 날에는 놀라울 정도로 아름다운 회청색 허드슨 강이 내려다보였다. 그는 한참 동안 넋을 잃고 이 광경을 감상했다. 어떤 인간과도 연결되지 않으며, 그의 삶이 되어버린 비참함보다 오래 남을 순수한 아름다움을.

나하고는 아무 상관 없어. 인간의 악과는 아무 상관이 없어.

그는 리어 밴트리라는 엄마와 이 통찰을 공유하고 싶은 마음이 간절했다. 그건 너무도 단순한 사실이어서 간과해버릴 수도 있었다.

그는 그 여자가 산다는 피프틴스 스트리트로 갔다. 그 아파트 건물의 외관을 텔레비전에서 수도 없이 보았다. 그녀에게 전화할 수는 없었다. 그는 그녀와 단 몇 분이라도 얘기를 하고 싶을 뿐이었다.

화요일, 땅거미가 내릴 즈음이었다. 서늘한 안개비가 약하게 내리고 있었다. 그는 막사 같은 건물 앞 보도에서 잠시 머뭇거렸다. 카키색 바지, 캔버스 재킷을 입고 조깅화를 신고 있었다. 축축한 머리가 옷깃 아래로 흩어져 있었다. 며칠 동안 면도를 하지 못했다. 얼굴에서는 병적인 광채가 비쳤다. 그는 잔디밭을 한쪽으로 가로지르면서 자기가 옳은 일을 한다고 확신했다. 건물 뒤로 빙 돌아가면 리어 밴트리의 아파트 뒷문을 운좋게 찾을 수 있을지도 몰랐다.

꼭 당신을 만나야 합니다.

이 악몽을 함께해야 해요.

경찰이 곧바로 나타나 그의 앞을 가로막으며 두 팔을 잡고 등뒤로 돌려 수갑을 채웠다.

제물

숨쉬고 있어?

……맙소사!

안 쉬어…… 쉬나? 숨쉬는 거야?

숨쉬고 있어. 괜찮아.

……약에 중독된 것…… 아냐?

우리는 정말 겁이 났어요! 애니타는 막 울었어요. 그러더니
또 웃음이 그치지 않는 것처럼 계속 깔깔댔어요. 데니즈는 그
섭식 머시기가 있어요. 항상 배가 고파서 식사 시간에 학교
식당에서 음식을 막 입에 쑤셔넣었다가 화장실에 가서 손가
락을 목구멍에 넣어 변기에 토하면서 물을 쫙 쫙 쫙 내려요.
그래서 걔가 집에서 그래도 식구들은 듣지 못하고, 학교에서
그래도 다른 애들은 듣지도 못하고 뭐라고 하지도 않아요.

점점 더 우리는 애들이 학교에서 우리를 어떻게 쳐다보는
지 알 수 있었어요. 어쨌든 걔들도 사정을 안다는 듯이.

흰 꽃다발을 옥수수 소녀의 엄마에게 준 후로 뭐든 제대로
된 기분이 들지 않았어요. 데니즈는 알았어요, 애니타도. 어
쩌면 주드도 알았겠지만 인정하려 들지 않았어요.

엄마들은 자기 자식에 대해선 눈곱만큼도 신경쓰지 않아. 봐, 모두
흉내만 내는 거야.

주드는 이 말을 믿었어요. 주드는 다른 누구보다도 옥수수
소녀의 엄마를 싫어했어요. 참으로.

애니타는 옥수수 소녀가 중독됐을까봐 걱정했어요. 주드가
삼키라고 준 독한 약들에요. 옥수수 소녀는 이젠 거의 아무것
도 먹지 못했어요. 코티지치즈를 바닐라 아이스크림에 으깨
서 걔 입을 벌리고 숟가락으로 떠먹인 다음 입을 다물려서 억

지로 삼키게 했지만 그중 반은 목이 막혀서 캑캑댔어요. 흰 덩어리가 토사물처럼 입에서 줄줄 새어나왔죠.

우리는 빌었어요. 주드는 우리가 어쩌면……

……우리도 그 애가 죽길 원하진 않잖아. 우리가 그러니?

주드? 주드?

이젠 재미가 없어졌어요. 텔레비전 뉴스니 뉴욕 타임스니 신문이니 나를 본 적 있나요? 전단이니 포상금 1만 5000달러니 전부 다요. 며칠 전까지는 하이에나들처럼 웃어댔지만 이젠 웃을 일도 없었어요. 아무튼 별로 없었어요. 주드는 여전히 그들을 멍청이라며 무시했고, 거의 코앞인 하이게이트 애비뉴에 옥수수 소녀를 두고도 찾아다닌다며 비웃었지만요.

주드는 이상한 짓을 하기 시작했어요. 월요일에는 옥수수 소녀의 나비 핀을 가지고 학교에 왔어요. 머리에 꽂는다기에 우리는 아, 하지 마, 안 하는 게 좋겠어, 라고 말했지만 주드는 우리를 비웃었어요. 하지만 결국 꽂진 않더라고요.

주드는 불, '분신焚身' 이야기를 많이 했어요. 오래전에 불교도들이 그런 걸 했다는 내용을 인터넷에서 찾아봤나봐요.

옥수수 소녀를 제물로 바치려면 이 포로의 심장을 도려내고 피를 성스러운 병에 모아야 했어요. 하지만 주드는 옥수수 소녀를 불태울 수도 있댔어요. 그다음에 재를 흙과 섞으면 된다고요.

불태우는 게 더 깨끗한 방법이야. 주드가 말했어요. 처음에만 아플 거야.

이제 주드는 줄곧 휴대전화로 사진을 찍었어요. 나중에는 오십 장쯤 가지고 있었어요. 우리는 주드가 사진을 인터넷에 올리려는 줄 알았지만 그러진 않았어요.

그걸로 뭘 했는지는, 경찰이 주드의 휴대전화를 가져갔을 때도요, 우리는 몰랐어요.

눈을 뗄 수 없는 사진들이었어요! 어떤 사진에서 옥수수 소녀는 아름다운 실크와 양단으로 만든 관대에 반듯이 누워 있었어요. 정말 작아 보였어요. 주드는 그 애를 벌거벗기고 머리카락을 펼쳐놓은 후 다리를 벌리기도 했어요. 그 애 다리 사이의 분홍색 틈을 볼 수 있었죠. 주드는 그걸 금 그어놓은 거라고 불렀어요.

옥수수 소녀의 금은 우리 거랑 달랐어요. 어린 소녀의 금이었고 더 예쁘다고 주드가 말했어요. 음모 같은 건 자라지 않는다고요. 옥수수 소녀는 그런 꼴은 면할 거라고 했어요.

주드는 방송에 내보내지도 못할 이 사진들을 텔레비전 방송국에 보내겠다고 말하면서 웃었어요.

다른 사진들에서 옥수수 소녀는 앉아 있거나 무릎을 꿇고 있거나 서 있었어요. 주드가 다시 살려내겠다고 얼굴을 찰싹찰싹 치면 눈을 떴고, 그러면 깨어 있는 것 같았어요. 힘없는 미소를 지으며 주드에게 기댔어요. 두 사람은 머리를 맞댔고, 주드는 씩 웃었어요. 주드 O와 옥수수 소녀가 지상에 떠 있기라도 한 것 같았어요. 아무도 그 애들에게 닿을 수 없고 단지 어떻게 거기 올라갔는지 궁금해하며 올려다볼 수밖에 없는 그런 천국에!

주드는 우리에게 이 사진들을 찍게 했어요. 그중 한 사진을 가장 좋아했어요. 옥수수 소녀의 엄마가 이 사진을 보면 좋겠고, 언젠가는 그렇게 하겠다고 했어요.

그날 밤, 우리는 옥수수 소녀가 죽는 줄 알았어요.

소녀는 자면서 몸을 떨고 경련했어요. 갑자기 간질 발작이라도 일으킨 듯이, 그전에도 그랬었거든요. 입을 떡 벌리고 우 우 우 소리를 냈어요. 침에 젖은 혀를 내밀어서 괴물처럼 진짜 흉했어요. 애니타는 물러서면서 훌쩍였어요. 쟤 죽을 거야! 어떡해, 죽을 거야! 주드, 어떻게 좀 해봐. 쟤 죽는다고! 그러자 주드는 애니타의 따귀를 때리면서 입 다물라고 했고, 정말 넌더리를 쳤어요. 살찐 돼지 같은 게, 꺼져. 네까짓 게 뭘 안다고 그래. 주드가 옥수수 소녀를 누르자 옥수수 소녀의 가는 팔다리가 막 떨렸어요. 누워서 춤을 추는 것처럼요. 눈은 뜨고 있었지만 생명 없는 인형의 유리 눈처럼 아무것도 못 보는 것 같았어요. 주드도 이젠 좀 겁이 났는지 흥분했고 관대 위로 올라가 옥수수 소녀 위에 누웠어요. 어쩌면 옥수수 소녀는 추웠나봐요. 너무 말라서 추위가 뼛속까지 파고들었나봐요. 주드는 옥수수 소녀처럼 팔을 뻗었고 옥수수 소녀의 두 손을 잡았어요. 떨리는 다리는 옥수수 소녀의 다리 위로 뻗었고, 옆얼굴을 옥수수 소녀의 얼굴에 댔어요. 하나의 알을 깨고 나온 쌍둥이처럼요. 나 여기 있어. 나는 주드야. 너를 보호해줄게. 음산한 죽음의 골짜기를 지날지라도 내가 너를 영원히 보호해줄게, 아멘. 마침내 옥수수 소녀는 발작을 멈췄고 몸을 계속 바르르 떨면서 숨만 내쉬었어요. 그래도 숨을 쉬긴 하니까 괜찮았죠.

그래도 애니타는 완전 기겁했어요. 터지는 웃음을 참으려고 애를 썼어요. 학교에서 가끔 그러는 것처럼요. 하지만 간지럼을 타는 것처럼 참지 못하고 그러니까 주드가 짜증이 나서 애니타의 양쪽 뺨을 찰싹찰싹 때리고 돼지 같은 년, 멍청한 쌍년이라고 욕했어요. 애니타는 걷어차인 개처럼 울면서 저장고를 뛰어나갔어요. 걔가 계단을 올라가는 소리가 들리자 주드가 말했어요. 다음은 쟤야.

다크스피크링크닷컴darkspeaklink.com은 주드 O가 눈의 주인과 어울리던 곳이었어요. 주드가 우리에게 그런 글을 보여줬어요. 사람이 있으면 문제가 있다. 사람이 없으면 문제도 없다(스탈린).

주드는 눈의 주인에게 자기가 여자인지 남자인지 절대 말한 적이 없어서 그는 주드를 남자라고 믿고 있다고 했어요. 그 사람한테 포로를 잡았는데 제물로 바쳐도 되겠느냐고 물으니까 눈의 주인이 받아쳤대요. 네가 열세 살이라면 성숙하고 참 대단하구나. 어디 사니 주드 O? 하지만 주드는 눈의 주인이 지구의 여러 곳에 동시에 사는 자기 친구가 아니라 자기를 잡기 위해 소울메이트인 척하는 연방수사요원일지 모른다는 생각이 갑자기 들었대요. 그래서 주드 O는 다크스피크링크닷컴에서 영원히 자취를 감췄죠.

멍청이들! 자살 유서

주드 O는 이제 끝이라는 걸 알았다. 제물을 바치는 날 앞으로 나흘이 지났고 오늘은 그날로부터 엿새째였다. 돌아갈 길은 없었다.

데니즈는 무너지기 시작했다. 머리를 얻어맞은 사람처럼 멍하게 넋을 놓고 있자 조회 시간에 담임선생님이 데니즈에게 너 아프니, 하고 물었다. 데니즈는 그 말도 못 듣고 있다가 고개를 젓고 거의 들리지 않는 목소리로 아니요라고 말했다.

애니타는 학교에 오지 않았다. 집에 숨어 있었고 주드를 배신할 모양이었다. 이제 애니타에게 닿을 길이 없으니 주드는 배신자의 입을 막을 수도 없었다.

주드의 사도들을, 주드는 믿었다. 그렇지만 그들이 자기보다 열등하다는 걸 알았기 때문에 진짜로 믿지는 않았다.

데니즈는 빌었다. 주드, 내 생각에는 우리가……

……옥수수 소녀를 놔주는 편이 좋겠다?

왜냐하면 왜냐하면 만약 걔가, 만약……

옥수수 소녀는 금기가 됐다. 옥수수 소녀를 절대로 풀어줄 수 없었다. 누가 옥수수 소녀의 자리를 대신하지 않는 한 소녀를 풀어줄 수 없었다.

네가 옥수수 소녀 대신할래?

주드, 걔는 옥수수 소녀가 아냐. 걔는 머, 머리사 밴……

당연한 분노가 화염이 되어 주드 O를 덮쳐왔다. **찰싹찰싹** 손바닥과 손등으로 주드는 자기 심기에 거슬리는 얼굴을 쳤다.

점박이 하이에나는 보통 쌍둥이로 태어난다. 한쪽이 다른 쪽보다 힘이 세면, 즉시 덤벼들어 목을 딴다. 그러지 않으면 다른 쪽이 죽이려 덤비기 때문이다. 선택의 여지가 없다.

스캇스킬 사립학교 동급생들에게 한심한 부적응자 찌질이로 찍힌 주드 O와 그 사도들은 보통 학교 식당 맨 끝자리에서 함께 점심을 먹었다. 하지만 오늘은 주드 O와 데니즈 루드위그뿐이었다. 데니즈가 주드에게 훌쩍이며 애원하는 모습이 보였다. 데니즈가 코를 닦는 꼴이 더 깔끔한 여자애가 보기에는 역겹기만 했다. 그래서 주드는 이를 악물고 말했다. 내가 울지 말라고 했지. 사람들 앞에서 구경거리로 만들지 말라고 했잖아. 하지만 데니즈는 계속했다. 데니즈는 훌쩍이며 애원했다. 마침내 분노의 불길이 덮쳐서 주드는 데니즈의 따귀를 때렸고 데니즈가 탁자에서 밀쳐지면서 의자가 넘어졌다. 데니즈는 다른 애들이 뻔히 쳐다보는 가운데 식당에서 울먹거리며 뛰쳐나갔다. 바로 그 순간 약삭빠른 주드 O가 뒷문으로 튀어나가 중학교 자전거 보관대까지 몸을 숙인 자세로 뛰어갔다. 그리고 그 분노에서 비롯된 격정을 원동력으로 주드는 집까지 자전거를 타고 내달렸다. 4.5킬로미터쯤 떨어진 하이게이트 애비뉴의 오래된 트레헌 저택까지 가면서 몇 번이나 차에 치일 뻔했다. 차들은 장님 같은 자전거 운전자를 피하느라 방향을 홱 틀어야 했고 주드는 웃었다. 전혀 두렵지 않았으니까. 상승기류 꼭대기를 탄 매처럼 날개를 움직일 필요도 없이 그냥 떠서 치명적인 존재가 될 수 있었으니까. 매! 주드 O는 매였다! 자전거가 어디 부딪혀 부서지기라도 하면, 하이게이트 애비뉴에서 죽는다면, 옥수수 소녀는 실크와 양단으로 만든 관대에서 남의 눈에 띄지 않고 썩어갈 것이다. 오랫동안 아무도 옥수수 소녀를 발견하지 못할 것이다.

그게 더 나을 거야, 우리가 함께 죽는 거지.

주드는 배심원 재판을 요구하지는 않을 것이다. 배심원의 마음을 잡으려면 말도 안 되는 거짓말을 쳐야 할 테니까. 그저 판사만 있는 재판을 요구할 것이다.

판사는 귀족이니까. 주드 O는 귀족이었다.

주드는 어른으로서 재판을 받을 것이다. 그렇게 주장하려고 했다.

정원사의 오두막에는 녹슬고 낡은 잔디 깎는 기계가 있었다. 휘발유가 반쯤 찬 깡통도. 뚜껑을 열 수 있으면 그 휘발유를 깔때기에 부을 수 있다. 주드는 전에 실험을 해보았기 때문에 열 수 있었다.

할머니의 오래된 은제 라이터에는 G. L. T. 라는 머리글자가 새겨져 있었다. 딸깍 딸깍 딸깍 하면 투명한 푸른빛이 도는 주황색 작은 불꽃이 날름거리는 혀처럼 예쁘게 나타났다.

주드는 먼저 옥수수 소녀에게 불을 붙이기로 했다.

아냐! 함께 죽는 게 더 나아.

차분하게 혼잣말을 했다. 처음에만 아플 거야. 겨우 몇 초만. 그때가 되면 너무 늦은 거지.

주드는 그렇게 생각하며 웃었다. 벌써 일을 다 치른 기분이었다.

슬금슬금 뒷문으로 집안에 들어갔다. 오후의 텔레비전 방송을 보는 늙은 여자가 듣지 못하게.

주드는 무척 들떴다! 절대 실수하지 않겠다고 다짐했다. 이미 실수를 저질렀을지도 모른다는 생각은 벌써 잊었다. 사도들이 둘 다 약해지고 있다는 걸 알았으면서도 탈출하도록 놔두고서는. 눈의 주인을 자기 쌍둥이처럼 믿을 수 있다고 생각하고 비밀을 털어놓은 것도. 점박이 하이에나 쌍둥이도 서로 믿을 수 없다는 생각은 하지 못했다.

뭐, 주드는 이제 깨달았으니까!

억지로 유서를 작성했다. 유서의 중요성을 알았기에 오랫동안 마음속에서 (그렇게 보였다. 지금은!) 꼼꼼하게 작성하고 있었다. 멍청이들에게 보내는 편지였다, 다른 사람은 없었으니까.

너희 멍청이들이 놀랄 걸 생각하니 웃음이 난다.

텔레비전과 인터넷, 뉴욕 타임스 1면을 포함한 모든 신문에 나겠지.

왜 왜 하고 물어보겠지만 이게 이유야, 그 아이의 머리카락.

걔 머리카락이라고! 햇빛 속에서 그 머리카락이……

무척 흥분됐다! 엑스터시를 한 다스 삼킨 것처럼 심장이 빠르게 뛰었다. 떨리는 손으로 자물쇠를 땄다. 데니즈가 벌써 말했으면 어쩌지! 둘 다 어젯밤에 죽여버렸어야 했어. 기회가 있었을 때. 저장고로 가보니 옥수수 소녀는 아침에 음식을 먹인 후 놔둔 위치에서 자세를 바꿔 모로 누워 있었다. 증거였다. 옥수수 소녀가 교활하게도 실제보다 더 약한 척하고 있다는. 심지어 아플 때도 속이고 있었다는.

주드는 저장고 문을 열어 빛이 들어오게 했다. 굳이 귀찮게 향초를 켜지는 않았다. 여기 수많은 초가 있었지만 지금은 켤 때가 아니었다. 이제 불꽃은 다른 목적을 위한 것이었으니까.

숨도 쉬지 않고 옥수수 소녀 옆에 쪼그려앉아 두 엄지로 멍든 눈꺼풀을 들어올렸다.

우윳빛 눈동자. 동공은 줄어들어 있었다.

일어나! 시간이 됐어 시간이 됐어.

옥수수 소녀는 약하게 주드를 밀었다. 소녀는 겁을 내며 징징댔다. 뭔가 썩은 듯한 입냄새가 났다. 소녀는 주드의 집에 온 후로 양치질을 할 수 없었다. 혼자 목욕하는 것도 안 됐다. 오직 주드와 사도들이 비누칠한 젖은 수건으로 닦아줄 수만 있었다.

지금이 어떤 때인지 알아 시간이 됐어 시간이 됐다고 시간이 시간이 시간이 됐어!

살려줘 제발 나를 놔줘……

주드는 금기의 사제였다. 옥수수 소녀의 긴 머리카락을 움켜쥐고 혼내면서 관대 쪽으로 끌어내렸다. 안 돼 안 돼 안 돼 안 돼 안 돼 아기를 혼내듯.

자신의 육체에서 나왔지만 엄하게 훈육해야 하는 아기.

분신은 재빨리 이루어져야 한다는 것을 주드는 알았다. 이 망할 배신자 년 데니즈가 지금쯤 다 불었을 테니. 돼지 같은 년 애니타가 불었을 테니. 사도들이 배신을 했고, 그들은 아무 가치도 없는 인간들이었다. 무진장 후회하게 될 거야! 하지만 주드는 용서해주지 않을 것이다. 옥수수 소녀의 엄마가 자기를 무슨 벌레라도 되는 양 혐오의 눈길로 쳐다본 걸 용서할 수 없는 것처럼. 유감스러운 건 제물 의식이 요구하는 대로 옥수수 소녀의 심장을 도려낼 시간은 없다는 것이었다.

가만히 누워 있어, 시간이 됐다고 했잖아.

이제 새로운 생각이 떠올랐다. 아직 명확히 파악하지 못한 생각이었다. 꿈이 머릿속에서 거대한 거품처럼 완전히 형태를 이루기 전에는 잡지 못하듯이.

주드는 휘발유 깡통을 저장고로 끌고 와서 죽 쏟아부었다. 이것은 옥수수 소녀와 그 관대에 내리는 사제의 축복이었다. 강한 휘발유 냄새가 옥수수 소녀를 살아나게 했다. 감각이 날카로워져서.

안 돼! 안 돼! 살려줘 나를 놔줘! 엄마가 보고 싶어.

주드는 옥수수 소녀가 반항하는 것을 보고 웃었다. 주드를 밀어 뿌리치기는 했지만 소녀는 너무 힘이 없어서 일어설 수도 없었다. 소녀는 벌거벗은 채 두 손과 두 다리로 문을 향해 필사적으로 기어갔다. 이제까지 주드는 문을 열어놓은 적이 없지만, 옥수수 소녀는 여기가 탈출구라는 것을 보고 깨달았다. 주드는 옥수수 소녀가 필사적으로 기어가는 모습을 보고 웃었다. 알몸에 머리카락을 짐승의 갈기처럼 바닥에 질질 끌면서. 아, 정말 뼈와 가죽밖에 남지 않았구나! 갈빗대, 뼈만 남은 엉덩이, 복숭아뼈도 튀어나와 있었다. 비쩍 마른 허리는 주드의 두 손에 잡힐 정도였다. 궁둥이는 또 어떻고. 궁둥이란 웃긴 말이다. 사람 웃으라고 만든 말. 오래전, 아름다운 곱슬

머리 여자가 콧노래를 흥얼거리며 주드에게 고무줄 팬티를 입히기 전에 좋은 냄새가 나는 하얀 분을 작은 궁둥이에 톡톡 발라주었다. 춤추는 새끼 고양이들이 수놓인 아기 옷을 벗기고. 아마 그건 잠옷이었을 것이고 팬티는 기저귀였을 것이다.

주드는 매혹되어 지켜보았다. 옥수수 소녀가 그렇게 대놓고 자기 말을 어기는 건 본 적이 없었으니까. 마치 막 기기 시작한 아기 같았다. 옥수수 소녀가 그렇게 살고 싶어하는 줄 미처 몰랐다. 갑자기 이런 생각이 들었다. 저 애를 살려서 나를 공경하게 만드는 편이 나을지도 몰라. 나는 저 애에게 지우지 못할 흔적을 남겼으니까.

사제는 힘으로 가득찼다. 삶과 죽음의 힘. 주드는 삶을 양보하기로 했다. 그건 자신의 결정이었다. 자기 주위에 휘발유를 뿌려 성스러운 원을 그리며 관대 위로 올라갔다. 휘발유 냄새 때문에 민감한 콧구멍이 조여들었고, 눈물 때문에 앞이 잘 보이지 않았다. 하지만 볼 필요가 없었다. 모든 것, 보고 싶은 모든 것은 다 안에 있었으니까. 처음에만 아플 거야. 그때가 되면 너무 늦은 거지. 딸깍 딸깍 딸깍, 휘발유 때문에 미끄러운 손가락으로 작고 환한 불의 혀가 튀어나올 때까지 은제 라이터를 켰다.

내가 뭘 할 수 있는지 봐라, 멍청이들아. 너희는 절대 못할걸.

9월

소가족

그들이 처음으로 함께한 외출이었다. 크로톤 폭포 자연보존지역으로. 세 사람이, 가족으로.

물론 진짜 가족은 아니라고 잘먼은 금세 인정했다.

그 남자와 여자가 결혼한 것은 아니었기 때문이다. 친구인지 연인인지 두 사람의 관계는 아직 확정되지 않았다. 그리고 소녀는 여자의 아이였다, 유일한.

그래도 누군가 그들을 보았다면 가족이라고 생각했을 것이다.

9월 중순의 화창하고 따뜻한 날이었다. 잘먼은 이제 시간을 그날 이전과 이후로 나누어 재는 습관이 붙어 오늘이 그날 이후로 정확히 다섯 달이 지난 날이라고 생각하고 있었다. 하지만 이것은 순전한 우연이었다.

잘먼은 지금 살고 있는 용커스에서 마호팩 북쪽까지 운전해서 리어 밴트리와 딸 머리사의 새집으로 데리러 왔다. 리어와 머리사는 소풍 도시락을 쌌다. 크로톤 폭포 자연보존지역은 리어가 최근에 발견한 곳으로 집에서 고작 몇 킬로미터 떨어져 있었다.

아름다운 곳이에요. 리어는 잘먼에게 그렇게 말했다. 무척 조용하고요.

잘먼은 머리사가 여기서는 안전하다고 느낀다는 걸 이런 식으로 전한다고 짐작했다.

리어 밴트리는 이제 뉴욕 주 마호팩에 있는 우먼/스페이스라는 병원에서 의료기사로 일하고 있었다. 미칼 잘먼은 융커스에 있는 큰 공립중학교에서 임시 교사로 수학을 가르치고 있었다. 또 축구/농구/야구 감독을 보조하는 일도 했다.

머리사는 마호팩에 있는 작은 사립학교에 들어갔다. 학년도 정규 교과 과정도 없는 학교로 학생들은 특별 개인 지도와 상담을 필요한 만큼 받을 수 있었다.

마호팩 학교의 수업료는 비쌌다. 미칼 잘먼이 힘을 좀 보탰다.

당신과 당신 딸이 어떤 일을 겪었는지는 누구도 모를 겁니다. 나는 두 사람에게 아주 마음이 끌립니다. 제발 나를 친구라고 여겨줘요!

잘먼은 리어 밴트리를 알기도 전부터 사랑했다. 이제 그녀를 알게 되자, 그는 자기 사랑을 확신했다. 그는 리어가 이 사실을 받아들일 준비가 될 때까지 이 비밀을 기꺼이 지키리라 맹세했다.

리어는 인생에서 더이상의 감정은 원하지 않는다고 말했다. 한동안은.

잘먼은 의아했다. 그게 무슨 뜻일까? 말 그대로일까, 아니면 단순히 내게 상처 입히지 마! 가까이 오지 마! 라는 말을 돌려서 한 걸까?

그는 리어가 머리사에게 자기를 미칼 아저씨라고 부르게 하는 게 마음에 들었다. 한동안은 옆에 있어도 된다는 의미를 내포하고 있었으니까. 하지만 아직까지는, 적어도 잘면 앞에서는, 머리사는 그를 어떤 이름으로도 부르지 않았다.

잘면은 가끔 소녀가 자기를 힐끔거린다는 것을 알았다. 재빨리 돌리는 수줍은 시선을 그는 쉽사리 아는 척할 수 없었다.

그들 사이에는 머뭇거리는 분위기가 감돌았다. 세 사람 사이에는.

그들은 마치 (언론이 악몽처럼 몰아친 후에는 꽤 자연스러워지긴 했지만) 카메라로 관찰당하는 듯했다.

잘면은 줄타기 곡예사가 된 느낌이었다. 그는 멍청하게 바라보는 관중 위 높은 허공에서 줄을 건너는데, 아래는 안전그물 하나 없었다. 균형을 잡으려고 두 팔을 옆으로 뻗었다. 떨어질까봐 겁이 났지만 계속 앞으로 가야 했다. 이 높이에서 균형을 완벽하게 잡지 못하면 치명적인 결과로 이어진다.

화창하고 따뜻한 가을 햇살이 비치는 자연보존지역에서 어른들은 연못가를 함께 거닐었다. 연못을 한 바퀴 돌면 삼십 분 정도 걸렸다. 이날 일요일 오후에는 보존지역을 찾은 다른 사람들도 있었다. 가족들과 연인들이었다.

소녀는 어른들 앞에서 서성일 뿐 결코 멀리 가지는 않았다.

소녀의 행동은 열한 살보다는 더 어린 아이의 행동에 가까웠다. 머뭇머뭇 움직였고 이따금 숨이 차는지 멈추기도 했다. 피부는 창백하고 투명했다. 눈은 퀭하고 경계하는 빛을 띠었다. 옅은 금발은 햇빛에 빛났다. 깃털처럼 가벼운 머리카락은 섬세한 달걀껍질 같은 귀 바로 아래 떨어지도록 짧게 잘랐다.

4월에 고난을 겪은 후, 머리사는 아름다운 긴 머리카락을 많이 잃었다. 몇 주 동안 병원에 입원했었다. 급작스레 빠진 몸무게를 천천히 되찾았다. 그래도 여전히 빈혈이 있었고 리어는 머리사의 신장과 간에 영구적인 손상이 남았을까봐 걱정했다. 머리사는 이따금 심각한 정도는 다르지만 빈맥 증상을 일으키곤 했다. 그러면 엄마는 아이를 꼭, 꼭 끌어안았다. 빠르게 뛰는 맥박과 주체할 수 없는 떨림이 엄마에게는 악마 같은 제3의 존재, 공포로 광포해진 존재처럼 느껴졌다.

엄마와 딸 모두 잠을 잘 이루지 못했다. 하지만 리어는 둘 중 누구의 약도 처방받지 않으려 했다.

각자 마호팩에서 치료사를 만나긴 했다. 그리고 머리사는 일주일에 한 번 엄마의 치료사를 만나 합동치료를 받았다.

리어는 잘먼에게는 속마음을 털어놓았다. "시간문제예요. 치유는요. 난 머리사가 괜찮아질 거라고 믿고 있어요."

리어는 결코 정상이라든가 회복된다는 단어를 쓰지 않았다.

물론 먼저 편지를 쓴 사람은 미칼 잘먼이었다. 리어와 이야기를 나누고 싶은 갈망이 절실했다. 비록 리어는 그와 말 한마디 섞고 싶어하지 않았지만.

우리 둘 다 같은 악몽을 겪은 것 같아요. 우리는 결코 그 악몽을 이해하지 못할 겁니다. 당신에게 동정과 연민 말고 뭘 줄 수 있을지 모르겠습니다. 난 가장 끔찍한 악몽 속에서 책임은 거의 나한테 있다고 생각하게 됐습니다……

머리사가 퇴원한 후, 리어는 스캇스킬에서 딸을 데리고 떠났다. 하루도 더 그 아파트에 머물고 싶지 않았고, 그 악몽을 떠올리게 하는 모든 것을 견딜 수 없었다. 선의를 가진 이웃들에 둘러싸여 지내봤고, 그 시련을 겪으면서 친구 몇을 사귀기도 했다. 그 지역에서 일자리를 주겠다는 제의도 받았다. 나이액 병원에 다시 돌아갈 마음이 있다면, 데빗 스투프도 돌아오라고 허락해줄 가능성이 무척 높았다. 그는 아내와 화해했고, 이제 모든 일을 용서하려는 분위기를 풍겼다. 하지만 리어는 그를 다시 보고 싶은 마음이 없었다, 전혀. 타판 지 다리를 다시 건너다니고 싶은 마음이 없었다, 전혀.

그 시련에서 그녀와 언니인 애브릴 사이에 뜻밖에 동맹의식이 솟아났다. 머리사가 병원에 있는 동안, 애브릴은 계속 스캇스킬에 머물렀다. 자매 중 한 사람은 항상 머리사의 병실에 있었다. 애브릴은 워싱턴에 있는 직장에서 무급 휴가를 받았고, 리어가 다른 직장을 찾아 북쪽으로 80킬로미터 떨어진 마호팩, 언덕 많은 퍼트넘 카운티에 새로 자리잡을 수 있도록 도와줬다.

웨스트체스터 카운티는 이제 지긋지긋했다! 리어는 다시 돌아가지 않을 작정이었다.

리어는 애브릴의 헌신이 무척 고마웠다. 무슨 말을 해야 좋을지 모를 정도였다.

"리어, 됐어! 자매라면 다 이러는 거야."

"아니야. 자매라고 다 이러진 않지. 우리 언니니까 이런 거야. 젠장, 사랑해, 언니."

리어는 울음을 터뜨렸다. 애브릴은 동생을 보고 웃었다. 자매는 함께 웃었다. 감정에 휩쓸려 우스꽝스러워졌다. 열 살짜리 애들처럼 변덕스럽고 예측할 수가 없었다.

리어는 다시는 누구도 허투루 여기지 않겠다고 애브릴에게 다짐했다. 그 무엇도 허투루 여기지 않겠다고. 숨결 하나도! 절대로 다시는.

경찰이 전화해서 소식을 알려주었을 때. 머리사가 살아 있습니다.

그 순간. 리어는 절대 그 순간을 잊지 않을 것이다.

식구 중에서는 오직 애브릴만 아는 사실이 있었다. 경찰은 종적을 감춘 머리사의 친부를 찾아 오리건의 쿠스 베이까지 갔다. 그는 그곳에서 1999년에 보트 사고로 죽었다고 했다. 검시관은 사인을 '불명'이라고 판단했다. 그가 살해됐다는 추정이 있었다……

리어는 그 충격과 상실감에 미처 대비하지 못했다.

이제 그는 리어를 다시 사랑하지 못할 것이다. 그의 예쁜 딸도 다시 사랑하지 못할 것이다. 그들 사이를 바로잡지도 못할 것이다.

리어는 머리사에게 아빠의 이름을 소리내어 말한 적이 없었다. 앞으로도 그러지 않을 것이다. 더 어렸을 때 머리사는 묻곤 했었다. 아빠는 어디 있어? 아빠는 언제 와? 하지만 이제, 절대로 돌아오지 않는다.

오리건 주 쿠스 베이에서 머리사의 아빠의 죽음은 수수께끼였다. 하지만 그건 리어 밴트리가 추적할 수수께끼는 아니었다. 리어는 이제 수수께끼에 신물이 났다. 오직 명료함과 진실만 원했다. 남은 인생 동안은 착하고 점잖고 정직한 사람들을 곁에 두고 살 것이다.

미칼 잘먼도 동의했다. 수수께끼는 그만!

기력을 소진하면 무엇에도 개의치 않게 된다. 살아남는 일에만 신경쓰게 된다. 진부한 일상에만 신경쓰게 된다. 매듭을 짓고 앞으로 나아간다. 그 악몽이 있기 전에는 텔레비전 토크쇼에나 나올 법한 표현이라며 비웃었지만 이제는 아니었다.

어울리지 않는 커플, 리어 밴트리와 미칼 잘먼 중 잘먼이 더 말이 많고 예리했다. 그는 리어에게 자기 식구들이 모두 말을 잘한다고 말했다. 변호사, 금융업자, 고위 영업자. 랍비도 한두 명 있었다. 잘먼은 스캇스킬이 아닌 용커스에서 아침에 눈뜰 수 있다는 것만으로도 안심이 됐다. 또 악몽에 포위됐던 4월이 아니라는 것만으로도. 베개에서 머리를 들 때 깨진 유리 조각이 두개골 안에서 움직이는 것처럼 찌르는 듯한 아픔에 움찔하지 않는다는 것만으로도. 신문을 펴고 텔레비전을 켰을 때 자신의 겁먹은 얼굴이 보이지 않는다는 것만으로도. 경찰에 체포된 상태가 아니라 자유롭게 숨을 쉴 수 있다는 것만으로도. 미친 소녀가 품은 앙심의 대상이 아니라는 것만으로도.

미친 소녀는 잘먼과 리어가 공통으로 쓰는 말이었다. 절대로 주드 트레헌이라는 이름을 입에 올리지 않았다.

왜 그 미친 소녀는 머리사를 납치했을까? 왜 먹이로 삼을 수 있는 모든 어린애 중에서 머리사를 골랐을까? 그리고 왜 자살을 했을까? 왜 그렇게도 소름끼치는 방식으로 순교자처럼 분신했을까? 이 질문들의 답은 절대로 찾을 수 없을 것이다. 그 아이와 납치를 공모한 겁먹은 여자애들은 전혀 영문을 알지 못했다. 오니가라 족 인디언의 제물이라나 뭐라나! 그저 머리 텅 빈 멍청이들처럼 미친 소녀가 진심인지 몰랐다는 얘기만 반복했다. 그저 그 애의 지시를 따랐고, 그 애의 친구가 되고 싶었을 뿐이었다고.

그 애가 **미쳤다**고 하는 건 그저 말뿐이었다. 하지만 그 말로 충분했다.

잘먼은 혐오를 내비치며 말했다. "모두 다 알았다고 해서 전부 용서할 수 있는 건 아니죠. 모두 다 알면, 알아낸 사실 때문에 되레 역겨울 수도 있는 거예요." 그는 홀로코스트를 떠올리고 있었다. 모든 설명을 거부하는 역사 속 대재앙.

리어는 눈을 훔치며 말했다. "난 무슨 일이 있어도 그 아이를 용서하지 않을 거예요. 그 아이는 '미친' 게 아니라 악했던 거죠. 다른 사람에게 상처 주면서 즐거워했어요. 내 딸을 죽일 뻔했고요. 그 아이가 죽어서 다행이에요. 우리에게서 스스로 떨어져나가서. 하지만 그 아이 얘기는 하고 싶지 않아요, 미칼. 약속해줘요."

잘먼은 무척 감동했다. 그때 그는 리어 밴트리에게 처음으로 키스했다. 이해의 인장을 찍기라도 하는 것처럼.

잘먼도 리어처럼 더이상 스캇스킬에서 참고 살 수가 없었다. 숨을 쉴 수가 없었다.

교장과 학교 이사회는 잘먼의 복직 절차를 명확히 밟지도 않고 그에게 다시 출근하라고 제안했다. 금방은 아니고 가을에.

어느 대리인이 학교에서 그의 업무를 맡고 있었다. 대리인에게 봄학기는 마치게 해주는 것이 지극히 마땅하다고 했다.

대중에 그토록 추악하게 알려진 직후에 잘먼이 학교에 가면 '학생들을 심란하게 만들 것'이었다. 어리고 감수성이 예민한 학생들. 불안해하는 부모들.

잘먼은 예전 봉급에 이 년 재계약을 해주겠다는 제안을 받았다. 끌리는 조건은 아니었다. 변호사는 타당한 근거를 들며 학교는 소송을 두려워한다는 말을 했다. 하지만 잘먼은 그런 건 다 집어치우라고 했다. 그는 전투에 흥미를 잃었다.

컴퓨터에도 흥미를 잃었다, 하룻밤 새.

테크놀로지에 매료됐던 때도 있었지만 이제 지루해졌다. 뭔가 근원적인 것, 지구와 시간에 대한 것을 갈망했다. 컴퓨터는 육신 없는 뇌처럼 그저 테크닉일 뿐이었다. 그는 공립학교에서 수학을 가르치는 임시 교사 자리를 얻었고 대학원에 들어가 역사를 전공할 생각이었다. 미국학 박사 과정에. 컬럼비아나 예일, 프린스턴에서.

잘먼은 동트기 전에 깼다가 다시 잠을 청할 수 없을 때 느끼는 혐오감을 리어에게 말하지 않았다. 컴퓨터에 대해서가 아니라, 컴퓨터를 그토록 숭배했던 잘먼 본인에 대해서.

얼마나 오만했는지! 얼마나 자기만의 세계에 빠져 살았는지! 혼자라는 걸 자랑스러워하던 외톨이 늑대.

이제 그런 건 진력이 났다. 그는 동반자, 함께 얘기하고 사랑을 나눌 사람을 갈망했다. 어떤 기억을 나눌 누군가를. 그러지 않는다면 그 기억은 독처럼 그를 파먹을 것이었다.

5월 하순, 리어 밴트리와 딸 머리사가 스캇스킬에서 떠난 후 — 지역 언론은 그들의 이사 소식을 흥분해서 떠들어댔다 — 잘먼은 리어에게 편지를 썼다. 그는 리어가 마호팩에 있는 병원에 취직했다는 사실을 들어 알고 있었다. 그도 어느 정도 아는 지역이었다. 차로 한 시간 정도면 갈 수 있는 거리. 그는 고심해서 한 장짜리 편지를 썼다. 딱히 답장을 받으리란 기대는 없었지만 해줄지도 모른다는 희망은 품고 있었다. 당신과 아주 가깝다는 기분이 듭니다! 이 시련이 우리 삶을 너무도 바꿔놓았죠. 그는 신문에 실린 그녀의 사진, 비탄에 빠진 엄마의 핼쑥하고 탈진한 얼굴을 살폈다. 그는 리어 밴트리가 자기보다 몇 살 연상이고 머리사의 아빠와는 이제 연락하지 않는다는 사실을 알아냈다. 그는 리어에게 미술 작품이 인쇄된 엽서를 보냈다. 반 고흐의 〈해바라기〉, 모네의 〈수련〉, 카스파르 다비트 프리드리히의 〈유령 나올 듯한 풍경〉, 울프 칸의 〈멋진 가을 숲〉. 이런 식으로 잘먼은 리어 밴트리에게 구애했다. 그는 한 번도 만난 적 없는 리어 밴트리에게 그녀를 존경한다는 사실을 알렸다. 만나달라고 하지도, 답장을 써달라고 압박하지도 않을 생각이었다.

이윽고 리어 밴트리가 답장을 보내왔다.

두 사람은 전화로 이야기했다. 만날 약속을 잡았다. 잘먼은 불안해서 말이 많아졌고 친근감 있게 어색해했다. 리어가 실제로 나타나자 어쩔 줄 몰라했다. 리어는 좀더 조심스러웠고 말을 삼갔다. 그녀는 나이에 걸맞아 보이는 아름다운 여인이었다. 화장도 하지 않았고 시계 말고는 다른 장신구도 하지 않았다. 금발머리에 흰머리가 몇 가닥 섞여 있었다. 그녀는 미소를 지었지만 말은 별로 하지 않았다. 리어는 이 남자가 이야기를 도맡아 하는 것이 마음에 들었다. 보통의 남자들은 하지 않는 행동이었다. 미칼 잘먼은 리어가 알기는 하지만 멀리서만 봐왔던 유형의 사람이었다. 아주 뉴욕 사람 같은데다 아주 강렬한 성격. 똑똑하지만 순진한 사람. 리어는 그가 부유한 가문 출신일 거라 짐작했다. 그가 자연스레 돈을 멸시했기 때문이다. (하지만 시련을 겪던 시기에 가족과 화해했다고 잘먼은 말했다. 가족들은 그를 위해 분개했고 터무니없이 비싼 변호사 수임료를 내주겠다고 했다.) 대화를 나누면서 리어는 두 사람이 처음 스캇스킬 사립학교에서 어떻게 만났는지, 컴퓨터 전문가인 잘먼이 어떻게 지나쳤는지 기억해냈다. 참 오만했었다! 리어는 그 일로 그를 놀려줄 것이다, 언젠가는. 어쩌면 두 사람이 연인이 됐을 때.

잘먼은 관자놀이 근처 머리숱이 줄었고 볼이 홀쭉해진 것 같았다. 눈은 서른한두 살 먹은 남자의 눈치고는 나이들어 보였다. 그는 얼굴을 가리려고 턱에 이른바 염소수염을 기르기 시작했지만 그건 그저 임시적 시도일 뿐 계속하지 않으리란 걸 알 수 있었다. 하지만 리어는 미칼 잘먼이 잘생겼다고 생각했다, 약간 낭만적으로. 좁고 매 같은 얼굴과 생각에 잠긴 눈. 쉽게 자신을 비웃는 기질. 리어는 그가 자신을 흠모하도록 놔둘 것이었다. 언젠가는 그녀도 그를 흠모하게 될지 모르니까. 리어는 아직 그에게 상처받을 준비가 되어 있지 않았다.

결국 리어는 그에게 그렇게 솔직하지 않은 이 말을 하게 될 것이다. 난 결코 당신이 머리사를 데려간 사람이라고 생각하지 않았어요. 미칼. 한 번도!

잘먼의 바람처럼 세 사람은 소가족을 이루어 소풍 도시락, 진수성찬 도시락을 연못가 나무 탁자에서 먹었다. 탁자는 버드나무 아래에 아주 절묘하게 자리잡고 있어서 어린이 동화책에 나오는 예술 작품처럼 보였다. 그는 머리사가 아직도 음식을 먹을 때 힘들어한다는 것을 눈치챘다. 입에 넣을 때마다 유리 조각이라도 나올까봐 걱정하는 것처럼 무척 조심조심 천천히 먹었다. 하지만 샌드위치 한 개를 거의 다 먹었고 리어가 껍질을 깎아준 사과도 반쪽 먹었다. '껍질'이 있으면 머리사가 구역질을 하기 때문이었다. 그런 다음에는 연못 주변을 터벅터벅 걸으며 쇠백로와 푸른해오라기, 야생 백조를 구경했다. 곳곳에 부들과 골풀이 무성했고, 빨간 옻나무가 있었다. 축축한 흙냄새가 났고 수면에 햇빛이 어렸으며 덤불 속에서 붉은어깨찌르레기가 잔치라도 벌이듯 떼 지어 불협화음을 냈다. 리어가 안타까워했다. "하지만 너무 금방 끝이네요! 우

452

리는 아직 겨울 맞을 준비가 안 됐는데." 리어는 진심으로 마음 아프고 상심한 듯이 말했다.

잘먼이 대답했다. "하지만 리어, 눈도 멋질 거예요."

엄마와 잘먼 앞에서 걷고 있던 머리사는 그럴 거라고 생각하고 싶었다. 눈. 멋지다. 머리사는 눈이 똑똑히 기억나지는 않았다. 지난겨울. 4월 전과 4월 후. 십일 년을 살았지만 이제 기억은 거미줄 쳐진 유리창 같았다. 친절하고 부드럽게 말하는 여자 치료사들이 머리사에게 그 오래된 저택의 저장고에서 무슨 일이 있었는지를 반복해서 물었다. 나쁜 소녀들이 무슨 짓을 했는지. 종기를 터트려버리듯 기억해내는 편이, 기억한 것을 말하는 편이 건강에 좋다고 머리사의 치료사들은 말하곤 했다. 울고 화내야 한다고. 하지만 확실히 기억할 수도 없는데 그런 감정을 갖기는 어렵다. 기분이 어떠니, 머리사. 항상 그런 질문을 받았고 머리사의 대답은 모르겠어요, 아무 느낌 없어요! 였다. 하지만 그건 정답이 아니었다.

가끔은 꿈속에서 보기도 했지만, 눈을 뜨고는 그런 적이 없었다.

눈을 뜨고 있을 때는 가끔 장님이 된 기분이었다.

나쁜 소녀가 먹을 것을 주었던 건 기억났다. 숟가락으로 떠서. 너무나 배가 고팠었다! 그래서 고마웠다.

어른들은 다 사라졌어. 우리 엄마들도 다.

머리사는 알았다. 그건 거짓말이었다. 나쁜 소녀가 거짓말한 것이었다.

그렇지만 나쁜 소녀는 먹을 것을 줬다. 머리를 빗어줬다. 추울 때 안아줬다.

갑작스러운 폭발, 불꽃! 타오르던 소녀, 끔찍한 비명과 고함 소리. 처음에 머리사는 불이 붙어 비명을 지르는 게 자신이라고 생각했었다. 계단을 기어올라갔지만 너무 힘이 없어서 기절했고, 누군가 요란하게 다가와서 고함치며 두 팔로 머리사를 안아올렸다. 사흘 후 병원에서 깨어났을 때 엄마가 말을 걸었다. 머리가 너무 무거워서 들 수도 없었다.

엄마와 잘먼. 그는 '미칼 아저씨'라고 부르라고 했지만 머리사는 그럴 수 없었다.

그는 스캇스킬 학교의 교사였다. 하지만 그는 그런 건 하나도 기억하지 못하는 사람처럼 행동했다. 어쩌면 잘먼은 머리사를 기억하지 못하는지도 몰랐다. 머리사는 공부 잘하는 학생이 아니었으니까. 그는 오직 공부 잘하는 학생에게만 신경 쓰는 것 같았고, 다른 학생들은 투명인간 같았다. 그는 '미칼 아저씨'가 아니었고, 그렇게 부르는 건 잘못 같았다.

새 학교에서는 모두가 무척 친절했다. 선생들은 머리사가 누군지 알았고, 치료사들과 의사들도 알았다. 엄마 말로는 알리지 않으면 도움을 받을 수 없다고 했다. 언젠가, 머리사가 더 나이들면, 아무도 머리사 밴트리를 모르는 곳으로 이사갈 것이다. 저 멀리 캘리포니아로.

엄마는 머리사가 떠나는 걸 바라지 않을 것이다. 하지만 엄마는 머리사가 왜 떠나야 하는지를 알아줄 것이다.

스캇스킬 사립학교보다 훨씬 작은 새 학교에서 머리사는 친구를 몇 명 사귀었다. 다들 머리사처럼 내성적이고 조심스럽고 얼굴이 마른 소녀들이었다. 언뜻 보면 팔다리가 하나 없는 것처럼 보이지만 다음 순간 보면 그렇지 않다는 것을 알 수 있는, 온전한 소녀들이었다.

머리사는 짧게 자른 머리가 마음에 들었다. 나쁜 소녀가 빗어주고 머리 둘레에 펼쳐놓았던 비단결같이 긴 머리카락은 병원에서 뭉텅뭉텅 빠졌다. 이제는 머리가 길면 불안했다. 이따금 학교에서 꿈에 빠져 있을 때면 머리사는 손가락 사이로 예전에 자기처럼 머리를 등뒤로 찰랑찰랑 늘어뜨린 소녀들을 보면서 그 아이들이 위험을 까맣게 모르고 있을 거란 사실에 놀라곤 했다.

그들은 옥수수 소녀 이야기를 들어본 적이 없었다! 들어봤자 그들에게는 아무 의미가 없었다.

머리사는 이제 책을 많이 읽었다. 어디를 가나 책을 들고 다니며 그 안에 숨었다. 삽화가 있는 동화책들이었다. 머리사는 책을 천천히 읽었다. 가끔 손가락으로 단어 아래를 짚어가면서. 모르는 단어가 나올까봐, 알아야 하는데 모르는 단어가 나올까봐 두려웠다. 갑자기 재채기가 터지는 것처럼. 준비되기도 전에 입속으로 숟가락이 쑥 들어오는 것처럼. 엄마는 이

제 머리사는 나쁜 여자애들과 나쁜 사람들을 떠나 안전하다
고, 엄마가 돌봐줄 거라고 말했다. 하지만 머리사는 동화책을
보면서 그럴 수 없다는 것을 알았다. 한 장만 넘기면 무슨 일
인가 터지니까.

오늘 머리사는 학교 도서관에서 빌린 책 두 권을 들고 왔
다. 『조류 관찰!』과 『나비 가족』. 열한 살보다는 어린 아이들이
읽는 책임을 머리사도 알았다. 하지만 이 책들에는 놀랄 일이
없을 것 같았다.

머리사는 이 책들을 들고 엄마와 잘먼 약간 앞에서 연못가
를 떠돌았다. 하늘에 뜬 반짝거리는 바늘들 같은 잠자리들이
부들 속을 날아다녔다. 작고 하얀 나방－나비들도 있었고 천
천히 날갯짓하는 예쁘고 커다란 주황색 왕나비들도 있었다.
머리사 뒤에서 엄마와 잘먼이 진지하게 이야기를 나누고 있
었다. 두 사람은 항상 얘기를 하는 것 같았다. 만약 두 사람이
결혼해서 항상 얘기를 한다면, 머리사는 그 얘기를 들을 필요
가 없을 것이다. 투명인간이 될 테니까.

부들 위에 앉아 흔들리는 붉은어깨찌르레기가 머리사를 날
카로운 소리로 불렀다.

음산한 죽음의 골짜기를 지날지라도 내가 너를 영원히 보호해줄
게, 아멘.

456

　악몽과 공포에 대해서라면 그 누구도 반박할 수 없는 전문가인 스티븐 킹이 2008년 엔터테인먼트 위클리에 기고한 글에 이렇게 썼다. "악몽이란 논리의 바깥에 존재하며, 설명에는 별로 즐길 만한 재미가 없다. 그것은 공포의 시와 대조를 이룬다."

　스티븐 킹의 이 말은 조이스 캐럴 오츠의 소설집 『악몽』을 설명하기에도 적합할 듯싶다. 미국 문학의 이 두 거장은 각기 독자적인 영역을 갖고 있으나 미국인의 삶에 깔린 공포를 그려내는 솜씨에서만은 비견할 만하다는 점에서도 흥미로운 말이다. 『악몽』에 실린 중편 한 편과 여섯 편의 단편은 쉽게 근원을 따질 수 없고 그 귀결을 예측할 수도 없는 공포와 전율의 이야기들이기도 하기 때문이다.

이 소설집은 십오 년에 걸쳐 발표한 작품을 모았지만(오츠가 직접 선별한) 여기 실린 작품들은 한 시기에 쓰였다고 해도 믿을 만큼 악몽이라는 일관적인 주제 아래서 통일된 세계를 이룬다. 우리가 꾸는 무서운 꿈이 논리로 설명되지 않듯이 플롯 면에서는 동기나 결과가 빠진 듯 보이는 작품들이 있다. 가령 「옥수수 소녀」에서는 주드가 머리사를 납치한 명확한 동기나 그녀의 채팅 상대가 누구인지 끝까지 나오지 않는다. 「베르셰바」에서는 브래드가 마지막에 어디로 향했는지 결말이 빠진 것처럼 보인다. 「도움의 손길」에서도 마찬가지로, 독자는 현실이 구분되지 않는 헐린의 꿈속에서 영원히 빠져나올 수 없다. 「머리 구멍」에서는 브레드 박사가 경찰을 피해 무사히 그의 임무를 완수했는지, 아니면 자신의 과실에 대한 대가를 치렀는지가 명확히 그려지지 않는다. 「아무도 내 이름을 몰라」에서는 논리로 설명할 수 없는 초자연적인 존재로서 고양이가 등장한다. 한편 「화석 형상」과 「알광대버섯」은 죽음으로 끝나며 비교적 완결된 플롯을 보이지만 대립하는 두 존재가 구분되지 않는 한 덩어리의 몸으로 끝난다는 결말로 인해 여전히 공포스럽다.

하지만 『악몽』에 실린 작품들은 어느 하나 미완성된 느낌을 풍기지 않고 불완전함 그대로 이야기로서 완결성을 지닌다. 악몽이란 현실의 논리와 구조를 따라가지 않고 갑작스레 끝을 맺기도 하고 이유를 생략하기도 한다. 혹은 그렇기에 악몽이라고 부른다. 우리가 그것을 완전히 설명할 수 없기 때문이다. 이것이 조이스 캐럴 오츠가 만들어낸 악몽의 허구적 세계다. 글로브 앤드 메일에서는 이 작품을 소개하며 "오츠의 머릿속은 악마의 작업실이다"라는 표제를 달았는데, 이 소설집뿐만 아니라 조이스 캐럴 오츠의 작품 전반에 적용할 수 있는 표현 같다. 오직 악마만이 꿰뚫어볼 것 같은 인간의 심연을 정교하고도 유려하게 재구성해내는 데는 가히 독보적인 작가가 바로 조이스 캐럴 오츠다. 정신분석학적으로 보아 우리의 악몽이 존재에 대한 불안에서 오는 거라고 한다면, 여기 실린 작품들보다 이를 더 잘 형상화하는 것도 없을 것이다.

각각의 작품은 인간의 마음을 괴롭히는 숨겨진 감정을 끄집어낸다. 형제간의 질투는 성서의 카인과 아벨의 형제 살해처럼 극단으로 치닫는다. 근친 살해는 입 밖으로 낼 수 없는 금기이므로, 무의식의 밑바닥에 가라앉아 있다가 이성이 느슨해진 꿈속에서야 모습을 드러낸다. 「아무도 내 이름을 몰라」의 소녀는 동생이 태어난 후 차마 말로 소리내어 표현할 수 없는 질투감에 시달린다. 「화석 형상」의 힘센 쌍둥이 형은 자기 몫을 동생과 나눠야 한다는 사실에 분개하면서도, 그를 내버려둔 데 대해 부채 의식을 느낀다. 「알광대버섯」의 라일은 쌍둥이 형제 얼래스터의 사악함에 오래도록 고통받다가 그를 죽이려는 계획까지 세웠지만 결국 실행하지는 못한다.

또한 이 소설들에는 욕망이 일으킨 잘못과 그에 따르는 죄

책감도 있다. 「옥수수 소녀」의 젊은 엄마 리어는 딸을 보살펴
야 할 의무를 충실히 수행하고 있었지만, 여성적 욕망에 잠
시 눈을 돌렸다는 이유로 무서운 결과를 맞이한다. 딸이 납치
될 때 늦게 귀가했다는 이유로 선정적인 언론의 먹잇감이 되
고, 동정 없는 경찰에게 가혹한 대접을 받는다. 무엇보다 리
어 자신이 크나큰 죄책감에 시달린다. 미칼도 마찬가지다. 그
는 반대로 고독하고자 하는 욕망, 자신만의 공간을 지키면서
타인에게 냉정했던 탓에 용의자로 의심받는다. 「베르세바」의
브래드는 낯선 여인의 꾐에 빠져 한밤 어두운 숲속에서 죽음
의 위기에 처하게 된다. 「도움의 손길」의 헐린은 남편이 죽고
혼자 남은 기분이 되자 자신처럼 인생에 상처를 입은 듯 보
이는 이라크전 참전 군인 니컬러스에게 동질감을 느끼지만,
젊은 남자에게 애틋한 감정을 품는 데 대한 죄책감을 느낀
다. 「머리 구멍」의 브래드 박사는 외과의로서 자신이 능력이
부족하다는 자괴감에 시달리면서도 언제까지나 젊음을 유지
하고자 하는 여자들의 욕망을 달래는 일로 부를 쌓아가고, 결
국 그 욕심 때문에 치명적인 실수를 저지른다. 죄책감에는 인
간이 가진 가장 큰 사회적 공포인 오해와 비난이 뒤따른다.
나는 사소한 실수를 했을 뿐인데, 사회에서 나를 난도질할 거
라는 공포. 이는 네트워크 시대에 인간이 흔히 경험하는 악몽
이다.

하지만 무엇보다도 이 작품집 전체를 관통하는 강렬한 감

정, 우리가 한낮의 푸른 하늘 아래서는 차마 입 밖에 내지 못하고 어두운 방안에서 다시 끄집어내 괴롭히는 유령은 사랑받고 싶다는 갈망이다. 그것이 바로 우리 악몽의 실체다. 이 세상에서 나는 정당한 사랑을 받지 못하고 있다는 냉정한 자각, 앞으로도 나를 사랑해줄 이는 없으리라는 어두운 전망이 꿈속에서 되살아나 뒤쫓는다. 「옥수수 소녀」에서 주드가 머리사를 납치한 동기는 명확히 나와 있지 않지만, 이 예쁘지 않고 퉁명스러운 소녀가 머리사가 엄마에게서 받는 애정을 갈망했다는 것만은 마음이 아플 정도로 분명하다. 여러 버전의 미국 원주민 옥수수 소녀 전설이 있지만, 옥수수 소녀(혹은 엄마)로 묘사되는 인물이 희생되고 그로써 마을 전체가 굶주림을 해결한다는 기본 기둥은 일치한다. 주드 역시 머리사를 제물로 바침으로써 영혼의 허기를 메우려 했다. 이 잘못된 전설의 실현은 자신이 제물이 되는 비극으로 끝나고 만다. 「베르셰바」의 스테이시 린이 아빠를 복수의 대상으로 삼은 것도 그녀가 가장 애정을 필요로 했을 때 그가 등을 돌렸기 때문이다. 「도움의 손길」에서 헐린의 악몽은 자기를 사랑해주던 남편이 떠난 이후 여자로서의 삶은 끝났다고 여기고 또다른 누군가를 갈망하는 데서 시작된다. 「화석 형상」과 「알광대버섯」의 쌍둥이 형제는 서로 미워하면서도 떼어낼 수 없는 애정으로 괴로워한다. 「아무도 내 이름을 몰라」에서 소녀의 두려움은 부모가 자기를 사랑해주기를 바라는 마음에서, 「머리 구멍」에서 브레드 박사의 악몽은 아내에게조차 사랑받고 이해받지 못하는 황량한 삶을 벗어나고 싶어하는 마음에서 비롯한 것이다.

『악몽』은 가장 깊은 곳에 도사린 불안이 눈앞에서 실현되었을 때의 공포를 생생히 묘사한다. 하지만 공포는 인간이 가장 깊이 갈망하는 욕망이라는 역설도 있다. 사랑받지 못하는 인간은 자유롭게 풀려나지 못하고 갇혀 있는 영혼이다. 지하 창고에, 교외의 집안에, 단조로운 사무실에. 갇힌 고독이 악몽으로 드러날 때, 가장 무시무시하지만 한편으로는 안심이 되기도 한다. 드디어 거기서 빠져나왔으므로, 이 차가운 세계에서 우리를 이해하는 사람을 발견했으므로. 깊은 곳에 갇혀 있던 우리를 찾아낸 이에게는 '위대한 작가'라는 칭호가 어울린다. 그것이 조이스 캐럴 오츠를 그렇게 부른다 해도 감히 이견을 제시할 수 없는 이유다.

박현주

지은이 **조이스 캐럴 오츠** Joyce Carol Oates

1938년 6월 16일 미국 뉴욕주 록포트에서 태어났다. 여덟 살 때 『이상한 나라의 앨리스』로 처음 문학적 감동을 받았고, 열네 살 때 할머니에게 타자기를 선물받고 작가의 꿈을 키우기 시작했다. 시러큐스대학 재학중이던 열아홉 살 때 〈마드무아젤〉에서 주최한 대학생단편소설공모전에 「구세계에서」로 입상했고, 위스콘신대학에서 영문학 석사학위를 받았다. 1962년부터 디트로이트대학에서, 1978년부터 프린스턴대학에서 문학과 창작을 가르쳤다. 1964년 첫 장편 『아찔한 추락』을 발표한 뒤 오십 편이 넘는 장편을 비롯해 시, 산문, 비평, 희곡 등 거의 모든 문학 분야에 걸친 왕성한 활동으로 부조리와 폭력으로 가득찬 현대인의 삶을 예리하게 포착해왔다.

1967년 「얼음 나라에서」와 1973년 「사자The Dead」로 오헨리상을 받았고, 1970년 『그들』로 전미도서상, 1996년 『좀비』로 브램스토커상, 2005년 『폭포』로 페미나상 외국문학상을 받았으며, 『블랙 워터』(1993), 『내가 사는 이유』(1995), 『블론드』(2001)로 세 차례 퓰리처상 후보에 올랐다. 2011년에는 『악몽』으로 브램스토커상, 『화석 형상』으로 세계환상문학상을 받았다. 2003년 문학 부문의 업적으로 커먼웰스상과 케니언리뷰상, 2006년 시카고트리뷴 평생공로상, 2019년 예루살렘상을 받았다. 2004년부터 영미권의 가장 유력한 노벨문학상 후보로 거론되고 있다. 그 밖의 작품으로 『멀베이니 가족』 『이블 아이』 『대디 러브』 『소녀 수집하는 노인』 『폭스파이어』 등이 있고, 산문집 『적대적인 태양』 『작가의 신념』, 시집 『익명의 죄』 『천사의 불꽃』 『시간여행자』 『부드러움』 등이 있다.

옮긴이 **박현주**

1975년 서울에서 태어나 고려대학교 영어영문학과와 동 대학원을 졸업하고 일리노이대학교에서 언어학 박사학위를 취득했다. 현재 고려대학교에서 강의하고 있으며 작가, 번역가로도 활약하고 있다. 『살인의 해석』 『죽음본능』 『스밀라의 눈에 대한 감각』 『경계에 선 아이들』 『잉글리시 페이션트』 『영원한 친구』 『런던 대로』 『여자들』 『뿔』 『시체는 누구?』 『증인이 너무 많다』 『맹독』 『탐정은 어떻게 진화했는가』, 레이먼드 챈들러 선집, 트루먼 커포티 선집 등을 우리말로 옮겼고, 지은 책으로 수필집 『로맨스 약국』이 있다.

악몽

1판 1쇄 2014년 9월 30일 | 1판 3쇄 2019년 10월 23일

지은이 조이스 캐럴 오츠 | 옮긴이 박현주 | 펴낸이 염현숙
편집인 김혜정 | 편집 원예지 | 독자모니터 황정숙
디자인 윤종윤 강혜림 | 저작권 한문숙 김지영
마케팅 정민호 정진아 함유지 김혜연 박지영 김수현
홍보 김희숙 김상만 오혜림 지문희 우상희
제작 강신은 김동욱 임현식 | 제작처 미광원색사(인쇄) 경일제책사(제본)

펴낸곳 (주)문학동네
출판등록 1993년 10월 22일 제406-2003-000045호
임프린트 포레

주소 10881 경기도 파주시 회동길 210
전자우편 editor@munhak.com | 대표전화 031)955-8888 | 팩스 031)955-8855
문의전화 031-955-8862(마케팅) 031-955-1904(편집)
문학동네카페 http://cafe.naver.com/mhdn
문학동네트위터 http://twitter.com/munhakdongne
북클럽문학동네 http://bookclubmunhak.com

ISBN 978-89-546-2566-1 03840

www.munhak.com